W9-ANB-632

LA CAZA

CLIVE CUSSLER

LA CAZA

Traducción de
Fernando Garí Puig

PLAZA JANÉS

Título original: *The Chase*

Primera edición en U.S.A.: enero de 2009

© 2007, Sandecker, RLLLP
  Publicado por acuerdo con Peter Lampack Agency, Inc.
  551 Fifth Avenue, Suite 1613
  Nueva York, NY 10176-0187, Estados Unidos y
  Lennart Sane Agency AB Hollandareplan 9
  S-374 34 Karlshamn
© 2009, Random House Mondadori, S. A.
  Travessera de Gràcia, 47-49. 08021 Barcelona
© 2009, Fernando Garí Puig, por la traducción

Printed in Spain – Impreso en España

ISBN: 978-0-307-39263-3

Distributed by Random House, Inc.

BD 9 2 6 3 3

*Para Teri, Dirk y Dana. No existe un padre
que haya sido agraciado con mejores hijos*

UN FANTASMA DEL PASADO

15 de abril de 1950. Lago Flathead, Montana

Se alzó de las profundidades igual que un pavoroso monstruo del Mesozoico. Una capa de verde légamo cubría la cabina y la caldera. El barro del fondo del lago resbalaba y goteaba sobre las ruedas de metro y medio de diámetro y caía en las aguas frías del lago. La vieja locomotora de vapor ascendió lentamente por encima de la superficie y se balanceó un momento, sostenida por los cables de la enorme grúa montada en una barcaza de madera. Todavía visible bajo la ventanilla de la cabina y la mugre que goteaba, se distinguía el número 3025.

Construida por Baldwin Locomotive Works de Filadelfia, Pensilvania, la 3025 había salido de sus talleres el 10 de abril de 1904. La clase Pacific era un tipo de locomotora de vapor de gran tamaño, capaz de arrastrar diez vagones de pasajeros durante largas distancias a una velocidad de ciento treinta y cinco kilómetros por hora. Era conocida como una «4-6-2» por sus cuatro ruedas delanteras situadas justo detrás del quitapiedras, las seis enormes ruedas de tracción bajo la caldera y las dos más pequeñas montadas en la parte inferior de la cabina.

La tripulación de la barcaza contempló con asombro cómo el operario de la grúa manejaba suavemente los controles y depositaba con toda delicadeza la 3025 en la cubierta. El peso de la locomotora hundió la barcaza en el agua casi diez centímetros. Pasó un momento antes de que los hombres salieran de su asombro y soltaran los cables que la sujetaban.

—Se encuentra en magníficas condiciones para haber pasado cincuenta años bajo el agua —comentó el superintendente del equipo de salvamento de la maltrecha barcaza, que era casi tan vieja como la máquina que acababan de recuperar y que llevaba desde los años veinte haciendo tareas de dragado en el lago y en los afluentes vecinos.

Bob Kaufman era un tipo corpulento y simpático que siempre tenía una carcajada lista para la más mínima demostración de jovialidad. Con su rostro atezado por las largas horas pasadas al sol, ya hacía veintisiete años que llevaba trabajando en la barcaza. Con sus setenta y cinco años a cuestas podría haberse jubilado hacía tiempo, pero estaba dispuesto a seguir tanto como la compañía de dragados quisiera mantenerlo. Quedarse en casa montando rompecabezas no era la idea que él tenía de calidad de vida. Estudió al hombre que se encontraba a su lado y que era, por lo que podía calcular, solo un poco mayor que él.

—¿Qué le parece? —le preguntó Kaufman.

El hombre se volvió. Era alto y delgado a pesar de haber cumplido los setenta y muchos, y tenía un abundante cabello plateado. Su rostro estaba tan curtido como el cuero. Contempló la locomotora con unos ojos que todavía no necesitaban gafas y que brillaban con un ligero color lavanda. Un gran mostacho plateado le cubría el labio superior, como si llevara allí mucho tiempo, y hacía juego con sus cejas que, con los años, se habían vuelto hirsutas. Se quitó el panamá de la cabeza y se enjugó el sudor de la frente con un pañuelo.

Luego, caminó hacia la locomotora que descansaba firmemente en la cubierta y centró su atención en la cabina. El agua y el barro se derramaban por las escalerillas y caían en la barcaza.

—A pesar de toda la porquería —dijo al fin—, es un placer contemplarla. Es solo cuestión de tiempo que algún museo ferroviario aparezca con los fondos necesarios para restaurarla y exhibirla.

—Fue una suerte que ese pescador perdiera su fueraborda y decidiera dragar el fondo del lago para recuperarlo. De lo contrario, esta máquina se habría podido pasar otros cincuenta años ahí abajo.

—Sí. Fue un golpe de suerte —contestó lentamente el hombre de cabellos plateados.

Kaufman se adelantó y pasó la mano por una de las enormes ruedas tractoras. Una expresión nostálgica cruzó su rostro.

—Mi padre era maquinista de Union Pacific —explicó—. Siempre me decía que las locomotoras de la clase Pacific eran las mejores que había conducido. Solía dejar que me sentara en la cabina con él cuando entraba en las cocheras. La clase Pacific se utilizaba principalmente para arrastrar vagones de pasajeros, por lo veloz que era.

Un grupo de submarinistas vestidos con trajes hechos con capas de lona y caucho apareció de pie en una plataforma cuando esta fue izada fuera de las frías aguas. Llevaban cascos de latón tipo Mark V, grandes cinturones con plomos alrededor de la cintura y botas de bucear con el talón y la puntera de bronce y las suelas de plomo. En conjunto, el equipo de cada buceador pesaba setenta kilos. Cuando la plataforma fue izada y depositada en cubierta fueron recogiendo sus cordones umbilicales, los conductos que les suministraban el aire desde las bombas de superficie. Apenas habían descendido cuando otro grupo subió a la plataforma y fue sumergido en las aguas del lago, todavía gélidas por el largo invierno de Montana.

El hombre alto observó en silencio, con aspecto de hallarse fuera de lugar entre los miembros de la tripulación con sus monos de trabajo manchados de grasa. Llevaba un pantalón impecablemente planchado y un jersey caro de cachemir bajo una americana también de cachemir. Sus zapatos se veían lustrosos y, sorprendentemente, no habían perdido el brillo en aquella cubierta grasienta llena de cables oxidados.

Observó la gruesa capa de légamo que cubría los peldaños que llevaban a la cabina de la locomotora y se volvió hacia Kaufman.

—Pida una escalera para que podamos subir a la cabina.

Kaufman dio una orden a uno de los tripulantes de la barcaza, y una escalera de mano apareció enseguida y fue apoyada contra el borde del suelo de la cabina, justo detrás del asiento del maquinista. El superintendente subió primero, seguido por el anciano observador. El agua caía del techo, y el hollín que salía por la puerta abierta de la caldera se mezclaba en el suelo con el lodo.

A simple vista, parecía que la cabina estuviera vacía. El laberinto de conducciones, válvulas y palancas montadas encima de la caldera estaba cubierto por una gruesa capa de légamo donde crecían plantas subacuáticas. El lodo del suelo tenía un grosor que llegaba a los tobillos, pero al observador alto y reservado no pareció importarle que se le metiera en los zapatos. Se agachó y examinó los tres bultos que sobresalían del barro como pequeñas colinas.

—El maquinista y el fogonero —declaró.

—¿Está usted seguro?

Asintió.

—Lo estoy. El maquinista se llamaba Leigh Hunt. Tenía mujer y dos hijos. Los dos son ahora respetables ciudadanos de mediana edad. El fogonero se llamaba Robert Carr. Iba a casarse a la vuelta del trayecto.

—¿Y quién era el tercero?

—Se llamaba Abner Weed. Un tipo duro. Obligó a Hunt y a Carr a manejar la locomotora apuntándolos con un arma.

—No es un bonito espectáculo —comentó Kaufman, asqueado por lo que veía—. Me sorprende que no se hayan convertido en simples esqueletos.

—Si hubieran estado sumergidos en agua salada, no quedaría nada de ellos, pero el agua dulce y fría del lago Flathead ha conservado los cuerpos. Lo que está viendo es el tejido adiposo donde se almacena la grasa. Con el tiempo, una vez sumergido, se descompone y confiere al cadáver un aspecto jabonoso y como de cera que recibe el nombre de «saponificación».

—Tendremos que avisar al sheriff y hacer venir a un forense.

—¿Cree que eso retrasará los trabajos?

Kaufman negó con la cabeza.

—No, en absoluto. Tan pronto como el equipo de submarinistas que ha tomado el relevo enganche los cables, subiremos el ténder.

—Es importante que vea lo que hay en el vagón que lleva enganchado.

—Lo verá. —Kaufman miró al hombre, intentando en vano leer sus pensamientos—. Será mejor que, para simplificar las cosas, nos ocupemos primero del ténder. Si nos concentramos en el vagón antes de que haya sido desenganchado del ténder puede resultar desastroso. Quizá no sea tan pesado como la locomotora; pero, a menos que tengamos cuidado, puede hacerse pedazos. Es un trabajo mucho más complicado. Además, la parte delantera del vagón de equipajes está medio hundida bajo el ténder.

—No es un vagón de equipajes. Es de mercancías.

—¿Cómo puede saberlo?

El observador hizo caso omiso de la pregunta.

—Suba primero el ténder —dijo—. Usted manda.

Kaufman miró los bultos desagradables del suelo que en otro tiempo habían sido seres humanos.

—¿Cómo llegaron hasta aquí? ¿Cómo es posible que todo un tren se perdiera en medio de un lago durante tantos años?

El hombre alto observó las aguas azules y tranquilas del lago.

—Hace cuarenta y cuatro años, había un ferry que cruzaba el lago transportando madera de aquí para allá.

—Es de lo más raro —prosiguió Kaufman—. Los periódicos y los responsables de Southern Pacific declararon que el tren había sido robado. Si no recuerdo mal, el 21 de abril de 1906.

El anciano sonrió.

—Fue una cortina de humo por parte de la compañía. El tren no fue robado. Sobornaron a un responsable de expediciones para que alquilara la máquina.

—Entonces, ese vagón de carga tenía que llevar algo por lo que valiera la pena matar —dijo Kaufman—. Algo como un cargamento de oro.

El anciano asintió.

—En efecto, circularon rumores de que el tren llevaba oro; pero, a decir verdad, no se trataba de oro, sino de dinero en efectivo.

—Cuarenta y cuatro años... —dijo Kaufman en tono pensativo—. Es mucho tiempo para que un tren haya estado desaparecido. Puede que el dinero siga dentro del vagón.

—Puede —contestó el hombre alto contemplando más allá del horizonte una visión que solo él podía ver—. Y puede también que encontremos las respuestas cuando entremos en él.

EL CARNICERO

1

10 de enero de 1906, Bisbee, Arizona

Cualquiera que esa tarde hubiera visto al viejo vagabundo que se tambaleaba lentamente por Moon Avenue, en Bisbee, lo habría confundido con lo que no era: un hombre envejecido prematuramente por el duro trabajo en las ricas minas que surcaban el subsuelo de la ciudad. Llevaba una camisa mugrienta y apestaba a suciedad. Un tirante le colgaba del pantalón medio roto, y llevaba las perneras remetidas en unas botas que alguien tendría que haber tirado hacía tiempo al vertedero que había detrás de la ciudad.

El cabello, grasiento y enmarañado, le llegaba a los hombros y se confundía con la descuidada barba que casi rozaba su prominente barriga. Miraba con ojos tan oscuros que eran prácticamente negros. No había en ellos expresión alguna, parecían fríos, casi malvados. Un par de guantes de trabajo ocultaban unas manos que nunca habían cogido un pico o una pala.

Debajo de un brazo llevaba un viejo saco de yute que parecía vacío y donde se veían unas letras pintadas que decían: DOUGLAS FEED & GRAIN COMPANY, OMAHA, NEBRASKA.

El viejo se detuvo un momento y se instaló en un banco en la esquina de la Moon Avenue con Tombstone Canyon Road. Detrás de él había una taberna prácticamente vacía porque era mediodía y, a esa hora, sus parroquianos estaban partiéndose la espalda en las minas. La gente que paseaba y hacía sus compras por la pequeña ciudad minera no le prestó más atención que una rápida mirada de disgusto. Cada vez que alguien pasaba, el hombre sacaba una botella de whiskey de un bolsillo del pantalón y le daba un gran trago antes de taparla y devolverla a su sitio. Lo que nadie sabía era que se trataba de té y no de whiskey.

Hacía calor para junio. Calculó que la temperatura sería de unos treinta grados. Se recostó en el banco y recorrió las calles con la mirada mientras pasaba un tranvía hipomóvil. Los eléctricos todavía no habían llegado a Bisbee. La mayoría de los vehículos de la calle eran carros y calesas tirados por caballos. En la ciudad solo había unos pocos automóviles y camiones de reparto, y en esos momentos no se veía ninguno de ellos circulando.

Se había informado lo suficiente sobre la ciudad para saber que había sido fundada en 1880 y que llevaba el nombre del juez DeWitt Bisbee, uno de los capitalistas fundadores de Copper Queen Mine. Se trataba de una numerosa comunidad que, con sus veinte mil almas, constituía la ciudad más importante entre San Francisco y San Louis. A pesar de las muchas familias de mineros que vivían en modestas casas de madera, la principal economía se desarrollaba alrededor de las tabernas y los burdeles con su pequeño ejército de chicas fáciles.

La cabeza del vagabundo cayó hacia delante. Parecía un borracho que estuviera dormitando. Sin embargo, fingía. Era consciente de todos los movimientos a su alrededor. De tanto en tanto, observaba el Bisbee National Bank situado al otro lado de la calle. Lo contempló con interés a través de los ojos medio cerrados mientras un camión de transmisión por cadena y neumáticos macizos se detenía con un traqueteo ante el establecimiento. En su interior solo había un guardia, que se apeó y llevó al banco un gran saco de billetes nuevos. Unos minutos más tarde, el cajero de la entidad salió y lo ayudó a transportar hasta el banco un pesado arcón.

El hombre sabía que se trataba de un cargamento de oro,

una parte de las ochenta y cinco toneladas que se habían extraído de las minas locales. Pero el oro no era lo que llamaba su atención. Resultaba demasiado engorroso y arriesgado de manejar para un solo hombre. Era el dinero en efectivo lo que lo había llevado a Bisbee, no el preciado metal amarillo.

Siguió observando mientras el camión se alejaba, y dos individuos, a los que había identificado como vigilantes del gigante minero Phelps Dodge Mining Company, salían del banco. Habían entregado el dinero para que el banco pagara las nóminas al día siguiente. Sonrió para sí mismo al pensar que los activos del Bisbee National Bank habían alcanzado un nuevo récord.

Había estado más de dos semanas observando a la gente que entraba y salía de la entidad, hasta que pudo identificarlos a todos a simple vista. También había anotado las horas a las que entraban y salían. Se sintió satisfecho al comprender que en esos momentos no quedaría ningún cliente en el banco. Miró la hora y asintió para sí.

Lentamente, el viejo mendigo se estiró y cruzó con paso lento la calle y las vías del tranvía hacia el banco llevando colgado del hombro el saco de yute vacío. Justo cuando se disponía a entrar, una mujer se le adelantó inesperadamente. Le dirigió una mirada de desprecio, pasó junto a él y entró en la entidad. Aquello no entraba en sus planes, pero decidió que ya se ocuparía de ella sobre la marcha. Comprobó la calle y siguió a la mujer al interior del banco.

Cerró la puerta. El cajero se hallaba en la bóveda acorazada del sótano, y la mujer esperó a que apareciera. El mendigo sacó de una de sus botas un Colt automático del calibre 38, modelo 1902, golpeó con él a la mujer detrás de la oreja y contempló con indiferencia cómo se desplomaba en el suelo de madera. Todo ocurrió con tanta rapidez y sigilo que el director del banco no vio ni oyó nada desde su despacho.

El minero borracho convertido de repente en atracador de bancos saltó ágilmente por encima del mostrador, entró en la oficina del director y le puso el cañón del arma en la cabeza.

—Si se resiste es hombre muerto —le dijo en voz baja pero con un tono que no dejaba lugar a dudas—. Ahora, diga a su cajero que venga.

El calvo, gordo y sorprendido director lo miró con los ojos desorbitados por el miedo y, sin protestar, gritó:

—¡Roy, venga a mi despacho!

—Enseguida voy, señor Castle —contestó Roy desde la cámara acorazada.

—Dígale que deje abierta la cámara —ordenó el atracador, tajante.

Castle hizo lo que le ordenaban y gritó de nuevo mientras bizqueaba sin poder apartar los ojos del cañón.

—¡Roy, no cierre la cámara!

Roy entró con un libro de cuentas bajo el brazo. Desde donde estaba, no alcanzaba a ver a la mujer inconsciente tras el mostrador. Sin sospechar nada, entró en el despacho de Castle y se quedó petrificado cuando vio al atracador que apuntaba a la cabeza de su jefe con un arma. El ladrón apartó el arma y señaló con ella la cámara acorazada.

—¡Ustedes dos! ¡Adentro! —ordenó fríamente.

Nadie pensó en resistirse. Castle se levantó de la mesa y fue hacia la cámara mientras el atracador se acercaba rápidamente a la ventana para comprobar que nadie se dirigiera hacia el banco. Salvo por unas cuantas mujeres que hacían sus compras y por un carromato de cerveza que pasaba, la calle se encontraba desierta.

El interior de la cámara estaba bien iluminado por una lámpara Edison de latón que colgaba del techo de acero. Aparte del arcón con el oro, los estantes estaban llenos de fajos de billetes, en su mayoría destinados a pagar las nóminas de las compañías mineras. El atracador lanzó el saco de yute al contable.

—Muy bien, Roy. Llénelo con todos los billetes que tenga.

Roy hizo lo que le decían. Con manos temblorosas empezó a llenar el saco con fajos de billetes de distinto valor. Cuando hubo acabado, el saco estaba lleno a reventar y tenía el tamaño de una bolsa de ropa para la lavandería.

—Ahora, échense al suelo —ordenó el ladrón.

Castle y Roy, creyendo que el atracador se disponía a huir, se tumbaron boca abajo con las manos en la nuca. El hombre sacó una gruesa bufanda de lana de uno de sus bolsillos y envolvió con ella el cañón del arma. Acto seguido, les voló la cabeza con dos balazos que sonaron más como un golpe sordo que como el seco estallido de un disparo. Sin vacilar un momento, se echó el saco al hombro y salió de la cámara sin mirar atrás.

Por desgracia, todavía no había acabado. La mujer que había dejado en el suelo gemía e intentaba incorporarse. Con absoluta indiferencia, se inclinó sobre ella, apuntó y le metió un tiro en la cabeza como había hecho con el director del banco y el cajero. No sintió el menor remordimiento, ni la más leve emoción. No le preocuparon lo más mínimo las familias destrozadas que pudiera dejar atrás. Acababa de asesinar a sangre fría a tres personas indefensas con la misma tranquilidad con la que habría podido pisotear un hormiguero.

Se detuvo un momento para buscar uno de los casquillos de bala que le había parecido oír que caía al suelo, pero no pudo localizarlo. Lo dejó estar y salió del banco tranquilamente mientras comprobaba con satisfacción que nadie parecía haber oído las apagadas detonaciones.

El hombre se adentró en el callejón que corría a lo largo de la parte de atrás del banco, llevando al hombro el saco repleto de billetes, y se metió en un pequeño cobertizo que había bajo una escalera, donde nadie lo veía. Allí se quitó las mugrientas ropas, la barba postiza y la peluca y lo guardó todo en una pequeña maleta. A continuación se vistió con un elegante traje, se anudó la corbata, se peinó el cabello pelirrojo y se cubrió con un sombrero hongo que ladeó antes de tirar las botas gastadas a la maleta. Dado que era un hombre bajo, les había puesto unas alzas que lo hacían parecer casi cinco centímetros más alto. Después, se calzó unos zapatos ingleses igualmente modificados y volvió su atención hacia una gran maleta de cuero que había escondido bajo una lona, junto con una motocicleta

Harley-Davidson. Sin dejar de vigilar el callejón, trasladó los billetes del saco a la maleta, que ató luego a la parrilla de encima de la rueda trasera de la moto. La que contenía los elementos de su disfraz la sujetó a la delantera.

En ese momento oyó gritos procedentes de Tombstone Canyon Road. Alguien había descubierto los cadáveres del banco. Totalmente indiferente a los gritos, puso en marcha el monocilíndrico de cuatrocientos centímetros cúbicos, subió a la moto y fue por el desierto callejón hasta las cocheras del ferrocarril donde, sin que nadie lo viera, se situó junto a un tren que esperaba para cargar agua.

La sincronización era perfecta. En cinco minutos, el convoy se incorporaría a la vía principal y se dirigiría a Tucson. Sin que lo vieran el maquinista y el fogonero, que estaban ocupados cargando agua en el ténder con la manga que salía del gran depósito de madera, el hombre sacó una llave del bolsillo de la chaqueta, abrió el candado de un vagón de mercancías donde se leía O'BRIAN FURNITURE COMPANY, DENVER y corrió la puerta. La presencia de aquel vagón en aquel preciso momento no era fruto de ningún azar. Haciéndose pasar por representante de la igualmente falsa O'Brian Furniture Company, había pagado en efectivo para que fuera incorporado al tren de mercancías que iba a pasar por Bisbee en su ruta desde El Paso, en Texas, hasta Tucson, en Arizona.

Descolgó el tablón de madera que iba sujeto a la puerta y lo utilizó como rampa para subir la moto al vagón. Luego, cerró la puerta y volvió a colocar el candado a través de una trampilla articulada justo cuando sonaba el silbato de la locomotora y el tren empezaba a rodar para incorporarse a la vía principal.

Desde fuera, el vagón se veía idéntico a cualquier otro que hubiera sido utilizado a lo largo de aquellos años. Su pintura aparecía descolorida, y sus laterales de madera, rayados y llenos de marcas. Sin embargo, aquel aspecto resultaba engañoso. Incluso el candado que parecía firmemente cerrado era falso. De todas maneras, lo más distintivo era su interior. En lugar de estar vacío o lleno de cajas con muebles, había sido cuidadosamente construido y ostentosamente decorado igual que el vagón privado del presidente de la compañía ferroviaria. El techo y las paredes estaban forrados de caoba, y una mullida moqueta cubría el suelo. La decoración y los muebles resultaban igualmente suntuosos. El vagón contaba con un lujoso salón, un dormitorio palaciego y una cocina dotada de los últimos adelantos donde se podían preparar verdaderos manjares.

No había sirvientes ni cocineros ni porteros.

El hombre trabajaba solo, sin cómplices que pudieran revelar su verdadero nombre y ocupación. Nadie sabía de sus actividades clandestinas como ladrón de bancos y asesino en serie. El vagón había sido construido en Canadá y llevado en secreto a Estados Unidos a través de la frontera.

El atracador se relajó en uno de los mullidos sillones de cuero, descorchó una botella de burdeos Château La Houringue de 1884, que se enfriaba en una cubitera, y se sirvió una copa.

Sabía que el sheriff de la ciudad no tardaría en organizar patrullas de búsqueda. Sin embargo, a quien buscarían sería a un viejo mendigo que había asesinado en un ataque de furia etílica. Los miembros de la patrulla se desplegarían y registrarían la ciudad, convencidos de que el viejo era demasiado pobre para tener siquiera un caballo. Ningún habitante de Bisbee lo había visto paseando a caballo o conduciendo un carro.

Satisfecho consigo mismo, tomó un sorbo de su copa de cristal y contempló la maleta de cuero mientras se preguntaba si aquel era su decimoquinto o decimosexto atraco. Los treinta y ocho hombres y mujeres más los dos niños que había asesinado en ese tiempo nunca lo habían preocupado lo más mínimo. Calculó que la cantidad de las nóminas ascendería a unos trescientos veinticinco o trescientos treinta mil dólares. Pocos ladrones habrían sido capaces de calcular el botín de la maleta.

Pero a él le resultaba fácil, ya que también era banquero.

El sheriff, sus ayudantes y las patrullas no hallarían nunca al atracador asesino. Sería como si se hubiera desvanecido por arte de magia. A nadie se le ocurrió relacionarlo con el elegante individuo que había atravesado Bisbee subido a una motocicleta.

Y aquel horrible crimen llegaría a convertirse en uno de los mayores misterios de la ciudad.

2

*15 de septiembre de 1906. Río Mississippi,
más abajo de Hannibal, Missouri*

El tráfico de barcos de vapor por el Mississippi empezó a declinar a comienzos del siglo xx. Quedaban pocos capaces de reinar en sus aguas con elegancia. El *Saint Peter* era uno de los últimos barcos de pasajeros que había conseguido sobrevivir al asalto del ferrocarril. Con sus setenta y seis metros de eslora y veintidós de manga constituía un magnífico ejemplo de elegancia palaciega gracias a sus espléndidas escaleras, sus confortables camarotes y al majestuoso comedor principal, donde se servía una cocina que no tenía nada que envidiar a las mejores del país. Las señoras contaban con sus propios salones, mientras que los caballeros podían fumar sus puros y jugar a las cartas en lujosas habitaciones decoradas con pinturas y espejos.

Las partidas de cartas a bordo de aquellos barcos de vapor eran famosas por los tahúres que las frecuentaban. Muchos pasajeros salían más pobres que cuando habían embarcado. En una de las mesas del salón de juegos del *Saint Peter*, en un tranquilo rincón lejos del bullicio principal, dos hombres disfrutaban de una partida de póquer descubierto.

A primera vista, la escena se parecía a cualquiera de las demás que se veían en la sala, pero una mirada más atenta habría visto que sobre el tapete verde de fieltro no había ni una sola ficha.

Joseph Van Dorn estudió detenidamente su mano de cartas antes de desprenderse de dos.

—Me alegro de que no juguemos con dinero —comentó con una sonrisa—, de lo contrario le debería ocho mil dólares.

El coronel Henry Danzler, director del Departamento de Investigación Criminal del gobierno de Estados Unidos, le devolvió la sonrisa.

—Si hiciera trampas como yo, estaríamos igualados.

Van Dorn era un hombre afable de unos cuarenta años. Sus mejillas y mentón desaparecían bajo unas formidables patillas y una barba pelirroja que hacían juego con el escaso cabello que le rodeaba la coronilla. En su rostro destacaba una nariz aguileña, y en sus ojos castaños había una chispa de tristeza y melancolía. Sin embargo, tanto su aspecto como sus maneras resultaban engañosos.

Irlandés de nacimiento, llevaba un apellido que era conocido y respetado en todo el país por su tenacidad a la hora de perseguir asesinos, ladrones y toda clase de delincuentes. El mundo del hampa de la época sabía que Van Dorn los perseguiría hasta los confines de la tierra. Fundador y director de la famosa Agencia de Detectives Van Dorn, él y sus hombres habían prevenido el asesinato político, dado caza a los forajidos más temidos del oeste y ayudado a organizar el primer servicio secreto del país.

—Aun así, tendría usted más ases en la mano que yo —repuso afablemente.

Danzler era un hombre grande. Alto y con el porte de un mamut, pesaba ciento cincuenta kilos y, a pesar de ello, era capaz de moverse con la agilidad de un tigre. Su cabello canoso, con un corte impecable, lucía lustrosamente cepillado bajo la luz que entraba por los grandes ventanales del barco. A pesar de la mirada bonachona, sus ojos, de un verde azulado, parecían estar escrutando y analizando constantemente todo lo que sucedía a su alrededor.

Héroe y veterano de la guerra hispanoamericana, había participado en la carga de la colina de San Juan, junto al capitán John Pershing y sus Buffalo Soldiers negros del 10.° de caballería, y después se había distinguido luchando contra los «moros» en las Filipinas. Cuando el Congreso autorizó la creación del Departamento de Investigación Criminal, el presidente Roosevelt le pidió que fuera su primer director.

Danzler abrió la tapa de un enorme reloj de bolsillo y contempló las manecillas.

—Su hombre llega cinco minutos tarde —comentó.

—Isaac Bell es mi mejor agente. Nunca se le ha escapado nadie, ya fuera hombre o mujer; de modo que, si llega tarde, será por una buena razón.

—¿Y dice usted que fue él quien capturó al asesino Ramos Kelly antes de que pudiera matar a Roosevelt?

Van Dorn asintió.

—Y también acorraló a la banda de Barton en Missouri. Mató a tres miembros antes de que los dos que quedaban se le rindieran.

Danzler contempló al famoso detective.

—¿Y cree que es el hombre idóneo para pararle los pies a nuestro asesino múltiple y atracador de bancos?

—Si alguien puede detener a ese canalla, sin duda es Isaac.

—¿Qué antecedentes familiares tiene?

—Es una persona de gran fortuna —repuso Van Dorn—. Su abuelo y su padre eran banqueros. ¿Ha oído hablar del American States Bank, de Boston?

—Desde luego —confirmó Danzler—. Incluso tengo una cuenta en él.

—Isaac es muy rico. Su abuelo le dejó en herencia cinco millones de dólares, pensando que algún día Isaac ocuparía su puesto como director del banco. Pero eso nunca ocurrió. Isaac prefirió dedicarse al trabajo de detective que al de banquero. Soy afortunado por tenerlo conmigo.

Danzler notó una sombra en su brazo. Levantó la vista y se encontró mirando unos ojos azules con reflejos violetas, unos ojos que habían contemplado horizontes para ver lo que había más allá. El efecto resultó casi hipnótico, y Danzler tuvo la impresión de que intentaban leerle sus más íntimos pensamientos.

Su experiencia le permitía evaluar a un hombre con la misma facilidad que a un caballo. El desconocido era alto y delgado, medía más de metro ochenta y pesaba unos ochenta y tantos kilos. El largo y flácido mostacho que le cubría el labio superior era del mismo color que los cabellos rubios pulcramente cortados. Sus manos y dedos eran largos y ágiles y los brazos le colgaban a ambos lados del cuerpo con naturalidad. De él emanaba una sensación de persona sensata. El coronel llegó a la conclusión de que se trataba de un hombre que conocía las cosas importantes de la vida y que no toleraba de buen grado a los tontos ni el exceso de fingida candidez. Su barbilla mostraba un porte decidido y sus labios, una amistosa sonrisa. Danzler le calculó unos treinta años de edad.

Iba impecablemente vestido con un traje de hilo blanco sin una sola arruga. Una gruesa cadena de oro le colgaba desde el bolsillo izquierdo del chaleco hasta el derecho en el que llevaba un gran reloj. Un sombrero de ala ancha firmemente encajado remataba el conjunto. Danzler podría haberlo catalogado como un dandi, pero aquel aspecto elegante quedaba desmentido por un par de botas que habían conocido muchas horas sobre los estribos. Bell llevaba un estrecho maletín que dejó junto a la mesa.

—Coronel Danzler —dijo Van Dorn—, este es el hombre del que le he hablado. Le presento a Isaac Bell.

Danzler le tendió la mano pero sin levantarse de la silla.

—Nuestro amigo Joe, aquí presente, me ha dicho que siempre atrapa usted a su presa.

Bell sonrió levemente.

—Me temo que el señor Van Dorn exagera un poco. Hace tres años, llegué diez minutos tarde cuando Butch Cassidy y Harry Longabaugh escaparon en el barco que los llevó a Argentina desde Nueva York. El barco zarpó antes de que pudiera subir a bordo para detenerlos.

—¿Cuántos agentes o policías lo acompañaban?

—La verdad —repuso Bell con un encogimiento de hombros— es que mi intención era resolver el asunto yo solo.

—Pero ¿Longabaugh no era el conocido Sundance Kid? —preguntó Danzler.

Bell asintió.

—Así es. El apodo se lo pusieron cuando intentó robar un caballo en Sundance, Wyoming. Lo detuvieron y pasó dieciocho meses entre rejas.

—Pero seguro que usted no esperaba reducirlos sin violencia.

—Creo acertado pensar que se habrían resistido, desde luego —repuso Bell sin aclarar cómo había pensado detener él solo a los dos antiguos miembros del tristemente famoso Grupo Salvaje.

Van Dorn se recostó en su asiento sin hacer comentarios y contempló al coronel con aire burlón.

—¿Por qué no se sienta, señor Bell, y se une a nuestra pequeña partida?

Bell contempló con extrañeza la mesa sin fichas y después a Danzler.

—No parece que jueguen ustedes con dinero.

—Es solamente una partida amistosa —repuso Van Dorn recogiendo las cartas y repartiendo tres manos—. Hasta el momento, debo ocho mil dólares al coronel.

Bell tomó asiento mientras su expresión de extrañeza se tornaba en comprensión. La partida era una pantalla. Su jefe y el coronel estaban sentados en un rincón, alejados de los demás jugadores y simulando que tenían entre manos una partida de verdad. Se quitó el sombrero y lo depositó en su regazo. Cogió sus cartas y fingió gran concentración.

—¿Está usted al corriente de la oleada de asesinatos y robos que han ocurrido en los estados del oeste en los dos últimos años? —le preguntó Danzler.

—Solo de oídas —repuso Bell—. El señor Van Dorn me ha mantenido muy atareado con otros casos.

—¿Y qué sabe realmente de esos crímenes?

—Solo que el atracador asesina a todos los que encuentra en los bancos mientras comete el robo y que después desaparece sin dejar rastros que puedan incriminarlo.

—¿Algo más? —inquirió Danzler.

—Sea quien sea —repuso Bell—, es bueno. Muy bueno. En la investigación no se han encontrado pistas ni ha habido filtraciones. —Hizo una pausa y miró a Van Dorn—. ¿Por eso me han llamado?

Van Dorn asintió.

—Sí. Quiero que se encargue del caso como investigador jefe.

Bell se desprendió de una carta, robó otra del montón de Danzler y la colocó en el abanico de naipes que sostenía en su mano izquierda.

—¿Es usted zurdo, señor Bell? —preguntó Danzler por curiosidad.

—No. Lo cierto es que soy diestro.

Van Dorn rió por lo bajo.

—Isaac es capaz de desenfundar la Derringer que oculta en el sombrero, amartillarla y disparar más rápidamente de lo que usted puede parpadear, coronel.

El respeto de Danzler hacia Bell aumentó con aquellas palabras. Se abrió la chaqueta y dejó al descubierto un Colt automático del calibre 38, modelo 1903.

—Daré por buena la palabra de Joe, pero sería interesante comprobar... —dijo Danzler echando mano al arma. No había acabado la frase cuando se encontró mirando con perplejidad el doble cañón de una Derringer.

—Henry, los años lo están volviendo lento —comentó Van Dorn—. O eso o es que estaba pensando en otra cosa.

—Debo reconocer que su hombre es muy rápido —dijo, visiblemente impresionado.

—¿Desde qué oficina trabajaré? —preguntó Bell a su jefe mientras devolvía la Derringer al sombrero, donde encajaba en una funda interior.

—Los crímenes se han producido en una zona que va desde Placerville, California, en el oeste, hasta Terlingua, Texas, en el este; y desde Bisbee, Arizona, en el sur, hasta Bozeman, Montana, en el norte. En consecuencia, me parece que lo mejor sería que operara usted desde el centro.

—Eso significa Denver.

Van Dorn asintió.

—Como sabe, allí tenemos una oficina con seis agentes experimentados.

—Hace tres años trabajé con dos de ellos —repuso Bell—. Curtis e Irvine son buenos.

—Sí. ¡Ah, se me olvidaba! —dijo Van Dorn, haciendo memoria—. Debo añadir, coronel, que Isaac fue responsable de la detención de Jack Ketchum, que posteriormente fue ahorcado por dos asesinatos cometidos durante el asalto a un tren. —Hizo una pausa, metió la mano bajo la mesa y sacó un maletín idéntico al que Bell había llevado a la sala de juegos. Este entregó su maleta vacía a Van Dorn—. Dentro encontrará los informes de todos los crímenes. Hasta el momento, todas las pistas de que disponemos nos han llevado a un callejón sin salida.

—¿Cuándo debo empezar?

—En nuestra siguiente escala, que es Clarksville, bajará del barco y tomará el primer tren hacia Independence. Allí le darán un billete para el expreso de Union Pacific hasta Denver. Por el camino podrá leer los informes y digerir las pocas pistas y pruebas que tenemos. Cuando llegue, póngase en marcha para dar caza a esa escoria asesina. —Una sombra de disgusto y frustración cruzó por los ojos de Van Dorn—. Lamento no haberle dado tiempo de hacer la maleta al salir de Chicago, pero quería que se pusiera en marcha lo antes posible.

—No se preocupe, señor —repuso Bell con una ligera sonrisa—. Por suerte preparé dos maletas por si acaso.

Van Dorn enarcó las cejas.

—¿Lo sabía usted?

—Digamos que fue una afortunada suposición.

—Manténganos informados de su cacería —pidió Danzler—. Si necesita algún tipo de ayuda por parte del gobierno, haré todo lo posible por conseguírsela.

—Gracias, señor —repuso Bell—. Me pondré en contacto con ustedes tan pronto como me haya hecho cargo de la situación.

—Estaré en la oficina de Chicago —dijo Van Dorn—. Dado que el servicio telefónico transcontinental todavía tiene que salir de San Louis y cruzar las praderas hasta Denver y después California, tendrá que informarme de sus progresos mediante el telégrafo.

—Creo que se puede decir que se va a enfrentar usted al mejor cerebro criminal que ha conocido este país —dijo Danzler en tono siniestro.

—Les prometo que no descansaré hasta que haya capturado al hombre responsable de todos esos horribles crímenes.

—Le deseo buena suerte —dijo Van Dorn sinceramente.

—No es por cambiar de conversación —terció Danzler con evidente placer mientras exponía sus cartas sobre la mesa—, pero tengo tres reinas.

Van Dorn suspiró y puso las suyas boca abajo.

—Me gana.

—¿Y usted, señor Bell? —preguntó el coronel con una sonrisa maliciosa.

Isaac Bell fue bajando sus cartas de una en una, lentamente.

—Escalera de color —dijo sin inmutarse.

Luego, sin añadir palabra, se levantó y salió a paso ligero del salón.

3

A última hora de la mañana, un hombre pasó ante el cementerio del pueblo de Rhyolite, en Nevada, conduciendo una vieja carreta tirada por dos mulas. Las tumbas estaban rodeadas por sencillas vallas de estacas, y los nombres de los difuntos colgaban de pequeños rótulos de madera. Muchos de ellos eran de niños que habían muerto de fiebres tifoideas o de cólera, agravadas por las duras condiciones de vida de aquella aldea minera.

El calor de julio en el desierto de Mojave resultaba insoportable bajo el efecto directo de los rayos del sol. El conductor del carro se protegía con un viejo paraguas sujeto al asiento. Los cabellos negros le caían por el cuello sin llegarle a los hombros. Se cubría con un sucio sombrero mexicano, y sus ojos invisibles escudriñaban a través de unas gafas de cristales azules. Un pañuelo le ocultaba la parte inferior del rostro y le protegía del polvo que levantaban los cascos de las mulas. La forma en que iba encorvado hacía difícil, por no decir imposible, determinar su complexión.

Al pasar contempló con interés la casa que un minero había construido con miles de botellas de cerveza pegadas con adobe. El fondo de las botellas apuntaba hacia fuera, y los cuellos hacia dentro, de manera que el vidrio llenaba el interior de una luz fantasmagórica.

Llegó a la vía del tren y metió a las mulas por el camino que las bordeaba. Bajo el sol cegador, los raíles brillaban como dos estrechos espejos paralelos. Aquellas eran las vías del ferrocarril Las Vegas & Tonopah, que serpenteaban a través de la zona residencial del pueblo.

La carreta pasó lentamente ante más de ochenta vagones aparcados en un ramal lateral. Habían sido descargados de sus mercancías y esperaban a que los cargaran de nuevo con mineral para los molinos. El hombre echó una mirada hacia el vagón que estaban enganchando a un tren de treinta vagones. En su costado se leía: O'BRIAN FURNITURE COMPANY, DENVER. Comprobó la hora en su reloj barato de bolsillo —no llevaba encima nada que sirviera para identificarlo—, y tomó nota mentalmente de que el tren tardaría otros cuarenta y cuatro minutos en salir hacia Las Vegas.

Menos de medio kilómetro más adelante, llegó a la estación de tren de Rhyolite. El voluminoso edificio era una combinación de estilo gótico y español. La recargada estación propiamente dicha estaba hecha con piedra que había sido tallada y transportada desde Las Vegas. Un tren de pasajeros que acababa de llegar de San Francisco estaba detenido ante el andén. Una vez apeados los pasajeros y limpiados los asientos, el tren se estaba llenando de gente que se dirigía a la costa.

El hombre dirigió la carreta hacia el centro del pueblo, cuyas calles bullían de actividad, y se volvió para contemplar un gran establecimiento mercantil: el almacén HD & LD PORTER. Bajo el rótulo, colgaba un cartel con un eslogan pintado: «Tenemos de todo salvo whiskey».

La fiebre del oro de 1904 había dado como resultado un pueblo de edificios sólidamente construidos y pensados para durar largos años. En 1906, Rhyolite era una vibrante comunidad de seis mil almas que había pasado rápidamente de un simple campamento de tiendas a ser una pequeña ciudad con intenciones de prolongarse en el futuro.

Los edificios principales estaban hechos de piedra y cemento y hacían de Rhyolite uno de los núcleos urbanos más importantes del sur de Nevada. El edificio de cuatro plantas del banco apareció ante los ojos del hombre. Su elegante estructura le confería un aire de riqueza e importancia. A media manzana de distancia estaban levantando un bloque de oficinas de tres plantas.

Había una oficina de correos, un teatro, un hospital de veinte camas, hoteles confortables, dos iglesias, tres bancos y un gran colegio. Dotada con los últimos adelantos, Rhyolite contaba con un eficaz servicio telefónico y su propia central eléctrica. También tenía un floreciente barrio de mala vida con más de cuarenta tabernas y ocho salas de baile.

El hombre que conducía el carro no estaba interesado en nada que la ciudad pudiera ofrecer salvo ciertos activos del banco John S. Cook. Sabía que su caja fuerte podía contener más de un millón de dólares en monedas de plata, pero también que resultaba mucho más fácil llevarse el dinero en efectivo de las nóminas de las minas. De hecho, todavía no había cogido ni una sola moneda de plata u oro. Calculó que, con ochenta y cinco empresas dedicadas a la actividad minera en las colinas de los alrededores, el volumen de las nóminas debía ser considerable.

Como de costumbre, había planeado cuidadosamente sus movimientos: se había instalado en una casa de huéspedes para mineros y había visitado el banco en repetidas ocasiones para hacer pequeños depósitos en una cuenta abierta con un nombre falso. También había trabado cierta amistad con el director de la entidad, que se había convencido de que el recién llegado era ingeniero de minas. Había alterado su aspecto con una peluca negra, bigote y perilla. También caminaba con una cojera fingida que, según explicó, era el resultado de un accidente minero. Resultó ser un disfraz impecable con el que estudiar las costumbres bancarias de los habitantes de Rhyolite y las horas en las que la actividad de la entidad era menor.

Sin embargo, mientras conducía el carro de mulas hacia el Cook Bank, había cambiado de imagen y había dejado de ser un ingeniero para convertirse en un modesto carretero de las minas. Tenía el mismo aspecto que todos los carreteros que luchaban por ganarse el sueldo bajo el calor del desierto, en pleno verano. Detuvo las mulas en la parte de atrás de unas caballerizas y, cuando estuvo seguro de que nadie miraba, levantó un muñeco vestido igual que él y lo ató al asiento del carro. Luego, condujo las mulas de vuelta a Broadway, la calle principal que atravesaba el pueblo. Justo antes de llegar a la acera de cemento, ante la entrada del banco, dio un manotazo en el lomo a los animales, y estos se pusieron en marcha, tirando del carro a lo largo de la calle con su muñeco encorvado en el asiento y sosteniendo las riendas.

Comprobó entonces si algún cliente se dirigía al banco. Ninguna de las personas que circulaban por la calle parecía encaminarse en aquella dirección. Observó el edificio de cuatro plantas, la pintura dorada de las ventanas del piso superior que anunciaban las consultas de un dentista y de un médico. Otro rótulo con una mano señalando hacia abajo indicaba que la oficina de correos del pueblo se encontraba en el sótano.

Entró en el banco y contempló el vestíbulo. Estaba vacío, salvo por un hombre que estaba retirando dinero. El cliente recogió el efectivo de manos del cajero, dio media vuelta y salió sin reparar en el desconocido.

«Ahí va un hombre con suerte», se dijo el atracador.

Si aquel hombre se hubiera fijado en él, habría muerto de un disparo. El atracador nunca dejaba a nadie con vida que pudiera aportar el menor testimonio sobre su persona. Siempre existía la posibilidad, aunque remota, de que alguien pudiera ver a través de su disfraz.

Por las conversaciones que había oído en las tabernas de los alrededores se había enterado de que el banco tenía un director que lo dirigía en nombre de una persona que también era la propietaria de las minas más productivas de la región, especialmente la Montgomery-Shoshone, cuyo valor original se había incrementado en dos millones de dólares.

«Tanto mejor», pensó el ladrón mientras saltaba por encima del mostrador y aterrizaba junto al sorprendido cajero. Sacó el arma de una de sus botas y le clavó el cañón en la sien.

—No se mueva y no se le ocurra apretar el botón de la alarma que tiene bajo el mostrador si no quiere que le desparrame los sesos en la pared.

El cajero no podía creer lo que estaba sucediendo.

—¿De... de verdad es un atraco? —balbuceó.

—Lo es —contestó el ladrón—. Ahora camine hacia el despacho del director sin hacer ruido y como si no ocurriera nada.

El asustado cajero se dirigió hacia un despacho con la puerta cerrada y cuyo cristal esmerilado hacía difícil ver su interior. Llamó.

—Sí, pase —contestó una voz desde el otro lado.

El cajero, Fred, empujó la puerta y recibió un fuerte empellón que le hizo perder el equilibrio y desplomarse encima del escritorio del director. El rótulo con el nombre de HERBERT WILKINS cayó al suelo. Wilkins comprendió al instante lo que ocurría y alargó la mano en busca del revólver que guardaba bajo la mesa. Pero reaccionó cinco segundos tarde. El atracador conocía la existencia del arma por haber charlado con el director en persona en una de las tabernas del pueblo.

—¡No toque ese revólver! —le espetó como si le hubiera leído el pensamiento.

Wilkins no era hombre que se asustara con facilidad y miró fijamente al atracador, registrando todos los detalles de su aspecto.

—No logrará salirse con la suya —le dijo con tono de desprecio.

El atracador le contestó fríamente y sin inmutarse:

—Ya lo he logrado antes y volveré a lograrlo. —Le señaló la imponente caja fuerte de casi dos metros de altura que había en un rincón—. ¡Ábrala!

Wilkins lo miró a los ojos.

—No pienso hacerlo.

El atracador no perdió el tiempo. Envolvió el cañón del arma con una gruesa toalla y disparó al cajero entre los ojos. Luego, se volvió hacia Wilkins.

—Puede que tenga que marcharme de aquí sin un centavo, pero usted no vivirá para verlo.

Wilkins se quedó de pie, contemplando horrorizado el charco de sangre que se formaba bajo la cabeza de Fred y la humeante toalla que la bala acababa de atravesar. Comprendió que era muy poco probable que alguien hubiera oído la detonación. Como si estuviera en trance, fue hasta la caja fuerte y empezó a girar la cerradura de la combinación para introducir los números correspondientes. Al cabo de unos segundos, tiró de la palanca y abrió la enorme puerta.

—¡Cójalo y váyase al infierno! —bufó entre dientes.

El ladrón se limitó a sonreír y a dispararle en la sien. Wilkins todavía no había acabado de desplomarse, cuando el atracador fue corriendo hasta la puerta de entrada, colgó el cartel de «Cerrado» y corrió las cortinas. A continuación, vació metódicamente la caja fuerte de todos sus billetes y los pasó a una bolsa de lavandería que llevaba atada bajo la camisa. Cuando la tuvo llena a reventar, siguió metiéndose los billetes en los bolsillos del pantalón y en las botas. Una vez hecho, contempló las monedas de oro y plata y decidió llevarse una de oro como recuerdo.

El banco tenía una pesada puerta de hierro que daba a la parte de atrás y se abría a una estrecha callejuela. El ladrón descorrió los cerrojos, la entreabrió y se asomó al exterior para comprobar ambos lados de la calle. Enfrente se alzaba una serie de casas.

Un grupo de chavales jugaba a béisbol a una manzana de distancia del banco. Malo. Aquello no estaba previsto. Durante las muchas horas que había pasado observando el Cook Bank, aquella era la primera vez que veía niños jugando en la calle de detrás. Tenía que ajustarse a un horario y llegar al ferrocarril y a su vagón secreto en doce minutos. Se echó el saco al hombro de manera que le ocultara el lado derecho de la cara, pasó junto a los muchachos y siguió calle arriba hasta meterse por un callejón.

La mayoría de los chicos no le prestó atención. Solo uno se

quedó mirando al individuo pobremente vestido que llevaba un gran saco en el hombro derecho. Lo que picó su curiosidad fue que el hombre llevase un sombrero mexicano cuando casi todo el mundo en la ciudad los utilizaba de ala ancha, hongos o gorras de visera. También había algo en aquel tipo andrajoso que... Pero entonces uno de sus amigos lo llamó, y el chico volvió a concentrarse en el juego, justo a tiempo de atrapar la pelota que le lanzaban.

El atracador se ató el saco alrededor de los hombros, de manera que le cayera por la espalda. La bicicleta que había dejado previamente aparcada, tras la consulta del dentista, seguía allí, junto a un barril que recogía el agua de lluvia de la tubería de desagüe del edificio. Subió y empezó a pedalear por Armagosa Street, dejando atrás la zona de las tabernas hasta que llegó al ferrocarril.

Un fogonero auxiliar caminaba hacia el furgón de cola, a lo largo de la vía. Al ladrón le costó creer que pudiera tener tan mala suerte. A pesar de haberlo planeado todo meticulosamente, el destino le estaba jugando una mala pasada. Contrariamente a lo ocurrido en sus anteriores fechorías, esa vez había sido visto por un estúpido muchacho. ¡Y encima aquel auxiliar! Nunca se había topado con tantos ojos que pudieran observar su huida. No podía hacer otra cosa que salir del atolladero como fuera.

Por suerte, el fogonero no miró en su dirección. Iba de vagón en vagón comprobando el engrase de los ejes y las ruedas de los vagones de carga. Si el cojinete de bronce donde giraba el eje no recibía suficiente lubricante, podía calentarse hasta extremos peligrosos. Entonces, el peso del vagón podía partirlo y provocar un grave descarrilamiento.

Cuando pasó pedaleando junto al fogonero, este no levantó la vista y siguió con su trabajo, intentando finalizar la inspección antes de que el tren saliera para Tonopah y, de allí, a Sacramento.

El maquinista ya estaba comprobando las agujas de los diales para asegurarse de que tenía vapor suficiente para mover el pesado convoy. El ladrón confió en que el fogonero no se diera la vuelta y lo viera entrar en su vagón privado. Abrió el candado y corrió rápidamente la puerta. Lanzó la bicicleta dentro y subió por una pequeña escalerilla que había junto a la puerta, arrastrando tras él el saco con el dinero.

Una vez dentro, se asomó y miró a lo largo del tren una última vez. El auxiliar estaba subiendo al furgón de cola, donde se alojaba la tripulación del tren. No apreció indicios de que lo hubiera visto entrar en su vagón privado.

Una vez a salvo en su lujoso refugio, se relajó y leyó un ejemplar del *Rhyolite Herald*. No pudo evitar preguntarse qué publicaría el periódico al día siguiente sobre el atraco al banco y el asesinato del director y del cajero. Como tantas otras veces, no sentía el menor remordimiento. Aquellas muertes ni siquiera habían dejado huella en su mente.

Más tarde, aparte del misterio de cómo era posible que el atracador y asesino hubiera desaparecido sin dejar rastro, se suscitó el enigma del carro que fue hallado en el camino a Bullfrog. Estaba vacío y parecía conducido por un muñeco. La patrulla que lo había seguido estaba perpleja.

El sheriff Josh Miller intentó sacar conclusiones, pero sus elucubraciones no lo llevaron a ninguna parte. Nada tenía sentido. El forajido no había dejado pista alguna.

El atraco y los asesinatos de Rhyolite se convirtieron en otro enigma pendiente de resolver.

4

Los mil quinientos metros de altitud de Colorado hacían que la luz del sol del verano aumentara el contraste de los colores. El cielo estaba limpio de nubes, y era como un vívido manto azul que se extendía sobre la ciudad de Denver. La temperatura era de unos agradables veintisiete grados.

Isaac Bell cerró la puerta del vagón y se apeó del tren bajando por la escalerilla de la plataforma de observación situada en la parte de atrás del vagón Pullman. Se detuvo un momento para echar un vistazo a la torre del reloj de estilo gótico de Union Station. Esta estación, construida con piedra tallada en las Montañas Rocosas, era una imponente estructura de tres plantas y tenía más de doscientos cincuenta metros de longitud.

Las manecillas en punta de flecha del enorme reloj marcaban las 11.40 horas. Bell sacó su reloj del bolsillo del traje de hilo a medida y miró los números romanos que señalaban las agujas: las 11.43 horas. Sonrió para sus adentros, satisfecho, al comprobar que el gran reloj de la torre acumulaba tres minutos de retraso.

Caminó por el andén de ladrillo rojo hasta el vagón de equipajes, identificó sus maletas y avisó a un mozo.

—Me llamo Bell. ¿Querría encargarse de que envíen mis maletas al Brown Palace Hotel?

El mozo sonrió ampliamente al ver la moneda de oro que Bell le depositó en la mano y la acarició casi con reverencia.

—Desde luego, señor. Se las llevaré personalmente.

—También espero una gran caja de madera que ha de llegar en otro tren. ¿Puedo contar con que se ocupará usted de que sea entregada en el almacén de mercancías de Union Pacific?

—Desde luego, señor —repuso el mozo sin dejar de sonreír y acariciar la moneda—. Yo me ocuparé de todo.

—Se lo agradezco.

—¿Quiere que le lleve esto? —preguntó el mozo señalando el maletín que Bell sostenía en la mano.

—Gracias, pero prefiero llevarlo yo.

—¿Desea que le pida un coche?

—No hace falta. Tomaré el tranvía.

Bell atravesó el enorme vestíbulo de altos techos, con sus grandes candelabros de latón y sus bancos de roble de altos respaldos, y salió por la puerta principal flanqueada por un par de columnas griegas. Cruzó Wyncoop Street con la Diecisiete y pasó bajo el recién erigido Arco Mizpah, una estructura en forma de portal, con dos banderas norteamericanas ondeando en lo alto, que había sido construido para dar la bienvenida y despedir a los viajeros del tren. Bell sabía que *mizpah*, en hebreo, significaba «torre de vigilancia».

Dos señoritas ataviadas con ligeros vestidos veraniegos, guantes y sombreros decorados con flores pasaron conduciendo un coche eléctrico. Al verlas, Bell se tocó el ala del sombrero con el dedo, y ellas correspondieron al saludo de aquel atractivo individuo con un leve gesto de cabeza y unas risitas mientras seguían conduciendo por la calle Diecisiete hacia el edificio del capitolio.

Los carros y calesas tirados por caballos seguían superando en número a los automóviles que circulaban por las calles de la ciudad. Un tranvía de la Denver Tramway Company traqueteó al doblar la esquina de Wazee Street y se acercó al final de la manzana, donde se detuvo para cargar y descargar pasajeros. Los vagones tirados por caballos eran cosa del pasado: los tranvías eléctricos dominaban las calles y llegaban a todos los barrios de la ciudad.

Bell subió al vehículo y pagó diez centavos al revisor. Sonó la campana, y el tranvía grande y rojo empezó a subir por la calle Diecisiete. Las siguientes manzanas estaban compuestas por edificios de ladrillo de tres y cuatro plantas. Las aceras se veían llenas de gente, como en cualquier día laborable. Los hombres vestían trajes grises o negros y corbata, mientras que las mujeres llevaban faldas que les llegaban justo por encima del tobillo. La mayoría de ellas lucían aparatosos sombreros y se protegían con sombrillas.

Bell observó con curiosidad un establecimiento donde se vendían automóviles Cadillac. La tienda tenía los toldos bajados, lo cual evitaba el reflejo en los escaparates y permitía ver los vehículos. Se fijó en los indicadores de la calle para recordar el sitio. Como aficionado que era a los automóviles, poseía un Locomobile de carreras que había competido en manos de Joe Tracy y conquistado el tercer puesto en la Copa Vanderbilt de 1905, de Long Island, en Nueva York. Con paciencia, lo había adaptado para circular por la calle añadiéndole luces y guardabarros.

También tenía una moto roja espectacular. Era el último modelo de carreras, y su motor bicilíndrico en V daba tres caballos y medio de potencia. Disponía de un innovador mando de gas giratorio en el puño derecho del manillar, pesaba solo sesenta y cinco kilos y podía surcar las carreteras a más de noventa kilómetros por hora.

Cuando el tranvía se detuvo en la esquina de California Street con la Diecisiete, Bell saltó de la plataforma y caminó tranquilamente hasta la acera. Hacía tres años que no ponía los pies en Denver. Altos edificios se elevaban en casi todas las esquinas, y el ritmo de edificación no parecía aminorar. Caminó a lo largo de una manzana hasta el Colorado Building, una construcción de piedra pardusca que se alzaba con sus ocho pisos en la esquina de California Street con la Dieciséis.

Tenía altas ventanas con toldos a juego con el color de los muros. El alero del último piso sobresalía casi tres metros sobre la acera. La planta baja la ocupaban Hedgecock & Jones y la Braman Clothing Company. En los pisos superiores había distintas empresas, que incluían la Fireman's Fund Insurance Company y la Agencia de Detectives Van Dorn.

Bell entró en el vestíbulo y se abrió paso entre una multitud de oficinistas que salían del edificio para comer. El suelo, las paredes y el techo estaban recubiertos de un elegante mármol italiano de color jade. Se metió en el ascensor detrás de dos atractivas jóvenes y se quedó en el fondo de la cabina mientras el ascensorista cerraba las puertas de tijera. Como era de rigor, Bell se comportó como un caballero y se quitó el sombrero de ala ancha.

El ascensorista hizo girar la manivela y el ascensor subió suavemente. Las jóvenes bajaron en la cuarta planta, charlando animadamente, y ambas se volvieron para mirar tímidamente a Bell antes de desaparecer por el pasillo.

El ascensorista detuvo la cabina, abrió la puerta y anunció:

—Séptima planta. Que tenga un buen día, señor —añadió amablemente.

—Lo mismo le deseo —repuso Bell saliendo a un pasillo de apagado color caldero decorado con un revestimiento de nogal.

Siguió unos metros y giró a la derecha hasta que se encontró ante una puerta de cristal esmerilado donde destacaban las letras AGENCIA DE DETECTIVES VAN DORN con su correspondiente eslogan: «Nunca nos rendimos, nunca».

El vestíbulo estaba pintado de blanco y tenía un par de sofás y una mesa de centro. Tras un escritorio, una joven se sentaba coquetamente en una silla giratoria. Van Dorn no era persona dada a gastar en decoraciones ostentosas.

El único adorno era la foto de un hombre que colgaba de la pared, tras la secretaria.

Ella levantó la vista y sonrió dulcemente admirando al elegante individuo que tenía delante. Era una joven atractiva, con grandes ojos castaños y bonitos hombros.

—¿En qué puedo ayudarlo, señor?

—Me gustaría ver a Arthur Curtis y a Glenn Irvine.

—¿Tiene cita con ellos?

—Por favor, dígales que Isaac Bell está aquí.

La secretaria dio un respingo.

—Oh, señor Bell, disculpe. Tendría que haberlo reconocido. Los señores Curtis e Irvine no lo esperaban hasta mañana.

—Conseguí tomar el tren de Independence antes de lo previsto. —Bell miró el rótulo que había encima del escritorio—. ¿Es usted la señorita Agnes Murphy?

Ella levantó la mano izquierda mostrándole un anillo de casada.

—Señora Murphy.

Bell le ofreció su mejor sonrisa.

—Espero que no la moleste si la llamo simplemente Agnes, ya que a partir de ahora voy a trabajar un tiempo aquí.

—En absoluto.

Se levantó, y Bell vio que se había puesto una falda plisada de algodón azul y una blusa blanca. Llevaba el pelo recogido en lo alto de la cabeza, al estilo Gibson que estaba tan de moda. Sus enaguas hicieron frufrú cuando cruzó la puerta que daba a los despachos interiores.

Siempre curioso, Bell se situó tras el escritorio y echó una ojeada a la carta que la señora Murphy había estado tecleando en la máquina de escribir Remington. Iba dirigida a Van Dorn y daba cuenta del descontento del superintendente de los estados del oeste por tener que recibir a Bell y permitirle que se hiciera con el control de un caso que estaba por resolver. Bell no conocía a Nicholas Alexander, que dirigía la oficina de Denver, pero estaba decidido a mostrarse cortés y educado a pesar del incipiente antagonismo.

Se apartó de la mesa de la secretaria, y estaba mirando por la ventana las azoteas de la ciudad cuando Alexander salió a recibirlo. Parecía más el contable de una funeraria que el jefe investigador que había resuelto numerosos crímenes y llevado a sus perpetradores ante la justicia. Se trataba de un hombre bajo, cuya cabeza apenas llegaba al hombro de Bell, y vestía una chaqueta y un pantalón que le iban demasiado grandes. Era calvo salvo en las sienes y la nuca, y sus cejas eran tan escasas como su cabello. Llevaba unos quevedos en la nariz y miraba a través de ellos con unos ojos grises y tristones.

Alexander tendió una mano al tiempo que sus labios se abrían en una sonrisa sin gracia.

—Señor Bell... Es un honor conocer al mejor agente de Van Dorn.

Bell no se tragó el cumplido ya que este carecía de la menor autenticidad.

—El honor es mío —contestó mordiéndose la lengua; era obvio que Alexander lo consideraba un intruso que se inmiscuía en su terreno.

—Por favor, pase al fondo. Antes de que le enseñe su nuevo despacho, hay algunas cosas que me gustaría hablar con usted.

Alexander se dio la vuelta sin más ceremonias y se dirigió a los despachos interiores con paso rígido. La señora Murphy se hizo a un lado y sonrió dulcemente.

La oficina de Alexander se hallaba situada en la única esquina del edificio que ofrecía una vista panorámica de las montañas. Los otros despachos eran pequeños y carecían de ventanas. Bell se fijó en que tampoco tenían puertas, lo cual los privaba de cualquier intimidad. Los dominios de Alexander estaban decorados con sofás y sillones de cuero. Su gran mesa de escritorio se veía libre de papeles. Aunque su traje era barato y estaba arrugado, Alexander parecía un tipo puntilloso en sus hábitos de trabajo.

Tomó asiento en su butaca de respaldo alto detrás de la mesa e hizo un gesto a su visitante para que se sentara en la dura silla de madera que tenía enfrente. Bell pensó que lo único que le faltaba a Alexander para intimidar era un estrado desde el que pudiera vigilar a sus empleados y contemplar a las visitas como un pequeño dios desde su Olimpo particular.

—No, gracias —repuso sin alzar la voz—. Después de haber estado sentado en un tren durante dos días, prefiero algo más cómodo —dicho lo cual se acomodó cuan largo era en uno de los sofás.

—Como guste —dijo Alexander, molesto por la actitud de superioridad de Bell.

—Usted no estaba aquí hace tres años, cuando me ocupé de aquel caso, ¿verdad?

—No. Llegué seis meses después, cuando me ascendieron desde nuestra oficina de Seattle.

—El señor Van Dorn me ha hablado muy bien de usted —mintió Bell. Van Dorn no lo había mencionado.

Alexander entrelazó los dedos y apoyó los codos en la desolada superficie de su escritorio.

—Confío en que él lo habrá puesto al día en lo referente al asesino y sus fechorías.

—No directamente —contestó Bell—, pero sí me dio varios informes que he tenido ocasión de leer en el tren —añadió mostrando el maletín—. Ahora entiendo por qué está siendo tan difícil atrapar al canalla responsable de los atracos y los asesinatos. Planea sus fechorías con sumo cuidado, y sus técnicas no parecen tener fallos.

—Razones por las que no puede ser capturado.

—Después de haber analizado este material, creo que su obsesión por el detalle puede ser también su perdición —comentó Bell, pensativo.

Alexander lo miró con aire desconfiado.

—¿Y qué ha sido, si es que puedo preguntárselo, lo que lo ha llevado a semejante conclusión?

—Sus trabajos son demasiado perfectos, están demasiado bien sincronizados. El más pequeño error podría ser su último error.

—Bien. Espero que usted y yo podamos trabajar en un ambiente de cordialidad —dijo Alexander con mal disimulada animosidad.

—Eso deseo —contestó Bell—. El señor Van Dorn me dijo que podría contar con Art Curtis y Glenn Irvine, siempre que a usted no le importe.

—No hay ningún problema. No quisiera ir en contra de los deseos del señor Van Dorn. Además, los dos me comentaron que ya habían trabajado con usted hace unos años.

—Así es, y me parecieron gente muy entregada. —Bell se puso en pie—. Bien, si es tan amable de mostrarme mi despacho…

—Desde luego.

Alexander salió de detrás de su mesa y se dirigió al pasillo. Bell vio que los despachos eran bastante pequeños y sencillos. Los muebles escaseaban, y las paredes se veían desnudas. En la oficina solo había otro agente, alguien a quien Bell no conocía y al que Alexander no se molestó en presentar. Antes de que este pudiera abrir la puerta de lo que parecía un minúsculo despacho, Bell preguntó:

—¿Tiene usted una sala de reuniones?

Alexander asintió.

—Sí, al final del pasillo. —Caminó unos pasos, abrió una puerta y se hizo a un lado para dejar pasar a Bell.

La sala de reuniones tenía casi diez metros de largo por cinco de ancho. Una gran mesa de madera de pino teñida y barnizada ocupaba el espacio central bajo dos grandes candelabros redondos. A su alrededor se distribuían dieciocho cómodas butacas. Las paredes de la sala estaban forradas de la misma madera que la mesa, y una gruesa moqueta roja cubría el suelo de punta a punta. Unos grandes ventanales ocupaban una de las paredes y permitían que el sol del atardecer iluminara hasta el último rincón.

—Muy bonita —comentó Bell, impresionado—. Realmente muy bonita.

—Sí —dijo Alexander, con un destello de orgullo en sus ojos de sabueso—. La utilizo con frecuencia para mis reuniones con los políticos y la gente influyente de la ciudad. Es algo que da una imagen de importancia y prestigio a la Agencia Van Dorn.

—Pues a mí me vendrá de maravilla —repuso Bell con naturalidad—. Instalaré aquí mi despacho.

Alexander miró a Bell fijamente, con ojos repentinamente brillantes de furia.

—¡Ni hablar! ¡No pienso permitirlo!

—De acuerdo. ¿Dónde está la oficina de telégrafos más próxima?

Alexander pareció sorprendido.

—A dos manzanas de aquí. En la esquina de Champa Street con la Dieciséis. ¿Por qué?

—Porque voy a enviar un mensaje al señor Van Dorn solicitando que me permita utilizar la sala de reuniones como despacho de trabajo. Considerando la importancia del caso, estoy seguro de que dará su conformidad.

Alexander sabía cuándo había sido vencido.

—No es mi intención entorpecer su labor, señor Bell —concedió—. Tenga por seguro que cooperaré con usted en todo lo que esté en mi mano. —Dio media vuelta para regresar a su lujoso despacho y se detuvo en el vano de la puerta—. Ah, se me olvidaba: le he reservado una habitación en el Albany Hotel.

Bell sonrió.

—Eso no será necesario. Tengo una suite en el Brown Palace.

Alexander no daba crédito a lo que oía.

—No puedo creer que el señor Van Dorn haya autorizado semejante gasto.

—No lo ha hecho, porque lo pago de mi bolsillo.

El superintendente de los estados occidentales, que no estaba al corriente de la desahogada posición de Bell, parecía completamente perplejo. Incapaz de comprender, pero reacio a preguntar, volvió a su despacho y cerró la puerta, totalmente derrotado.

Bell sonrió de nuevo y empezó a extender en la mesa de reuniones los papeles que llevaba en el maletín. Luego, salió al vestíbulo y se acercó a la señora Murphy.

—Agnes, ¿le importaría avisarme cuando lleguen Curtis e Irvine?

—No los esperamos hasta mañana por la mañana. Están en Boulder, por un caso de fraude bancario.

—De acuerdo. Entonces me gustaría que llamara al supervisor de mantenimiento del edificio y le pida que suba un momento. Quiero hacer unos cuantos cambios en la sala de reuniones.

Ella lo miró con aire interrogante.

—¿Ha dicho usted la sala de reuniones? Pero si el señor Alexander prácticamente no deja entrar a nadie ahí. La reserva para agasajar a los peces gordos de la ciudad.

—Pues, mientras yo esté aquí, será mi despacho.

Agnes lo miró con renovado respeto.

—¿Piensa usted alojarse en el Albany? Ahí es donde se instalan todos nuestros agentes que están de paso.

—No. He reservado una suite en el Brown Palace.

—¿Y el señor Alexander ha autorizado el gasto extra? —preguntó en tono de incredulidad.

—La verdad es que no ha tenido nada que decir al respecto.

Agnes Murphy lo miró como si estuviera contemplando al Mesías.

Isaac Bell regresó a la sala de reuniones y redistribuyó las sillas para poder disponer de una superficie de trabajo despejada en uno de los extremos. El jefe de mantenimiento del edificio llegó unos minutos más tarde, y Bell le explicó los cambios que quería que hiciera en la sala. Había que cubrir la pared del fondo con algún material que permitiera pinchar un gran mapa de los estados del oeste con las ciudades por donde había pasado el asesino. En la pared interior había que hacer lo mismo para poder colgar fotos, diagramas e información. Después de recibir de Bell una pieza de oro de veinte dólares, el hombre prometió tener hechos los cambios antes de las doce del día siguiente.

Bell pasó el resto de la tarde organizando y planeando la cacería del atracador de bancos.

Exactamente a las cinco en punto, Alexander asomó la cabeza antes de marcharse a su casa.

—¿Se está instalando sin problemas? —preguntó en tono glacial.

Bell no se molestó en alzar la mirada.

—Sí, gracias —repuso. Luego, miró a los furiosos ojos de Alexander—. Ah, se me olvidaba. Voy a hacer algunos cambios en esta sala. Espero que no le importe. Le garantizo que, cuando todo esto termine, volveré a dejársela como estaba.

—Sí. Asegúrese de hacerlo. —Alexander hizo un gesto altanero con la cabeza, cerró la puerta y se marchó de la oficina.

Bell no se sentía cómodo con su enfrentamiento con Alexander. No había previsto un choque tan abierto con el jefe de la oficina, pero sabía que, de no haber pasado de inmediato al contraataque, Alexander habría acabado por avasallarlo.

5

Construido en 1892 por Henry C. Brown en el mismo lugar donde solían pastar sus vacas antes de hacerse millonario, el hotel había sido apropiadamente bautizado como Brown Palace de la «reina de las ciudades de las praderas», como era conocida Denver. Construido en granito rojo y piedra arenisca, el edificio tenía la forma de la proa de un barco. Los hombres que habían amasado sus fortunas con oro o plata solían pernoctar en él con sus esposas, que tomaban el té de la tarde, y sus hijas, que bailaban por las noches en sus opulentos salones. Presidentes como McKinley y Roosevelt habían pasado por allí, lo mismo que unos cuantos emperadores, reyes y miembros de la nobleza extranjera, por no mencionar a las celebridades de la época, en especial famosos actores y actrices del teatro. El Brown Palace también era apreciado tanto por los habitantes de la ciudad como por los que se encontraban de paso porque constituía el punto de reunión del bullicioso centro financiero y cultural de Denver.

Era casi de noche cuando Bell cruzó la entrada del hotel de la calle Diecisiete. Se acercó al mostrador de recepción y, mientras se registraba, contempló el magnífico vestíbulo situado bajo un atrio cuyo abovedado techo alcanzaba la novena planta. Las columnas y los revestimientos, que estaban tallados en ónice dorado llevado en tren desde México, reflejaban la luz pastel que se filtraba por las enormes vidrieras del techo. Más de setecientos tramos de barandilla de hierro forjado adornaban los balcones que miraban al vestíbulo desde los pisos superiores.

Lo que no solía ser del dominio público era que el propietario del Navarre Hotel y del restaurante del mismo nombre situados al otro lado de la calle había mandado construir un tren subterráneo desde su establecimiento hasta el Brown Palace para trasladar a los caballeros que deseaban disfrutar, sin que los vieran entrar o salir, de la compañía de las señoritas que trabajaban en el burdel que había arriba.

Bell recogió su llave, fue al ascensor e indicó al ascensorista la planta de su suite. Una mujer entró tras él, se miró un momento en el espejo del fondo, se volvió y se quedó mirando la puerta. Llevaba un vestido largo de seda azul con un pronunciado escote en la espalda. Tenía un abundante cabello pelirrojo que se había recogido en un moño del que colgaban algunos rizos sueltos y donde se cruzaban dos largas plumas. Se mantenía muy erguida, y toda ella desprendía un magnetismo especial. A juzgar por la tersura de su cuello y de su rostro de alabastro, Bell calculó que tendría entre veinticinco y veintisiete años. Tenía los ojos castaño dorados. Le pareció muy atractiva. No poseía una belleza espectacular, pero sí un gran encanto. Bell se fijó en que no llevaba anillo de casada.

A juzgar por su aspecto, pensó, aquella mujer iba vestida como si fuera a asistir a una fiesta en uno de los salones de baile del hotel. No se equivocaba. El ascensor se detuvo en el primer piso, donde se hallaban los salones de baile. Bell se apartó, con el sombrero en la mano, e inclinó ligeramente la cabeza cuando ella salió.

Al pasar, la mujer le lanzó una sonrisa de inesperada calidez y le dijo con voz ronca pero suave:

—Gracias, señor Bell.

El detective tardó unos segundos en caer en la cuenta, y cuando lo hizo, la sorpresa fue como un mazazo. Estaba asombrado de que aquella mujer lo conociera y seguro de no haberla visto anteriormente. Puso la mano en el brazo del ascensorista.

—Espere un momento, por favor.

Pero para entonces, la mujer ya se había mezclado con la gente que pasaba por el arco de entrada que daba acceso a los espléndidos salones de baile del hotel. Las mujeres iban todas magníficamente vestidas con todo tipo de extravagantes colores —verdes esmeralda, azules cobalto y carmesíes— y lucían todo tipo de adornos, como plumas y cintas. Los hombres llevaban sus mejores trajes. En una pancarta colgada encima del arco se leía: GALA BENÉFICA A FAVOR DE LOS HUÉRFANOS DE ST. JOHN.

Bell volvió al ascensor y le hizo una señal al ascensorista.

—Gracias. Ya puede llevarme arriba, por favor.

Abrió la puerta de su suite y se encontró con un estudio, un salón, un lujoso baño y un dormitorio con una cama con dosel, todo amueblado con elegancia victoriana. Una doncella le había abierto el equipaje y colgado la ropa en los armarios: un servicio reservado exclusivamente a los huéspedes de las suites. No había rastro de sus baúles porque se los habían llevado al almacén de equipajes del sótano. Bell no perdió el tiempo y se dio un baño rápido y se afeitó.

Abrió el reloj y miró la hora. Habían transcurrido treinta minutos desde que había salido del ascensor. Tardó otros quince en colocarse la corbata negra, las varillas de la camisa y los gemelos. Normalmente, era un trabajo que requería cuatro manos y constituía una de las pocas ocasiones en que echaba de menos una mujer que pudiera ayudarlo. Luego, siguieron los zapatos y los calcetines negros. No se puso fajín, pero sí un chaleco negro con una cadena de oro que cruzaba de un bolsillo a otro. Por último, se puso la chaqueta de un solo botón con solapas de raso.

Un breve vistazo al espejo de cuerpo entero le dijo que estaba listo para lo que la noche pudiera depararle, fuera lo que fuese.

La gala benéfica se hallaba en su apogeo cuando entró en el

gran salón y se quedó un momento en un discreto rincón, junto a una palmera. La sala era grande y majestuosa. Las maderas del parquet formaban un dibujo en forma de girasol, y las paredes se veían decoradas por coloridos murales. Desde donde estaba espió a la misteriosa mujer que se hallaba de espaldas a él en una mesa, con otras tres parejas. No parecía que fuera acompañada. Se acercó al responsable del hotel que se ocupaba de la gala.

—Disculpe —le dijo con una amistosa sonrisa—, ¿podría decirme el nombre de aquella joven del vestido azul que se sienta en la mesa seis?

El empleado se irguió con gesto altanero.

—Lo siento, señor, pero no estamos autorizados a dar información sobre nuestros clientes. Además, me es imposible conocer a todos los que asisten a la gala de esta noche.

Bell le deslizó una moneda de oro de diez dólares.

—¿Y esto no estimularía su memoria?

Sin decir palabra, el empleado abrió un libro de tapas de cuero y siguió con el dedo una serie de nombres.

—La joven que está sola en la mesa seis es la señorita Rose Manteca, una acaudalada dama de Los Ángeles cuya familia es propietaria de un gran rancho. Es todo lo que puedo decirle.

Bell le dio una palmada en el hombro.

—Se lo agradezco.

—Buena suerte, señor.

La orquesta interpretaba una mezcla de ragtime y melodías de baile modernas. Las parejas bailaban al son de una canción titulada *Won't you come over to my house.*

Bell se acercó a Rose Manteca por detrás y le susurró al oído:

—¿Querría bailar conmigo, señorita Manteca?

Ella se volvió y lo miró. Sus ojos castaño dorados se clavaron en los azul violeta de él. Ella era educada, pensó Bell. Pero su aparición de esmoquin la sorprendió. Bajó la vista, pero se recobró rápidamente, aunque no antes de ruborizarse.

—Discúlpeme, señor Bell. No lo esperaba tan pronto.

—¿Tan pronto? —dijo él mientras pensaba en lo extraño que sonaba ese comentario.

Ella se excusó con las parejas de la mesa y se levantó. Bell la cogió suavemente del brazo y la condujo a la pista de baile. Le rodeó la estrecha cintura con un brazo, le tomó la mano y empezó a bailar al son de la música.

—Es usted buen bailarín —dijo ella después de que la hiciera girar sobre sí misma.

—Es por todos los años que mi madre me obligó a tomar lecciones de baile para poder impresionar a las chicas.

—Y también viste muy bien para tratarse de un detective.

—Crecí en una ciudad donde la gente rica va siempre de esmoquin.

—Pues debe de ser Boston, ¿no?

Por primera vez en sus muchos años de investigador, Bell se encontró sin saber qué decir. Pero se recobró y contraatacó.

—Y usted es de Los Ángeles.

La joven ni parpadeó. «Es buena», se dijo Bell.

—Sabe usted muchas cosas —le dijo, incapaz de leer en sus ojos.

—Ni la mitad que usted. ¿Qué busca? ¿Cómo es que sabe tanto de mí? ¿O quizá debería preguntar por qué?

—Tenía la impresión de que disfrutaba resolviendo misterios. —Intentó con todas sus fuerzas mirar por encima del hombro de Bell, pero no pudo evitar sentirse atraída por aquellos ojos azules. Sentía una sensación, un estremecimiento con el que no había contado.

Las fotos que le habían enseñado de Bell no le hacían justicia en el cara a cara. Resultaba mucho más apuesto de lo que había imaginado, y también le parecía sumamente inteligente. Eso lo había esperado, y comprendía por qué era famoso por sus intuiciones. Tenía la sensación tanto de que él la estaba tanteando como de que ella lo tanteaba a él.

La música acabó, y los dos se quedaron en la pista esperando a que la orquesta continuara con la siguiente pieza. Bell retrocedió un paso y la contempló con admiración de arriba abajo.

—Realmente es usted una joven muy guapa. ¿Qué ha despertado su interés por mí?

—Es usted un hombre apuesto. Quería conocerlo mejor.

—Antes de entrar en el ascensor, usted ya sabía cómo me llamo y de dónde vengo. Ha sido un encuentro premeditado, desde luego.

Antes de que ella pudiera responder, la orquesta volvió a tocar, *In the shade of the old apple tree*. Bell la cogió en volandas y empezó el foxtrot. La atrajo con fuerza hacia él y la cogió de la mano. El corsé acentuaba la estrechez del talle de la joven. La frente de ella entró en contacto con su barbilla. Se sintió tentado de rozarla con los labios, pero lo pensó mejor. Aquel no era ni el momento ni el lugar. Y tampoco sus pensamientos estaban puestos en un romance. Ella lo espiaba. Eso era un hecho. Buscó frenéticamente un motivo. ¿Qué interés podía mostrar por él una completa desconocida? Lo único que se le ocurría era que hubiera sido contratada por alguno de los muchos sinvergüenzas a los que había metido entre rejas, matado o llevado a la horca. ¿Una amiga o familiar en busca de venganza? La verdad era que por su aspecto no la asociaba con la chusma que había atrapado durante los últimos diez años.

La música acabó. Ella le soltó la mano y retrocedió un paso.

—Tendrá usted que perdonarme, señor Bell, pero debo volver con mis amigos.

—¿Podríamos vernos de nuevo? —preguntó él con su mejor sonrisa.

Ella meneó lentamente la cabeza.

—Creo que no.

Bell hizo caso omiso de la negativa.

—Entonces, cene conmigo mañana por la noche.

—Lo siento, pero tengo otros compromisos —repuso ella con gesto altivo—. Además, ni siquiera yendo con esmoquin podría conseguir que lo dejaran pasar en el Country Club para el baile de los Western Bankers, como ha hecho esta noche aquí.

Dicho lo cual, alzó el mentón, se recogió la cola del vestido y se encaminó a su mesa. Una vez sentada, lanzó una mirada de soslayo a Bell, pero no logró verlo entre la multitud. Se había desvanecido.

6

A la mañana siguiente, Bell fue el primero en llegar a la oficina y entró utilizando una llave especial que le permitía abrir un centenar de cerraduras diferentes. Estaba en un extremo de la mesa, ojeando una serie de informes sobre atracos a bancos, cuando Arthur Curtis y Glenn Irvine entraron en la sala de reuniones.

Bell se levantó para recibirlos y estrechar sus manos.

—Art, Glenn, qué alegría volver a veros.

Curtis era bajo y robusto, con una prominente tripa que tensaba al máximo los botones de su chaleco. Tenía el cabello ralo y de color arena, orejas de soplillo y ojos azules. Mostró una sonrisa que dejó al descubierto un lío de dientes que iluminó la habitación y dijo:

—Hola, Isaac; no nos habíamos visto desde que seguimos el rastro de Big Foot Cussler después de que robara aquel banco en Golden.

Irvine colgó su sombrero en el perchero, dejando al descubierto una abundante y revuelta cabellera castaña.

—Por lo que recuerdo —comentó, de pie, tal alto y delgado como un espantapájaros—, nos condujiste directamente a la cueva donde se ocultaba.

—Una cuestión de simple deducción —repuso Bell con una sonrisa—. Pregunté a un par de chicos si sabían de algún lugar donde les gustaba esconderse de sus amigos durante unos días.

Aquella cueva era el único lugar en treinta kilómetros a la redonda donde Cussler estaba lo bastante cerca de la ciudad para poder escabullirse en busca de provisiones.

Curtis se situó frente al gran mapa de los estados de la costa oriental y estudió las banderitas que señalaban los lugares donde había actuado el asesino. Había un total de dieciséis.

—¿Tienes alguna intuición con el Carnicero?

Bell lo miró con curiosidad.

—¿«Carnicero»? ¿Es así como lo llamáis?

—Se le ocurrió a un reportero del *Bisbee Bugle*. Luego, otros periódicos empezaron a utilizarlo y parece que ha corrido por todo el país.

—No nos ayudará —dijo Bell—. Con semejante apodo en boca del público, los ciudadanos temerosos de la ley van a presionar a la Agencia Van Dorn por no haberlo atrapado.

—Pues parece que ya ha empezado —dijo Curtis dejando en la mesa un ejemplar del *Rocky Mountain News*.

Bell lo miró. El artículo principal se ocupaba del atraco y los asesinatos de Rhyolite. La mitad de la columna estaba dedicada a un titular: «¿Por qué las autoridades no han hecho ningún progreso en este caso y atrapado al Carnicero?».

—Esta es la presión a la que me refería —dijo simplemente Bell.

—La presión que pesa sobre nosotros —añadió Irvine.

—Bueno, ¿y qué tenemos? —preguntó Bell, señalando la pila de dos palmos de alto con informes sobre los atracos que había encima de la mesa—. He estudiado estos papeles mientras venía en el tren. Por lo que se desprende de ellos, de lo único que estamos seguros es de que no tratamos con el típico *cowboy* convertido en ladrón de bancos.

—Trabaja solo —dijo Curtis—, y es diabólicamente astuto y malvado. Pero lo más decepcionante es que nunca deja rastro alguno que las patrullas puedan seguir.

Irvine asintió.

—Es como si, tras el robo, desapareciera en el infierno de donde ha salido.

—¿No han encontrado huellas que llevaran a las afueras de las ciudades por donde ha pasado? —preguntó Bell.

—No. Los mejores rastreadores han vuelto siempre con las manos vacías.

—¿Algún indicio de que pueda haberse ocultado en la ciudad donde ha cometido sus fechorías hasta que las cosas se enfriaran?

—Ninguno —contestó Curtis—. Después de los robos no se lo ha vuelto a ver.

—Un fantasma —murmuró Irvine—. Nos enfrentamos a un fantasma.

—Ni hablar —interrumpió Bell—. Es totalmente humano. Lo que ocurre es que se trata de un humano endiabladamente astuto. —Calló y extendió en abanico por toda la mesa los informes. Luego, escogió uno y lo abrió. Era el de Rhyolite, en Nevada—. Nuestro hombre tiene un modus operandi muy estricto al que se atiene en todos los atracos. Creemos que pasa unos días en el lugar donde va a cometer su atraco estudiando la ciudad y sus habitantes antes de perpetrar el robo.

—O sea, que no se trata de alguien que corra riesgos ni que deja las cosas al azar —dijo Curtis.

—Te equivocas en lo uno y en lo otro —lo corrigió Bell—. Nuestro hombre es audaz y astuto. Parece razonable asumir que realiza sus trabajos preliminares recurriendo a algún tipo de disfraz, ya que la gente de los sitios por donde ha pasado nunca se ha puesto de acuerdo con el aspecto que tenían los desconocidos sospechosos.

Irvine empezó a caminar arriba y abajo por la sala, examinando de tanto en tanto la banderita pinchada en el mapa de la pared.

—Los habitantes de las distintas ciudades recuerdan haber visto a un mendigo borracho, a un soldado de uniforme, a un acaudalado comerciante y a un carretero. Sin embargo, nadie ha podido relacionar a esas personas con los asesinatos.

Curtis clavó la vista en el suelo enmoquetado y se encogió de hombros.

—¿Y no es extraño que no haya testigos que puedan dar testimonio ni hacer una identificación?

—No hay nada extraño en eso —contestó Irvine—. Nuestro hombre asesina a todos los que podrían testificar. Los muertos no hablan.

Bell parecía hacer caso omiso de la conversación, como si estuviera perdido en sus pensamientos. Luego, sus ojos se concentraron en el mapa y dijo lentamente:

—En mi opinión, la gran pregunta es por qué mata a todos los que están en el banco durante el atraco, incluso a mujeres o niños. ¿Qué gana cargándoselos? No puede ser solo que no quiera dejar testigos del robo, no cuando ya lo han visto en la ciudad, disfrazado. A menos que... —Hizo una pausa—. Los psicólogos tienen una nueva clasificación para los asesinos que matan con la misma facilidad con que se cepillan los dientes. Los llaman sociópatas. Nuestro hombre asesina sin remordimiento alguno. Carece de emociones. No sabe amar o reír, y tiene un corazón tan frío como un iceberg. Para él, pegarle un tiro a un niño es lo mismo que pegárselo a una paloma.

—Es difícil creer que haya gente tan cruel y despiadada —murmuró Irvine, asqueado.

—Muchos de los bandidos y forajidos del pasado eran sociópatas —comentó Bell—. Mataban con la misma facilidad con que estornudaban. En una ocasión, John Wesley Hardin, el famoso bandido de Texas, se cargó a un tipo porque roncaba.

Curtis miró fijamente a Bell.

—¿De verdad crees que mata a todos los que encuentra en el banco por placer?

—Sí, lo creo —dijo Bell en voz baja—. Ese hombre obtiene un malsano placer con sus asesinatos. Y hay otro factor peculiar: escapa antes de que los habitantes de la ciudad, incluido el sheriff, se den cuenta de lo que ha pasado.

—¿Y todo esto dónde nos lleva? —preguntó Irvine—. ¿En qué dirección hemos de investigar?

Bell lo miró.

—Otra de sus costumbres consiste en dejar a un lado el oro

y llevarse solo el efectivo. Glenn, tu trabajo consistirá en investigar los bancos donde ha robado y estudiar sus archivos de los números de serie de los billetes robados. Empieza por Bozeman, Montana.

—Los bancos de los pueblos mineros no suelen tener costumbre de registrar los números de serie de los billetes que pasan por sus manos.

—Puede que tengas suerte y encuentres algún banco que haya anotado los números de serie de los billetes que los grandes bancos les han enviado para pagar las nóminas de los mineros. Si es así, podremos rastrearlos. El ladrón tiene que gastar los billetes o cambiarlos haciendo depósitos y retiradas de efectivo. Es un rastro que no puede borrar.

—Podría haberlos cambiado en alguna institución financiera extranjera.

—Cierto, pero entonces tendría moneda de otro país y se vería obligado a gastarla en el extranjero. Sería demasiado arriesgado para él volver a entrar el dinero en el país. Apuesto a que tiene su botín aquí.

Bell se volvió hacia Curtis.

—Art, tú controla los horarios de salida de todas las diligencias y los trenes que hayan partido de esas ciudades los días en que ocurrieron los atracos. Si ninguna patrulla pudo encontrar a nuestro hombre, puede que fuera porque escapó en tren o en diligencia. Puedes empezar por Placerville, en California.

—Considéralo hecho —contestó Curtis, tajante.

—¿Piensas quedarte y trabajar desde aquí como base de mando y operaciones? —preguntó Irvine.

Bell sonrió maliciosamente y negó con la cabeza.

—No. Mi intención es participar en el trabajo de campo, empezando con Rhyolite y yendo hacia atrás. No importa lo astuto que ese asesino sea ni lo cuidadosamente que haya planeado sus golpes. Seguro que en alguna parte hay alguna pista que nadie ha encontrado. Tengo intención de interrogar a los habitantes de esos pueblos mineros porque puede que hayan visto algo, aunque sea insignificante, y no se lo hayan dicho a las autoridades locales.

—¿Nos darás un calendario de tus actividades para que sepamos dónde y cuándo localizarte si descubrimos algo? —preguntó Curtis.

—Os lo tendré preparado mañana —contestó Bell—. Pienso ir también a los pueblos mineros que tengan empresas con grandes nóminas y que todavía no hayan recibido la visita de nuestro hombre. Puede que consiga anticiparme a nuestro carnicero, prepararle una trampa e incitarlo a que robe otro banco donde estaremos esperándolo. —Abrió un cajón y sacó un par de sobres—. Aquí tenéis dinero suficiente para vuestros gastos de viaje.

Tanto Curtis como Irvine parecieron sorprendidos.

—Hasta ahora viajábamos en tercera clase, lo pagábamos todo de nuestro bolsillo y pasábamos después las facturas y los recibos —explicó Curtis—. Alexander siempre nos ha obligado a ir a hoteles de mala muerte y a comer en restaurantes de tercera.

—Este caso es demasiado importante para que nos andemos con tacañerías. Confiad en mí. El señor Van Dorn aprobará mis cuentas de gastos y me dará lo que le pida siempre que le ofrezca resultados. Puede que ese canalla haya convencido a todo el mundo de que es invencible y no se lo puede atrapar, pero no es infalible. Se equivoca como cualquiera de nosotros. Seguro que acabamos atrapándolo por alguna insignificancia. Y ese es nuestro trabajo, amigos: encontrar ese error insignificante.

—Haremos todo lo que podamos —aseguró Irvine.

Curtis asintió.

—Hablando en nombre de los dos, permíteme que te diga que es un verdadero privilegio trabajar nuevamente contigo.

—El privilegio es mío —repuso Bell, sinceramente. Se sentía afortunado por poder contar con dos investigadores tan eficientes y que conocían tan bien la zona oeste del país y sus gentes.

El sol se ponía más allá de las Rocosas cuando Bell salió de la sala de reuniones. Siempre cauteloso, cerró la puerta con llave. Al salir al vestíbulo se topó con Nicholas Alexander, que parecía haber salido de una sastrería de lujo. Su habitual traje arrugado había sido sustituido por un elegante esmoquin. Sin embargo, aquella nueva imagen de respetabilidad no le encajaba porque le faltaba autenticidad interior.

—Parece usted un potentado, señor Alexander —le dijo Bell en tono amistoso.

—Sí. Esta noche llevo a mi mujer a un baile en el Denver Country Club. Por si no lo sabe, tengo amigos influyentes en la ciudad.

—Eso he oído.

—Es una pena que no pueda venir, pero está reservado para socios del club que cuenten con los medios suficientes.

—Lo entiendo perfectamente —contestó Bell disimulando su sarcasmo.

Tan pronto como se separaron, Bell se dirigió a la oficina de correos más cercana y envió un telegrama a Van Dorn.

He organizado un calendario de investigaciones para Curtis, Irvine y también para mí. Quiero informarle de que tenemos un espía entre nosotros. Se trata de una mujer, una desconocida que me abordó en el hotel y me identificó. Sabía mi nombre, mi pasado y parecía estar enterada de por qué me encuentro en Denver. Se llama Rose Manteca y se supone que proviene de una acaudalada familia de rancheros de Los Ángeles. Por favor, pida a nuestra oficina de allí que la investigue. Le mantendré informado de mis progresos.

BELL

Después de haber enviado el telegrama, Bell caminó por la abarrotada acera hasta el Brown Palace. Tras intercambiar unas palabras con el recepcionista, que le proporcionó un plano de la ciudad, fue acompañado hasta el almacén y el cuarto de calderas situado bajo el vestíbulo, donde el responsable de mantenimiento, un tipo afable vestido con un mono de faena, le dio la bienvenida y lo llevó hasta un cajón de madera que había sido desmontado. El hombre le indicó una motocicleta roja y reluciente que se apoyaba en su caballete central bajo una solitaria bombilla, junto al cajón.

—Aquí la tiene, señor Bell —dijo con satisfacción—. Lista para rodar. Yo mismo se la he abrillantado.

—Se lo agradezco, señor…

—Bomberger, John Bomberger.

—Le devolveré el favor cuando me vaya del hotel. No me olvidaré —le prometió Bell.

—Me alegro de haberle sido de ayuda, señor.

Bell subió a su habitación y encontró colgado en el armario el esmoquin que había mandado repasar durante el día. Tras darse un baño rápido, se vistió, sacó del armario un largo guardapolvos que le llegaba casi a la altura de las relucientes botas, y se lo puso junto con unas perneras que evitarían que el aceite que solía escupir el motor le manchara el esmoquin. Por último, cogió una gorra y unas gafas y bajó al cuarto de almacén por la escalera de atrás.

La motocicleta roja relucía con sus blancos neumáticos de goma, como si fuera un corcel listo para conducirlo a la batalla. La bajó del caballete, sujetó este al guardabarros trasero, la cogió por el manillar y empujó sus sesenta kilos por la rampa que los carros utilizaban para llevarse a la lavandería la ropa de cama del hotel y para dejar los suministros y la comida que servía el restaurante y las cocinas del servicio de habitaciones.

Bell salió por la rampa y se encontró en Broadway, la calle que discurría junto al edificio del capitolio del estado con su bóveda dorada. Montó en el estrecho y duro sillín situado delante del depósito colocado a lomos de la rueda trasera. Dado que la moto había sido diseñada para la competición, el asiento quedaba casi a la misma altura que el manillar, lo cual obligaba a Bell a estirarse casi horizontalmente para pilotarla.

Se puso las gafas y abrió la válvula que permitía que el combustible fluyera por gravedad desde el depósito al carburador. Luego, colocó los pies en los pedales estilo bicicleta y pedaleó por la calle haciendo que la corriente fluyera desde las baterías a la bobina y produjera la chispa de alto voltaje necesaria para que prendiera el combustible en los cilindros. Apenas había recorrido tres metros cuando el bicilíndrico en «V» cobró vida y el tubo de escape dejó escapar un bramido.

Bell puso la mano en el puño del mando de gas y lo giró menos de media vuelta. La motocicleta se lanzó hacia delante impulsada por su transmisión por cadena de una sola marcha y Bell no tardó en verse circulando por Broadway Street, serpenteando entre los carros de caballos y los ocasionales coches, a cuarenta y cinco kilómetros por hora.

Puesto que era una moto de carreras, carecía de faro; sin embargo, la luna iluminaba el cielo nocturno y la calle estaba bordeada de farolas, lo cual le proporcionó claridad suficiente para ver y esquivar a tiempo los excrementos de caballo que se encontró en su camino.

Al cabo de tres kilómetros se detuvo bajo una farola y consultó el plano. Comprobó que estaba yendo en la dirección correcta y siguió hasta que llegó a Speer Avenue. Luego, giró hacia el oeste. Al cabo de otros tres kilómetros, el Denver Country Club apareció ante sus ojos.

El interior del gran edificio de tejado puntiagudo se veía profusamente iluminado, y el resplandor salía por los grandes ventanales que lo rodeaban. El camino que conducía a la entrada principal estaba lleno de carruajes y automóviles aparcados cuyos chóferes y conductores charlaban en pequeños grupos mientras fumaban. Bell vio a dos individuos vestidos de blanco que se dedicaban a comprobar las invitaciones de los asistentes.

Comprendió que llamaría excesivamente la atención si se presentaba en la entrada con su moto. Además, sin la invitación correspondiente, había pocas posibilidades de que lograra entrar por muy vestido que fuera para la ocasión. Bajo la semiclaridad de la luna, giró el manillar y condujo su motocicleta hacia el campo de golf. Con cuidado de evitar los *greens* y las trampas de arena, dio un amplio rodeo y se acercó hasta el cobertizo de los *caddies* que había detrás del edificio principal, junto al *tee* del hoyo 1. El interior estaba desierto y oscuro.

Cortó el encendido y rodó en silencio hasta unos matorrales cercanos. Dejó la moto apoyada en su caballete lateral, se quitó el guardapolvos y lo dejó doblado encima del manillar. A continuación, se quitó la gorra, las gafas y las perneras y salió al iluminado camino que conducía desde el cobertizo hasta el lujoso club mientras se pasaba la mano por los cabellos rubios. Toda la zona estaba iluminada por el resplandor de las lámparas eléctricas que salía por las ventanas y por las farolas que bordeaban la estrecha carretera que iba desde la calle hasta la parte de atrás del club. Había varios camiones aparcados frente a unos peldaños que conducían a la entrada trasera. Los empleados del servicio de cátering, uniformados de azul militar, llevaban bandejas de platos y utensilios desde los camiones hasta la cocina.

Bell subió los peldaños y entró en la cocina abriéndose paso entre los camareros como si fuera el dueño del lugar. Ninguno de los camareros que iban de un lado para otro, cargados con bandejas, ni de los cocineros le prestaron la menor atención. En lo que a ellos se refería, aquel tipo de esmoquin debía de ser uno de los directivos del club. Tampoco tuvo problema alguno para acceder a los salones. Simplemente abrió las puertas batientes de la cocina y se unió a la muchedumbre de invitados mientras buscaba con la mirada a Rose Manteca.

Al cabo de un par de minutos de pasear entre las mesas, la encontró en el salón de baile y se llevó una sorpresa: Rose bailaba en brazos de Nicholas Alexander.

Pensó brevemente en la cara que se les pondría si se acercaba y pedía el siguiente baile, pero decidió que la discreción era un camino más prudente que satisfacer su ego. Había visto más de lo pensaba que vería y había descubierto la identidad de la espía. No obstante, Bell estaba convencido de que Alexander no era un agente a sueldo del Carnicero y su fisgona amiga.

Solo se trataba de un pobre idiota y de una marioneta en manos de una cara bonita. Se alegró de que no lo hubieran visto.

Se colgó una servilleta del brazo y cogió una cafetera cercana como si se dispusiera a servir las mesas. En caso de que Alexander o Rose miraran en su dirección, podría darse la vuelta y fingir que era uno de tantos camareros. La música finalizó, y los vio regresar a la mesa. Se sentaron juntos, con Alexander en medio de Rose y de otra mujer más mayor con una gruesa papada que supuso que sería la esposa de Alexander. La situación demostraba que no se habían conocido casualmente durante el baile: el hecho de que compartieran mesa significaba que sus lugares habían sido reservados con antelación. No eran unos simples extraños.

Bell contempló abiertamente a Rose. Llevaba un vestido de seda roja que casi hacía juego con sus llameantes cabellos, que esa noche se había dejado sueltos. El corpiño del vestido le realzaba los pechos, que destacaban como dos blancos montículos. Realmente era una mujer hermosa de la cabeza a los pies.

Tenía los labios entreabiertos en una seductora sonrisa, y en sus ojos castaño dorados brillaba una chispa de humor. Apoyó la mano en el brazo de Alexander, y Bell comprendió que le gustaba el contacto físico. Desprendía un aura de excitación que resultaba contagiosa para sus compañeros de mesa. Sin duda era una seductora, bella y deslumbrante; pero Bell no se dejó engatusar ni sintió pasión alguna hacia ella. Para su cerebro analítico, Rose Manteca no era el objeto de sus deseos, sino que representaba al enemigo, y podía apreciar su astucia y sus tretas a través del brillo superficial de su belleza.

Decidió que ya había visto bastante, de manera que se situó junto a un camarero que regresaba a la cocina y caminó tras él hasta que cruzaron las puertas batientes.

Mientras se ponía el equipo que había dejado con su moto, Bell se sintió afortunado. Se había topado con una situación imprevista, pero de la que podría sacar provecho. Mientras conducía de regreso al Brown Palace decidió que la información que en adelante pasaría a Alexander sería falsa y equívoca. Puede que incluso tramara una trampa para burlar a Rose Manteca.

Aquella parte de su plan lo intrigaba. De hecho, sentía ya como si llevara cierta ventaja a la hora de dar caza a una cautelosa leona.

7

A la mañana siguiente, poco después de haber llegado al despacho, se presentó un mensajero de la oficina de correos para entregarle un telegrama de Van Dorn.

> Mi principal agente en Los Ángeles me comunica que no ha encontrado rastro de ninguna mujer llamada Rose Manteca. Tampoco existe ninguna familia con ese apellido que sea propietaria de un rancho en doscientos kilómetros alrededor de la ciudad. Me da la impresión de que esa señorita ha querido engañarlo. ¿Era guapa?
>
> VAN DORN

Bell sonrió para sus adentros. Se guardó el telegrama en el bolsillo y fue al despacho de Alexander. Llamó antes de entrar.

—Adelante —dijo Alexander en voz baja, como si estuviera hablando con alguien en la misma habitación.

Bell casi no lo oyó, pero entró igualmente.

—Supongo que viene a informarme —dijo el jefe de la oficina de Denver sin más preámbulos.

Bell asintió.

—En efecto. Quiero ponerlo al corriente de nuestras actividades.

—Le escucho —repuso Alexander sin levantar la vista de los papeles que tenía delante y sin ofrecerle asiento.

—He enviado a Curtis y a Irvine en misión de campo para que interroguen a los testigos y a los agentes del orden sobre los robos y los asesinatos —mintió Bell.

—No parece probable que vayan a descubrir nada que no hayan averiguado ya y nos hayan proporcionado las autoridades locales.

—Yo tengo intención de coger el primer tren que salga hacia Los Ángeles.

Alexander lo miró con expresión suspicaz.

—¿Los Ángeles? ¿Para qué tiene que ir allí?

—No llegaré a Los Ángeles. Me apearé en Las Vegas y cogeré otro tren hasta Rhyolite, donde tengo planeado hablar con los testigos por mi propia cuenta.

—Un buen plan. —Alexander parecía casi aliviado—. Por un momento creí que pensaba ir a Los Ángeles por lo de la señorita Manteca.

Bell fingió sorpresa.

—¿La conoce usted?

—Se sentó en mi mesa con mi mujer y conmigo durante la recepción de anoche en el Country Club. Ya nos habíamos visto en otras ocasiones. Me contó que ustedes dos se conocieron en la gala benéfica del otro día, en favor de los huérfanos, y me pareció que estaba muy interesada en su trabajo, en especial por ese atracador y asesino al que persigue.

«Y apuesto a que quería saber todo lo posible de mis pesquisas», se dijo Bell, que preguntó:

—No sabía que le había causado buena impresión. La verdad es que se me quitó de encima de modo bastante expeditivo.

—Mi mujer cree que la señorita Manteca ha quedado prendada de usted.

—Lo dudo. Todo lo que logré averiguar de ella fue que proviene de una acomodada familia de Los Ángeles.

—Eso es cierto —corroboró Alexander en su total ignorancia—. Su padre posee grandes propiedades fuera de la ciudad.

Bell comprendió que Alexander no se había tomado la molestia de investigar a Rose y que las preguntas de la joven sobre su persona y el caso del Carnicero tampoco habían levantado sus sospechas.

—¿Cuándo piensa usted volver? —preguntó Alexander.

—Creo que habré terminado mis investigaciones en Rhyolite dentro de unos cinco días.

—¿Y Curtis e Irvine?

—Entre diez y quince días.

Alexander volvió su atención a los papeles que tenía delante.

—Buena suerte —dijo secamente, a modo de despedida.

Cuando Bell regresó a la sala de conferencias, se instaló en su silla giratoria y se relajó poniendo los pies encima de la larga mesa mientras tomaba un sorbo de la taza de café que la señora Murphy le había llevado antes. Se recostó y dejó que su mirada se perdiera en el techo.

Sus sospechas sobre Rose Manteca habían dado en el clavo. No solo era una impostora, sino que seguramente estaba relacionada con el Carnicero y este la había enviado para que averiguara todo lo posible de las investigaciones de la Agencia de Detectives Van Dorn. Bell comprendió que no debía infravalorar a su adversario. No se trataba de un forajido cualquiera. Contratar los servicios de una hermosa espía era propio de alguien que planeaba sus movimientos con sumo cuidado. Rose —fuera esa su verdadera identidad o no— era buena en su trabajo. Lo demostraba el hecho de que se hubiera ganado la confianza del director de la oficina de Denver. Había sentado sus bases cuidadosamente, como lo haría una profesional. Que el Carnicero hubiera recurrido a una impostora significaba que contaba con recursos de primera magnitud y con una red de tentáculos que podían alcanzar a los organismos del gobierno y al mundo de los negocios.

Cuando Bell regresó al Brown Palace, se dirigió a la recepción y pidió el número de habitación de Rose Manteca. El recepcionista se puso muy serio cuando le dijo:

—Lo siento, señor. No podemos facilitar los números de las habitaciones de nuestros clientes. Pero sí puedo decirle —añadió con una sonrisa burlona— que la señorita Manteca ha abandonado el hotel este mediodía.

—¿Dijo adónde se dirigía?

—No, pero su equipaje fue llevado a Union Station y cargado en el tren de la una con destino a Fénix y Los Ángeles.

Aquello no entraba en sus cálculos, y se maldijo por haber permitido que se le escabullera entre los dedos.

¿Quién era realmente Rose Manteca y por qué había subido al tren de Los Ángeles si no vivía allí?

Entonces, otro pensamiento empezó a darle vueltas en la cabeza: ¿cuál sería el siguiente golpe de su adversario? El hecho de no tener la más remota idea lo irritó tremendamente. En los otros casos en los que había trabajado siempre había tenido la sensación de controlar la situación. Pero aquel era diferente. Muy diferente.

8

El hombre rubio, de mostacho poblado y engominado, tenía todo el aspecto de alguien próspero. Tras salir caminando de la estación de tren, subió al asiento trasero de un coche Ford Modelo N y disfrutó del hermoso día sin nubes mientras contemplaba el paisaje de la localidad de Salt Lake City, encajada entre las montañas Wasatch. Iba vestido según la moda más elegante del momento, pero con un toque de hombre de negocios sofisticado: llevaba un sombrero de copa, una levita negra de tres botones con chaleco, corbata y cuello rígido. Se cubría las manos con unos guantes grises de cabritilla y los botines de idéntico material le llegaban hasta los tobillos.

Se inclinó ligeramente hacia delante mientras observaba a través de las ventanillas, y sus manos sujetaban el mango de plata de un bastón rematado por una cabeza de águila con un largo pico. Aunque tenía un aspecto totalmente inofensivo, el bastón era un arma de cañón largo y gatillo que se desplegaba con solo apretar un botón. Disparaba una bala del calibre 44 cuyo casquillo podía extraerse para recargarla, y llevaba la munición escondida en la cabeza del águila.

El coche pasó ante la iglesia de los Santos del Último Día, el templo de Salt Lake City. Construido entre 1853 y 1893, sus muros de granito de más de metro y medio de grosor estaban coronados por seis espiras, y la más alta de ellas albergaba una efigie de cobre del ángel Moroni.

Tras salir de Temple Square, el coche giró por 300 South Street y se detuvo ante el Peery Hotel. Erigido poco tiempo antes, durante el *boom* minero, según los cánones de la arquitectura europea de la época, era el mejor establecimiento hotelero de la ciudad. Mientras el portero sacaba el equipaje del maletero del coche, el hombre ordenó al chófer que esperara. Luego, se apeó y cruzó las dobles puertas de cristal tallado de la entrada principal y penetró en el suntuoso vestíbulo.

El recepcionista jefe sonrió y asintió antes de mirar el reloj de pared y preguntar:

—El señor Eliah Ruskin, supongo…

—Supone bien —respondió el hombre.

—Las dos y cuarto. Llega justo a la hora, señor.

—Por una vez el tren ha sido puntual.

—Si es tan amable de firmar en el libro de registro…

—Debo salir para una reunión. ¿Querría ocuparse de que suban mi equipaje y me deshagan las maletas?

—Desde luego, señor Ruskin. Yo mismo me ocuparé. —El jefe de recepción se asomó por encima del mostrador y señaló la gran maleta de piel que Ruskin sostenía entre las piernas—. ¿Quiere que me ocupe también de que le suban esa maleta, señor?

—No, gracias. Prefiero llevarla conmigo.

Ruskin dio media vuelta y salió a la acera llevando la maleta en una mano y el bastón en la otra. El peso de su contenido le tiraba del hombro. La metió en el coche y subió.

Al recepcionista le extrañó que Ruskin no la hubiera dejado en el coche y se preguntó por qué había cargado con ella, sacándola y volviéndola a llevar. Supuso que debía de contener algo valioso, pero sus pensamientos se vieron repentinamente interrumpidos cuando tuvo que ocuparse de los clientes que llegaron a continuación.

Ocho minutos más tarde, Ruskin se apeó del coche, pagó al chófer, entró en el vestíbulo del Salt Lake Bank & Trust y se encaminó hacia el guardia de seguridad que se encontraba sentado junto a la puerta.

—Tengo una cita con el señor Cardoza —le dijo.

El guardia se levantó y le señaló una puerta de cristal esmerilado.

—Encontrará al señor Cardoza allí dentro —le indicó.

Ruskin no necesitaba que el vigilante le dijera dónde debía dirigirse porque habría podido localizar él mismo la puerta del director del banco. Lo que el guardia no sabía era que aquel desconocido lo había observado detenidamente: sus gestos, su edad, la forma de colocarse en la cintura la cartuchera con el Colt Browning automático del calibre 45, modelo 1905. Aquel breve estudio le había revelado que el guardia no estaba especialmente alerta ni despierto. La rutina de ver desfilar día tras día a los clientes de siempre sin el menor incidente lo había vuelto indiferente. Ni siquiera pareció ver nada extraño en la gran maleta de Ruskin.

El banco tenía dos ventanillas con barrotes para los cajeros. Los otros dos empleados, aparte del guardia, eran Cardoza y su secretaria. Ruskin observó que la gran puerta de hierro que daba a la cámara acorazada desde el vestíbulo estaba abierta con intención de impresionar a los clientes y darles la seguridad de que sus fondos se encontraban a buen recaudo.

Se acercó a la secretaria y la saludó.

—Buenos días. Soy Eliah Ruskin. Tengo una cita a las dos y media con el señor Cardoza.

La mujer, de unos cincuenta años y de cabellos canosos, sonrió, se levantó sin decir palabra y se dirigió hasta una puerta en cuyo cristal se leía: ALBERT CARDOZA. DIRECTOR. Llamó y se asomó.

—Un tal señor Ruskin desea verlo, señor.

Cardoza se puso en pie de golpe y salió a toda prisa de detrás de su mesa para estrechar vigorosamente la mano del recién llegado.

—Es un placer, señor Ruskin. Estaba esperando su llegada. No tiene uno todos los días el placer de recibir al representante de un banco de Nueva York que se dispone a realizar un depósito tan importante.

Ruskin levantó la maleta, la depositó en la mesa de Cardoza, hizo saltar los cierres y la abrió.

—Aquí lo tiene. El medio millón de dólares en billetes que vengo a depositar hasta que llegue el momento en que decida retirarlo.

Cardoza contempló con aire reverente los fajos pulcramente ordenados de certificados en oro de cincuenta dólares como si fueran su pasaporte a la tierra prometida. Luego, alzó la vista con creciente sorpresa.

—Disculpe, señor Ruskin, pero no lo entiendo. ¿Cómo es que no ha traído un cheque de caja en lugar de todo este efectivo?

—Los directores del Hudson River Bank de Nueva York prefieren trabajar con efectivo. Como sabrá por nuestra correspondencia, nos disponemos a inaugurar sucursales en todas las ciudades del oeste que creemos que tienen un alto potencial de crecimiento. Por eso nos parece conveniente tener a mano efectivo para cuando abramos nuestras puertas.

Cardoza miró a Ruskin con aire sombrío.

—Espero que sus directores no hayan pensado abrir un establecimiento de la competencia aquí, en Salt Lake City.

Ruskin sonrió benévolamente y negó con la cabeza.

—No se preocupe. Fénix, en Arizona, y Reno, en Nevada, serán las próximas sucursales que nuestro banco abra en el oeste.

Cardoza pareció aliviado.

—Desde luego, Fénix y Reno están en plena expansión.

—Y dígame —preguntó Ruskin con toda naturalidad mientras contemplaba la cámara acorazada—, ¿nunca han tenido un atraco a un banco en Salt Lake?

Cardoza lo miró como si se hubiera vuelto loco.

—¿En esta ciudad? ¡Desde luego que no! Nuestros ciudadanos no lo permitirían. Salt Lake es una de las ciudades con menor índice de criminalidad de todo el país. Las gentes de los Santos del Último Día son personas piadosas. Créame, señor Ruskin, ningún forajido se atrevería a asaltar este banco. Su dinero estará totalmente seguro una vez haya sido depositado en nuestra cámara acorazada.

—Pues acabo de leer algo acerca de un tal Carnicero que se dedica a asaltar bancos y a asesinar a gente en las ciudades del oeste.

—No tiene de qué preocuparse, se lo aseguro. Ese hombre solo trabaja en pequeños pueblos mineros, donde roba las nóminas. No sería tan estúpido para atracar el banco de un lugar como Salt Lake. La policía acabaría con él antes de que traspasara los límites de la ciudad.

Ruskin señaló la cámara acorazada con la cabeza.

—Realmente impresionante —comentó.

—La mejor que hay al oeste del Mississippi. Fue construida especialmente para nosotros en Filadelfia —dijo Cardoza con orgullo—. Ni un regimiento armado con cañones podría forzarla.

—Veo que la tienen abierta durante las horas de ventanilla.

—Sí, ¿por qué no? A nuestros clientes les gusta ver lo bien protegidos que están sus depósitos. Como le he dicho, en Salt Lake City nunca han atracado un banco.

—¿Cuál es su hora más floja del día?

—¿Cómo dice? —preguntó Cardoza, extrañado.

—Me refiero a cuál es la hora de menos transacciones.

—Entre la una y media y las dos es cuando las ventanillas trabajan menos. La mayoría de nuestros clientes han vuelto a sus trabajos después de la pausa para comer. De todas maneras, como cerramos a las tres, siempre hay algún cliente que viene para alguna transacción de última hora. ¿Por qué lo pregunta?

—Es solo curiosidad para comparar la actividad de aquí con la que tenemos en Nueva York. La verdad es que se parecen. Si no tiene inconveniente, le dejaré el dinero con la maleta y volveré mañana a recogerla.

—Nos falta poco para cerrar, pero haré venir al cajero para que lo cuente a primera hora de la mañana.

Cardoza abrió un cajón de su escritorio, sacó un libro de talonarios, extendió un recibo de depósito por un valor de medio millón de dólares y se lo entregó a Ruskin, que se lo guardó en una gran cartera que llevaba en el bolsillo interior de la chaqueta.

—¿Puedo pedirle un favor? —preguntó Ruskin.

—Lo que sea.

—Me gustaría estar presente cuando su cajero cuente el dinero.

—Es muy amable por su parte, pero estoy seguro de que su banco habrá contado hasta el último billete.

—Mire, le agradezco la confianza; pero, de todas maneras, me gustaría estar presente. Solo para asegurarme.

—Como quiera —repuso Cardoza, encogiéndose de hombros.

—Y también quisiera pedirle algo más.

—Usted dirá.

—Tengo otros asuntos de los que ocuparme durante la mañana y no creo que pueda venir antes de la una y media. Ya que es cuando tiene usted menos trabajo en el banco, ¿le parece que sería una buena hora para hacer el recuento?

Cardoza asintió con convicción.

—Desde luego. Tiene usted toda la razón. —Se levantó y le tendió la mano—. Hasta mañana, pues.

Ruskin no se la estrechó, sino que se tocó el ala del sombrero con el bastón a modo de despedida y salió del despacho. Balanceando el bastón, pasó ante el vigilante, que no le prestó la menor atención, y salió a la calle.

Entonces sonrió para sí, sabiendo que no tenía intención de volver al banco solo para contar los billetes de la maleta.

9

Al día siguiente, Ruskin fue caminando hasta el banco, asegurándose de que era visto por los transeúntes y parándose a charlar con los comerciantes. Llevaba su bastón-rifle más como una ayuda para caminar que como arma.

Llegó al banco a la una y media en punto. Entró y, haciendo caso omiso del guardia, giró la llave en la cerradura de la puerta y dio la vuelta al cartel para que desde fuera se leyera CERRADO. Luego, corrió las cortinas mientras el vigilante permanecía sentado y sumido en su habitual aburrimiento, sin darse cuenta de que el banco estaba a punto de ser atracado. Ni la secretaria de Cardoza ni los cajeros ni la clienta que estaba realizando un depósito se percataron de la extraña conducta del intruso.

El vigilante se dio cuenta al fin de que Ruskin no estaba comportándose como un cliente normal y se puso en pie mientras su mano iba al arma que llevaba en la cintura.

—¿Qué demonios cree que está haciendo? —preguntó inexpresivamente, y al instante se encontró mirando el cañón del Colt 38 de Ruskin.

—No oponga resistencia y camine despacio hasta el mostrador —le ordenó Ruskin mientras envolvía su arma en una vieja y agujereada bufanda. Pasó rápidamente tras el mostrador antes de que los cajeros se dieran cuenta de la situación y pudieran coger las escopetas que tenían a sus pies en sus cubículos. Nadie esperaba que el banco fuera atracado y estaban sumidos en la confusión.

—¡Ni se les ocurra coger sus armas! —les espetó Ruskin—. ¡Tírense al suelo si no quieren que les meta una bala en la cabeza! —Apuntó a la asustada mujer del mostrador con su bastón—. Usted, vaya al otro lado y échese al suelo con los cajeros y no le pasará nada. —Acto seguido, apuntó a la secretaria de Cardoza—. ¡Y usted, al suelo también!

Cuando todos estuvieron tumbados boca abajo en el pulido suelo de madera, Ruskin llamó a la puerta del despacho del director. Cardoza, que no había oído las voces fuera, estaba completamente ajeno a los siniestros acontecimientos que estaban teniendo lugar en su banco. La fuerza de la costumbre lo llevó a esperar que entrara su secretaria, pero esta no apareció. Al final, irritado por la interrupción, se levantó y abrió la puerta. Tardó unos cuantos segundos en comprender lo que ocurría.

Miró fijamente a Ruskin y el arma.

—¿Qué significa todo esto? —preguntó; entonces vio a las personas tendidas en el suelo y se giró hacia Ruskin—. No entiendo nada. ¿Qué está pasando?

—Lo que está pasando es el primer atraco a un banco de Salt Lake City —contestó Ruskin como si la situación le hiciera gracia.

Cardoza no se movió. Estaba paralizado por la impresión.

—Pero usted es el respetable director de un banco de Nueva York. ¿Por qué hace esto? No tiene sentido. ¿Qué espera conseguir?

—Tengo mis motivos —repuso Ruskin en tono frío e inexpresivo—. Quiero que extienda usted una orden de pago por valor de cuatrocientos setenta y cinco mil dólares.

Cardoza lo miró como si estuviera hablando con un loco.

—¿Y a nombre de quién, si se puede saber?

—A nombre de Eliah Ruskin, ¿de quién si no?

Abrumado por la confusión, Cardoza abrió un cajón, sacó un libro con los talonarios correspondientes y redactó el documento que Ruskin le había pedido. Cuando hubo acabado, se lo entregó y Ruskin se lo guardó en el bolsillo superior de su chaqueta.

—Y ahora, échese al suelo con los demás.

Como si estuviera viviendo una pesadilla, Cardoza se estiró junto a su temblorosa secretaria.

—Muy bien. Ahora no quiero que ninguno de ustedes mueva una ceja hasta que yo lo ordene.

Sin decir más, Ruskin entró en la cámara acorazada y empezó a coger todo el efectivo y meterlo en los sacos de piel para el dinero que la víspera había visto apilados en una estantería, tras la imponente puerta blindada de cinco toneladas. Llenó dos de ellos, calculando que se llevaba unos doscientos treinta mil dólares en billetes, todos ellos de más de diez dólares. Lo había planeado cuidadosamente. Por informaciones del mundo bancario, sabía que el Salt Lake Bank & Trust había recibido una importante remesa de efectivo del Continental & Commercial National Bank de Chicago para sus reservas. La maleta con el dinero que había llevado la dejó en otro de los estantes de la cámara.

Sacó los sacos fuera y empujó la puerta blindada, que se cerró con total suavidad. Luego, hizo girar la rueda que activaba los cierres interiores y ajustó el reloj para que volviera a abrirse a las nueve de la mañana del día siguiente.

Sin ninguna prisa, como si estuviera dando un paseo por el parque, pasó al otro lado del mostrador y disparó en la cabeza a todos los que yacían en el suelo. Los disparos amortiguados se sucedieron tan rápidamente que nadie tuvo tiempo de gritar. A continuación, descorrió las cortinas para que la gente que transitaba por la calle pudiera ver que la cámara acorazada estaba sellada y creyeran que el banco había cerrado las puertas.

Ruskin esperó a que no hubiera peatones caminando por la acera ni vehículos a la vista. Luego, salió tranquilamente, cerró la puerta y se alejó caminando y haciendo oscilar su bastón. A las cuatro de la tarde había regresado al Peery Hotel. Se dio un largo baño, se vistió y bajó a cenar al restaurante, donde disfrutó de un gran plato de salmón ahumado con crema de eneldo y caviar regado con una botella de borgoña Clos de la Roche 1899. Después, pasó una hora leyendo en el salón del hotel antes de subir a su habitación, meterse en la cama y dormir como un tronco.

A la mañana siguiente, Ruskin tomó un coche hasta el Salt Lake Bank & Trust. Una multitud de curiosos se agolpaba en la entrada mientras una ambulancia se alejaba. Por todas partes se veían policías de uniforme. Se abrió paso entre el gentío y se acercó a un hombre que, por su atuendo, juzgó que sería uno de los detectives.

—¿Qué ha ocurrido aquí? —preguntó cortésmente.

—Han atracado el banco y asesinado a cinco personas.

—¿Un atraco, cinco asesinatos, dice? ¡Eso es una tragedia y un desastre! ¡Ayer mismo deposité aquí medio millón de dólares de mi banco de Nueva York!

El detective lo miró con sorpresa.

—¿Ha dicho medio millón? ¿En efectivo?

—Sí. Aquí tengo el recibo. —Ruskin agitó la hoja ante los ojos del detective.

El hombre lo examinó brevemente.

—¿Es usted Eliah Ruskin?

—Sí, soy Ruskin y represento al Hudson River Bank de Nueva York.

—¡Medio millón de dólares en efectivo! —exclamó el detective—. ¡Caramba, no me extraña que robaran el banco! Venga, señor Ruskin. Será mejor que pase y conozca al señor Ramsdell, uno de los propietarios del banco. Permítame que me presente: soy el comisario John Casale, del Departamento de Policía de Salt Lake City.

Los cadáveres habían sido retirados, pero grandes manchas de sangre seca se extendían por el suelo de madera pulida. El comisario Casale condujo a Ruskin ante un individuo corpulento y calvo, cuyo prominente estómago casi hacía estallar el chaleco de donde colgaba una gruesa cadena de oro. El hombre se hallaba sentado ante el escritorio de Cardoza mientras examinaba los depósitos del banco. La confusión se leía en sus ojos castaños. Miró a Ruskin, molesto por la interrupción.

—Es el señor Eliah Ruskin —anunció Casale—. Dice que ayer depositó medio millón de dólares en manos de Cardoza.

—Lamento que nos conozcamos en tan trágicas circunstancias. Soy Ezra Ramsdell, uno de los propietarios del banco —dijo Ramsdell levantándose y estrechando la mano de Ruskin—. Es una verdadera tragedia. ¡Cinco personas asesinadas! ¡Nunca había pasado nada parecido en esta ciudad!

—¿Estaba usted al corriente del dinero que Cardoza guardaba en nombre de mi banco? —preguntó Ruskin secamente.

Ramsdell asintió.

—Sí. Me llamó por teléfono y me informó de que usted había hecho un depósito en efectivo por esa cantidad, depósito que quedó guardado en la cámara acorazada.

—Entonces, y puesto que el señor Cardoza, que Dios tenga en su gloria, me extendió un recibo, ¿puedo asegurar a mis superiores que su banco compensará la pérdida del dinero?

—Diga a sus superiores que no tienen por qué preocuparse.

—¿Cuánto dinero se ha llevado el atracador? —preguntó Ruskin.

—Doscientos cuarenta y cinco mil dólares.

—Además de mi medio millón, claro —añadió Ruskin con expresión de honda inquietud.

Ramsdell lo miró con cara de extrañeza.

—Por alguna inexplicable razón, el atracador no se llevó su dinero.

Ruskin fingió perplejidad.

—¡Qué me está diciendo!

—El contenido de una maleta grande de piel, ¿es suyo? —preguntó el comisario Casale.

—¿Se refiere a los certificados en oro? Sí, pertenecen al banco al que represento.

Ramsdell y Casale cruzaron una mirada. Ramsdell declaró:

—La maleta que usted y el señor Cardoza depositaron en la cámara acorazada sigue intacta donde la dejaron.

—No lo entiendo.

—Nadie la ha tocado. Acabo de comprobarlo, y sus certificados siguen estando en su sitio y a salvo.

Ruskin interpretó el papel de alguien que no entendía lo ocurrido.

—Eso no tiene sentido. ¿A santo de qué le han robado su dinero y han dejado el mío?

Casale dijo con ademán pensativo:

—Yo creo que el atracador tenía prisa y que simplemente pasó por alto la maleta sin darse cuenta de que contenía una fortuna en efectivo.

—Pues es un alivio —contestó Ruskin quitándose el sombrero de copa y enjugándose un imaginario sudor de la frente—. Doy por hecho que el atracador no volverá por aquí, de modo que dejaré la maleta en su cámara acorazada hasta que llegue el momento en que necesitemos esos fondos para inaugurar nuestras nuevas sucursales en Reno y Fénix.

—Le estamos muy agradecidos —dijo Ramsdell—, especialmente ahora que nos han dejado sin efectivo.

Ruskin contempló las manchas de sangre del suelo.

—Bueno, creo que lo mejor será que los deje con su investigación. —Miró a Casale—. Confió en que atrapará al asesino para que pueda ser ahorcado.

—Le juro que lo perseguiremos sin descanso —le aseguró Casale con firmeza—. Todas las carreteras y caminos que salen de la ciudad, así como la estación de tren, están vigilados por la policía. No podrá salir de la ciudad sin que lo atrapemos.

—Pues les deseo buena suerte —dijo Ruskin—. Rezaré para que detengan a ese canalla. —Se volvió hacia Ramsdell—. Estaré en el Peery Hotel hasta mañana por la tarde, en caso de que requiera mis servicios. A las cuatro cogeré el tren para ir a Fénix, a supervisar la apertura de nuestra nueva sucursal.

—Es muy generoso por su parte —repuso Ramsdell—. Me

pondré en contacto con usted tan pronto reanudemos nuestra actividad.

—Es lo menos que puedo hacer. —Ruskin dio media vuelta para marcharse—. Le deseo suerte, comisario —dijo a Casale mientras se dirigía a la salida.

Casale se quedó mirando por la ventana mientras Ruskin caminaba por la acera y cogía un coche.

—Qué raro —dijo lentamente—. Si no me equivoco, el próximo tren a Fénix no sale hasta dentro de tres días.

Ramsdell hizo un gesto de indiferencia.

—Seguramente Ruskin está mal informado.

—De todas maneras, hay algo en ese hombre que me inquieta.

—¿Qué?

—No parecía especialmente contento de que el atracador no se haya llevado su dinero. Era casi como si antes de entrar por esa puerta ya supiera que su dinero estaba a salvo.

—¿Y eso importa? —preguntó Ramsdell—. Seguro que el señor Ruskin estaba contento de que el ladrón no se haya llevado su medio millón.

El detective parecía pensativo.

—¿Y cómo sabe usted que se trata de medio millón de dólares? ¿Los ha contado alguien?

—Seguro que Cardoza los contó.

—¿Está usted seguro?

Ramsdell echó a andar hacia la cámara acorazada.

—Ahora es un momento tan bueno como cualquier otro para contarlos.

Abrió la maleta y empezó a apilar encima de la mesa la primera capa de fajos de billetes. Veinte mil dólares en certificados en oro. Pero, debajo, el resto de la maleta estaba lleno de recortes de periódico cuidadosamente cortados y fajados.

—¡Santo cielo! —exclamó Ramsdell. Entonces, como si acabara de tener una revelación, corrió de vuelta al despacho de Cardoza y abrió una carpeta que había encima de la mesa. Contenía un talonario con órdenes de pago, donde faltaba la última, que aparecía sin registrar—. Seguro que ese asesino obligó a Cardoza a extenderle una orden de pago por el medio millón. Sea cual sea el banco donde la presente al cobro, asumirá que nosotros la autorizamos y exigirá que el Salt Lake Bank & Trust cumpla con el pago. De lo contrario, los abogados, los agentes del Tesoro… ¡Nos veremos obligados a cerrar!

—¡Ese Ruskin no solo es un impostor! —exclamó Casale con firmeza—. ¡Es quien atracó el banco y asesinó a sus empleados y a una clienta!

—¡No puedo creerlo! —murmuró Ramsdell, incrédulo—. ¡Tiene que detenerlo! —exigió—. ¡Tiene que cogerlo antes de que se marche de su hotel!

—Mandaré una patrulla al Peery —dijo Casale—. Pero ese tipo no es tonto. Seguro que se ha largado tan pronto como ha salido de aquí.

—¡No puede permitir que se vaya tan campante!

—Mire, si se trata del famoso Carnicero, entonces nos hallamos ante un canalla muy astuto que sabe desaparecer igual que un fantasma.

Un destello de malicia brilló en los ojos de Ezra Ramsdell.

—Tendrá que depositar la orden de pago en algún banco. Voy a telegrafiar a todos los directores de sucursal del país para que estén al tanto y avisen a la policía antes de abonar una orden de pago por valor de medio millón a nombre de Eliah Ruskin. No se saldrá con la suya.

—No estoy tan seguro —replicó John Casale, entre dientes—. No estoy tan seguro.

10

Mientras el tren en el que viajaba se detenía en la estación de Rhyolite, Bell pensó que el Carnicero le llevaba una buena ventaja. Había recibido un extenso telegrama de Van Dorn avisándole de la matanza de Salt Lake City. El banco de una ciudad importante como aquella era el último sitio donde él —o quien fuera— había esperado que el Carnicero diera su siguiente golpe. Sería la próxima parada de su viaje.

Se apeó del tren llevando la bolsa de cuero que contenía el mínimo esencial con el que viajaba. El calor del desierto lo golpeó con la potencia de un horno; sin embargo, la falta de humedad evitó que se le empapara la camisa de sudor.

Tras conseguir unas direcciones del jefe de estación, caminó hasta la oficina del sheriff, donde también estaba la cárcel. El sheriff Marvin Huey era un individuo de mediana estatura con una mata de cabellos canosos y revueltos. Levantó sus ojos, de un verde aceituna, del montón de carteles que tenía encima de la mesa y que anunciaban recompensas por la captura de forajidos y vio entrar al agente de Van Dorn.

—Sheriff Huey, me llamo Isaac Bell y trabajo para la Agencia de Detectives Van Dorn.

Huey no se levantó ni le tendió la mano, sino que lanzó un escupitajo de tabaco de mascar a una escupidera.

—Sí, señor Bell. Me avisaron de que llegaría en el tren de las diez. ¿Qué le parece el calor que tenemos aquí?

Bell cogió una silla que nadie le había ofrecido y tomó asiento.

—Prefiero el aire fresco de las alturas de Denver.

El sheriff sonrió levemente al comprobar la incomodidad de Bell.

—Si se quedara a vivir el tiempo suficiente es posible que llegara a acostumbrarse.

—Le envié un mensaje explicándole la investigación que tengo entre manos —dijo Bell sin más preámbulos—. Me interesa cualquier información que pueda serme de ayuda para atrapar al Carnicero.

—Pues le deseo que tenga más suerte que yo. Después de los asesinatos, lo único que encontramos fue una carreta abandonada y las mulas con las que había llegado a la ciudad.

—¿Sabe si alguien se fijó en él?

Huey meneó la cabeza.

—Nadie, especialmente. Hubo tres testigos que dieron su descripción y ninguna coincidió. Todo lo que sé es que mi patrulla no encontró huellas de ningún carro, coche o caballo que llevaran fuera de la ciudad.

—¿Y qué hay del tren?

Huey volvió a negar con la cabeza.

—Ningún tren salió durante las ocho horas siguientes al atraco. Envié hombres a la estación para que registraran los vagones de pasajeros antes de que el tren saliera, pero no vieron a nadie sospechoso.

—¿Y los mercancías?

—Mis ayudantes también registraron el único tren de carga que salió ese día. Ni ellos ni el maquinista ni el fogonero vieron a nadie escondiéndose en los vagones.

—¿Y cuál es su teoría sobre ese forajido? —le preguntó Bell—. ¿Cómo cree que consiguió escapar?

Huey se tomó su tiempo para lanzar otro salivazo a la escupidera.

—¿Teoría? Me duele reconocerlo, pero no tengo ni idea de qué modo consiguió eludirnos a mí y a mi gente. Para serle sincero, la cosa más bien me cabrea. Llevo treinta años como servidor de la ley y en ese tiempo no se me ha escapado ni un solo maleante.

—Puede consolarse pensando que no es el único sheriff que ha perdido el rastro de ese forajido después de que atracara sus bancos.

—Sí, pero sigue siendo algo de lo que no se puede estar orgulloso.

—Con su permiso, me gustaría interrogar a esos tres testigos.

—Perderá el tiempo.

—¿Le importa darme sus nombres? —insistió Bell—. Tengo que hacer mi trabajo.

Huey se encogió de hombros, anotó los nombres al dorso de uno de los carteles de «Se busca...» y se lo entregó a Bell.

—Son buena gente, ciudadanos honrados que creen en lo que vieron, a pesar de que no coincidieran entre ellos.

—Gracias, sheriff. Mi trabajo consiste en investigar todas las pistas, por insignificantes que parezcan.

—Si puedo ayudarlo en algo más, hágamelo saber —repuso Huey, con algo más de amabilidad.

—Lo haré si es necesario —contestó Bell.

Pasó la mayor parte de la mañana siguiente localizando e interrogando a la gente de la lista que le había dado Huey. Se consideraba un experto a la hora de sacar conclusiones de los relatos de los testigos; pero, en aquella ocasión, lo que sacó fue nada. Los testimonios de los tres testigos —dos hombres y una mujer— no coincidían en nada. El sheriff Huey estaba en lo cierto. Aceptó la derrota y regresó a su hotel para prepararse a marchar a la siguiente ciudad que había sufrido una tragedia similar: Bozeman, en Montana.

Se encontraba sentado en el restaurante del hotel, tomando una cena temprana de estofado de cordero, cuando el sheriff entró y se sentó a su mesa.

—¿Le apetece tomar algo? —le ofreció cortésmente Bell.

—No, gracias. He venido a verlo porque me he acordado de Jackie Ruggles.

—¿Y quién es Jackie Ruggles?

—Es un chico de unos diez años. Su padre trabaja en la mina y su madre es lavandera. El muchacho declaró que el día del atraco vio a un tipo muy raro, pero yo no le hice mucho caso. No es el chico más listo del pueblo, y creí que aseguraba haber visto al asesino para impresionar a sus amigos.

—Pues me gustaría hacerle algunas preguntas.

—Vaya por la calle Tercera hasta Menlo. Luego, gire a la derecha. Vive en la segunda casa de la izquierda. No es más que una chabola que parece que vaya a derrumbarse en cualquier momento, como la mayor parte de las casas de por aquí.

—Se lo agradezco.

—Vale, pero la verdad es que no creo que saque de Jackie más de lo que ha sacado de los demás. Puede que incluso saque menos.

—Prefiero ser optimista —repuso Bell—. Como le dije, debo comprobar todas las pistas, por insignificantes que parezcan. Mi agencia quiere atrapar a ese asesino tanto como usted.

—Le recomiendo que pase un momento por la tienda de ultramarinos y compre unos caramelos —comentó Huey—. A Jackie le vuelven loco los caramelos.

Encontró la casa de los Ruggles tal como el sheriff se la había descrito. Toda la estructura de madera caía hacia un lado. Bell pensó que si se inclinaba dos centímetros más se desplomaría en la calle. Empezó a subir los endebles peldaños justo cuando un muchacho abría la puerta y salía corriendo hacia la calle.

—¿Eres Jackie Ruggles? —le preguntó agarrándolo por el brazo antes de que pudiera escabullirse.

El chico no pareció intimidado lo más mínimo.

—¿Quién quiere saberlo? —preguntó.

—Me llamo Bell y soy de la Agencia de Detectives Van Dorn. Me gustaría hablar contigo de lo que viste el día en que atracaron el banco.

—¿Van Dorn? —preguntó Jackie, asombrado—. ¡Caramba, ustedes son famosos! ¿De verdad un detective de Van Dorn quiere hablar conmigo?

—Desde luego que sí —repuso Bell metiéndose la mano en el bolsillo—. ¿Te apetecen unos caramelos? —añadió sacando la bolsa que acababa de comprar.

—¡Caray, señor! ¡Gracias!

Jackie Ruggles no perdió el tiempo en cogerla al vuelo, sacar un caramelo y masticarlo con delectación. Iba vestido con una tosca camisa y un pantalón corto y llevaba unas botas viejas que parecían heredadas de un hermano mayor. En honor a su madre lavandera, sus ropas estaban limpias. Era delgado como un palo, de pelo castaño y tenía el rostro salpicado de pecas.

—El sheriff Huey me dijo que habías visto al atracador.

El chico asintió mientras devoraba otro caramelo.

—Pues claro. El problema es que nadie me cree.

—Yo sí. Dime lo que viste.

Jackie se dispuso a meter la mano en la bolsa para sacar otro caramelo, pero Bell lo detuvo.

—Mejor te los acabas cuando me hayas contado todo lo que sabes.

El chico pareció fastidiado, pero acabó encogiéndose de hombros.

—Estaba jugando a béisbol con mis amigos cuando aquel viejo…

—¿Viejo? ¿Cómo de viejo?

Jackie estudió a Bell.

—Como usted, más o menos.

Bell nunca había pensado que fuera viejo a los treinta, pero a los ojos de un muchacho de diez años, bien podía parecerlo.

—Vale, sigue.

—Iba vestido como la mayoría de los mineros que viven

aquí, solo que llevaba un gran sombrero, como los de los mexicanos.

—¿Un sombrero?

—Sí, uno de esos tan anchos. Y también llevaba un saco al hombro que parecía muy lleno.

—¿En qué más te fijaste?

—En que le faltaba el dedo meñique de una de las manos.

Bell se puso en guardia. Aquella era la primera pista que tenía para identificar al asesino.

—¿Estás seguro de que le faltaba el meñique?

—Tan seguro como que estoy aquí ahora —repuso Jackie.

—¿Y recuerdas de qué mano? —preguntó Bell, conteniendo la emoción.

—Sí. De la izquierda.

—¿Y no tienes ninguna duda de que era la izquierda?

Jackie se limitó a asentir sin apartar los ojos de la bolsa de los caramelos.

—Y cuando vio que lo estaba observando, me lanzó una mirada realmente furiosa —añadió.

—¿Y entonces qué ocurrió?

—Pues que tuve que atrapar la bola que me lanzaron. Cuando volví a mirar, ese hombre había desaparecido.

Bell acarició la cabeza del chico hundiendo la mano en un mar de indómito cabello. Sonrió.

—Vale. Ahora puedes seguir comiéndote los caramelos, pero yo que tú no los masticaría. Así te durarán más.

Después de abandonar el hotel de Rhyolite y antes de subir al tren, Bell pagó al empleado de telégrafos de la estación para que enviara un mensaje a Van Dorn en el que describía al Carnicero como una persona a la que le faltaba el dedo meñique de la mano izquierda. Sabía que Van Dorn comunicaría enseguida la noticia a su ejército de detectives para que buscaran cualquier información relacionada con personas así.

En lugar de volver a Denver, siguió un impulso y decidió

viajar a Bisbee. Cabía la posibilidad —remota pero cabía— de que volviera a tener suerte y hallara otra pista que lo acercara a la identidad del forajido. Se recostó en el asiento mientras el tórrido calor del desierto asaba el interior del vagón, pero no lo notó.

Pensó que aquella primera pista fiable, aportada por un muchacho pecoso, no era precisamente el mayor de los descubrimientos, pero sí un comienzo. Se sintió satisfecho consigo mismo por el descubrimiento y empezó a soñar despierto con el día en que se enfrentaría al forajido y lo reconocería por el meñique que le faltaba.

LA CAZA SE ACELERA

11

4 de marzo de 1906. San Francisco, California

El hombre cuyo último alias había sido «Ruskin» estaba de pie ante el lujoso lavamanos de latón y se contemplaba en el espejo ovalado mientras se afeitaba con la navaja. Cuando acabó, se enjuagó la cara con agua y se dio un masaje con unas gotas de cara colonia francesa. De repente, tuvo que sujetarse con fuerza al lavamanos para no caer cuando el tren frenó bruscamente y se detuvo.

Se acercó a una ventanilla, que desde fuera estaba camuflada para que pareciera una parte más del lateral del vagón de madera, y la entreabrió con cuidado para asomarse. Una locomotora acababa de empujar diez vagones de mercancías que habían sido desenganchados del tren, incluyendo el de O'Brian Furniture, a través de la enorme terminal del Southern Pacific Railroad llamada Oakland Mole. Las instalaciones consistían en un enorme muelle de ladrillo y cemento construido sobre pilones hundidos directamente en la bahía, en el lado oeste de la ciudad de Oakland. El atracadero donde amarraban los ferrys se hallaba en el lado oeste del edificio principal, entre unas torres gemelas que eran manejadas por un equipo de operarios que dirigían la carga y descarga de la gran flota de ferrys que cruzaban constantemente la bahía hacia San Francisco.

Dado que el Oakland Mole se encontraba al final del la vía

del ferrocarril, estaba abarrotado las veinticuatro horas del día con una multitud de gente de lo más diversa que se dirigía tanto al este como al oeste. Los trenes de pasajeros se entremezclaban con los de mercancías. Era uno de los puntos de mayor actividad en 1906, puesto que el comercio crecía espectacularmente en las ciudades de alrededor de la bahía, y San Francisco se había convertido en el centro que aglutinaba la actividad manufacturera de Oakland.

Ruskin comprobó la hoja de horarios y vio que su vagón había sido embarcado en el *San Gabriel*, uno de los ferrys construidos por el Southern Pacific Railroad para transportar tanto trenes de carga como de pasajeros. Era una embarcación clásica, con los extremos abiertos y una timonera encima de cada uno de ellos, y estaba propulsada por palas situadas a cada costado y movidas por motores de vapor independientes, los dos con su propia chimenea. Los ferrys destinados al transporte de trenes contaban con vías paralelas en la cubierta principal para los vagones de carga, mientras que la cubierta de cabina se reservaba para los de pasajeros. El *San Gabriel* medía noventa y cinco metros de eslora por veinticinco de manga y podía transportar quinientos pasajeros y veinte vagones de tren.

Tenía previsto llegar a la terminal de Southern Pacific situada entre las calles Tercera y Townsend, donde desembarcarían los pasajeros. A continuación, seguiría hasta el Pier 32, en Townsend con King, donde su cargamento de vagones sería trasladado a las cocheras de la ciudad, entre las calles Tercera y Séptima. Allí, trasladarían el vagón de la O'Brian Furniture Company a un apartadero, en la zona industrial de la ciudad, que era propiedad del forajido.

Ruskin había navegado muchas veces a bordo del *San Gabriel* en sus viajes por la bahía y aguardaba con ganas el regreso a casa tras su estancia en Salt Lake City. El eco de la sirena resonó en el Oakland Mole, y el barco se dispuso a partir. Todo su casco se estremeció cuando las enormes palas de ocho metros de diámetro empezaron a batir el agua. Al cabo de un momento, el buque surcaba la plácida bahía rumbo a San Francisco, situada a veinte minutos de navegación.

Ruskin acabó de vestirse con un traje de negocios negro y sobriamente conservador y se prendió una pequeña rosa amarilla en la solapa. Luego, se ladeó el sombrero hongo, se enfundó unos guantes de ante y recogió su bastón.

Se agachó, levantó una trampilla que había en el suelo del vagón y metió por la abertura una maleta grande y pesada. A continuación, se dejó caer entre las vías, con cuidado de no mancharse la ropa. Agachado bajo el vagón, se aseguró de que no hubiera cerca ningún miembro de la tripulación antes de salir de su escondite.

Se levantó y caminó hacia la cubierta de pasajeros. Subía por la escalera cuando se tropezó con un marinero que bajaba. El hombre se detuvo y lo miró con expresión severa.

—Señor, ¿no sabe usted que los pasajeros no pueden entrar en la cubierta principal?

—Sí, lo sé —repuso el forajido con una sonrisa—. Acabo de darme cuenta de mi error y por eso volvía a la cabina del pasaje.

—Está bien —repuso el marinero—. Disculpe que le haya molestado.

—No ha sido ninguna molestia. Usted cumplía con su obligación.

Ruskin siguió escalera arriba y entró en la cabina del pasaje, decorada con todo lujo, donde los pasajeros cruzaban la bahía rodeados de todas las comodidades. Fue al restaurante y pidió una taza de té en la barra. Luego, caminó hasta la cubierta de proa y se lo tomó mientras contemplaba cómo los edificios de San Francisco crecían en la distancia.

La capital de la bahía ya se estaba convirtiendo en una ciudad romántica, cosmopolita y fascinante. Desde 1900 no había dejado de crecer hasta convertirse en el centro financiero y mercantil del oeste. Había sido construida con la visión previsora de los hombres emprendedores, hombres como el que se hallaba de pie, impecablemente vestido, en la cubierta del ferry;

hombres que, cuando veían una oportunidad, se lanzaban rápidamente por ella.

Ruskin terminó el té y, poco inclinado a prestar atención a ciertos detalles, arrojó la taza por la borda en lugar de devolverla al restaurante. Contempló distraídamente una bandada de lavanderas pasar volando por encima del ferry, seguidas por tres pelícanos que planeaban muy cerca de la superficie en busca de peces. Luego, mezclándose con la gente, bajó por la escalera de proa hasta la cubierta principal, desde donde los pasajeros desembarcaron en el muelle situado frente a la lujosa terminal de estilo español de Southern Pacific.

Atravesó a paso vivo el cavernoso vestíbulo del edificio, cargando con la pesada maleta, y salió por las puertas que daban a Townsend Street. Estuvo esperando cinco minutos de pie, en la acera, hasta que sonrió al ver el Mercedes Simplex blanco que dobló la esquina a toda velocidad y se detuvo en la acera, frente a él, haciendo chirriar los neumáticos. Bajo el capó, había un enorme motor de cuatro cilindros y sesenta caballos capaz de lanzar el coche a más de ciento veinte kilómetros por hora. Era una fantástica combinación de acero, latón, madera y cuero. Conducirlo suponía una auténtica aventura.

Si el coche ya resultaba llamativo de por sí, lo mismo se podía decir de la mujer que iba sentada al volante. Era esbelta, tenía una cintura de avispa y llevaba el cabello pelirrojo sujeto por un gran lazo rojo que casi se confundía con el color del pelo. Se había atado la gorra bajo la barbilla para evitar que se la llevara el viento y se había puesto un vestido de hilo color caqui que le llegaba a las pantorrillas y le permitía mover libremente los pies por los cinco pedales del coche. Levantó una mano del amplio volante y saludó:

—Hola, hermano. Llegas una hora y media tarde.

—Saludos, hermanita —dijo él con una sonrisa—. He ido tan rápido como el maquinista de mi tren ha querido.

Ella le ofreció la mejilla, y él se la besó educadamente. La joven apreció el aroma de su hermano. Siempre usaba la colonia francesa que ella le había regalado y olía a un mar de flores tras una suave lluvia. De no haberse tratado de su hermano, bien podría haber tenido una aventura con él.

—Supongo que tu viaje habrá sido un éxito.

—Sí —contestó él, atando la maleta al pescante—, y no tenemos un minuto que perder. —Subió rápidamente al asiento de piel del pasajero—. Tengo que contabilizar la orden de pago del banco de Salt Lake City antes de que sus agentes se presenten para anular la transferencia.

Ella pisó el embrague con su zapato de cordones, introdujo hábilmente una marcha, y el coche salió disparado por la calle igual que un león dando caza a una cebra.

—Has tardado dos días en llegar aquí. ¿No crees que estás arriesgando mucho? Seguro que en estos momentos ya se han puesto en contacto con las autoridades y contratado detectives privados para que investiguen en todos los bancos del país en busca de una orden de pago robada que vale una fortuna.

—Sí. Y eso lleva tiempo. Como mínimo, cuarenta y ocho horas —contestó él aferrándose al asiento cuando el Mercedes giró velozmente por Market Street, ya que el coche carecía de puertas. También tuvo que sujetarse el sombrero para no perderlo.

La joven conducía deprisa, casi temerariamente, pero también con agilidad, sorteando el tráfico más lento a una velocidad que hacía que los paseantes volvieran la cabeza. Adelantó a un gran carro, tirado por un par de caballos percherones y cargado de cerveza, que bloqueaba casi toda la calle, y pasó por escasos centímetros entre él y los barriles apilados en la acera. Entretanto, su hermano no dejaba de tararear una melodía titulada *Garry Owen* y de saludar con el sombrero a las jóvenes que salían de las tiendas de ropa. Cuando tuvieron ante ellos el gran tranvía eléctrico de Market Street, la joven cambió de carril para adelantarlo y espantó de paso a más de un caballo ante las iras de sus conductores.

Después de conducir a lo largo de un par de manzanas más entre altos edificios de ladrillo y piedra, pisó los frenos y se detuvo bruscamente, haciendo patinar las ruedas traseras, ante el Cromwell Bank, en la esquina de Market y Sutter.

—Ya hemos llegado, hermanito. Espero que hayas disfrutado del trayecto.

—Un día de estos te vas a matar.

—Pues la culpa habrá sido tuya —respondió ella, riendo—. Tú me regalaste el coche.

—Te lo cambio por mi Harley-Davidson.

—Ni hablar. —Se despidió de él con la mano y le dijo—: Ven a casa temprano y sé puntual. Tenemos una cita con los Gruenheim para dar una vuelta por los barrios de mala vida de Barbary Coast e ir a ver una de esas escandalosas revistas musicales.

—No sabes cómo me apetece —repuso él con sarcasmo. A continuación, se apeó del coche y desató la maleta del pescante.

Ella vio que le costaba levantarla y supo que estaba llena de los billetes del Salt Lake Bank.

Con solo pisar el acelerador, el Mercedes Simplex de transmisión por cadena enfiló hacia el cruce y salió a toda velocidad calle arriba, mientras el rugido de su tubo de escape amenazaba con hacer añicos los cristales de los escaparates vecinos.

El forajido se dio la vuelta y contempló con orgullo el imponente y lujoso edificio del Cromwell Bank, con sus altas y ahusadas columnas jónicas y sus enormes vidrieras de colores. Un portero uniformado de gris le abrió una de las grandes puertas de bronce y cristal. Era un hombre alto, de cabellos grises, y con el porte militar de haber pasado treinta años en la caballería del ejército.

—Buenos días, señor Cromwell —lo saludó—. Me alegro de verlo de vuelta tras sus vacaciones.

—Y yo me alegro de regresar, George. ¿Qué tal tiempo ha hecho mientras he estado fuera?

—Como hoy, señor, soleado y templado. —George miró la gran maleta—. ¿Quiere que se la lleve, señor?

—No, gracias, George. Puedo yo solo. Además, necesito hacer ejercicio.

La inscripción de un pequeño rótulo de latón indicaba que los activos del banco alcanzaban la suma de veintidós millones de dólares, y Cromwell pensó que no tardarían en convertirse en veintitrés. Solo el Wells Fargo Bank, con sus cincuenta años de existencia a sus espaldas, superaba esa cifra.

George mantuvo la puerta abierta y Cromwell, el forajido, cruzó el suelo de mármol del vestíbulo y pasó frente a las mesas de los directores y las ventanillas de los cajeros, desprovistas de barrotes y totalmente abiertas al público. Aquella zona de cajeros abiertos resultaba una curiosa innovación viniendo de un hombre que no confiaba en nadie y se dedicaba a robar bancos de otros estados para construir su propio imperio financiero.

La verdad era que Jacob Cromwell ya no necesitaba los ingresos adicionales que robaba para su banco; sin embargo, no podía prescindir del reto que eso suponía. Se sentía invencible, capaz de burlar con su astucia a cualquier investigador de la policía, por no hablar de los detectives de la Agencia Van Dorn. Gracias a sus espías, sabía que ninguno de ellos había llegado ni remotamente a tener una idea de su identidad.

Entró en el ascensor, subió a la segunda planta y salió a las oficinas principales que ocupaban la galería situada por encima del vestíbulo de la entrada. Entró en su suntuoso conjunto de despachos mientras sus pasos quedaban amortiguados por la tupida moqueta de color marfil. Las paredes estaban revestidas de teca tallada con escenas del oeste del siglo XIX, y las columnas que sostenían el techo, trabajadas para que parecieran tótems. Los altos techos estaban adornados con frescos que ilustraban los primeros días de San Francisco.

Cromwell tenía a su servicio a tres secretarias que se ocupaban tanto del negocio principal como de llevar sus asuntos personales. Las tres eran mujeres hermosas: altas, elegantes, inteligentes y provenían de refinadas familias de San Francisco. Él les pagaba más de lo que habrían ganado trabajando para la competencia. Su única exigencia era que fueran vestidas iguales, el banco pagaba la ropa, y que todos los días variaran de color; ese día iban vestidas de marrón claro a juego con la moqueta.

Lo vieron entrar y se levantaron de inmediato para rodearlo mientras charlaban alegremente y le daban una festiva bienvenida tras lo que ellas creían que habían sido unos días de descanso pescando en Oregón. A pesar de que había tenido que recurrir a toda su contención y fuerza de voluntad, Cromwell nunca había tenido una aventura con ninguna de ellas. En lo referente a su vida privada, mantenía principios muy estrictos.

Cuando las atenciones hubieron terminado y las mujeres regresaron a sus mesas, Cromwell llamó a su despacho a su secretaria principal, que llevaba más de nueve años con él. Se sentó a su escritorio y dejó la maleta bajo la mesa antes de sonreír a Marion Morgan.

—¿Cómo está, señorita Morgan? ¿Ningún caballero en el horizonte últimamente?

Ella se ruborizó.

—No, señor Cromwell. Paso las noches en casa leyendo.

Marion tenía veintiún años cuando acabó sus estudios y entró a trabajar para Cromwell como cajera. Desde entonces había ido ascendiendo y había cumplido los treinta, pero no se había casado; lo cual hacía que muchos empezaran a considerarla una solterona. Lo cierto era que podría haber conquistado a cualquier hombre rico de la ciudad porque era una mujer deslumbrante que podía permitirse escoger a sus pretendientes, pero todavía no había elegido al compañero de su vida. Tenía sus preferencias con respecto a los hombres y consideraba que su príncipe azul todavía no había aparecido. Llevaba el cabello rubio recogido en lo alto de la cabeza, según la moda del momento, y eso, sumado a sus agraciadas facciones, acentuaba la elegancia de su largo cuello. Su figura encorsetada tenía el clásico perfil de un reloj de arena. Miró a Cromwell con sus ojos verde azulados mientras sostenía un lápiz sobre una libreta con su delicada mano.

—Estoy esperando a unos agentes que van a venir en nombre del Salt Lake Bank para comprobar nuestros archivos —le explicó Cromwell.

—¿Y van a examinar nuestros libros? —preguntó ella, sorprendida.

Cromwell negó con la cabeza.

—No llegarán a tanto. He oído rumores entre mis colegas banqueros de que han atracado un banco en Salt Lake City y que el dinero que se llevaron de allí puede haber sido depositado en otro banco.

—¿Quiere que me ocupe del asunto?

—No hará falta. Simplemente entreténgalos hasta que yo esté preparado para recibirlos.

Si a Marion se le ocurrió alguna pregunta que formular o tuvo alguna duda sobre las instrucciones de su jefe, no se lo comunicó.

—Desde luego. Me ocuparé de que estén cómodos hasta que usted quiera recibirlos.

—Eso es todo por el momento —la despidió Cromwell—. Gracias.

Tan pronto como Marion hubo salido del despacho y cerrado la puerta, Cromwell metió la mano en el bolsillo superior de su chaqueta y sacó la orden de pago del Salt Lake Bank & Trust. Luego, se levantó y fue hasta la gran caja fuerte donde guardaba los libros del banco y los archivos. Con mano rápida y experta modificó los asientos de los libros para que pareciera que la orden ya había sido atendida y la cantidad pagada a un tal Eliah Ruskin. También hizo las anotaciones que indicaban que el dinero había sido deducido del capital líquido del banco.

Una vez finalizada la manipulación, no tuvo que esperar mucho: los representantes que esperaba se presentaron veinte minutos más tarde. Marion les dijo que su jefe estaba muy ocupado y los entretuvo un momento hasta que sonó un pequeño timbre bajo su mesa. Entonces se levantó y los hizo pasar.

Cromwell hablaba en ese instante por teléfono y les hizo un gesto para que se acomodaran.

—Sí, señor Abernathy —decía—, me ocuparé personalmente de que su cuenta sea cancelada y los fondos transferidos al Bank of Baton Rouge, en Louisiana. Faltaría más. Me alegro de poder atenderlo. Que tenga un buen día.

Dejó el auricular tras su fingida conversación, se levantó, salió de detrás de su mesa y tendió la mano a sus visitantes.

—Buenos días, soy Jacob Cromwell, presidente del banco.

—Estos caballeros vienen de Salt Lake City —dijo Marion—. Desean hablar con usted por una orden de pago librada contra su banco.

Una vez hechas las presentaciones, giró sobre sus talones haciendo oscilar la falda que le llegaba por encima de los tobillos y salió del despacho.

—¿En qué puedo ayudarlos? —preguntó Cromwell, cortésmente.

Uno de los hombres era alto y desgarbado; el otro, que sudaba, bajo y fornido. El alto fue el primero en hablar.

—Me llamo William Bigalow y él es mi colega, Joseph Farnum. Estamos investigando si alguna institución financiera de San Francisco ha visto una orden de pago por valor de cuatrocientos setenta y cinco mil dólares librada por el Salt Lake Bank & Trust.

Cromwell alzó las cejas en gesto de fingida sorpresa.

—¿Por qué? ¿Qué problema hay?

—La orden de pago la firmó bajo coacción el director del banco, antes de que el autor del atraco le metiera un tiro en la cabeza y se largara con el documento y todo el dinero que había en la cámara acorazada. Estamos intentando dar con su paradero.

—¡Vaya por Dios! —exclamó Cromwell alzando las manos al cielo en señal de contrariedad—. Esa orden de pago llegó a nuestras manos ayer por la tarde.

Los dos hombres se pusieron en guardia.

—¿Tiene usted la orden? —preguntó Farnum con expectación.

—Sí. Está a buen recaudo en nuestro departamento de contabilidad. —El tono de Cromwell se hizo grave—. Por desgracia, atendimos el pago.

—¿Que atendieron el pago? —repitió Bigalow.

—Pues sí —confirmó Cromwell con gesto de impotencia.

—Y libraron un cheque a cambio, supongo —dijo Farnum, que todavía confiaba en que tuvieran tiempo de evitar que el atracador lo hubiera hecho efectivo en otro banco.

—No. El caballero cuyo nombre figuraba en el documento pidió que el pago se hiciera en efectivo, y nosotros le dimos satisfacción.

Bigalow y Farnum miraron a Cromwell, consternados.

—¿Dice usted que pagó casi medio millón de dólares en efectivo a un desconocido? —preguntó Bigalow con expresión de vivo reproche.

—Yo mismo comprobé la orden de pago cuando el director me la enseñó para que diera el visto bueno. Parecía perfectamente legítima.

Bigalow no tenía aire de estar complacido. Le iba a corresponder la poco grata tarea de informar a sus superiores del Salt Lake Bank y confirmarles que sus cuatrocientos setenta y cinco mil dólares se habían evaporado.

—¿Qué nombre figuraba en la orden?

—El de un tal Eliah Ruskin —repuso Cromwell—. Nos mostró una serie de papeles que demostraban que era el fundador de una compañía de seguros que iba a pagar las reclamaciones resultantes de un incendio que había destruido toda una manzana de casas de una ciudad… ¿cómo dijo que se llamaba? Ah, sí, creo que era Bellingham, en el estado de Washington.

—¿Podría describir usted al tal Ruskin?

—Iba muy elegantemente vestido —explicó Cromwell—. Era alto, de pelo rubio, y llevaba un buen mostacho. No me fijé en el color de sus ojos, pero creo recordar que llevaba un curioso bastón con una empuñadura de plata en forma de cabeza de águila.

—Es Ruskin, no cabe duda —murmuró Farnum.

—Ese hombre no ha perdido el tiempo —dijo Bigalow a su compañero—. Ha tenido que tomar un tren expreso para llegar hasta aquí en poco más de un día.

Farnum miró a Cromwell con aire escéptico.

—¿Y no se le ocurrió pensar que se trataba de una suma astronómica para pagársela a un perfecto desconocido de otro estado?

—Cierto. Pero, como ya les he dicho, comprobé personalmente el documento para asegurarme de que no se trataba de una falsificación. Le pregunté por qué no lo hacía efectivo en algún banco de Seattle, pero me dijo que su compañía estaba abriendo una oficina en San Francisco. Les aseguro que el documento era impecable. No vi ninguna razón para desconfiar. Por eso pagamos, aunque nos dejó prácticamente sin efectivo.

—Al banco que represento no le va a hacer ninguna gracia —indicó Farnum.

—Eso es algo que no me preocupa lo más mínimo —contestó Cromwell con aire decidido—. Nuestro banco no ha hecho nada ilícito ni ilegal. Hemos seguido fielmente los principios y las normas bancarias. Si el Salt Lake Bank no cumple con sus obligaciones, no es cosa mía. Además, su compañía de seguros les cubrirá las pérdidas del atraco. Estoy en situación de saber que sus activos son más que suficientes para compensar una pérdida de medio millón de dólares.

Farnum se dirigió a Bigalow sin mirarlo:

—Será mejor que vayamos a la oficina de telégrafos más próxima y demos la noticia a los directores del Salt Lake Bank. No les va a gustar.

—Desde luego que no —repuso Bigalow—. No creo que acepten todo esto sin protestar.

—No tienen más remedio que satisfacer la orden de pago. Creo que podemos asegurar que la comisión bancaria declará a favor del Cromwell Bank en caso de que los directores del Salt Lake decidan presentar una reclamación.

Los dos representantes se pusieron en pie.

—Necesitaremos su declaración, señor Cromwell, explicando las circunstancias del pago —declaró Farnum.

—Mañana por la mañana me ocuparé de que mis abogados se la preparen.

—Gracias por su colaboración.

—De nada —repuso Cromwell, sin levantarse—. Haré lo que esté en mi mano para colaborar.

Tan pronto como los agentes se hubieron marchado, Cromwell llamó a la señorita Marion.

—Por favor —le pidió—, ocúpese de que no me molesten durante las próximas dos horas.

—Me ocuparé personalmente, señor —repuso con eficiencia.

Cuando ella cerró la puerta, Cromwell se levantó y echó silenciosamente el cerrojo. Luego, sacó la maleta de debajo de la mesa y la abrió. Dentro, los billetes se amontonaban en desorden. Algunos iban en fajos.

Metódicamente, empezó a contarlos y apilarlos, formando fajos con los sueltos y anotando la cantidad en las fajas. Cuando acabó, tenía la mesa llena de pequeños y ordenados montones de efectivo, contado y marcado. El total ascendía a doscientos cuarenta y un mil dólares. Volvió a guardar el dinero con cuidado en la maleta, y la dejó bajo la mesa. A continuación, abrió varios libros de contabilidad en los que anotó varios depósitos en una serie de cuentas falsas en las que había ido depositando a lo largo de los años los botines de sus atracos: el dinero con el que había adquirido los activos que le habían permitido abrir su propio banco. Cuando estuvo satisfecho de haber quedado cubierto por las anotaciones, llamó a la señorita Morgan y le informó de que ya estaba disponible para ocuparse de llevar los asuntos cotidianos de una institución financiera de éxito.

El horario del banco era de diez de la mañana a tres de la tarde. Cuando llegó la hora de cerrar, Cromwell esperó a que se hubieran marchado todos los empleados y el banco quedara vacío. Entonces, solo en el vasto interior del edificio, llevó la maleta en el ascensor hasta la planta baja y entró en la cámara acorazada que, siguiendo sus instrucciones, seguía abierta. Allí fue depositando los fajos de billetes en los cestos correspondientes que los cajeros utilizaban en sus transacciones con los clientes. Por la mañana, entregaría a su jefe de contabilidad los recibos que había preparado, y este anotaría en los libros los depósitos amañados sin saber los números de serie.

Jacob Cromwell se sentía satisfecho consigo mismo. Estafar y robar el banco de Salt Lake City había sido su trabajo más audaz hasta el momento. E iba a tardar en repetirlo. Aquella fechoría despistaría a sus perseguidores, que creerían que se estaba volviendo más atrevido, y eso los llevaría a pensar que quizá su siguiente intento fuera volver a asaltar un banco en alguna ciudad importante. Sin embargo, era consciente de que no debía abusar de su suerte. Un atraco de esas características resultaba sumamente complicado de planear. Cuando volviera a las andadas, sería en alguna pequeña ciudad que todavía debía elegir.

Después de cerrar la cámara acorazada y conectar el reloj de apertura, bajó al sótano y salió a la calle por una puerta que solo él conocía. Silbando *Yankee Doodle* cogió un coche que lo dejó en California Street, donde tomó el tranvía que lo llevó por una fuerte pendiente de una ladera de ciento treinta metros de altura hasta su casa en Nob Hill; la colina que, en palabras de Robert Louis Stevenson, «estaba cubierta de palacios».

La mansión de los Cromwell, situada entre otras distinguidas moradas, se alzaba en la pequeña y pintoresca Cushman Street. Los demás monumentos a la riqueza habían sido erigidos por magnates de la minería y por los cuatro grandes propietarios del ferrocarril Central Pacific, más adelante conocido como Southern Pacific Railroad: Huntington, Stanford, Hopkins y Crocker. A los ojos de cualquier artista, aquellas mansiones habrían parecido monstruosidades de una arquitectura enloquecida por la ostentación.

Sin embargo, y a diferencia de las otras, que habían sido construidas con madera, la casa de Jacob Cromwell y su hermana Margaret estaba hecha de piedra y presentaba un exterior mucho más sereno y discreto. Había quien pensaba que tenía un curioso parecido con la Casa Blanca.

Su hermana lo esperaba con impaciencia. Mientras ella lo apremiaba, se preparó rápidamente para ir a Barbary Coast. Mientras se vestía, pensó que, en efecto, había sido una semana provechosa. Un éxito más que añadir a su creciente sensación de invencibilidad.

12

Irvine no consiguió los números de serie de los billetes en Bozeman. El banco no solamente no los había registrado, sino que había quebrado por culpa del robo. Para cuando sus activos habían cubierto la pérdida ocasionada por el atraco, la entidad se había derrumbado, y su propietario había vendido lo que le quedaba, incluyendo el edificio, al rico dueño de una mina de plata.

Irvine pasó al siguiente banco de su lista y tomó el Northern Pacific Railroad hasta la ciudad minera de Elkhorn, en Montana, situada a dos mil doscientos metros de altitud. Con sus veinticinco mil habitantes, Elkhorn era una pujante comunidad minera que, entre 1872 y 1906, había producido unos diez millones de dólares en extracciones de oro y plata. El Carnicero había atracado el banco tres años antes dejando cuatro cadáveres a su paso.

Justo antes de que el tren se detuviera en la estación, Irvine estudió por enésima vez el informe del robo ocurrido en Elkhorn. Presentaba el mismo modus operandi que el bandido había utilizado en sus anteriores fechorías. Había entrado en el banco disfrazado de minero momentos después de que hubiera llegado el cargamento de dinero destinado a pagar las nóminas de los hombres que trabajaban en las minas de la zona. Como de costumbre, no hubo testigos presenciales del delito. Las cuatro víctimas, el director del banco, el cajero y un matrimonio que se hallaba en la entidad realizando una retirada de fondos, habían sido asesinados de un tiro en la cabeza a corta distancia. Una vez más, nadie había oído los disparos, y el Carnicero se había esfumado sin dejar rastro.

Irvine se registró en el Grand Hotel antes de dirigirse caminando al Marvin Schmidt Bank, cuyo nuevo nombre era el del minero que lo acababa de comprar. La arquitectura del edificio de piedra seguía el acostumbrado estilo gótico de ese tipo de establecimientos de las ciudades mineras. Irvine entró por la puerta principal, que se hallaba en la esquina de las calles Pinon y Old Creek. El director de la entidad se encontraba sentado detrás de un panel divisorio, no lejos de la gran caja fuerte decorada con la pintura de un ciervo enorme en lo alto de una peña.

—¿El señor Sigler? —preguntó Irvine.

Un joven de cabello negro y engominado levantó la vista. Sus ojos eran verde oscuro, y sus facciones delataban que corría sangre india por sus venas. Iba vestido con unos cómodos pantalones de algodón y una camisa de cuello blando y no llevaba corbata. Cogió unos quevedos de la mesa y se los puso en la punta de la nariz.

—Soy Sigler. ¿En qué puedo ayudarlo?

—Me llamo Glenn Irvine y trabajo para la Agencia de Detectives Van Dorn. Estoy aquí para investigar el atraco que sufrieron hace unos años.

Sigler frunció el entrecejo con un gesto de enfado.

—¿No le parece que es un poco tarde para que su agencia se dedique a investigar? El robo y los asesinatos ocurrieron en 1903.

—En aquella época no nos habían contratado para que investigáramos nada —replicó Irvine.

—¿Y para qué ha venido después de tanto tiempo?

—Para tomar nota de los números de serie de los billetes que robaron, eso suponiendo que fueran anotados y archivados.

—¿Quién paga sus servicios? —insistió Sigler.

Irvine comprendió la desconfianza y el recelo del administrador porque habría sentido lo mismo si hubiera estado en su lugar.

—Trabajamos para el gobierno de Estados Unidos. Quieren que cese esta racha de atracos y asesinatos.

—Me sorprende que no hayan sido capaces de atrapar a ese mal nacido.

—Si es un hombre como usted o como yo —repuso Irvine—, tenga por seguro que los de Van Dorn daremos con él.

—Lo creeré cuando lo vea —repuso Sigler, escéptico.

—¿Podría ver su registro de números de serie? Si conseguimos los de los billetes robados, haremos todo lo que esté en nuestra mano para rastrearlos.

—¿Qué le hace pensar que los anotamos?

Irvine hizo un gesto de indiferencia.

—Nada, pero no perdemos nada por preguntar.

Sigler rebuscó en su escritorio y sacó un manojo de llaves.

—Guardamos los archivos antiguos del banco en un almacén que hay detrás del edificio.

Hizo un gesto a Irvine para que lo siguiera y salieron por una puerta hasta un pequeño edificio de piedra que se levantaba en medio del solar propiedad del banco. Las bisagras oxidadas de la puerta protestaron ruidosamente. El interior estaba ocupado por estanterías llenas de archivos y libros de cuentas. En un rincón del fondo había una mesa y una silla.

—Siéntese, señor Irvine. Veré qué puedo encontrar.

El detective no se sentía optimista. Dar con un banco que mantuviera un registro de los números de serie de los billetes parecía realmente poco probable, pero había que explorar cualquier posibilidad. Tomó asiento y observó a Sigler mientras este buscaba entre los archivos. Al cabo de un momento, el joven abrió uno de los libros y asintió.

—Aquí lo tiene —declaró en tono triunfante—. Estos son los números de serie de los billetes que nuestro contable anotó dos días antes de que nos atracaran. Como es natural, algunos de estos billetes fueron a parar a manos de nuestros clientes, pero el atracador se los llevó casi todos.

Irvine quedó perplejo cuando abrió el libro de registro y contempló las pulcras columnas de números escritos a tinta que llenaban las páginas. Había distintos tipos de billetes de gran cuantía. Los certificados en oro y plata y los resguardos de otros bancos aparecían también en el libro. Los números de serie del Tesoro de Estados Unidos estaban anotados vertical y horizontalmente en los lados; los bancos locales que los libraban añadían sus propios números en la parte inferior. En su mayoría provenían del Continental & Commercial National Bank de Chicago y del Crocker First National Bank de San Francisco. Miró a Sigler, radiante de satisfacción.

—¡No sabe usted lo que esto significa! —exclamó, satisfecho más allá de cualquier expectativa—. Ahora podremos entregar a todos los bancos del país, incluyendo aquellos en los que el atracador puede haber realizado depósitos, los números de los billetes robados. También podemos hacer llegar dicha información a los comerciantes y tenderos del oeste y avisarles para que estén alerta por si aparece algún billete con esos números.

—Le deseo buena suerte —repuso Sigler en tono pesimista—. No creo que puedan localizar estos billetes después de tres años. Seguramente habrán cambiado de manos cientos de veces durante ese tiempo.

—Lo más probable es que tenga usted razón —admitió Irvine—. Pero, con un poco de suerte, el Carnicero todavía tendrá alguno por gastar.

—Lo dudo mucho —dijo Sigler con una sonrisa tensa—. Me juego el sueldo de un mes a que lo gastó todo hace tiempo.

Irvine pensó que Sigler seguramente tenía razón, pero no se sintió desanimado por ello. Bell había dicho que sería un error insignificante el que delataría al Carnicero. A partir de ese momento, solo era cuestión de hacer llegar aquellos datos a los bancos y confiar en que habría alguna respuesta que los conduciría hasta el paradero del misterioso asesino.

13

Curtis se hallaba sentado a una mesa, rodeado por grandes estantes llenos de libros con los registros de las operaciones ferroviarias, en la División de Archivos Occidental de las oficinas que Union Pacific tenía en Omaha, Nebraska. Hacía nueve días que había iniciado sus pesquisas y durante ese tiempo había rebuscado en los archivos de cuatro compañías de ferrocarril y en los de las diligencias de Wells Fargo intentando hallar algo que le diera una pista de cómo el Carnicero había logrado escapar tras cometer sus atracos y execrables asesinatos.

Sin embargo, había sido en vano. Nada encajaba. Había empezado con las diligencias. La mayor parte de las empresas dedicadas a ese tipo de transporte habían desaparecido en 1906, aunque Wells Fargo seguía ostentando el monopolio mediante amplios trayectos hasta los lugares más remotos donde el tren no llegaba. Por desgracia, sus horarios no cuadraban con la actuación del asesino.

En 1906 había en Estados Unidos mil seiscientas compañías ferroviarias que sumaban trescientos mil kilómetros de vías entre todas ellas. Cincuenta de las más grandes tenían cada una mil quinientos kilómetros. Curtis había ido reduciendo el número de empresas hasta cinco: las que tenían paradas programadas en las ciudades donde se habían producido los atracos.

—¿Le apetece una taza de café?

Curtis levantó la mirada del registro de trayectos y contempló el rostro de un hombre que no llegaba al metro sesenta de estatura. Se llamaba Nicolas Culhane, y llevaba el ralo cabello castaño peinado de lado para ocultar su calvicie. Lucía un gran mostacho cuyas puntas engomadas sobresalían a ambos lados de su boca, y sus menudos ojos agrandados por unas gafas de fina montura se movían incesantemente de un lado a otro. A Curtis le hacía gracia aquel hombrecillo de paso vivaz: encajaba con el perfecto estereotipo de alguien encargado de un archivo.

—No, gracias. —Curtis hizo una pausa para mirar la hora en su reloj de bolsillo—. Nunca tomo café por la tarde.

—¿Ha tenido suerte? —preguntó Culhane.

Curtis meneó la cabeza, apesadumbrado.

—No. Ninguno de los trenes de pasajeros pasaron a la hora en que el Carnicero cometió los atracos.

—Rezo para que encuentre a esa escoria asesina —dijo Culhane en tono repentinamente indignado.

—Se diría que lo odia usted.

—En efecto, tengo algo personal contra ese canalla.

—¿Personal?

Culhane asintió.

—Una prima hermana mía y su hijo fueron asesinados por el Carnicero durante el atraco al banco McDowell, en Nuevo México.

—Lo lamento —repuso Curtis, muy serio.

—¡Tienen que atraparlo y colgarlo! —exclamó Culhane dando un puñetazo en la mesa que hizo que el libro se estremeciera—. ¡Lleva demasiado tiempo saliéndose con la suya!

—Le aseguro que la Agencia Van Dorn trabaja noche y día para atraparlo y ponerlo en manos de la justicia.

—¿Ha encontrado algo que pueda conducirlo hasta él? —preguntó Culhane ansiosamente.

Curtis alzó las manos en gesto de impotencia.

—Todo lo que sabemos por el momento es que le falta el dedo meñique de la mano izquierda. Aparte de eso, no tenemos nada.

—¿Ha comprobado las líneas de diligencias?

—Pasé cinco días mirando en los archivos de Wells Fargo y sin resultado. Ninguno de sus trayectos se hallaba dentro de un margen de cinco horas en las ciudades donde se cometieron los atracos.

—¿Y los trenes de pasajeros?

—Los sheriffs y los agentes federales telegrafiaron a las ciudades de los alrededores para que detuvieran todos los trenes y examinaran a los pasajeros que pudieran parecer sospechosos. Incluso registraron los vagones de equipaje con la esperanza de que alguna de las maletas pudiera ser la que contuviera el dinero del robo, pero no consiguieron ninguna prueba ni tampoco identificar a nadie. Ese canalla es demasiado listo. Los disfraces que utilizó para sus atracos eran muy originales y estaban muy bien hechos. Los agentes de la ley no tuvieron nada con lo que trabajar.

—¿Y los horarios de los trenes?

—Solo dos coinciden —repuso Curtis con aire fatigado—. Las horas de salida de los demás no se corresponden con los sucesos.

Culhane se frotó el mentón, pensativo.

—Ya ha descartado las diligencias y los trenes de pasajeros. ¿Y los mercancías?

—¿Los trenes de mercancías?

—Sí, ¿no ha comprobado las horas de salida de los trenes de mercancías?

Curtis asintió.

—Sí. Ese es otro asunto. Los trenes que he conseguido encontrar en el lugar y en el momento adecuado salieron de las ciudades atracadas a la hora prevista.

—Entonces, ahí tiene su respuesta —dijo Culhane.

Curtis no contestó enseguida. Se sentía muy cansado, al borde del agotamiento, y deprimido por no haber podido llegar más lejos y haber hecho algún descubrimiento. En su interior maldecía al Carnicero. No parecía humanamente posible que fuera capaz de esfumarse de esa manera, de evitar que lo identificaran. No le costaba imaginarlo riéndose de los torpes esfuerzos de sus perseguidores.

—Me parece que subestima la labor de los agentes del orden —contestó al fin—. También registraron los vagones de carga de los trenes de mercancías que pasaron por sus ciudades en la hora especificada.

—¿Y qué hay de los vagones que fueron llevados a los apartaderos locales para unirlos posteriormente a un tren con otro destino? Ese hombre podría haberse ocultado en uno de ellos y haber burlado así a las patrullas perseguidoras.

Curtis negó con la cabeza.

—Las patrullas registraron todos los vagones vacíos y no hallaron señales del Carnicero.

—¿Y no registraron los cargados? —insistió Culhane.

—¿Cómo iban a poder hacerlo? Esos vagones están cerrados. No hay forma de que el Carnicero pudiera abrir ninguno.

Culhane sonrió como un sabueso tras un rastro reciente.

—Supongo que nadie le ha dicho que los fogoneros encargados de los frenos llevan llaves para poder abrir las puertas de cualquier vagón en caso de incendio.

—No estaba al corriente de ese detalle —repuso Curtis.

Los ojos de Culhane lo miraron por encima de las gafas de montura metálica.

—Pues es algo que da que pensar.

—Sí, lo es —repuso Curtis, cuyo cerebro se había puesto de nuevo en marcha—. Estamos ante un proceso de eliminación. Veamos: las patrullas aseguraron que no había rastros de huellas que pudieran seguir y que llevaran fuera de la ciudad, lo cual significaba que nuestro hombre no huyó a caballo. Tampoco es posible que saliera en diligencia, y resulta improbable que comprara un billete de tren y se marchara como pasajero. Y, por último, los agentes de la ley tampoco lo localizaron en los vagones de mercancías vacíos.

—Lo cual nos deja los vagones de mercancías cargados como único medio de transporte que no fue examinado —concluyó Culhane.

—Sí. Puede que haya dado usted con algo —dijo Curtis pensativo, mientras una curiosa expresión se pintaba en su rostro al imaginar la nueva situación—. Esto nos abre una nueva vía que explorar. Ahora solo me queda repasar los archivos de los vagones de mercancías que se incorporaron a esos trenes, ver quiénes eran sus propietarios, su lista de carga y su destino final.

—No es tarea fácil —admitió Culhane—. Tendrá usted que comprobar cientos de vagones de carga de docenas de trenes diferentes.

—Será como dar con la pieza que falta en un rompecabezas. Hay que encontrar un vagón de carga que ha estado aparcado en un apartadero de todas las estaciones de tren de todas las ciudades cuyos bancos fueron asaltados por el Carnicero, justamente el día del atraco.

—Estaré encantado de ayudarlo con los archivos de carga de Union Pacific.

—Se lo agradezco, señor Culhane. Dos de los trenes de mercancías en cuestión eran manejados por Union Pacific.

—Dígame solamente en qué ciudades se encontraban y yo me encargaré de buscar en los registros donde sale el número de serie del vagón, el nombre del propietario y del agente que organizó y pagó el transporte.

—Señor Culhane —dijo Curtis con sincero agradecimiento—, ha sido usted de gran ayuda y no sé cómo expresárselo.

—Soy yo quien le estoy agradecido, señor Curtis. Nunca pensé que mi intervención pudiera ayudar a llevar ante la justicia al Carnicero, el asesino de mi prima y su hijo.

Cuatro horas después, con la hábil colaboración de Culhane, Curtis disponía una información que le abría un prometedor campo de investigación. A partir de ese momento, lo que tenía que hacer era buscar en los archivos de las empresas ferroviarias Southern Pacific, Atchinson, Topeka & Santa Fe y Denver & Río Grande para confirmar la teoría de Culhane.

Al anochecer se hallaba a bordo de un tren, camino de Los Ángeles y de los archivos de Atchinson, Topeka & Santa Fe.

Demasiado entusiasmado para ponerse a dormir y demasiado oscuro para contemplar el paisaje que desfilaba ante sus ojos, se quedó mirando su reflejo en la ventanilla. Se sentía optimista al pensar que el final de su pista se encontraba tras la siguiente curva y la siguiente loma.

14

El anochecer llegó con una ligera lluvia que empapó las calles sin asfaltar de la ciudad cuando Bell se apeó del tren. En la desvaneciente luz pudo comprobar que Bisbee, en Arizona, era una ciudad vertical cuyas abruptas colinas estaban ocupadas por muchas casas a las que solo se podía acceder a través de empinadas escaleras. En su trayecto hasta el Copper Queen Hotel, caminó por las sinuosas y estrechas calles cuyos recientes edificios de ladrillo formaban un intricado laberinto.

Era sábado, y Bell llegó a la oficina del sheriff, que también hacía funciones de cárcel, a cargo de uno de sus ayudantes. El hombre le dijo que el sheriff se había tomado unos días libres para efectuar reparaciones en su casa, dañada tras unas inundaciones, y que no regresaría hasta el jueves. Cuando Bell le pidió la dirección del sheriff, el ayudante se negó a dársela argumentando que no debía molestar a su superior a menos que se tratara de algo urgente.

Bell se registró en el Copper Queen Hotel, tomó una cena ligera en su restaurante y salió a pasear. Dejó atrás el bar del hotel y se dirigió hacia la infame Brewery Gulch que, con sus más de cincuenta cantinas, era famosa en el territorio por ser la calle más salvaje y mejor para beber en todo el oeste. Se asomó a cuatro cantinas para comprobar el ambiente de cada una de ellas y al final se decidió por una gran taberna de madera donde una pequeña banda de música tocaba un *ragtime* mientras unas coristas bailaban en el escenario. Se abrió paso por el local abarrotado hasta la barra y allí esperó a que el atareado barman le preguntara:

—¿Qué va a ser, amigo, whiskey o cerveza?

—¿Cuál es el mejor whiskey que tiene?

—Jack Daniels, de Tennessee —contestó el barman sin vacilar—. Ganó la medalla de oro en la Exposición Universal de St. Louis al mejor whiskey del mundo.

Bell sonrió.

—Sí, he tenido ocasión de probarlo. Póngame uno doble.

Mientras el hombre le servía, Bell se dio la vuelta, apoyó los codos en la barra y estudió el bullicio que lo rodeaba. Al igual que la mayoría de los bares del oeste, aquel tenía una amplia zona reservada para el juego y las apuestas. Los ojos de Bell fueron de mesa en mesa mientras buscaba el grupo adecuado de jugadores. No tardó en encontrarlo: cuatro individuos mejor vestidos que la mayoría de los mineros allí presentes. Parecían comerciantes, hombres de negocios o propietarios de explotaciones mineras; pero lo mejor de todo era que solo había cuatro y les faltaba el quinto jugador.

Pagó su whiskey y se acercó a la mesa.

—Buenas noches, caballeros, ¿les parece bien si me uno a la partida? —preguntó.

Un hombre corpulento de rostro arrebolado asintió y le señaló la silla vacía.

—Es usted bienvenido.

El hombre que ocupaba la silla de enfrente barajó las cartas sin dejar de mirar a Bell mientras este tomaba asiento y empezó a repartir.

—Me llamo Frank Calloway. El resto son Pat O'Leery, Clay Crum y Lewis Latour.

—Encantado. Mi nombre es Isaac Bell.

—¿Es usted nuevo en la ciudad, señor Bell? —preguntó O'Leery, un irlandés grande y fornido.

—Sí. Acabo de llegar de Fénix en el tren de las seis y media.

—¿Placer o negocios? —inquirió O'Leery.

—Negocios. Trabajo para la Agencia de Detectives Van Dorn.

Todos los jugadores levantaron la vista de las cartas y contemplaron a Bell con curiosidad.

—Deje que lo adivine —dijo Crum entrelazando las manos sobre su prominente barriga—, está aquí para investigar el atraco al banco y los asesinatos que tuvimos aquí hace cuatro meses, ¿a que sí?

Bell asintió mientras recogía sus cartas y las abría en abanico.

—Tiene usted razón, señor.

Latour habló con acento francés mientras encendía un cigarro.

—Se diría que llega usted un poco tarde, ¿no? Las pistas se han enfriado.

—No están más frías de lo que estaban cinco minutos después de producirse el suceso —replicó Bell—. Deme dos cartas.

Calloway se ocupó de repartir las cartas que el resto de los jugadores le fueron pidiendo en la confianza de que les llegara la mano ganadora.

—Ese caso es un verdadero misterio —comentó—. Nunca se ha encontrado el rastro del asesino.

—De lo más raro —comentó O'Leery mientras examinaba sus cartas y su expresión delataba que no tenía juego al que apostar—. Paso —dijo mirando brevemente a Bell—. Sí. Fue de lo más raro que se esfumara de esa manera.

—El sheriff no encontró rastro alguno —murmuró Crum—. Los miembros de la patrulla que salió en busca del asesino regresaron con cara de funeral. —Hizo una pausa—. Voy con dos dólares.

—Subo la apuesta a tres —repuso Calloway.

Latour arrojó sus cartas a la mesa.

—No voy.

—Y usted, señor Bell —preguntó Calloway—, ¿va o no va?

A Bell le hacía gracia que las apuestas no fueran altas, pero tampoco insignificantes.

—Voy —contestó.

—Dos reinas —anunció Crum.

—Yo tengo dos dieces —dijo Calloway—. Me ganas. ¿Y usted, Bell?

—Dos ochos —contestó entregando las cartas boca abajo. No había perdido. Tenía tres reyes, pero creía que, perdiendo, se ganaría la confianza de los demás jugadores—. ¿No encontraron ninguna pista de cómo logró escapar el asesino? —preguntó.

—Al menos que yo sepa, no —repuso O'Leery—. La última vez que hablé con el sheriff estaba totalmente perplejo.

—¿Se refiere al sheriff Hunter? —preguntó Bell, recordando lo que había leído en el informe de la agencia.

—Joe Hunter murió de un ataque al corazón dos meses después del atraco —repuso Latour—. El nuevo sheriff es Stan Murphy, que era el ayudante de Hunter. Está al tanto de lo que ocurrió tan bien como cualquiera.

—Si uno le cae bien, es un tipo de lo más agradable, pero si se lo coge por el lado malo puede machacar a cualquiera —le advirtió Crum.

—Me gustaría hablar con él, pero no creo que lo encuentre en su despacho siendo Sabbath —dijo Bell evitando mencionar los comentarios de desánimo del ayudante—. ¿Saben dónde podría encontrarlo?

—Hace un par de semanas sufrimos unas inundaciones bastante graves en la ciudad —contestó Calloway—. Su casa resultó muy dañada. Imagino que lo encontrará allí, con un montón de trabajo entre manos.

—¿Podrían darme la dirección de su casa?

O'Leery hizo un gesto con la mano señalando el norte.

—No tiene más que ir hasta el final de Howland Street y subir las escaleras. La casa está pintada de verde y tiene un pequeño huerto de naranjos.

La charla pasó a asuntos de política, a si Teddy Roosevelt lograría un tercer mandato en 1908 y quién sería su sucesor en caso contrario. Bell perdió tres manos por cada una que ganó, logrando que sus compañeros de juego se sintieran tranquilos al comprobar que no era ningún tahúr. Al cabo de un rato volvió a orientar la conversación sobre el asunto del atraco al banco y los asesinatos.

—Parece raro que nadie viera al ladrón salir del banco o de la ciudad, ¿no? —comentó Bell recogiendo sus cartas.

—Nadie declaró haberlo visto —repuso O'Leery.

—Y tampoco nadie lo vio entrar ni salir del banco —añadió Latour.

—Había un mendigo medio borracho que iba dando tumbos por la calle, cerca del banco —comentó Calloway—, pero desapareció tras el atraco.

—¿Y el sheriff Hunter no lo consideró sospechoso?

Latour no tenía suerte. Volvió a pasar por quinta vez desde que Bell se había unido a la partida.

—¿Se refiere usted a ese viejo minero, hecho polvo, que parecía tener los días contados? Era la última persona a quien los habitantes de la ciudad consideraban que podía tener algo que ver con el crimen.

—Yo lo vi tirado en la acera más de una vez, borracho perdido —intervino O'Leery—. Ese hombre habría podido atracar un banco y asesinar a tres personas tanto como yo podría convertirme en gobernador. Yo sigo pensando que fue un golpe dado desde dentro por alguien que todos conocemos.

—Pero también podría haber sido alguien de fuera —comentó Bell.

Calloway meneó la cabeza en gesto negativo.

—Bisbee tiene veinte mil habitantes. ¿Quién va a reconocer a un forastero?

—¿Y qué hay de aquel tipo de la motocicleta? —preguntó Crum sin dirigirse a nadie en concreto.

—¿Había una motocicleta en la ciudad? —preguntó Bell, repentinamente interesado.

—Jack Carson dijo que vio a un dandi montando una —dijo Crum antes de mostrar su mano ganadora.

Latour dio una larga calada a su cigarro.

—Jack aseguró que el hombre de la moto iba bien vestido cuando lo vio pasar frente al callejón. No se explicaba cómo alguien que montaba uno de esos trastos podía llevar la ropa tan impecablemente limpia.

—¿Vio su amigo el rostro del hombre de la moto? —preguntó Bell.

—Todo lo que Jack alcanzó a ver fue que el hombre iba bien afeitado —repuso Calloway.

—¿Y el color de su pelo?

—Según Jack, el hombre llevaba un sombrero hongo. Jack no estaba seguro, porque la moto pasó ante él a toda velocidad, pero cree que podía tenerlo pelirrojo; al menos eso es lo que dedujo de las patillas que lucía.

Bell sintió que la excitación le corría por las venas por segunda vez aquella semana. Un habitante de Eagle City, otra ciudad minera de Utah donde el Carnicero había dejado un rastro de cuatro cadáveres, había mencionado haber visto el día del atraco a un forastero que iba en moto.

—¿Dónde puedo encontrar al tal Jack Carson?

—En Bisbee ya no —contestó Crum—. Lo último que supe de él fue que había vuelto a su tierra natal de Kentucky.

Bell tomó nota mentalmente para pedir a Van Dorn que localizara a Carson.

O'Leery volvió a poner mala cara al ver las cartas que le habían tocado.

—Fuera quien fuese el conductor de esa motocicleta —comentó—, tuvo que quedarse en la ciudad varios días después del atraco.

—¿Por qué lo dice? —lo sondeó Bell.

—Porque el sheriff y la patrulla habrían localizado las huellas de la moto si hubiera salido de la ciudad justo después del robo.

—¿Cree usted que lo habrían visto si se hubiera quedado en la ciudad hasta que la patrulla renunciara a seguir buscando?

—Eso pensaría cualquiera, pero la verdad es que no se lo volvió a ver después del atraco.

—¿Carson era un testigo fiable? —preguntó Bell antes de poner un billete de cinco encima de la mesa y añadir—: Voy.

—Jack fue alcalde de esta ciudad, además de un gran abogado y un hombre respetable —explicó Latour—. Si dijo que vio a un hombre en moto, es que vio a un hombre en moto. No tengo motivos para dudar de su palabra.

—¿Piensa ir a ver al sheriff Murphy mañana? —quiso saber Crum, ganando por fin la mano.

Bell asintió.

—Será lo primero que haga por la mañana; pero, después de haber hablado con ustedes, caballeros, no creo que haya mucho que pueda decirme.

Tras seguir jugando un par de horas más haciendo durar su copa, Bell estaba casi como al empezar. Apenas había perdido cuatro dólares, y a ninguno de los demás jugadores les importó cuando les deseó buenas noches y regresó a su hotel.

La calle que serpenteaba cuesta arriba hacia la casa del sheriff era larga y estaba embarrada tras la tormenta que se había abatido sobre la ciudad en plena noche. Al llegar al final de la calle, Bell empezó a subir por una escalera que parecía no acabar nunca. A pesar de estar en muy buena forma, jadeaba cuando llegó arriba.

Se sentía de buen humor. Todavía no estaba al corriente de los hallazgos de Curtis e Irvine, pero no le cabía duda de que el hombre de la motocicleta era el Carnicero después de haberse quitado el disfraz de mendigo borracho. Un dedo meñique amputado y un poco de pelo pelirrojo no se podían considerar un gran triunfo; además, lo del pelo no dejaba de ser un tanto aventurado. De todas maneras, lo que intrigaba a Bell era la motocicleta; no porque el asesino tuviera una, sino porque el hecho de recurrir a la tecnología más moderna como medio de transporte era algo que encajaba con una mente astuta y calculadora.

No obstante, la cuestión principal seguía siendo cómo había logrado el atracador salir de la ciudad sin ser visto.

La casa del sheriff Murphy se hallaba a unos pocos pasos de lo alto de la escalera. Era muy pequeña y parecía más una cabaña que una casa. La riada la había movido de sus cimientos, y Bell vio que Murphy se hallaba muy atareado apuntalándola en su nueva ubicación, a casi tres metros de la original. Tal como le había dicho O'Leery, estaba pintada de verde, pero el agua se le había llevado el naranjal.

Murphy trabajaba enérgicamente con el martillo y no lo oyó acercarse. Una cascada de cabello castaño oscuro le caía sobre la nuca y los hombros. La mayoría de los agentes de la ley del oeste no eran gordos, sino delgados y fibrosos. Murphy tenía la complexión de un herrero más que de un sheriff. Los músculos de sus brazos eran gruesos como troncos, y poseía el cuello de un toro.

—¡Sheriff Murphy! —gritó Bell para hacerse oír por encima de los martillazos.

Murphy se detuvo sosteniendo el martillo en alto y se dio la vuelta. Contempló a Bell como habría contemplado a un coyote.

—Sí, soy Murphy; pero, como puede ver, estoy ocupado.

—Puede seguir trabajando mientras hablamos —le dijo Bell—. Soy de la Agencia de Detectives Van Dorn y me gustaría hacerle algunas preguntas sobre el atraco al banco y los asesinatos ocurridos aquí hace unos meses.

El nombre de Van Dorn era respetado en el mundo de los agentes de la ley, y Murphy dejó el martillo y señaló la pequeña vivienda.

—Será mejor que vayamos dentro. Está todo patas arriba, pero tengo café caliente.

—Después de subir hasta aquí arriba, me contentaría con un poco de agua.

—Lo siento, la inundación contaminó el pozo, y el agua no se puede beber. De todas maneras, subí un bidón de la ciudad.

—Pues que sea café —repuso Bell no sin cierta aprensión.

Murphy condujo a Bell al interior de la casa y le ofreció una silla de la mesa de la cocina. No había indicios de la presencia de una mujer, de modo que Bell dedujo que el sheriff era soltero. Murphy cogió una cafetera de esmalte que había en una estufa de leña y sirvió el café en un par de tazas de latón.

—No sé en qué puedo ayudarlo, señor Bell. Ya envié una copia de mi informe a su oficina de Chicago.

—Se olvidó de mencionar lo que vio Jack Carson.

Murphy se echó a reír.

—¿Lo del tipo de la moto? La verdad, no me creo lo que Jack dijo haber visto. Esa descripción no encaja con ningún habitante de esta ciudad.

—El atracador podría haber cambiado de disfraz —aventuró Bell.

—No creo que tuviera tiempo de cambiar su aspecto de manera tan radical, coger su motocicleta y desaparecer como lo hizo.

—¿El motorista y su máquina no volvieron a ser vistos por nadie?

Murphy se encogió de hombros.

—Lo que me sorprende es que nadie más, aparte de Jack, lo viera. Un hombre montado en la única moto de la ciudad tiene que llamar por fuerza la atención. ¿Y cómo logró salir de Bisbee sin dejar un rastro de neumáticos?

—Reconozco que parece de lo más raro —repuso Bell, que se resistía a descartar la posibilidad de que el testimonio de Carson no fuera real.

—Jack Carson era un ciudadano importante que no destacaba por bebedor ni por fantasioso. Aun así, creo que alucinaba.

—¿Se descubrió alguna otra cosa que no figuraba en su informe?

—Hay algo que encontré después de haberles enviado mi informe a Chicago.

Murphy se levantó de la mesa de la cocina, abrió un cajón

de un escritorio de persianilla y le pasó a Bell un casquillo de bala.

—Esto lo encontró dos semanas después un niño que jugaba en el suelo del banco mientras su padre efectuaba un depósito. Estaba bajo la alfombra. Supongo que al asesino se le olvidó cogerlo.

Bell estudió el casquillo.

—Es un calibre 38. Si fue expulsado, tuvo que salir de un arma automática. Un Colt, lo más seguro.

—Eso creo yo también.

—¿Puedo quedármelo?

—Desde luego, pero dudo que averigüe nada de él salvo que salió del arma del asesino, y ni siquiera eso puede considerarse seguro.

—Si no salió del arma del Carnicero, ¿de dónde?

Murphy alzó las manos en ademán de impotencia.

—No tengo ni idea.

Bell sostuvo el casquillo en la palma de la mano.

—Con un poco de suerte podremos conseguir las huellas del asesino.

Murphy sonrió con amargura.

—Y también conseguirá las del niño, las de dos de mis ayudantes y las mías.

—Aun así —repuso Bell con optimismo—, es posible que consigamos sacar algo en limpio. No necesitaremos una muestra de las huellas del niño porque son muy pequeñas, pero me gustaría que tomara las de sus ayudantes y las de usted. Nos las puede enviar a la oficina de Chicago.

—Nunca he tomado unas huellas dactilares —reconoció Murphy—, y no estoy seguro de saber hacerlo.

—La ciencia lleva siglos ayudándonos, pero hace poco que ha empezado a colaborar con la justicia. Las huellas que quedan impresas en un objeto, en este caso el casquillo, son creadas por las irregularidades de la piel. Cuando manejamos un objeto, el sudor y los aceites de la piel quedan marcados en él en forma de huella. Para tomar dichas huellas se espolvorea la superficie con un polvo muy fino, como el del grafito de los lápices; luego se aplica cinta adhesiva para recoger la huella y estudiarla.

Murphy dio un sorbo a su café.

—Lo intentaré.

Bell dio las gracias al sheriff y bajó por la escalera. Tres horas más tarde, se hallaba en el tren camino de Denver.

15

El chófer de Cromwell sacó del garaje el Rolls-Royce Brougham de 1906 —construido en Londres por el carrocero Barker, con su motor de seis cilindros y treinta caballos de potencia— y lo llevó hasta la puerta de entrada de la palaciega mansión de Nob Hill que Cromwell había diseñado personalmente y construido con bloques de mármol blanco traídos directamente de las canteras de Colorado. Con sus altas columnas, la entrada principal tenía el aspecto de un templo griego; pero el resto de la mansión, con sus ventanas de arco y sus muros rematados con cornisas, era de un estilo más sobrio.

Mientras el chófer —un irlandés de expresión pétrea llamado Abner Weed que había sido contratado más por su experiencia como luchador que por su pericia al volante— esperaba pacientemente junto al vehículo, Cromwell aguardaba a su hermana en el salón, cómodamente repantigado en uno de los sofás de cuero, escuchando valses de Strauss en el gramófono Edison de cilindro. Iba vestido de un modo conservador, con un traje de lana oscuro. Tras escuchar *Voces de primavera*, cambió el cilindro y puso *Cuentos de los bosques de Viena*. Cada cilindro tenía cabida para unos dos minutos de música.

Cromwell levantó la vista del aparato cuando su hermana entró en el salón enfundada en un vestido de ante que se ajustaba a sus femeninas caderas.

—Un poco *risqué*, ¿no crees? —comentó contemplando lo que el vestido no cubría.

Ella giró sobre sí misma haciendo volar la falda y enseñando las piernas por encima de la rodilla.

—Ya que vamos a darnos una vuelta por los bajos fondos de la ciudad, me ha parecido que lo más oportuno era vestirme como una mujer de mala fama.

—Por lo menos, asegúrate de que no te comportas como tal.

Cromwell detuvo el gramófono, cogió el abrigo de su hermana y la ayudó a ponérselo. Incluso con las alzas de los zapatos no la superaba en altura. Luego, la siguió, le abrió la lujosamente tallada puerta principal y fue con ella hasta el Rolls-Royce que los aguardaba. Abner, ataviado con librea y relucientes botas, les sostenía abierta la puerta trasera. Aquel modelo de Rolls disponía de un compartimiento cerrado para los pasajeros, pero el conductor iba al aire libre, protegido únicamente por el parabrisas. Cuando su hermana hubo subido, Cromwell dio una dirección al chófer, que corrió a sentarse al volante y engranar las marchas. El gran coche rodó silenciosamente por las calles adoquinadas de granito.

—Esta es la primera oportunidad que tenemos de hablar desde que llegué a casa —comentó Cromwell, confiado al saber que Abner no podía escucharlos a través del cristal que separaba los asientos traseros del conductor.

—Sé que tu viaje a Salt Lake City fue todo un éxito y que nuestro banco es setecientos mil dólares más rico.

—Sí, pero tú no me has contado cómo te fue en Denver.

—Tus espías en la Agencia Van Dorn tenían razón en lo referente a la investigación. La oficina de Denver se ha hecho cargo de la persecución del Carnicero.

—Odio que me llamen así. Habría preferido algo con un poco más de estilo.

—¿Como qué? Anda, dímelo —rogó ella.

—No sé, algo como «El espíritu elegante».

Ella alzó los ojos al cielo.

—Dudo que a los periódicos les gustara.

—Bueno, ¿qué más averiguaste?

—El jefe de la oficina de Denver, un tal Nicholas Alexander, es un completo idiota. Lo deslumbré con mis encantos y no dejó de hablarme de la persecución. Estaba enfadado por que no lo hubieran puesto al frente de la investigación y no manifestó la menor reserva a la hora de revelarme los métodos que empleaban, o que el mismísimo Van Dorn ha designado a su mejor agente, Isaac Bell, para que se haga cargo del asunto. Debo reconocer que es un mal nacido muy guapo y muy rico.

—¿Lo viste?

—Me encontré con él. Y lo que es más: bailamos juntos. —Sacó una pequeña fotografía del bolso—. Estaba deseando darte esto. No es que sea muy buena, pero el fotógrafo que contraté no era especialmente hábil a la hora de tomar fotos sin haberlas preparado antes.

Cromwell encendió la luz de la cabina y contempló la foto. La imagen mostraba a un hombre alto, de cabello y bigote rubio.

—¿Debería preocuparme por él? —preguntó.

Su hermana adoptó una expresión dubitativa.

—No sabría decirte. Me dio la impresión de que era más inteligente y sofisticado de lo que nuestros espías nos han dado a entender. Hice que lo investigaran. Prácticamente nunca ha fracasado a la hora de atrapar a un hombre. Su historial es admirable. Van Dorn tiene gran opinión de él.

—Si es tan rico como dices, ¿por qué pierde el tiempo trabajando como simple detective?

Margaret se encogió de hombros.

—No tengo ni idea. Puede que le gusten los desafíos, al igual que a ti. —Se peinó un rizo imaginario con aire pensativo.

—¿De dónde le viene el dinero?

—Disculpa, me olvidé de decirte que proviene de una familia de banqueros de Boston.

Cromwell se envaró.

—Conozco a los Bell. Son los propietarios del American

States Bank de Boston, que es una de las mayores instituciones financieras del país.

—Ese hombre es toda una paradoja —repuso ella hablando lentamente mientras recordaba el encuentro con Bell en el Brown Palace Hotel—; pero me parece que también puede ser muy peligroso. Irá tras nuestra pista como un zorro dando caza a un conejo.

—Un detective que conozca el funcionamiento interno de los bancos no es nada bueno —comentó Cromwell en tono gélido—. Debemos ser especialmente prudentes.

—Opino lo mismo que tú.

—¿Estás segura de que no tiene ni idea de tu verdadera identidad?

—Borré mis huellas con todo cuidado. Por lo que él y Alexander saben, mi nombre es Rose Manteca y soy de Los Ángeles, donde mi padre es propietario de un gran rancho.

—Si Bell es tan inteligente como das a entender, lo comprobará y descubrirá que tu Rose no existe.

—¿Y qué? —repuso ella, airada—. Nunca sabrá que mi nombre es en realidad Margaret Cromwell, la hermana de un respetado banquero, y que vivo en una mansión de Nob Hill, en San Francisco.

—¿Qué otra información conseguiste sonsacar a Alexander?

—Solo que la investigación de Bell no va por buen camino. No tienen ninguna pista que los lleve hacia ti. Alexander estaba enfadado porque Bell no lo había considerado digno de su confianza. Me dijo que Bell se mostraba muy reservado acerca de sus iniciativas con dos agentes llamados Curtis e Irvine. Lo único que pude averiguar fue que estaban dando palos de ciego en busca de una pista.

—Me alegra escuchar eso. —Cromwell esbozó una sonrisa tensa—. Nunca se les ocurrirá pensar que un banquero puede estar detrás de los robos.

Margaret lo miró.

—Podrías dejarlo. Lo sabes, ¿verdad? Ya no necesitamos el dinero. Además, por muy cuidadoso y astuto que seas, hermanito, es solo cuestión de tiempo antes de que te descubran y te ahorquen.

—¿Acaso pretendes que renuncie a la emoción y al desafío que representa conseguir algo de lo que nadie es capaz y que me dedique a hacer el papel de aburrido banquero el resto de mis días?

—No. No lo pretendo —repuso ella con un destello de malicia en los ojos—. Yo tampoco quiero renunciar a las emociones fuertes. —Entonces, su tono se hizo distante y apagado—. Es solo que soy consciente de que no puede durar siempre.

—Llegará el momento en que nos daremos cuenta de que debemos parar —repuso él sin especial énfasis.

Ninguno de los dos tenía el menor remordimiento por todos los hombres, mujeres y niños que Cromwell había asesinado, y tampoco les importaban los ahorros de los desdichados mineros, pequeños comerciantes y familias a los que había desposeído cuando los bancos que había asaltado, incapaces de reponer los fondos de sus depositantes, se habían visto obligados a cerrar.

—¿A quién vas a llevar esta noche? —preguntó Margaret, cambiando de tema.

—A Marion Morgan.

—¡Menuda mojigata! —exclamó ella con tono de burla—. Para mí es un misterio que la sigas teniendo en nómina.

—Ocurre que es muy eficiente —repuso él intentando evitar una discusión.

—¿Cómo es que no te la has llevado a la cama todavía? —le preguntó su hermana con una risita.

—Ya sabes que nunca me dedico a jugar con mis empleados. Es un principio que me ha ahorrado muchos dolores de cabeza. Si esta noche la saco a pasear es solo como recompensa por el trabajo bien hecho. Solo eso. —Su hermana se había subido el vestido hasta las rodillas, y él le dio un apretón en una—. ¿Quién es el hombre afortunado esta noche?

—Eugene Butler.

—¿Ese petimetre? —comentó, despectivo—. Un inútil donde los haya.

—Pero asquerosamente rico.

—Su padre es asquerosamente rico —la corrigió él—. Si Sam Butler no hubiera tenido la suerte de dar con su mina de oro, moriría arruinado.

—Eugene será más rico que tú cuando su padre fallezca.

—No es más que un estúpido manirroto. Habrá dilapidado su fortuna tan deprisa que la cabeza te dará vueltas.

—Puedo manejarlo a mi antojo —repuso su hermana—. Está perdidamente enamorado de mí y hará cualquier cosa que yo le diga.

—Podrías tener algo mejor, mucho mejor —masculló Cromwell, que cogió el tubo intercomunicador y dijo—: Abner, gire a la izquierda en la siguiente calle y deténgase ante la residencia de los Butler.

Abner levantó la mano para indicar que había comprendido y detuvo el Rolls-Royce frente a una enorme mansión construida de madera según el estilo victoriano del momento. A continuación, se apeó del vehículo y llamó al timbre de la puerta principal remachada de hierro. Respondió una doncella, y él le entregó la tarjeta de visita de los Cromwell. La sirvienta la cogió y volvió a cerrar. Unos momentos después, la puerta se abrió y un hombre joven y alto, de marcadas facciones, salió y se acercó al coche. Podría haber pasado por un actor famoso. Al igual que Cromwell, vestía un traje de lana que tiraba más a azul marino que a negro, cuello almidonado y una corbata con un estampado de diamantes. Se detuvo un momento y olfateó el aire, que estaba ligeramente impregnado de la niebla que subía desde la bahía.

Abner abrió la puerta trasera del Rolls, desplegó una banqueta y se apartó. Butler entró y tomó asiento mirando a la hermana de Cromwell.

—Maggie, estás guapísima. Como para comerte. —No añadió más al ver la hostil y temible expresión de los ojos de Cromwell, al que saludó sin estrechar la mano—. Hola, Jacob. Me alegro de verte.

—Tienes buen aspecto —repuso este como si le importara.

—Estoy más sano que un toro. Todos los días camino ocho kilómetros.

Cromwell hizo caso omiso del comentario y cogió el intercomunicador para ordenar al chófer que fuera a recoger a Marion Morgan. Luego, se volvió hacia su hermana.

—¿A qué taberna de Barbary Coast te gustaría ir para mezclarnos con la chusma?

—He oído decir que Spider Kelly's es un antro bastante fuerte.

—El peor garito del mundo —repuso Cromwell como experto—, pero tienen buenas bandas de música y un gran salón de baile.

—¿Crees que es seguro? —preguntó Margaret.

Cromwell se echó a reír.

—Red Kelly tiene contratado un pequeño ejército de matones para proteger a los clientes ricos como nosotros de cualquier situación embarazosa.

—Spider Kelly's es el sitio —comentó Butler—. Una noche incluso llevé a mis padres. Se lo pasaron estupendamente viendo la mezcla de gente desagradable que frecuenta ese local. Nos sentamos en el palco de los desharrapados y nos dedicamos a contemplar la ruidosa diversión de la chusma.

El Rolls se detuvo ante un bloque de apartamentos de Russian Hill, justo pasado Hyde Street con Lombard; un barrio elegante pero asequible. La zona de Russian Hill albergaba las casas y los lugares de reunión donde artistas, intelectuales, arquitectos, escritores y periodistas se enzarzaban en acaloradas discusiones y se divertían.

Marion no se ajustó al protocolo y estaba esperando ante la puerta del edificio. Cuando el Rolls se detuvo en la acera, bajó los peldaños y fue hacia el coche mientras Abner le abría la puerta. Llevaba una chaqueta corta encima de una blusa azul con una falda a juego que le confería una sencilla elegancia. Se había recogido el cabello rubio en una larga trenza sujeta con un pasador.

Cromwell se apeó galantemente, la ayudó a entrar cediéndole su sitio en el asiento trasero y se acomodó en la segunda banqueta.

—Señorita Morgan —le dijo—, permítame que le presente al señor Eugene Butler. A mi hermana Margaret ya la conoce, desde luego.

—Es un placer volver a verla, señorita Cromwell. —La expresión de Marion fue cortés, pero no precisamente cálida—. Lo mismo le digo, Eugene —añadió en un tono que denotaba familiaridad.

—¿Ya se conocían? —preguntó Margaret, sorprendida.

—Eugene… Perdón, el señor Butler me invitó a cenar hace algún tiempo.

—Hará unos dos años —repuso el aludido de buen humor—. Me parece que no llegué a impresionarla como es debido porque rechazó todas mis posteriores invitaciones.

—Y proposiciones —añadió Marion, sonriendo.

—¿Listos para una noche movida en Barbary Coast? —preguntó Cromwell.

—Para mí será una nueva experiencia —repuso Marion—. Nunca he tenido el valor de ir por esos barrios.

Margaret la miró y dijo:

—Recuerde la vieja canción:

> *The miners came in 'forty-nine,*
> *the whores in 'fifty-one.*
> *And when they got together,*
> *they produced the native son.**

Marion se ruborizó y clavó los ojos en la moqueta del suelo mientras los dos hombres reían.

Unos minutos más tarde, Abner giró por Pacific Street y se adentró en el corazón de Barbary Coast. El barrio había sido bautizado con aquel nombre en recuerdo de lo que había

---

* Los mineros llegaron en el cuarenta y nueve; / las putas en el cincuenta y uno. / Y cuando se juntaron / dieron a luz al hijo autóctono. *(N. del T.)*

sido un refugio de piratas en las costas de Túnez y Marruecos, y era el hogar de jugadores, prostitutas, contrabandistas, borrachos, maleantes y asesinos. Todo estaba allí: libertinaje y degradación, pobreza y riqueza, miseria y muerte.

El infame barrio tenía más de trescientas tabernas alineadas pared con pared a lo largo de veinticinco manzanas, y cincuenta de ellas daban a Pacific Street. Todo aquello existía por culpa de los políticos corruptos que se dejaban sobornar por los propietarios de las tabernas y los burdeles. Los ciudadanos respetables de la ciudad se quejaban airadamente de la existencia de semejantes antros de iniquidad, pero hacían la vista gorda porque, en privado, se sentían orgullosos de que su ciudad igualara en reputación a París, que tenía fama de ser la capital más corrompida del hemisferio occidental y donde reinaba el mayor vicio y desenfreno.

No obstante, Barbary Coast tenía su propio relumbre y fascinación y era un verdadero paraíso para que la gente de vida honrada diera rienda suelta a sus más bajas pasiones. La gente de mal vivir que dirigía los antros de pecado, casi siempre hombres, estaba encantada de ver a los ricachones de Nob Hill entrar en sus locales, y no sentían el menor escrúpulo a la hora de cobrarles precios de escándalo tanto por entrar como por las consumiciones, habitualmente unos treinta dólares por una botella de champán, cuando lo habitual eran cinco o seis. En la mayoría de las tabernas, una copa valía veinticinco centavos; y una cerveza, un céntimo.

Abner condujo el Rolls entre los paseantes que abarrotaban las calles y se detuvo ante un edificio de tres plantas que parecía un hotel, aunque en realidad se trataba de un burdel de cincuenta habitaciones, cada una con su correspondiente prostituta. La planta baja se destinaba a la bebida, el juego y las apuestas, y el sótano, a sórdidos espectáculos y sala de baile.

Los hombres se apearon del coche primero y se dirigieron al local abriendo paso a las señoras, que contemplaron fascinadas al portero espectacularmente uniformado que pregonaba en la acera:

—¡Vengan a Spider Kelly's, el mejor lugar de Barbary Coast para beber y bailar! Todo el mundo es bienvenido para que disfrute de la mejor noche de su vida. Contemplen los espectáculos más atrevidos y a las mujeres más hermosas. Véanlas agitando las piernas por encima de la cabeza y contoneándose de un modo que los dejará sin aliento.

—Este sitio ya empieza a gustarme —comentó Margaret alegremente.

Marion miró a su alrededor y se aferró al brazo de Cromwell mientras pasaban bajo un cartel donde se leía NO SE ADMITEN GROSERÍAS EN ESTE ESTABLECIMIENTO y del que la clientela hacía caso omiso.

Entraron en un amplio vestíbulo en forma de «U», decorado con cuadros donde aparecían mujeres desnudas bailando entre ruinas romanas. Un *maître* vestido con un esmoquin mal cortado les dio la bienvenida y los acompañó al interior.

—¿Les apetece bajar a ver el espectáculo? Empezará dentro de diez minutos.

—Nos gustaría una mesa tranquila, a salvo de cualquier rifirrafe —dijo Cromwell en tono imperioso—. Cuando hayamos disfrutado de una botella de su mejor champán, bajaremos a la sala de baile a ver el espectáculo.

El hombre hizo una reverencia.

—Como los señores deseen. Síganme, por favor.

A continuación, escoltó al grupo hasta una mesa situada en un palco como el que Butler había mencionado y desde donde se dominaba la sala principal. Al cabo de un instante, una camarera vestida con una escotada blusa y una falda muy corta que destacaba sus piernas enfundadas en medias sostenidas por un sugerente liguero se acercó con una botella de champán Veuve Clicquot Ponsardin cosecha de 1892. Mientras la ponía en una cubilera con hielo, se arrimó a los hombres y les sonrió lascivamente. Margaret le devolvió la sonrisa para darle a entender que sabía que, además de servir bebidas, también ocupaba una de las cincuenta habitaciones de los pisos superiores. Sorprendida al ver a una ricachona de Nob Hill vestida con un atuendo revelador, la camarera le lanzó una mirada apreciativa.

—¿Sabes, cariño? Hay gran demanda para las pelirrojas como tú. Podrías fijar tú misma el precio.

Marion se quedó perpleja, y Cromwell tuvo que contener la risa, pero Butler se mostró indignado.

—¡Está usted hablando con una dama! —exclamó—. ¡Será mejor que se disculpe!

La mujer hizo caso omiso y prosiguió:

—Y si además es judía, puede llegar a lo más alto de la tarifa —dicho lo cual se volvió con un contoneo de caderas y se alejó por la escalera.

—¿Qué tiene que ver ser judía o no? —preguntó Marion ingenuamente.

—Corre la creencia de que las mujeres pelirrojas y judías son las más apasionadas de todas —le explicó Cromwell.

Margaret se lo estaba pasando estupendamente contemplando la actividad que reinaba en la taberna. Experimentaba una embriagadora sensación al ver a los marineros y a los estibadores del puerto, a las jóvenes y honradas trabajadoras que caían fácilmente en la perdición y a los endurecidos delincuentes que se entremezclaban por una sala que estaba llena de borrachos demasiado bebidos para tenerse en pie. Sin que nadie lo supiera, ni siquiera su hermano, Margaret había visitado Barbary Coast en varias ocasiones y estaba al corriente de que su hermano Jacob frecuentaba a menudo los burdeles más caros y exclusivos de la zona, donde las mejores prostitutas ejercían su profesión.

Marion halló el espectáculo fascinante y repugnante al mismo tiempo. Había oído decir que Barbary Coast era un pozo de miseria y desesperación para los pobres de San Francisco, pero no había imaginado lo bajo que los seres humanos podían llegar a caer. No estaba acostumbrada a beber, y el champán no tardó en hacerle ver toda aquella depravación bajo una luz menos repugnante. Intentó imaginarse como una de esas mujeres de mala vida, llevándose a los hombres a su habitación por cantidades tan miserables como cincuenta centavos. Horrorizada consigo misma, apartó rápidamente el pensamiento de su mente y se levantó con vacilación cuando Cromwell dio la vuelta a la botella y anunció que era hora de bajar al sótano.

El *maître* apareció enseguida y les encontró una mesa cerca del escenario. Las dos parejas de raídos vestidos que la ocupaban protestaron enérgicamente cuando se vieron obligados a cederla, pero el *maître* los amenazó abiertamente si no se movían.

—Qué suerte —dijo Margaret—. El espectáculo está a punto de empezar.

Cromwell pidió otra botella de champán mientras contemplaban a una mujer entrada en carnes subir al escenario y bailar la danza de los siete velos. No pasó mucho tiempo antes de que los velos fueran cayendo y quedara cubierta con un sucinto atuendo que dejaba poco espacio a la imaginación. Sus músculos abdominales se contrajeron rítmicamente mientras giraba y se contorsionaba. Cuando hubo acabado, los hombres de entre el público le arrojaron monedas al escenario.

—¡Vaya! —exclamó Margaret en tono sarcástico—. ¡Eso sí que ha sido excitante!

Una pequeña banda de música empezó a tocar, y las parejas salieron a la pista para bailar una alegre danza llamada Texas Tommy. Margaret y Butler se unieron a ellas y dieron vueltas por la pista con alegre despreocupación, abrazados como si fueran uno. Marion se sintió incómoda en brazos de su jefe. En todos los años que llevaba trabajando para él, esa era la primera vez que él le pedía que salieran, pero Cromwell era un excelente bailarín, y ella se dejó llevar.

La orquesta cambió de ritmo varias veces para que los bailarines pudieran seguir los ritmos del Turkey Trot y del Bunny Hug. La gente no tardó en empezar a sudar en el cerrado y mal ventilado sótano. Marion notó que el champán hacía que le diera vueltas la cabeza y pidió a Cromwell que se sentaran un rato.

—¿Le importa si la dejo sola unos minutos? —le preguntó

él cortésmente—. Me gustaría subir a la sala y jugar unas manos de faro.

Marion sintió un gran alivio. Se hallaba al borde del agotamiento, y sus zapatos nuevos la hacían sufrir.

—Sí, por favor, señor Cromwell. Me irá bien un descanso.

Cromwell subió por la escalera de madera y se abrió paso lentamente por la abarrotada zona de juego hasta que llegó a una mesa donde no había nadie salvo el repartidor de cartas. Dos fornidos sujetos se hallaban de pie tras el crupier y desanimaban a cualquiera a sentarse.

El crupier parecía un toro. Su cabeza se erguía encima de un cuello grueso como un tocón. Llevaba el cabello negro engominado y peinado con raya en el medio. La nariz se le aplastaba en las mejillas a causa de las muchas roturas que había sufrido. Sus ojos claros parecían extrañamente fuera de lugar en un rostro que había recibido más de una ración de puñetazos. Tenía el pecho como un barril de cerveza, redondo y abundante, pero duro y sin asomo de grasa. Spider Red Kelly había sido boxeador y en una ocasión incluso había luchado contra James J. Corbett, al que había derribado un par de veces antes de que el antiguo campeón de los pesos pesados lo tumbara en el vigésimo quinto asalto. El hombre observó a Cromwell acercarse.

—Buenas noches, señor Cromwell. Lo estaba esperando.

Cromwell abrió su reloj de pulsera y comprobó la hora.

—Discúlpeme por llegar ocho minutos tarde, señor Kelly. Me han entretenido irremediablemente.

Red Kelly sonrió, mostrando una boca llena de dientes de oro.

—Sí, yo también me habría entretenido si estuviera acompañado de una dama tan guapa. —Hizo un gesto con la cabeza, señalando la mesa—. ¿Le apetece probar suerte?

Cromwell sacó la cartera y contó diez billetes de cincuenta dólares del Nacional Bank impresos por su banco en virtud de su contrato con el gobierno federal. Kelly cogió los billetes, los dejó en un montón en un lado de la mesa y empujó hacia

Cromwell una pila de fichas de cobre con el logotipo de la taberna grabado en ellas. En el tapete verde había pintadas las trece cartas de una mano de faro. El as se hallaba a la izquierda del crupier.

Cromwell dejó una ficha encima de la jota y otra entre el cinco y el seis. Kelly descartó la primera carta del distribuidor, mostrando la siguiente, que era un diez. Si Cromwell hubiera apostado a ella habría perdido, ya que la casa ganaba cualquier apuesta sobre la carta mostrada. Entonces, Kelly sacó del distribuidor la carta perdedora, mostrando la ganadora. Era un cinco. Cromwell ganó la mano.

—La suerte del novato —dijo mientras Kelly empujaba unas cuantas fichas más.

—¿Qué le apetece tomar, señor Cromwell?

—Nada, gracias.

—Dijo usted que quería verme —comentó Kelly—. ¿Qué puedo hacer para devolverle el favor que me ha hecho todos estos años con sus generosos préstamos y manteniendo a la policía alejada de mi local?

—Necesito que alguien sea eliminado —dijo Cromwell como quien pide una cerveza.

—¿Aquí, en la ciudad? —preguntó Kelly repartiendo otra mano.

—No. En Denver.

—Un hombre, supongo —dijo Kelly sin levantar la vista del distribuidor—. Haga su apuesta.

Cromwell asintió y puso una ficha entre la reina y la jota.

—En realidad, se trata de un agente de la Agencia de Detectives Van Dorn.

Kelly hizo una pausa antes de sacar la carta del distribuidor.

—Eliminar a un agente de Van Dorn siempre tiene graves repercusiones.

—No, si se hace bien.

—¿Cómo se llama?

—Isaac Bell. —Cromwell le entregó la foto de Bell que su hermana le había dado—. Aquí tiene su fotografía.

Kelly la contempló brevemente.

—¿Por qué quiere eliminarlo?

—Tengo mis razones.

Kelly sacó la carta perdedora, revelando una reina como ganadora. Cromwell había vuelto a ganar. El boxeador lo miró fijamente.

—Según mis informaciones, todos los que han asesinado a algún agente de Van Dorn han acabado colgando de una cuerda.

—Porque eran vulgares asesinos que permitieron estúpidamente que los detectives de la agencia los cazaran. Si las cosas se hacen correctamente, Van Dorn nunca sabrá quién mató a Bell ni por qué. Hay que hacer que parezca un accidente. Si no dejamos ninguna pista, los agentes de Van Dorn no podrán hacer nada.

Kelly se repantigó lentamente en su silla.

—Debo decirle, Cromwell, que no me gusta nada la idea. —El «señor» de Cromwell había desaparecido.

—¿Le gustaría un poco más si le dijera que le pagaré veinte mil dólares por el trabajo?

Kelly se incorporó y miró a Cromwell como si no acabara de creerlo.

—¿Ha dicho usted veinte mil dólares?

—Sí. Quiero que lo haga un verdadero profesional, no un matón cualquiera de la calle.

—¿Y dónde quiere que ocurra el suceso?

No había duda de que Kelly se encargaría del trabajo. El viejo boxeador estaba metido hasta el cuello en actividades criminales. Que aceptaría la oferta de Cromwell era algo seguro.

—En Denver. Bell trabaja desde la oficina que Van Dorn tiene allí.

—Cuanto más lejos de San Francisco, mejor —dijo Kelly en voz baja—. Considérelo hecho, señor Cromwell.

El «señor» había reaparecido, y el trato quedó cerrado. Cromwell se levantó de la mesa y señaló las fichas de cobre con un gesto de cabeza.

—Para el crupier —dijo con una sonrisa—. Haré que le entreguen diez mil dólares en metálico mañana, antes de las doce. Recibirá el resto cuando Bell haya muerto.

Kelly siguió sentado.

—Entendido.

Cromwell regresó al sótano. La gente había dejado de bailar y vio que estaban observando a su hermana, que ejecutaba una ondulante y provocativa danza en el escenario para deleite del público presente. Se había soltado el pelo, y movía sensualmente las caderas al ritmo de la orquesta. Butler estaba sentado a la mesa, sumido en un estupor etílico, mientras Marion contemplaba con pasmo las evoluciones de Margaret.

Cromwell llamó a uno de los *maîtres* que también hacía de guardia de seguridad.

—Señor...

—Por favor, lleve al caballero a mi coche.

El hombre asintió y, con una facilidad producto de la práctica, levantó al ebrio Butler, se lo echó al hombro y se lo llevó escalera arriba como si fuera un saco de plumas.

Cromwell se acercó a Marion.

—¿Se siente capaz de caminar hasta el coche?

Ella lo miró casi con enfado.

—Pues claro que puedo caminar.

—Entonces, es hora de marcharse.

La cogió del brazo y la ayudó a levantarse. Marion subió por la escalera tambaleándose pero sin ayuda. Luego, Cromwell volvió su atención hacia su hermana. El escandaloso comportamiento de Margaret no le hacía ninguna gracia. La agarró por el brazo con la fuerza suficiente para causarle un morado y la arrastró fuera del escenario y de la taberna hasta el coche, que esperaba en la acera. Butler iba medio desmayado en el asiento delantero, junto a Abner, y Marion permanecía sentada en la parte de atrás, con ojos vidriosos.

Cromwell empujó sin miramientos a su hermana hacia el asiento posterior y entró tras ella, arrinconándola. Luego, se sentó entre las dos mujeres mientras Abner se ponía al volante y conducía el Rolls por la calle brillantemente iluminada con luces multicolores.

Lentamente, Cromwell deslizó el brazo alrededor de los hombros de Marion. Ella lo miró inexpresivamente. El champán la había adormecido, pero no estaba borracha. Seguía teniendo la mente despierta y clara. La mano de Cromwell le dio un ligero apretón, y ella contuvo la respiración. Notó el cuerpo de él presionándola en los estrechos límites de su asiento.

Había habido una época en que Marion había encontrado a su jefe muy guapo y se había sentido atraída por él; pero, durante los años que habían trabajado juntos, él no había hecho nada por reducir la distancia que los separaba. Sin embargo, después de tanto tiempo, él se mostraba interesado. Curiosamente, no sintió que se encendiera ninguna pasión en su interior. Más bien sentía una extraña repulsión, y no sabía por qué.

Se sintió aliviada cuando Cromwell no continuó con sus avances. Su mano no se movió del hombro hasta que Abner detuvo el Rolls ante el edificio de apartamentos y Cromwell se apeó para ayudarla a bajar.

—Buenas noches, Marion —le dijo dándole la mano—. Espero que haya tenido una noche interesante.

Era como si en esos instantes ella viera en el interior de su jefe algo que no había visto hasta ese momento y sintió repugnancia ante su contacto.

—Ha sido una noche que no olvidaré en mucho tiempo —dijo con toda sinceridad—. Confío en que su hermana y el señor Butler se recuperen pronto.

—Solo será una buena resaca, pero merecida —contestó Cromwell con una sonrisa tensa—. Nos veremos el lunes por la mañana. Tengo un montón de correspondencia que dictarle. Quiero tener mi mesa despejada para cuando salga de viaje, el viernes.

—¿Vuelve a marcharse ya?

—Sí. Hay una reunión de banqueros en Denver a la que debo asistir.

—Entonces hasta el lunes por la mañana —dijo Marion con gran alivio mientras le soltaba la mano.

Subió los peldaños que conducían a la entrada del edificio, pero se detuvo y se volvió para ver el Rolls alejarse por la calle. Su mente obraba inconscientemente. La relación entre ella y su jefe nunca volvería a ser la misma. Había en él una frialdad que no había apreciado antes. Se encogió al recordar el contacto de la mano de Cromwell. De repente, el olor a sudor y a tabaco de la taberna que le impregnaba la ropa le produjo asco.

Corrió a su apartamento, abrió los grifos de la bañera, se quitó la ropa con frenesí y se sumergió en el agua jabonosa para borrar todo recuerdo de aquella noche de decadencia.

—¿De qué iba tu pequeña reunión con Red Kelly? —preguntó Margaret después de haber dejado a Marion en su casa.

—Lo he contratado para un trabajito.

Ella contempló el rostro de su hermano, iluminado intermitentemente por las farolas de la calle.

—¿Qué clase de trabajito?

—Va a ocuparse de nuestro amigo Isaac Bell —repuso él, en tono cortante.

—¡No puedes cargarte a un agente de Van Dorn! —exclamó Margaret—. Se te echará encima toda la policía del país.

Cromwell rió.

—No debes preocuparte, hermanita. He dado instrucciones a Kelly para que se encargue de que Bell pase unos cuantos meses en el hospital. Eso es todo. Llámalo un aviso.

Cromwell había mentido abiertamente a su hermana. Su intención era hacerse el sorprendido cuando se hiciera público el asesinato de Bell y pretender que había sido un error, que Kelly se había excedido. Había llegado a la conclusión de que suscitar el enfado de su hermana era un precio pequeño a cambio de borrar del mapa al hombre que se había convertido en su peor enemigo.

16

—Denle otra capa —ordenó Cromwell a los dos operarios que pintaban su vagón de mercancías. Su color había sido el marrón terroso que habían llevado la mayoría de los vagones de carga desde los primeros días del ferrocarril, pero el rojo toscana era el nuevo tono elegido por Southern Pacific para estandarizar su amplia flota de vagones de mercancías. Cromwell quería que le dieran una segunda capa porque las letras de O'BRIAN FURNITURE COMPANY, DENVER todavía se apreciaban por debajo de la primera.

Margaret, con un vestido de lana y una chaqueta corta para protegerse de la fría brisa que soplaba del mar a través del Golden Gate, sostenía un parasol contra la temprana bruma que caía sobre la ciudad. Los dos hermanos contemplaban a los pintores en el muelle de carga de un almacén vacío que Cromwell había alquilado con un nombre falso.

—¿Confías en ellos? —preguntó ella.

—¿En los pintores? —Contempló a los cuatro hombres que se afanaban con la pintura alrededor del vagón—. Para ellos no es más que otro vagón que necesita una mano de pintura. Mientras se les pague bien, no harán preguntas.

—Ya era hora de que cambiaras el nombre —comentó su hermana—. Cualquier día, un sheriff o uno de los detectives de Van Dorn descubrirán que en todas las ciudades atracadas había un vagón de O'Brian Furniture.

—Eso mismo pensé yo.

—¿Qué nombre le vas a poner esta vez?

—Ninguno —repuso Cromwell—. Se parecerá a cualquier otro de los vagones de carga de Southern Pacific Railroad.

—Podrías comprar y hacer decorar uno nuevo. ¿Por qué conservas esta vieja reliquia?

—Porque tiene el aspecto de una vieja reliquia —repuso con una ligera risa—. Fue construido en 1890, y el ferrocarril sigue usando este modelo. Prefiero que siga teniendo el aspecto viejo y usado de haber recorrido muchos miles de kilómetros transportando mercancías. Además, dado su anodino aspecto exterior, nadie sospecha cuál es su verdadera función. Ni siquiera a tu fantástico señor Bell se le ocurriría pensar para qué lo utilizo.

—No subestimes a Bell. Es lo bastante astuto para descubrir tu suite sobre ruedas.

Cromwell le lanzó una mirada aviesa.

—No, no lo es. Por otra parte, aunque haya olfateado algo, el vagón de O'Brian Furniture ha dejado de existir.

Cromwell se sentía orgulloso de su viejo vagón. Tenía once metros de largo y capacidad de carga para veinte mil kilos. Vacío, pesaba seis toneladas. Cuando la segunda capa de pintura estuviera seca, el vagón quedaría acabado con sus números de serie en los costados, bajo las letras SP correspondientes a Southern Pacific. La capacidad de carga y el peso también se pintarían en un costado, mientras que el logotipo de la compañía ferroviaria —un círculo blanco con la palabra SOUTHERN arqueada en la parte superior, PACIFIC en la inferior y LINES dividiéndolo por la mitad— iría al otro lado. Una vez acabado, el vagón sería idéntico a tantos otros, propiedad de Southern Pacific.

Incluso el número de serie, 16173, era correcto. Cromwell se había ocupado de tomarlo prestado de otro vagón destinado al desguace y de transferirlo a su suite rodante.

Nunca dejaba nada al azar. Estudiaba una y otra vez todos los pasos que daba y consideraba cualquier contingencia posible. Nada, ni el más pequeño detalle, escapaba a la atención de Cromwell. Ningún atracador en la historia de Estados Unidos, ni Jesse James ni Butch Cassidy juntos, lo igualaban en cuanto a número de golpes culminados con éxito y cuantía del botín capturado. Tampoco en lo tocante a la cantidad de asesinatos.

Al oír mencionar el nombre de Bell, la mente de Margaret viajó al momento en que habían bailado juntos en el Brown Palace y se maldijo por desear poder tocarlo de nuevo. Solo de imaginarlo la recorría un escalofrío. Había conocido a muchos hombres, algunos de ellos íntimamente, pero con ninguno había sentido lo que en brazos de Bell. Se trataba de una oleada de deseo que no podía controlar ni comprender. Empezó a preguntarse si volvería a verlo, aunque en su fuero interno sabía lo peligroso que eso resultaría. Si volvían a verse, seguramente descubriría su verdadera identidad y hallaría el camino para llegar hasta su hermano Jacob.

—Será mejor que nos vayamos —dijo en tono adusto, furiosa consigo misma por permitir que sus emociones interfirieran.

Cromwell vio la expresión ausente de sus ojos, pero prefirió hacer caso omiso.

—Como quieras. De todas maneras, volveré mañana para comprobar cómo ha quedado.

Dieron media vuelta y entraron en el almacén. Cromwell se detuvo para cerrar con llave y atrancar la puerta con una barra de hierro para que nadie pudiera entrar. Sus pasos resonaron en el desierto interior del edificio. Los únicos muebles se hallaban en un rincón: dos escritorios y un mostrador que parecía la ventanilla del cajero de un banco.

—Es una pena que no puedas alquilar este sitio y darle un buen uso —dijo Margaret colocándose el sombrero, que se había desplazado al perder una horquilla.

—Me hace falta un sitio para aparcar el vagón —repuso Cromwell—. Mientras esté en un apartadero, junto al muelle de carga de un almacén vacío cuyo propietario nadie puede localizar, tanto mejor para nosotros.

Margaret miró a su hermano con aire suspicaz y le dijo:

—Ya vuelves a tener esa mirada.

—¿Qué mirada?

—La que se te pone cuando planeas atracar un banco.

—¡Vaya! Se ve que no puedo engañar a mi propia hermana —repuso con una sonrisa maliciosa.

—Imagino que será una pérdida de tiempo que intente convencerte de que te retires del negocio de los atracos.

Él le cogió la mano y le dio un apretón.

—No hay hombre capaz de renunciar a algo en lo que destaque.

Margaret suspiró al verse derrotada.

—De acuerdo. ¿Y dónde será esta vez?

—Todavía no lo he decidido. El primer paso consiste en hacer discretas averiguaciones en los círculos bancarios sobre el pago de nóminas. Luego tengo que seleccionar las ciudades que tengan ferrocarril con un apartadero para el vagón. La huida es la parte más importante de la operación. Después, viene estudiar la ubicación del banco y la distribución de las calles. Por último, me resta planear el atraco en sí, el momento preciso de realizarlo y los disfraces que necesito.

Margaret se detuvo ante el mostrador y los escritorios.

—¿Y aquí es donde ensayas?

Cromwell asintió.

—Sí, después de que mis agentes me hayan proporcionado un plano de la distribución del banco. Entonces coloco los muebles de la forma más parecida posible.

—Casi lo has convertido en una ciencia.

—Es lo que intento.

—Tu método se está volviendo demasiado sofisticado, demasiado perfecto —le advirtió ella.

Cromwell la cogió del brazo y le susurró al oído:

—No sabría hacerlo de otra manera.

17

Bell bajó del tren y fue directamente a su oficina donde halló a Curtis e Irvine, que lo esperaban en la sala de reuniones. Por la expresión de sus rostros, se dio cuenta de que tenían buenas noticias. Lo distendido del ambiente quedaba subrayado por el puro que Irvine se estaba fumando y por el cigarrillo que Curtis se disponía a sacar de su pitillera.

—Parecéis de bastante buen humor —comentó Bell, dejando la maleta en el suelo.

—Hemos encontrado algunas pistas —contestó Curtis, encendiendo un cigarrillo—. Nada del otro mundo, pero tenemos unas cuantas piezas que encajan en el rompecabezas.

—¿Y tú, Isaac? ¿Has averiguado algo? —preguntó Irvine.

Antes de que Bell pudiera contestar, Agnes Murphy entró en la sala llevando una bandeja con tazas y una cafetera.

—Lamento interrumpir, pero pensé que les apetecería tomar un café.

Bell le cogió la bandeja de las manos y la dejó en la mesa.

—Gracias, Agnes. Ha sido muy amable de su parte.

Ella dio media vuelta y fue hacia la puerta.

—Vuelvo enseguida —avisó. Al cabo de un instante regresaba con un azucarero y una jarra de leche—. No me había olvidado —dijo—, es solo que no podía traerlo todo a la vez.

—Es usted un ángel —le dijo un sonriente Curtis dándole un beso en la mejilla.

Bell e Irvine intercambiaron una mirada y sonrieron. Ambos sabían que Agnes y Curtis eran simplemente colegas y que siempre se estaban tomando el pelo mutuamente.

Agnes se recogió la falda, dio media vuelta y salió de la sala cerrando la puerta tras ella.

—Además del café —comentó Bell—, ha sido considerado por su parte cerrar la puerta al salir.

Curtis lanzó un anillo de humo hacia el techo.

—Agnes se conoce el percal. No siente más aprecio que nosotros hacia Alexander.

—Bueno, Isaac, ¿qué nos estabas diciendo? —quiso saber Irvine.

—Os iba a explicar que, aparte del dedo que le falta a nuestro hombre, es posible que sea pelirrojo. También que tiene una motocicleta y que ha utilizado una en más de un atraco. —Bell se metió la mano en el bolsillo, sacó un bolsita de seda, la abrió y volcó el casquillo de bala encima de la mesa—. Ahora sabemos que el Carnicero utiliza un Colt automático del calibre 38. Este casquillo fue hallado bajo una alfombra. Dado que el asesino no ha dejado más casquillos en otros lugares del crimen, cabe suponer que se le olvidó recoger este. El sheriff Murphy, de Bisbee, es un hombre inteligente y mandó al forense que extrajera las balas de los cadáveres. Todas eran del mismo calibre 38.

—Podríamos comprobar las ventas de los Colt automáticos del 38 —propuso Curtis.

—Es posible que hayan miles de armas —repuso Irvine con cierto sarcasmo—. Tardaríamos años en comprobar todas las ventas realizadas de ese modelo.

—Art tiene razón —intervino Bell sin dejar de mirar el casquillo—. Sería una tarea ingente y de resultados más que dudosos.

Curtis sonrió como un zorro.

—No si conseguimos una pista del escondite del Carnicero. Entonces podríamos investigar a los vendedores de armas de la zona.

—Bien pensado —convino Bell, sin saber lo que Curtis se disponía a revelar—. Entretanto, enviaré el casquillo a nuestros expertos de Chicago a ver si pueden conseguir algunas huellas. —Se repantigó en la silla y apoyó los pies en la mesa—. Bueno, ahora contadme lo que habéis descubierto.

Irvine abrió un libro de registro y lo colocó ante Bell y Curtis.

—En Elkhorn, Nevada, di con algo interesante. En el banco habían anotado los números de serie de los billetes de cincuenta el día antes del atraco.

—Se comprende el porqué —repuso Bell—. Los billetes de cincuenta son los más falsificados. Seguro que, a medida que iba anotando los números, el cajero fue comprobando que no hubiera billetes falsos.

Irvine miró a Bell y golpeó las anotaciones del libro con un dedo.

—Podrías pedir a nuestra oficina central que remitiera estos números a los bancos del oeste del país para que estén al tanto de si ven alguno. Los billetes de cincuenta deberían ser más fáciles de rastrear que los de diez y de cinco.

—Y aún más que los de un dólar —añadió Curtis.

—Me ocuparé de hacerlo —le aseguró Bell.

—He hecho algunas averiguaciones por mi cuenta y la verdad es que he encontrado dos bancos de San Francisco donde habían aparecido esos billetes.

—Buen trabajo —le dijo Bell antes de volver su atención hacia Curtis—. ¿Y tú, Arthur? ¿Has tenido suerte?

—¿Encontraste algún posible tren de pasajeros en el que nuestro asesino pudiera haber escapado? —quiso saber Irvine.

—No. Pero los trenes de mercancías son harina de otro costal.

—¿Las patrullas no los registraron?

Curtis meneó la cabeza.

—No los vagones que estaban cargados y cerrados.

—¿Y adónde nos conduce eso? —preguntó Bell.

Curtis sonrió ampliamente, con aire radiante.

—Me llevó muchas horas bucear en los mohosos archivos de las compañías ferroviarias, pero al final conseguí realizar un descubrimiento interesante. Hallé tres vagones que habían sido dejados en los apartaderos de las ciudades donde se cometieron los atracos. El vagón con el número de serie 15758 estuvo presente en Virginia City y en Bisbee durante los atracos. En Virginia City, su lista de carga decía que transportaba cincuenta bobinas de alambre de espino con destino a un rancho de California. El 15758 estaba vacío en el apartadero de Bisbee, cuando esperaba a ser enganchado a otro tren.

—¿Vacío, eh? —repitió Irvine, agitándose en su silla.

—Sí, vacío. Había llevado un cargamento de piezas de tierra cocida desde Las Cruces, en Nuevo México, hasta Tucson, antes de volver vacío a El Paso.

—Así pues, podemos borrarlo de la lista —murmuró Bell—. ¿Y qué hay de los demás?

Curtis consultó sus notas.

—El número 18122 se encontraba en Elkhorn, Nevada, y en Grand Junction, Colorado, cuando los bancos de esas ciudades fueron asaltados. Se hallaba en un apartadero de Grand Junction esperando ser enganchado al tren de Los Ángeles. Su cargamento consistía en sesenta cajas de vino. En Elkhorn transportaba un envío de colchones desde una fábrica de Sacramento.

—Pues ese vagón tampoco nos vale —dijo Irvine—. Es poco probable que nuestro hombre escapara a dos lugares distintos.

—Sí, pero he dejado lo mejor para el final —declaró un entusiasmado Curtis. A continuación se levantó, fue a la pizarra y escribió: O'BRIAN FURNITURE COMPANY, DENVER. Se dio la vuelta y dijo—: Aquí tenemos el vagón que estaba presente en los cinco atracos.

Tanto Bell como Irvine se incorporaron de golpe en sus asientos con los ojos clavados en la pizarra. Curtis había cogido el toro por los cuernos y se había adentrado en un territorio en el que nadie había pensado.

Sorprendido por el inesperado hallazgo de Curtis, Bell preguntó:

—¿Estás diciendo que ese vagón se encontraba en las cinco ciudades el mismo día del robo de los bancos?

—He preparado una lista de las ciudades, los horarios y su destino final.

Irvine estuvo a punto de derramar el café.

—No hablas de destinos en plural.

—No. He dicho destino, en singular —repuso Curtis riendo por lo bajo—. En todos los casos, el vagón de muebles de Denver fue a San Francisco. No hallé constancia en ninguna parte de que lo llevaran a Denver o a cualquier otra parte. Así pues, solo me quedó concluir que se trataba de la tapadera que el Carnicero utilizaba para escapar de las patrullas de búsqueda.

Bell contempló las letras escritas en la pizarra.

—Apuesto la paga de un mes a que si hacemos una investigación en las tiendas de Denver descubriremos que O'Brian Furniture no existe.

—Y que lo digas —convino Irvine.

Bell se volvió hacia Curtis.

—¿Qué es lo último que sabemos de lo que Southern Pacific ha hecho con ese vagón?

—Llegó a un apartadero de San Francisco, hará un par de semanas. Según mis averiguaciones, allí sigue.

—En ese caso tenemos que buscarlo y registrarlo.

—Y ponerlo bajo vigilancia —añadió Irvine.

—Sí, eso también —convino Bell—, pero debemos tener mucho cuidado en no alertar al Carnicero de que le estamos pisando los talones.

Curtis encendió otro cigarrillo.

—Saldré mañana temprano en el primer tren hacia San Francisco.

—Irvine y yo iremos contigo —declaró Bell volviéndose hacia su compañero—: Acabas de mencionar que tres billetes robados aparecieron en San Francisco.

Irvine asintió.

—Así es. Uno, en el Cromwell National Bank; y, el otro, en el Crocker National Bank.

Bell sonrió por primera vez.

—Se diría que todos los caminos conducen a San Francisco.

—Empieza a parecerlo, en efecto —convino Curtis con creciente entusiasmo.

Los dos detectives observaron a Bell, expectantes, mientras este estudiaba el mapa con las banderitas que señalaban los lugares donde el Carnicero había cometido sus horribles crímenes.

Las pruebas de las que disponían estaban lejos de ser concluyentes y bien podían conducirlos a un callejón sin salida. Sin embargo, se sentían satisfechos por lo conseguido. Por poco que fuera, no tenían otra cosa, y era suficiente para el plan que Bell estaba ideando.

—Puede que se trate de una apuesta a ciegas, pero creo que tenemos una buena oportunidad para atrapar a ese canalla.

—¿Se te ha ocurrido un plan? —preguntó Irvine.

—Supongamos que hacemos que los diarios de San Francisco publiquen la noticia de que una nómina por valor de un millón de dólares va a ser transportada en tren a una población donde viven varios miles de mineros. La gran cuantía se debe a que los propietarios de las minas han ofrecido una prima especial a los trabajadores para que no secunden la huelga convocada por los sindicatos en demanda de mejores salarios.

Curtis sopesó la idea de Bell y dijo:

—Sí, pero el Carnicero podría comprobar la veracidad de la noticia y descubrir que es falsa.

—No si uno de nosotros está en la oficina de telégrafos cuando llegue la solicitud de información y le da la respuesta que nos conviene.

—Incluso podríamos tener suerte y descubrir quién envió el telegrama —comentó Irvine.

Bell asintió.

—Sí. Eso también es verdad.

Irvine contempló el fondo de su taza de café como si fuera un adivinador leyendo en los posos.

—Es una posibilidad entre mil. Ya lo sabéis.

—Desde luego —repuso Bell—, pero vale la pena intentarlo. Además, aunque el plan falle, puede que nos lleve a otra pista del Carnicero.

—¿Has pensado en una ciudad minera en concreto? —preguntó Curtis.

—Sí, en Telluride, Colorado —repuso Bell—, y por dos razones. La primera, porque es una ciudad que está metida en un cañón; la segunda, porque allí hubo huelgas de mineros en 1901 y en 1903, de modo que no es de descartar que pueda producirse otra.

—Si el vagón de O'Brian Furniture hace acto de presencia, sabremos que nuestro hombre se ha tragado el anzuelo.

—Una vez el vagón se encuentre en el apartadero de Telluride, el único camino por el que podrá salir será por donde haya llegado. —Irvine suspiró y sonrió satisfecho—. Entonces, el Carnicero estará atrapado y sin medio de fuga.

El ambiente en la sala de reuniones vibraba de expectación y esperanza. Lo que había parecido una causa prácticamente perdida empezaba a ofrecer alguna posibilidad. Tres pares de ojos recorrieron el mapa gigante colgado en la pared y convergieron hacia el Pacífico y la ciudad portuaria de San Francisco.

Bell se sentía feliz mientras bajaba en el ascensor que lo llevaba a la calle para dirigirse después caminando a su hotel. Perdiera o ganara, el fin de la partida se adivinaba en el horizonte. Sin duda, resultaba imprevisible, pero por fin las cartas empezaban a favorecerlo. Sus pensamientos volvieron a Rose Manteca y, por enésima vez, se preguntó qué relación podía tener con el Carnicero. ¿Qué clase de mujer era la que podía sentirse próxima a alguien que asesinaba a mujeres y niños? Empezaba a creer que podía ser tan perversa como el propio Carnicero, si no más.

Bell salió del ascensor del Brown Palace Hotel y se dirigió a su suite. Sacó la llave del bolsillo del pantalón y la introdujo en la cerradura; pero, antes de que pudiera girarla del todo, la puerta se entreabrió ligeramente. El pestillo no había quedado perfectamente encajado cuando la habían cerrado.

Se detuvo y se puso en guardia. Su primer pensamiento fue que la doncella se había olvidado de cerrar del todo. Se trataba de una presunción lógica, pero algo en su interior lo hizo sospechar. La intuición de que algo no andaba bien ya le había salvado la vida anteriormente en más de una ocasión.

Bell se había granjeado numerosos enemigos durante sus años como detective de Van Dorn. Varios de los delincuentes a los que había capturado y entregado a la justicia habían jurado vengarse. Hasta la fecha, tres de ellos lo habían intentado, y dos habían muerto.

Razonó que si alguien lo estaba esperando en su habitación, no sería con un arma. Los disparos resonarían por todo el hotel y atraerían la atención del personal. Si el asesino quería huir del noveno piso, tendría que esperar el ascensor o bajar corriendo por la escalera, y ninguna de esas dos alternativas resultaba adecuada como vía de escape.

Bell sabía que cabía la posibilidad de que estuviera exagerando y de que el peligro no fuera tal; pero no habría vivido tanto sin ser suspicaz. Si alguien lo estaba esperando, concluyó, sería para hacer el trabajo sucio con un cuchillo.

Se quitó el sombrero, lo dejó caer y, antes de que este tocara el suelo, ya tenía en la mano la Derringer, una pequeña pistola de cañones superpuestos del calibre 41 que tenía una sorprendente potencia a corta distancia.

Movió la llave como si la estuviera haciendo girar en la cerradura, abrió la puerta y se quedó en el umbral mientras recorría con la vista la suite y el dormitorio que había al fondo. El olor de tabaco llegó a su nariz, confirmando sus sospechas. Raras veces fumaba puros y, si lo hacía, era solo con una copa de coñac, después de una cena especialmente suculenta. Entró en la suite con la Derringer en la mano. La muerte, en forma de tercer hombre, lo esperaba dentro.

Un individuo estaba sentado en el sofá, leyendo el periódico. Al acercarse Bell, dejó el diario a un lado haciendo visible un rostro especialmente feo. Tenía el pelo negro, grasiento y engominado, y la corpulencia de un oso. Su rostro parecía haber recibido la coz de una mula. Sin embargo, sus ojos eran cálidos y amables, un rasgo que sin duda había confundido a muchas de sus víctimas, pero no a Bell, que comprendió de inmediato que aquel sujeto tenía la fortaleza necesaria para saltar igual que un tigre.

—¿Cómo ha entrado? —preguntó Bell, simplemente.

El desconocido le mostró una llave.

—Tengo mi pequeña llave maestra. Nunca salgo de casa sin ella.

—¿Cómo se llama usted?

—Mi nombre no tiene ninguna importancia porque no tendrá ocasión de utilizarlo; pero, ya que lo pregunta, me llamo Red Kelly.

La memoria fotográfica de Bell se puso en marcha y enseguida recordó un informe que había leído tiempo atrás.

—¡Ah, sí!, el tristemente famoso Red Kelly. Boxeador, propietario de un tugurio en Barbary Coast y asesino. Hizo una buena pelea contra el campeón del mundo, James J. Corbett. En cierta ocasión leí un informe sobre usted en el que se advertía en caso de que se aventurara a salir de California. Debo decirle que acaba de cometer un error. La protección que le brindan sus amigos políticos corruptos evita que lo extraditen a otros estados por los delitos cometidos. Sin embargo, eso no lo ayudará en Colorado. Aquí puede ser detenido.

—¿Y quién va a detenerme? ¿Usted? —preguntó Red Kelly, mostrando una hilera de dientes de oro.

Bell permaneció relajado y tranquilo, esperando un movimiento de su adversario.

—Desde luego, no sería usted el primero.

—Lo sé todo de usted, guaperas —dijo Kelly en tono despectivo—. Sangrará igual que los demás desgraciados que he enviado a la tumba.

—¿Cuántos de ellos eran detectives o policías?

Kelly sonrió malévolamente.

—Tres, que yo recuerde. Al final, uno pierde la cuenta.

—Sus días de asesino se han acabado, Kelly —repuso Bell, con calma.

—Ese momento todavía no ha llegado, guaperas. Si cree que puede amenazarme con esa pistola de juguete, está malgastando el aliento.

—¿Cree que no puedo abatirlo con esto?

—No tendrá oportunidad —repuso Kelly fríamente.

Ahí estaba. Bell lo vio al instante. El brusco movimiento de los ojos de Kelly. Se agachó rápidamente y, en un abrir y cerrar de ojos, apuntó y disparó, metiendo una bala en la frente del hombre que se abalanzaba sobre él por la espalda, desde su escondite detrás de una cortina. La detonación resonó por la puerta abierta y en todo el atrio del hotel.

Kelly contempló el cuerpo sin vida de su matón con el mismo interés con el que un caballo miraría la boñiga que acababa de pisar. Luego, sonrió a Bell.

—Su reputación es merecida. Debe tener ojos en el cogote.

—Usted ha venido a matarme —dijo Bell con tono inexpresivo—. ¿Por qué?

—Es solo un trabajo. Nada más.

—¿Quién le paga?

—No necesita saberlo. —Kelly dejó el periódico y se levantó lentamente.

—No intente coger el arma que lleva en la espalda —le advirtió Bell, apuntándolo firmemente con la Derringer.

Kelly hizo brillar sus dientes de oro.

—No necesito un arma.

Se lanzó hacia delante con sus poderosas piernas, que lo propulsaron por la habitación como si hubiera salido disparado por un cañón.

Lo que salvó a Bell en esos dos segundos fue la distancia

que lo separaba de su atacante, unos buenos tres metros. De haber sido menor, Kelly se le habría echado encima igual que una avalancha. Tal como estaban, Kelly lo golpeó como un toro y lo derribó contra una silla haciéndolo rodar por la moqueta verde. Pero no antes de que Bell apretara el gatillo de la Derringer y metiera una bala en el hombro de Kelly.

El matón se detuvo en seco, pero no cayó. Era demasiado fuerte, demasiado musculoso para desplomarse por una bala que no le había alcanzado el corazón o el cerebro. Contempló la mancha carmesí que se extendía por su camisa con la indiferencia de un cirujano. Luego, sonrió diabólicamente.

—Su pistola de juguete solo tiene dos balas, guaperas —espetó—. Ahora está vacía.

Entonces fue el turno de Kelly, que se llevó una mano a la espalda en busca de su arma. Se disponía a apuntar cuando Bell le arrojó el arma igual que un *pitcher* de béisbol al que hubieran pedido que lanzara una bola rápida. A menos de dos metros, no podía fallar. La pequeña pistola, dura como el diamante, impactó de lleno en el rostro de Kelly, justo entre los ojos.

La sangre manó rápidamente de la herida y enseguida cubrió el rostro del boxeador. Pero este no emitió ni un quejido ni un respingo, aparte de suspirar pesadamente. Seguía sosteniendo el arma, pero no apuntaba. No podía. Bell agachó la cabeza y cargó contra el hombretón igual que un delfín contra un tiburón, acelerando a cada paso y embistiendo su barriga con todas sus fuerzas. El ex boxeador se limitó a soltar un gruñido y a quitarse a Bell de encima, lanzándolo por la habitación con una fuerza descomunal.

Bell se estrelló contra una pared con un estrépito que lo dejó sin aliento. Si el golpe hubiera sido un poco más fuerte, se habría pasado dos meses en el hospital inmovilizado. Sin embargo, su estremecedora carga no había sido en vano. En el choque de sus noventa kilos contra los ciento veinte de Kelly le había arrebatado el arma al asesino.

No hubo orden alguna de que cesara la lucha, ningún «alto o disparo». Bell ya había pasado por situaciones similares y sabía que no valía la pena malgastar palabras con un asesino dispuesto a enviar a su víctima a la mesa de mármol del forense local. Tampoco confiaba en derrotar a Kelly en una lucha cuerpo a cuerpo. El asesino era más fuerte y despiadado. Bell apenas tuvo tiempo de encajarle dos disparos antes de que Kelly se recobrara lo suficiente para rodearle el cuello con la ferocidad de un gorila y estrangularlo con sus manazas. Cayó sobre Bell en la alfombra, aplastándole el pecho con su peso e inmovilizándole los brazos para que no pudiera volver a disparar. Kelly apretó lenta y metódicamente, como si las dos balas que acababa de recibir solo fueran una insignificante molestia.

Bell no podía moverse y le resultaba imposible intentar arrancarse los dedos que le aprisionaban la garganta. La fuerza de Kelly superaba ampliamente la suya. No le cabía duda de que no era el primer hombre a quien Kelly estrangulaba. A menos que hiciera algo y lo hiciera enseguida, no sería el último. La negrura empezaba a bloquearle la visión.

Lo que le sorprendía aún más que la muerte inminente eran las dos balas que había metido en el cuerpo de Kelly. Estaba seguro de haber acertado de lleno a aquel Goliat. Miró aquellos ojos negros y malignos, la sangre había convertido el rostro de Kelly en una máscara diabólica. ¿Qué lo mantenía con vida? ¿Por qué su fuerza no menguaba? Ese hombre no era humano.

Entonces, Bell notó que la presión en su cuello cedía ligeramente. En lugar de intentar quitársela de la garganta, levantó las manos y hundió los pulgares en los ojos sin expresión de Kelly, sabiendo que ese era su último intento antes de que la negrura definitiva se abatiera sobre él. Con un violento movimiento de tirabuzón, logró zafar el cuerpo de debajo de Kelly.

El corpulento boxeador lanzó un gruñido y se llevó las manos a los ojos. Cegado, se arrastró hacia Bell, que le dio una fuerte patada bajo las costillas. Qué lo mantenía con vida, se preguntó Bell. Tendría que haber muerto hacía rato. Como para llevarle la contraria, Kelly le agarró la pierna.

Bell sintió que lo arrastraban por la moqueta, manchada y empapada por la sangre de Kelly. Lo golpeó con el pie libre, pero el asesino no pareció notarlo. La presión en la pierna de Bell se hizo más fuerte, y unas uñas se le hundieron en la carne a través del pantalón. Kelly lo arrastraba hacia sí, con los ojos brillantes de odio.

Había llegado el momento de poner punto final a aquella lucha macabra. Bell agarró el Colt con la mano derecha y, con mortal tranquilidad, levantó el arma hasta que la tuvo a escasos centímetros del rostro de Kelly. Entonces, apretó el gatillo y le metió una bala del calibre 44 en el ojo derecho.

No se oyó un grito desgarrador, ni un horrible gorgoteo. Kelly dejó escapar un suspiro antes de rodar de costado y expirar como una bestia gigantesca.

Bell se sentó en un rincón y se masajeó la garganta mientras jadeaba por el esfuerzo. Volvió la cabeza cuando unos hombres entraron a toda prisa por la puerta abierta de la suite. Se detuvieron, perplejos al contemplar el mar de sangre y el cuerpo del hombre cuyo rostro resultaba irreconocible por la máscara de sangre que lo cubría. Los dientes de oro que asomaban entre los labios teñidos de rojo le conferían tintes grotescos.

Kelly había muerto de mala manera ¿y por qué? ¿Por dinero? ¿Por una deuda? ¿Por venganza? No, lo último no. Bell nunca había dirigido una investigación contra Barbary Coast. Alguien le había pagado, y generosamente, para que lo matara.

Se preguntó si algún día sabría quién había sido.

A la mañana siguiente, Bell salió de la gran bañera de porcelana, se secó con la toalla el agua que goteaba de su cuerpo y se miró en el espejo. El cuello no tenía buen aspecto: lo tenía hinchado y lleno de moretones, algunos tan nítidos que permitían apreciar claramente las huellas que las manos de Kelly habían dejado en la carne. Se puso una camisa limpia y le agradó comprobar que el cuello almidonado, a pesar de que le rozaba la dolorida zona, le ocultaba las marcas.

No eran las únicas que se veían en su dolorido cuerpo. Tenía varias más debidas a la caída encima de la silla y a haber sido lanzado contra la pared por la brutal fuerza de Kelly. Estaban tiernas al tacto, y tardarían en desaparecer.

Tras vestirse con su habitual traje de hilo, Bell salió del hotel y se dirigió a la oficina de Western Union, desde donde envió un telegrama a Van Dorn dándole cuenta del intento de asesinato que había sufrido. Cuando entró en la oficina, Agnes Murphy lo miró con ojos desorbitados y se levantó en actitud maternal.

—¡Oh, señor Bell, me he enterado de su desgraciado incidente! Espero que se encuentre usted bien.

—Solo han sido unos cuantos morados, Agnes, nada más.

Curtis e Irvine oyeron su voz y salieron de la sala de reuniones. Alexander salió también de su despacho. Los dos agentes le estrecharon vigorosamente la mano; demasiado vigorosamente, en su opinión y a juzgar por el dolor que le recorrió el cuerpo. Alexander se limitó a mantenerse a cierta distancia, como si fuera un mero espectador.

—Me alegro de verte vivito y coleando —dijo Curtis—. Nos dijeron que fue una buena pelea.

—Ha sido lo más cerca que he estado de irme al otro barrio —reconoció Bell.

—Después de hablar contigo por teléfono —comentó Curtis—, envié la descripción de Red Kelly a nuestra oficina de San Francisco. Van a investigar a Kelly y a cualquiera de sus clientes que pudiera tener interés en verte fuera de circulación.

—Ha sido algo terrible —intervino Alexander en tono desprovisto de emoción—. Resulta impensable que a alguien se le ocurriera eliminar a un agente de Van Dorn.

Bell le lanzó una mirada implacable.

—Para mí, lo impensable es que supiera dónde me alojo.

—Kelly era un conocido hampón de Barbary Coast —dijo Irvine—, ¿no podría ser que alguno de los tipos a los que enviaste a chirona o alguno de sus familiares fueran de San Francisco?

—No que yo recuerde —repuso Bell—. Si tuviera que adelantar alguna hipótesis, diría que el Carnicero es quien está detrás de todo esto.

—Él sí que tiene un móvil —dijo Irvine.

—No descansaremos hasta llegar al fondo del asunto —anunció Alexander, aunque a Bell le sonó falso—. No sabe cuánto me alegro de que esté usted bien.

Dicho lo cual, dio media vuelta y regresó a su despacho.

En cuanto Bell vio que Alexander estaba fuera del alcance del oído dijo:

—Caballeros, tenemos otra pista: la clave del paradero del Carnicero es San Francisco.

18

Cuando Bell, Irvine y Curtis desembarcaron del ferry de Oakland y entraron en el gran edificio de la terminal, se encontraron en un vestíbulo con una altura de tres pisos rematada con arcos y claraboyas en lo alto. Salieron en Embarcadero, al pie de Market Street. Mientras Curtis e Irvine buscaban un coche, Bell se dio la vuelta y contempló la torre del reloj, de setenta metros, construida a imitación del campanario de la Giralda de Sevilla. Las grandes manecillas señalaban las cuatro y once minutos de la tarde.

Bell comprobó la hora en su reloj de bolsillo y tomó nota de que el del edificio del ferry iba un minuto adelantado.

Dado que cuatro ferrys habían desembarcado a la vez a sus pasajeros, la terminal se encontraba abarrotada de gente, y los agentes no pudieron encontrar ningún coche libre. Al final, Bell detuvo un carro de caballos, negoció un precio con el conductor y le ordenó que los llevara al Palace Hotel de Montgomery Street. Mientras subían al carro, Curtis se volvió hacia su jefe.

—¿Cómo piensas actuar con respecto a la oficina que la agencia tiene en San Francisco?

—Esta noche cenaremos con el director. Se llama Horace Bronson. En una ocasión trabajamos juntos en Nueva Orleans. Es un buen tipo y muy eficiente. Cuando le envié el telegrama avisándole de nuestra llegada, me contestó brindándome toda su colaboración, y me prometió que enviaría a sus agentes a investigar a los vendedores de armas para ver si conseguían los nombres de las personas que han comprado últimamente un Colt automático del calibre 38

Irvine hizo girar un cigarro entre los dedos.

—Yo, por mi parte, pensaba empezar con los bancos Crocker y Cromwell, a ver si nos pueden ayudar a rastrear los números de serie de los billetes robados.

Bell le dijo a Irvine:

—Yo que tú comprobaría también los otros bancos grandes, como el Wells Fargo y el Bank of Italy, por si tienen algunos de los billetes robados. Si el atracador es de San Francisco, tiene lógica pensar que puede haberlos hecho circular por la ciudad.

—Yo me ocuparé de ver si puedo localizar el vagón de O'Brian Furniture —anunció Curtis—. Con eso ya tenemos bastante trabajo.

Bell estiró los pies en el carro y dijo:

—Después de que nos hayamos reunido con Bronson, escribiré la noticia falsa del envío de la nómina al San Miguel Valley Bank de Telluride y me aseguraré de que los editores de los diarios locales la publiquen.

El carruaje llegó al soberbio Palace Hotel y entró en el Garden Court, la elegante zona destinada a la llegada de vehículos presidida por siete pisos de balcones de mármol blanco ornamentados con columnas. La luz de lo alto se filtraba por una enorme claraboya de cristal emplomado.

Bell pagó al cochero mientras los botones se hacían cargo de las maletas. Luego, los tres detectives de Van Dorn entraron en el majestuoso vestíbulo. Tras registrarse, subieron a sus habitaciones en un ascensor hidráulico revestido de palo de rosa. Bell había reservado las habitaciones de modo que entre las tres pudieran formar una gran suite.

—Os diré lo que vamos a hacer —les dijo a sus dos colegas—: son casi las cinco de la tarde, de modo que poca cosa podremos hacer hoy. Propongo que nos aseemos, tomemos una buena cena y nos vayamos a dormir para empezar mañana temprano.

—Por mí, estupendo —repuso Irvine, cuyo estómago empezaba a protestar por no haber ingerido nada en las últimas ocho horas.

—¿En qué restaurante has pensado? —preguntó Curtis.

—Bronson es socio del Bohemian Club. Lo ha dispuesto todo para que cenemos con él allí.

—Suena exclusivo.

Bell sonrió.

—No sabes hasta qué punto.

A las ocho en punto, los tres hombres se apearon de un coche ante la entrada del influyente Bohemian Club, situado en Taylor Street. Fundado en 1872 como lugar de reunión para periodistas, hombres de letras y artistas, tenía entre sus miembros a Mark Twain, Bret Harte, Ambrose Bierce y Jack London. Con el transcurso de los años, los hombres influyentes y de negocios de la ciudad se habían ido uniendo al club y no tardaron en formar el grupo principal. No se permitían socios que fueran mujeres, y las esposas o las invitadas de los miembros debían acceder por la puerta trasera.

Sin embargo, aquella noche estaba permitida la entrada de las damas en el comedor principal porque se rendía homenaje a Enrico Caruso, y este había insistido en que su esposa estuviera presente. Los directores del club lo habían considerado una ocasión especial y habían hecho una excepción.

Irvine y Curtis siguieron a Bell a la recepción, donde los tres esperaron un momento hasta que un hombre alto, musculoso y de rostro juvenil, que por su tamaño daba la impresión de dominarlo todo, se presentó y estrechó calurosamente la mano de Bell.

—Isaac, cómo me alegro de verte.

—El placer es mío —contestó Bell, contento por ver a un antiguo amigo y preparándose para un apretón de manos de los que dejaban los dedos hechos polvo—. Tienes buen aspecto.

—Lo procuro, lo procuro —dijo antes de volverse hacia Curtis e Irvine—. Buenas noches, soy Horace Bronson.

Su voz era ronca y se correspondía con unos hombros que parecían a punto de reventar las costuras de su bien cortado traje. Los rasgos del rostro de Bronson le daban el aspecto de un colegial cuyo pelo hubiera sido aclarado por el sol.

Bell hizo las presentaciones y sonrió para sus adentros al ver la mueca de dolor contenido de sus colaboradores cuando Bronson les estrujó la mano con su manaza. A pesar de que dirigía la agencia de una ciudad importante y tenía a su cargo diez agentes, Bronson se sometía a la autoridad de Bell, que era superior en rango dentro de la agencia. También lo admiraba por su amplia experiencia y por su envidiable reputación a la hora de cazar criminales. Además, estaba en deuda con el maestro de detectives, ya que había sido Bell quien lo había recomendado a Van Dorn para el puesto de San Francisco.

—Venid, por aquí accederemos al comedor. El club es famoso por su cocina y su bodega.

Bronson los guió por el imponente vestíbulo hasta un espléndido comedor cuyas paredes, suelos y techos estaban revestidos de caoba, e intercambió unas palabras con el *maître*.

—Le he pedido que nos dé la mesa que suelo reservar para hablar de negocios —le comentó a Bell poniéndole la mano en el hombro—. Está en un rincón del comedor. De ese modo, nadie escuchará nuestra conversación.

El *maître* los acompañó hasta una mesa apartada desde la cual se disfrutaba, a pesar de todo, de una buena vista del resto de los comensales. Los esperaba un camarero que los ayudó a sentarse y les puso la servilleta mientras Bronson examinaba la carta de vinos y elegía uno. Cuando el camarero se hubo alejado, Bronson se relajó y miró a Bell.

—Bueno, Isaac, he mandado comprobar el número de comercios que han vendido automáticos Colt del calibre 38 desde que ese modelo salió al mercado. En total hay sesenta y siete. He puesto a cuatro agentes a investigar. Deberíamos tener una respuesta en dos o tres días, o un poco antes, si tenemos suerte.

—Gracias, Horace —repuso Bell—. Eso nos ahorrará mucho tiempo, tiempo que necesitamos para investigar otras pistas.

—Era lo menos que podía hacer —contestó Bronson con una amplia sonrisa—. Van Dorn me ordenó que cooperara en todo contigo.

—La verdad es que necesitamos toda la ayuda que nos puedan brindar.

—¿Tienes alguna otra pista sobre el Carnicero?

—Voy a tener que confiarte un secreto, Horace. He averiguado que nuestro asesino tiene un espía dentro de la agencia.

—Tus secretos están a salvo conmigo, puedes estar tranquilo —repuso Bronson con expresión grave—. Es difícil de creer que haya un intruso. ¿Lo sabe ya Van Dorn?

Bell asintió.

—Sí. Ya lo sabe.

A continuación, Bell le hizo un resumen de lo que entre todos habían averiguado hasta el momento y que los había llevado a San Francisco. Relató cómo Irvine había logrado dar con el rastro de los billetes robados, el descubrimiento del vagón de mercancías por parte de Curtis y su propio hallazgo de que al asesino le faltaba un dedo meñique y que, presumiblemente, era pelirrojo. Se lo contó todo, detalladamente pero sin florituras. Irvine y Curtis también añadieron sus comentarios de lo que habían averiguado en sus respectivas pesquisas. Cuando Bell hubo acabado, Bronson permaneció callado unos instantes.

—Vuestra investigación ha hecho grandes adelantos —dijo al fin—. La verdad es que ahora tenéis algo tangible cuando hace solo unas semanas no teníais nada. Por desgracia, no basta para identificar al Carnicero.

—No, no basta —convino Bell—. Pero es una pista, y tirando del hilo puede que consigamos colgarlo de una soga.

El camarero llegó con el vino que Bronson había elegido, un chardonnay reserva de Charles Krug, una de las bodegas más antiguas de Napa Valley, y, tras la cata de rigor, lo sirvió.

Los cuatro hombres dejaron a un lado la conversación sobre el Carnicero mientras estudiaban el menú y disfrutaban del vino.

—¿Qué te apetece? —preguntó Bronson a Bell.

—Tienen mollejas con bechamel. Creo que las voy a probar porque me encantan las mollejas.

—¿Las mollejas no son los testículos del toro? —preguntó Curtis.

—Tú estás pensando en lo que llaman «ostras de las Montañas Rocosas» —dijo Bronson riendo.

—Yo hablo de las lechecillas, que son un verdadero manjar para entendidos —explicó Bell—. En realidad, se trata de las glándulas del timo de la ternera. Hay dos, una en la garganta y otra cerca del corazón. La lechecilla del corazón está considerada por los chefs como...

De repente, Bell se interrumpió a mitad de la frase y miró fijamente al otro lado del comedor. Sus ojos se entrecerraron y se concentraron en la distancia. La postura, relajada, se volvió tensa y erguida.

—¿Qué ocurre, Isaac? —preguntó Irvine—. Parece como si acabaras de ver a un resucitado.

—Más o menos es lo que acabo de ver —murmuró Bell contemplando a la pareja que acababa de entrar y que hablaba con el *maître*. Ambos llamaban la atención y hacían que la gente volviera la cabeza. Los dos tenían el mismo llameante pelo rojo, pero la mujer era casi tan alta como el hombre, cuya complexión era delgada.

Lucía un vestido amarillo de dos piezas estilo Imperio, con una amplia falda de vuelo y breve cola que arrastraba por el suelo; la blusa era de encaje y la chaquetilla corta que llevaba encima era muy escotada, lo que le permitía lucir un magnífico collar de diamantes. En una época dominada por la formalidad, su amplio sombrero estilo viuda alegre, adornado con preciosas plumas, era el complemento perfecto para una ocasión elegante. Se rodeaba los hombros con una boa de piel de zorro.

El hombre llevaba un costoso traje con chaleco en el que resaltaba una gran cadena de oro que le cruzaba el torso, de un bolsillo a otro, y de donde pendía un llamativo reloj de oro. Sus ojos, que no perdían detalle, brillaban de orgullo. Recorrió el comedor con la mirada, como si le perteneciera, y al ver a varios conocidos los saludó con un gesto de cabeza y una leve sonrisa. El *maître* condujo a la pareja a una mesa situada en el centro de la sala, donde quedaban a la vista de todos los demás comensales. Fue una entrada muy ensayada que ambos realizaron con sofisticada elegancia.

—¿Quién es esa pareja que acaba de entrar a lo grande? —preguntó Bell a Bronson.

—Él es Jacob Cromwell, el propietario del banco que lleva su nombre. Es socio del club. La hermosa mujer que lo acompaña es su hermana.

—¿Su hermana?

—Sí. Se llama Margaret y pertenece a la élite de la sociedad. Siempre está ocupada con obras de caridad. Ella y su hermano son muy ricos y tienen mucha influencia. Tienen una mansión en Nob Hill.

—Así pues, su verdadero nombre es Margaret Cromwell —dijo Bell en voz baja—. Pues yo la conocí en Denver con el nombre de Rose Manteca.

Irvine miró a Bell.

—¿Esa es la mujer que nos dijiste que era la espía del Carnicero?

—A menos que tenga una hermana gemela —repuso Bell—, esa es.

—¡Imposible! —exclamó Bronson en un tono que no admitía discusión—. Eso es completamente ridículo. Ella y su hermano hacen más por San Francisco que la mitad de los ricos de la ciudad juntos. Se hacen cargo de orfanatos, de la sociedad para la protección de los animales, de embellecer la ciudad.

Dan espléndidas donaciones para los necesitados. Son muy respetados y admirados.

—Es un asunto serio —dijo Curtis—. Los Cromwell son los propietarios de uno de los mayores bancos de la ciudad y tienen todo el dinero que quieren. ¿Qué ventaja iban a obtener atracando bancos y asesinando?

—¿Ella está casada? —preguntó Bell a Bronson.

—No. Es soltera y tiene fama de que le gusta la juerga.

—Oye, Isaac, ¿no podrías haberte equivocado con lo de que es una espía del Carnicero? —sugirió Irvine.

Bell contempló intensamente a Margaret Cromwell, fijándose en cada detalle de su rostro. Parecía inmersa en una conversación íntima con su hermano y no se volvió en su dirección.

—Podría equivocarme —murmuró con escasa convicción—, pero el parecido entre ella y la mujer de Denver es algo más que asombroso.

—Yo conozco a Cromwell personalmente —declaró Bronson—. Colaboró con Van Dorn en un caso de fraude bancario que unos estafadores montaron para timar a una empresa de la zona. Os presentaré.

Bell negó con la cabeza y se levantó.

—No hará falta, me presentaré yo mismo.

Apartó la silla y caminó entre las mesas hacia la de los Cromwell, acercándose a propósito de tal manera que ella no pudiera verlo. Hizo caso omiso de la presencia de Cromwell y miró a Margaret con una sonrisa condescendiente, preguntándose cómo reaccionaría.

—Disculpe, señorita Cromwell, pero creo que nos conocimos en Denver. Me llamo Isaac Bell.

Ella se puso muy rígida, pero no se volvió para mirarlo, sino que clavó los ojos en su hermano con una expresión inescrutable —puede que de sorpresa o de consternación—, pero siempre de algo que bordeaba el desastre. Por un momento, dio la impresión de no saber cómo reaccionar, pero se recobró en un instante.

—Lo siento, pero no conozco a ningún Isaac Bell. —Su voz

era firme y en ella no se apreciaba el más mínimo temor. Había hablado sin mirarlo porque sabía que, si lo hacía, sería como recibir un puñetazo en el estómago. Daba gracias por no estar de pie porque, de lo contrario, las piernas se le habrían vuelto de goma y se habría desplomado en el suelo.

—Usted perdone —repuso Bell, seguro por la reacción de la joven de que se trataba de la mujer que había conocido con el nombre de Rose Manteca—. Debo de haberme equivocado de persona.

Cromwell se había puesto de pie por cortesía y sostenía la servilleta. Contemplaba a Bell igual que un boxeador evaluando a su adversario antes de la campanada del primer asalto. No mostraba el menor asomo de sorpresa o incomprensión. Le tendió la mano.

—Soy Jacob Cromwell, señor Bell. ¿Es usted socio de este club?

—No. Estoy aquí como invitado de Horace Bronson, de la Agencia Van Dorn.

Bell estrechó la mano de Cromwell pensando en lo extraño que resultaba que el banquero no se quitara los guantes para cenar. No era que se le hubiera ocurrido que aquel hombre pudiera ser el Carnicero, pero los años de práctica como investigador hicieron que se fijase en el dedo meñique de la mano izquierda de Cromwell. Bajo el guante se veía algo sólido.

El otro asintió.

—Conozco a Horace. Es un tipo estupendo y un activo para su empresa.

Bell se fijó en que Cromwell llevaba el cabello pelirrojo muy corto y que empezaba a escasearle en la coronilla. El banquero era bajo y delgado y se movía más con elegancia femenina que con masculina rudeza. En sus ojos Bell vio la misma expresión de un jaguar que había abatido en las montañas de Colorado. En su interior se apreciaba algo frío y muerto.

—Sí, lo es —repuso.

—¿Ha dicho usted que se llama Bell? —preguntó Cromwell como si intentara asociar el nombre con el rostro, pero enseguida hizo un gesto quitándole importancia—. ¿Vive usted en San Francisco?

—No, en Chicago.

Margaret seguía sintiéndose incapaz de mirar a Bell. Notaba un fuego en su interior, y la sensación se convirtió en rubor. Entonces, pasó a la irritación, no tanto por Bell como por su incapacidad para ocultar sus sentimientos.

—Si no le importa, señor Bell, a mi hermano y a mí nos gustaría poder disfrutar de nuestra cena en paz.

Él vio cómo el cuello de la joven enrojecía y se sintió satisfecho.

—Lamento mucho la intromisión. Señor Cromwell... —se disculpó Bell antes de despedirse con un gesto de cabeza y volver a su mesa.

Cromwell, cuando estuvo seguro de que Bell no podía oírlo, espetó:

—¿Qué demonios está haciendo ese hombre en San Francisco? ¡Pensaba que Kelly se había ocupado de él!

—Pues, según parece, Kelly falló —dijo Margaret con un cosquilleo de satisfacción en el fondo del estómago.

—¿Cómo podía saber que estabas aquí?

—A mí no me mires —contestó Margaret enfadada—. Yo tomé el tren de Denver a Los Ángeles con un billete a nombre de Rose Manteca y allí compré un caballo con otro nombre. Luego, cabalgué hasta Santa Bárbara, donde tomé el tren a San Francisco nuevamente con un nombre falso. No hay forma humana de que haya podido seguir mi rastro.

—Entonces, ¿debemos interpretarlo como una coincidencia?

Margaret parecía totalmente confundida.

—No lo sé. Realmente, no lo sé.

—Dejando a un lado las razones por las que está en la ciudad, la presencia de Bell es sinónimo de problemas —comentó Cromwell, mirando abiertamente y con una forzada sonrisa hacia la mesa donde se sentaban los cuatro detectives—. No creo que haya sumado todavía dos y dos; pero, después de haberte visto y sabido que eres mi hermana, y sospechando que podías tener alguna relación con el Carnicero no hay duda de que empezará a husmear por todas partes.

—Puede que haya llegado el momento de que me tome unas vacaciones.

—No es mala idea.

—A primera hora de la mañana reservaré un billete para Juneau, en Alaska.

—¿Y por qué Juneau? —quiso saber Cromwell—. Allí hace más frío que en Siberia por la noche.

—Porque es el último sitio donde me buscará. —Margaret hizo una pausa, y en sus ojos apareció una chispa de malicia—. Además, se da la circunstancia de que el padre de Eugene, Sam Butler, controla sus industrias mineras desde las afueras de Juneau. —Se echó a reír, dando rienda suelta por fin a sus emociones—. Eso me dará la oportunidad de echar un vistazo a mis futuros intereses económicos.

—Querida hermana —contestó Cromwell en tono distendido—, eres una inagotable fuente de sorpresas. —Miró a Bell con aire desafiante y comentó—: Me pregunto qué habrá sido de Red Kelly.

—Puede que Bell lo matara.

—Podría ser —repuso Cromwell—. Si fuera verdad, eso significaría que el señor Bell es mucho más peligroso de lo que yo pensaba. La próxima vez, me encargaré personalmente de él.

Cuando Bell regresó a su mesa, el plato de mollejas había llegado. Cogió el tenedor dispuesto a disfrutar de aquel manjar, pero se vio interrumpido por el torrente de preguntas de sus compañeros.

—¿Es realmente la mujer que conociste en Denver? —quiso saber Bronson.

Bell eludió responder abiertamente porque no quería perder el tiempo con un asunto tan delicado para Bronson.

—Seguramente estaba equivocado. Lo reconozco. De todas maneras, el parecido es extraordinario.

—Tienes ojo para la belleza —dijo Bronson con una risita.

—¿Qué te ha parecido Cromwell? —le preguntó Irvine—. ¿Crees que nos ayudará cuando quede con él para hablar de los billetes robados que pasaron por su banco?

—Eso tendrás que preguntárselo a Horace. Yo no he mencionado ninguna investigación. De todas maneras, parece un tipo agradable, aunque un poco estirado.

—Tiene fama de serlo —comentó Bronson—. Pero en el trato de tú a tú es bastante solícito, y no me cabe duda de que se mostrará muy colaborador con vuestras investigaciones.

—Bueno, ya veremos —contestó Bell, saboreando las mollejas. Luego, miró a Irvine y le dijo—: Creo que te acompañaré cuando hagas tu visita al banco de Cromwell.

—¿Quieres volver a hablar con él? —preguntó Bronson.

Bell negó con la cabeza.

—No es una prioridad, pero me gustaría husmear un poco por su banco.

—¿Qué esperas encontrar? —quiso saber Curtis.

Bell se encogió de hombros, pero en sus ojos había un leve brillo.

—La verdad es que no tengo la menor idea.

19

Marion se encontraba sentada ante su escritorio mecanografiando una carta, cuando dos hombres entraron en el despacho; se apartó de su Underwood Model 5 y los observó. Uno de ellos, con una mata de despeinados cabellos castaños, sonreía amistosamente. Era muy delgado y habría tenido un aspecto enfermizo de no ser por su bronceada tez. El otro era alto y rubio, pero ella no pudo verle la cara porque el desconocido se había dado la vuelta y parecía estar admirando la lujosa decoración del despacho.

—¿La señorita Morgan? —preguntó el hombre sonriente.

—Sí, soy yo. ¿En qué puedo ayudarlos?

—Me llamo Irvine. —Le entregó su tarjeta de la Agencia Van Dorn—. El señor Bell y yo estamos aquí porque tenemos una cita con el señor Cromwell.

Marion se puso en pie, pero no devolvió la sonrisa.

—Desde luego. Estaban citados a las nueve y media. Llegan cinco minutos antes de la hora.

Irvine hizo un gesto con las manos.

—Ya sabe el dicho...

—¿El que dice que el pájaro madrugador es el que se lleva la lombriz? —contestó ella, en tono humorístico.

El hombre rubio se volvió y la miró.

—Sí, pero es el segundo ratón quien se queda con el queso.

—Muy astuto, señor Bell —repuso Marion.

Sus ojos se encontraron, y, mientras contemplaba los ojos azul violeta de Bell, de repente Marion sintió algo que nunca había experimentado. Se fijó entonces en que aquel hombre medía más de un metro ochenta, era muy musculoso e iba vestido con un traje de hilo blanco bien cortado. El gran mostacho era la copia exacta de su abundante cabello lacio y rubio. No era guapo en el sentido apolíneo de la palabra, pero sus angulosas facciones resultaban muy masculinas. Tenía un aire recio, como el de un hombre que se encontraba a sus anchas tanto en los salvajes paisajes del oeste como en los sofisticados ambientes urbanos. Lo miró abiertamente con sus emociones, habitualmente tan controladas, convertidas en un torbellino. Ningún hombre la había impresionado de esa manera, al menos nunca a primera vista.

Bell también quedó impresionado por la belleza de Marion y por su encanto. El suelo tembló bajo sus pies mientras le sostenía la mirada. Parecía delicadamente hermosa y, a la vez, fuerte como un junco. Emanaba una confianza serena que sugería que era capaz de enfrentarse a cualquier adversidad. Mostraba compostura y elegancia y, a juzgar por su estrecha cintura y por la longitud de su falda, debía tener largas piernas. Llevaba el abundante y lustroso cabello recogido en una cola de caballo que le caía por la espalda. Bell supuso que tendría más o menos su misma edad.

—¿El señor Cromwell está ocupado? —preguntó, forzándose a romper el encantamiento.

—Sí —contestó ella con un leve balbuceo—, pero los espera.

Llamó a la puerta del despacho de Cromwell, entró y anunció la visita de los detectives. Luego, se hizo a un lado para dejarlos pasar, mientras Cromwell se levantaba para saludarlos. Bell rozó su mano a propósito cuando entró, y Marion notó como si la atravesara una descarga eléctrica. Salió y cerró la puerta.

—Siéntense, caballeros —dijo Cromwell—. Horace Bronson me ha comentado que les interesa saber sobre los billetes robados que al parecer han pasado por las manos de mi banco.

Irvine no pareció fijarse, pero a Bell le llamó la atención el hecho de que Cromwell siguiera llevando guantes.

—Así es —contestó Irvine, a quien Bell había dejado el peso de la conversación—. Uno de los billetes, concretamente el número de serie 214799, nos consta que fue depositado en su banco.

—Eso es ciertamente posible —dijo Cromwell jugando con un puro sin encender—. Doy por hecho que se trataba de un billete de cincuenta porque nunca anotamos los números de serie de billetes de inferior cuantía.

Irvine consultó sus notas.

—En realidad provenía de un comerciante de Geary Street, un florista. El gerente, que se llama Rinsler, se puso en contacto con la Agencia Van Dorn porque creyó que podía tratarse de un billete falso, pero resultó que no lo era. Nos dijo que se lo habían dado en el Cromwell National Bank cuando fue a transferir efectivo a una caja de seguridad.

—Los motivos de Rinsler parecen un poco oscuros —intervino Bell—. Pero, si ha infringido la ley, eso es cosa que incumbe al departamento de policía.

—A lo largo de un año —contestó Cromwell—, pasan millones de dólares por este banco. No veo por qué un solo billete de cincuenta ha de ser tan importante.

—Porque una comprobación de su número de serie nos reveló que provenía del botín del atraco al banco de Elkhorn, en Montana, en el que murieron cuatro personas, entre empleados y clientes —explicó Bell.

Cromwell esperó a que añadiera algo más, pero Bell e Irvine permanecieron callados. Irvine consultó sus notas mientras Bell miraba fijamente a Cromwell. El banquero le sostuvo la mirada sin pestañear. Le resultaba estimulante saber que se enfrentaba al mejor agente de Van Dorn.

—Lo siento, caballeros —dijo Cromwell finalmente, apartando la vista de Bell para encender su cigarro—. No acabo de ver en qué puedo ayudarlos. Si otros billetes procedentes del atraco al banco de Elkhorn han pasado por esta entidad hará mucho que estarán en circulación y no habrá forma de rastrearlos ni de saber quién los depositó.

—Eso es cierto —contestó Bell—. Pero debemos investigar todas las pistas, por insignificantes que sean.

—Los billetes eran nuevos y estaban numerados correlativamente —aclaró Irvine—. ¿Es posible que ustedes anotaran los números antes de ponerlos en circulación?

—Es muy posible dado que, como le he dicho, anotamos los de los billetes de cincuenta y de cien.

—¿Podría pedirle a su jefe de contabilidad que consultara los libros? —preguntó Bell.

—Estaré encantado de complacerlos —dijo Cromwell apretando un botón bajo el escritorio. Marion apareció al instante en la puerta—. Señorita Morgan, ¿quiere decir al señor Hopkins que venga a mi despacho, por favor?

—Por supuesto —asintió ella.

Cuando Hopkins apareció, no fue lo que Bell había esperado. En lugar de un hombrecillo gris con gafas y un lápiz en la oreja que se pasaba la vida entre libros de registro y cifras, Hopkins parecía más una estrella del atletismo, grande y fuerte y de rápidos movimientos. Asintió cortésmente cuando Cromwell le presentó a los dos detectives.

—El señor Bell y el señor Irvine son de la Agencia de Detectives Van Dorn. Están aquí para comprobar los números de serie de unos billetes que resulta que fueron robados en el atraco de Elkhorn, en Montana. Un billete de cincuenta dólares fue depositado en nuestro banco antes de ser entregado a un cliente que hizo efectivo un cheque. Estos caballeros creen que es posible que por nuestro banco hayan pasado más billetes robados. Les gustaría que usted comprobara la lista de números de serie que tenemos anotados.

Hopkins sonrió con aire claramente amistoso.

—Necesitaré los números de serie.

—Mire los números consecutivos a partir del 214799 —dijo Cromwell recitando y haciendo un alarde de memoria.

—Enseguida, señor Cromwell —repuso Hopkins con una

leve inclinación de cabeza hacia Bell e Irvine—. Si esos números existen, los tendré listos en unas horas.

—Se lo agradeceremos —contestó Bell.

—¿Algo más, caballeros? —preguntó Cromwell, poniendo punto final a la entrevista.

—No, muchas gracias. Nos ha ayudado usted mucho.

Bell e Irvine se levantaron y salieron del despacho, camino del ascensor; pero Bell se detuvo un instante en la mesa de Marion y la miró.

—Señorita Morgan…

Ella se apartó de la máquina de escribir y dejó lo que estaba haciendo, aunque evitó mirar directamente a los ojos de Bell.

—Ya sé que esto es muy presuntuoso por mi parte —prosiguió Bell—, pero me parece que es usted una mujer a quien le gusta la aventura y me preguntaba si estaría dispuesta a arriesgarse y a permitir que la invite a cenar esta noche.

El primer impulso de Marion fue rechazar el ofrecimiento, pero una puerta prohibida se había abierto, y sus principios entablaron una batalla contra el deseo.

—No se me permite salir con los clientes del banco, señor Bell. Además, ¿cómo sé que puedo fiarme de un completo desconocido?

Él se echó a reír y se acercó un poco más.

—Para empezar, no soy cliente de este banco. Además, si no puede fiarse de un representante de la ley, ¿de quién puede fiarse? —le contestó tomándole la mano.

Una oleada de ansiedad se apoderó de Marion, que comprendió que estaba perdiendo irremisiblemente la batalla. Sus últimas defensas se derrumbaron y, por fin, cedió. Su autocontrol se había evaporado.

—De acuerdo —se oyó decir, como si su voz perteneciera a una desconocida—. Salgo de trabajar a las cinco.

—Estupendo —repuso Bell con entusiasmo—. La estaré esperando en la puerta.

Marion lo observó alejarse hacia el ascensor.

«Dios santo —se dijo—, debo de estar loca para haber aceptado salir a cenar con un extraño.»

Sin embargo, aunque se reprochaba su actitud, una chispa de alegría brillaba en sus ojos.

Irvine esperaba a Bell en el ascensor.

—¿A qué viene todo esto?

—Tengo una cita para cenar con la secretaria personal de Cromwell.

—Trabajas deprisa —repuso Irvine en tono de admiración.

Bell sonrió traviesamente.

—Las cosas se dieron por sí solas.

—Conociéndote como te conozco, diría que tienes un motivo inconfesable.

—Y también podrías decir que estoy combinando placer y negocios.

—Cuidado. Puede que estés jugando con fuego —dijo Irvine, muy serio—. Si ella se da cuenta de que la estás utilizando para husmear en los asuntos de Cromwell, podrías tener problemas.

—Ya me preocuparé por eso cuando llegue el momento —contestó Bell tranquilamente.

Durante el trayecto de regreso al hotel, los pensamientos de Bell estuvieron más centrados en el capítulo del placer que le aguardaba aquella noche que en los negocios.

20

Marion no podía explicarlo. Tenía la misma sensación que había experimentado en el colegio, cuando el chico de sus sueños le había sonreído. Eso había sido todo, porque él nunca se le había acercado ni hablado con ella. En esos momentos, sentada en una coqueta mesa para dos, se sentía igual de nerviosa que una colegiala.

Bell, a bordo de un coche, la había recogido a la puerta del banco exactamente a las cinco de la tarde. El chófer los condujo directamente al edificio de siete plantas donde se hallaba Delmonico's, el restaurante francés más famoso de la ciudad. Allí cogieron el ascensor y subieron al último piso, donde el *maître* los condujo a un comedor privado con magníficas vistas sobre la ciudad y la bahía.

Para la gente que podía permitírselo, un menú de diez platos, cada uno con su vino correspondiente, era cosa normal. Bell encargó ostras Rockefeller con una salsa de curry picante, seguidas de un sabroso caldo, esturión de los Grandes Lagos *poché*, ancas de rana a la *poulette*, chuletas de cerdo, pollo a la Kiev y codornices asadas acompañadas de patatas hervidas y guisantes a la crema.

Marion nunca en su vida había disfrutado de una cena tan opulenta. Cierto era que los solteros más ricos de la ciudad la habían llevado a buenos restaurantes, pero ninguno la había tratado con semejante despliegue de lujo. Se sintió aliviada al comprobar que las raciones eran pequeñas, pero lamentó haberse ceñido tanto el corsé.

De postre, Bell pidió *crêpes suzette*, una delicia flambeada con licor de naranja. Mientras el camarero derramaba con mano experta el llameante líquido sobre las *crêpes*, Marion se obligó a mirar a Bell a los ojos.

—¿Puedo hacerle una pregunta, señor Bell?

La sonrisa de él fue estimulante.

—Creo que, ahora que nos conocemos mejor, puede tutearme y llamarme Isaac.

—Prefiero seguir llamándolo «señor Bell», si no le importa —dijo en el tono que le pareció más educado.

La sonrisa no desapareció.

—Como prefiera.

—Quería preguntarle cómo puede permitirse todo esto con el sueldo de un detective.

Bell se echó a reír.

—¿Me creerá si le digo que he estado ahorrando los últimos meses con tal de impresionarla?

—Ni por un momento —respondió ella.

—¿El Cromwell es el banco más importante de San Francisco?

Marion se sintió desconcertada por semejante pregunta.

—No. Hay dos más importantes, entre ellos el Wells Fargo. ¿Por qué me lo pregunta?

—Pues porque mi familia es propietaria del banco más grande de Nueva Inglaterra.

Marion intentó asimilarlo, pero no pudo.

—Espero que no le moleste que le diga que no me lo creo.

—Puede preguntárselo a su jefe. Él le confirmará lo que digo.

—Entonces, ¿por qué se dedica a trabajar como detective cuando podría ser presidente de un banco? —preguntó Marion, incrédula.

—Porque me gusta más el trabajo de investigador criminal que el de banquero. Me sentiría enjaulado si tuviera que pasar el día detrás de un escritorio. Eso sin contar con el estímulo intelectual que supone enfrentarse a las mentes criminales.

—¿Y suele tener éxito? —preguntó ella en tono burlón.

—Gano más veces de las que pierdo —respondió él con franqueza.

—¿Y por qué yo? —quiso saber Marion—. ¿Por qué se gasta el dinero en una cena y en vino con una simple secretaria en lugar de hacerlo con alguna joven de su posición social?

Bell no se anduvo por las ramas.

—Porque es usted inteligente, atractiva y me tiene cautivado.

—¡Pero si no me conoce!

—Eso es algo que confío poder cambiar —repuso Bell, fascinándola con su mirada de ojos azules—. Y, ahora, disfrutemos de las *crêpes*.

Cuando hubieron acabado con el delicioso postre, Bell pidió dos copas de oporto centenario y se recostó en su asiento, felizmente saciado.

—Hábleme de Jacob Cromwell —pidió.

La cena y el vino habían hecho su trabajo, y Marion se sentía demasiado en las nubes para darse cuenta de la trampa que le tendían.

—¿Qué le gustaría saber?

—De dónde viene, cómo fundó su banco, si está casado. Cuando lo conocí me pareció una persona muy interesante. He oído decir que tanto él como su hermana Margaret forman parte de la élite filantrópica de San Francisco.

—Llevo nueve años trabajando para el señor Cromwell y puedo asegurar que es un hombre muy inteligente y perspicaz, además de un solterón empedernido. Fundó el banco en 1892 con unos activos muy reducidos y capeó la depresión de los años noventa logrando ganar dinero en los peores momentos. La mayoría de los bancos de la ciudad estuvieron a punto de cerrar durante aquel pésimo período económico, pero no el Cromwell National Bank. Gracias a una hábil dirección y aplicando medidas sensatas, Cromwell acabó construyendo un imperio financiero cuyos activos alcanzan varios millones de dólares.

—Un hombre de recursos —comentó Bell en tono de admiración—. Y a todas luces, un hombre hecho a sí mismo.

Marion asintió.

—Desde luego, el crecimiento del banco ha sido poco menos que un milagro financiero.

—¿De dónde sacó el dinero para empezar?

—En torno a eso hay cierto misterio. Cromwell se ha mostrado siempre muy reservado acerca de sus negocios antes de que empezara con un pequeño banco en Market Street. Algunos rumores aseguran que abrió con solo cincuenta mil dólares. Cuando yo llegué al banco, sus activos superaban el millón.

—¿Y en qué invierte su fortuna?

Ella alzó las manos con un gesto de impotencia.

—Lo cierto es que no lo sé. Nunca me ha hablado de ese tema, y tampoco he visto correspondencia ni documentos que tuvieran algo que ver. Supongo que reinvierte los beneficios en el banco.

—¿Y qué hay de su familia? ¿De dónde son él y su hermana?

Nuevamente, Marion no sabía la respuesta.

—Nunca me ha hablado de su pasado. En una ocasión me contó que su padre y él habían tenido un pequeño rancho en Dakota del Norte, en un pueblo llamado Buffalo. Aparte de eso, sus antecedentes familiares están enterrados en el pasado.

—Estoy seguro de que debe tener sus razones —repuso Bell. No quería empujar a Marion demasiado lejos, de manera que desvió la conversación hacia su propia infancia en la elitista sociedad de Boston, a su paso por la Universidad de Yale y al serio disgusto de su padre cuando decidió trabajar para la Agencia de Detectives Van Dorn. Luego, volvió a plantear cautelosamente el asunto de Cromwell.

—Su jefe me ha parecido una persona cultivada. Me pregunto en qué colegio estudiaría.

—En cierta ocasión, Margaret comentó que habían ido a un

colegio de Minnesota —contestó Marion secándose los labios con la servilleta y doblándola.

—Margaret es una mujer muy hermosa —comentó Bell a propósito para observar la reacción de Marion, que a duras penas logró disimular la antipatía que sentía hacia la hermana de Cromwell.

—Sé que se dedica a varias actividades de caridad, pero no es alguien a quien tendría como amiga.

—¿Acaso no es de fiar? —aventuró Bell.

—No siempre dice la verdad y a menudo se oyen rumores sobre ella que hablan de escándalo. El señor Cromwell procura acallarlos siempre que puede. Lo que resulta curioso es que las extravagancias de su hermana no parecen molestarle. Casi parece que disfruta con ellas.

—¿Cromwell viaja mucho?

—Oh, sí. Suele ir a pescar a menudo a Oregón, donde disfruta del refugio que el Bohemian Club tiene en los bosques, y también va a cazar a Alaska. Además, suele asistir a tres o cuatro reuniones bancarias al año que se celebran en distintas partes del país. Y, por último, todos los años él y su hermana viajan juntos a Europa.

—O sea, que él no se dedica a la administración cotidiana del banco…

—No, no —repuso ella meneando la cabeza—. El señor Cromwell se mantiene en contacto semanalmente con el banco mientras está fuera. Por otra parte, cuenta con un consejo de administración donde se sientan los mejores cerebros financieros del negocio.

El camarero les llevó las copas de oporto en una bandeja de plata. Tomaron un sorbo en silencio, y Marion dijo:

—¿Por qué me hace todas estas preguntas sobre el señor Cromwell?

—Soy detective. Llámelo curiosidad profesional.

Marion se apartó un mechón de cabello.

—Pues me siento bastante desilusionada.

Bell la miró con atención.

—¿Desilusionada?

—Sí. No ha dejado de hacerme un montón de preguntas sobre mi jefe, pero no me ha preguntado nada sobre mí. La mayoría de los hombres que me invitan a salir muestran algún interés en mi persona.

—No sabía si atreverme —repuso Bell, burlón.

—Pues no correrá ningún riesgo —dijo ella riendo—. La verdad es que mi vida ha sido bastante anodina. Nací en California, en Sausalito, al otro lado de la bahía. Mi madre murió siendo yo pequeña, y mi padre, que era maquinista en la Western Pacific Railroad, me puso en manos de tutores hasta que tuve edad de asistir a la escuela de secretariado. Cuando me gradué, Cromwell me contrató y, desde entonces, estoy trabajando en el banco, donde he ascendido de simple mecanógrafa a secretaria personal.

—¿Y no se ha casado?

Marion sonrió tímidamente.

—Me han hecho un par de proposiciones, pero ninguna que me sedujera lo bastante para arrodillarme ante el altar.

Bell le cogió la mano a través de la mesa.

—No se preocupe, tarde o temprano se presentará su príncipe azul y se la llevará en volandas.

Ella retiró la mano, más para afirmar su autoridad que para rechazarlo.

—Los príncipes azules no abundan. Todavía no he visto ninguno en San Francisco.

Bell sintió que era mejor no seguir por aquel camino. Estaba decidido a pedirle una nueva cita y comprobar adónde los conducía la atracción que sentían el uno por el otro.

—Pues yo estoy disfrutando de su compañía. No es frecuente estar con una mujer atractiva que además es buena conversadora.

—Se le dan bien los halagos.

Bell apartó la mirada. No quería abusar de su suerte, pero había un misterio importante sobre el que tenía que preguntar.

—Hay otra cosa que me intriga de Cromwell…

Por la expresión de Marion comprendió que ella se sentía decepcionada, que había esperado que él dijera algo sobre verla de nuevo y que empezaba a dudar de sus sentimientos hacia él.

—¿De qué se trata? —preguntó ella en tono gélido.

—Cuando lo vi por primera vez, cenando en el Bohemian Club, llevaba guantes; lo mismo que esta mañana, en la oficina. ¿Los lleva siempre, tanto por la noche como en el trabajo?

Marion dejó la servilleta doblada junto al plato, en señal de que daba la velada por concluida.

—Se vio atrapado en un incendio siendo niño y se quemó las manos. Por eso lleva guantes, para ocultar las cicatrices.

Bell se sintió culpable por haber utilizado a Marion. Se trataba de una mujer vital, hermosa e inteligente. Se levantó, rodeó la mesa y le retiró la silla.

—Lamento haberme dejado llevar por mi naturaleza de detective. Confío en que sabrá perdonarme. ¿Querrá darme la oportunidad de enmendar mi error?

Marion se dio cuenta de que estaba siendo sincero y sintió renacer la esperanza de que Bell estuviera realmente interesado en ella. Sin duda era más estimulante de lo que había anticipado.

—De acuerdo, Isaac, saldré contigo una vez más. Pero nada de preguntas esta vez.

—De acuerdo, nada de preguntas —dijo él, complacido de que lo tuteara—. Lo prometo.

21

Dos días más tarde, los cuatro detectives se reunieron en las oficinas que la Agencia de Detectives Van Dorn tenía en la quinta planta del edificio Call, en Market Street. Se sentaron alrededor de una mesa redonda, en semicírculo, y compararon sus notas. Habían colgado las chaquetas en el respaldo de sus respectivas sillas y estaban todos en mangas de camisa. En su mayoría, llevaban corbata bajo los duros cuellos. Solo uno utilizaba pajarita. Tres de ellos tomaban café en tazas con el logotipo de la agencia. El cuarto bebía té. La mesa estaba cubierta de papeles y de carpetas llenas de informes.

—He preparado una nota dando a conocer que un envío de dinero recién salido de la fábrica de moneda de San Francisco va a ser enviado con una fuerte escolta a la ciudad minera de Telluride para atender la nómina y la paga extra de los mineros de allí —les explicó Bell—. En ella no menciono la cantidad, pero doy a entender que ronda el medio millón de dólares.

—Y yo he recurrido a mis contactos con los editores de periódicos. Mañana saldrá publicada —dijo Bronson.

Irvine hizo girar lentamente su taza en el plato.

—Si el Carnicero vive en San Francisco, eso debería bastar para tentarlo.

—Si vive en San Francisco —repitió Curtis—. Estamos dando palos de ciego. Puede que hayamos llegado al final de un callejón sin salida.

—Sabemos que el vagón de mercancías y varios de los billetes robados acabaron en esta ciudad —dijo Bell—. Creo que existen bastantes probabilidades de que nuestro hombre viva en la zona de la bahía.

—Si pudiéramos estar seguros, sería de gran ayuda —comentó Bronson con aire fatigado y miró a Irvine—. Nos has dicho que tu búsqueda de los billetes robados no te ha llevado a ninguna parte, ¿no?

—En efecto —convino Irvine—, ha sido una pifia. El rastro estaba demasiado frío y no ha habido manera de seguir la pista de los billetes antes de que se pusieran en circulación.

—¿Los bancos no tenían registrado de dónde provenían? —preguntó Bronson.

Irvine meneó la cabeza.

—Los cajeros no tienen forma de saberlo porque no hacen listas con los números de serie. De eso se ocupan más tarde los que llevan los libros. Para cuando establecimos la conexión, ya era demasiado tarde. Quien fuera que cambió los billetes, ha quedado olvidado.

Bronson se volvió hacia Curtis.

—¿Y tu búsqueda del vagón?

Curtis tenía la misma expresión que si se le hubiera muerto el perro.

—Ha desaparecido. Ni rastro. El registro que hicimos en la estación y los apartaderos no ha dado resultado.

—Puede que volviera a salir de la ciudad enganchado a otro tren —propuso Bell.

—Ninguno de los trenes de Southern Pacific que partieron según sus horarios programados durante la semana pasada incluían un vagón perteneciente a O'Brian Furniture Company.

—¿Estás diciendo que no ha salido de aquí?

—Exactamente.

—Entonces, ¿por qué no podemos encontrarlo? —preguntó Bronson—. No puede haberse desvanecido sin más.

Curtis hizo un gesto de impotencia.

—¿Qué queréis que os diga? Entre dos de sus agentes y yo registramos las cocheras de arriba abajo. El vagón no estaba.

—¿Saben los encargados de las cocheras adónde fue a parar el vagón cuando llegó? —preguntó Bell.

—Fue llevado a un apartadero junto al muelle de carga de un almacén vacío. Lo comprobamos. No estaba allí.

Irvine encendió un cigarro y exhaló una nubecilla de humo.

—¿No podría ser que lo hubieran enganchado a un tren sin que el encargado se enterara?

—Eso no pudo ser —repuso Curtis—. Alguien se habría dado cuenta de que añadían un vagón de tapadillo. Los encargados de los frenos utilizan un impreso para anotar los números de serie a medida que los vagones van siendo enganchados. De ese modo, cuando llegan a su destino, pueden desengancharlos fácilmente empezando por la cola antes de que el tren vuelva a salir.

—Puede que el Carnicero considerara que ese vagón ya había cumplido su cometido y lo hiciera desguazar —propuso Bronson.

—No lo creo —contestó Bell—. Más bien me parece que lo hizo repintar con un nuevo número de serie y el nombre de otra empresa.

—Eso no supondría ninguna diferencia —comentó Curtis—. Seguiría sin poder utilizarlo.

—¿Qué quieres decir? —preguntó Bell.

—A Telluride solo llega el Río Grande Southern Railroad.

—¿Y qué impide al Carnicero repintar el vagón con ese logotipo encima del de Southern Pacific?

—Nada, salvo que sería una pérdida de tiempo. El Río Grande Southern opera con un ancho de vía más pequeño, mientras que los trenes de Southern Pacific lo hacen con un ancho de vía normal, que es casi cuarenta centímetros mayor. No hay manera de que ese vagón pueda hacer el recorrido de Río Grande Southern.

—¡Estúpido de mí! —exclamó Bell—. Me olvidé de que los

trenes que cruzan las Montañas Rocosas son todos de vía estrecha.

—No te sientas culpable por eso —lo consoló Bronson—, yo tampoco lo pensé.

Irvine dio un puñetazo de ira en la mesa.

—¡Ese canalla no morderá el anzuelo si sabe que no puede escapar de Telluride con su vagón privado!

Bell sonrió levemente.

—El Carnicero tiene sus puntos fuertes pero también débiles. Yo cuento con su ambición, su ego y su sensación de invencibilidad. Estoy seguro de que morderá el anzuelo e intentará robar el banco de Telluride. Es un desafío demasiado importante para dejarlo pasar.

—Pues te deseo la mejor de las suertes —dijo Bronson—. Si alguien puede atrapar a ese tipo, eres tú.

—¿Y tú, Horace? ¿Ha habido suerte con la pista del arma?

—Nada significativo —repuso Bronson escuetamente—. Las ventas de armas de fuego nuevas no se registran. Lo único que tiene que hacer quien quiera comprar una es poner el dinero encima de la mesa. No hemos tenido ningún éxito con las tiendas de armas. Aunque algún vendedor recordara a quién vendió un Colt del 38, dudo que estuviera dispuesto a dar el nombre.

Irvine contempló la pared sin verla.

—Caballeros, se diría que todas las pistas que habíamos conseguido con tanto esfuerzo no nos han llevado a ninguna parte.

—Sí, estamos en un punto muerto —reconoció Bell—, pero el juego todavía no ha terminado. Aún podemos ganar la partida.

22

Cromwell se hallaba sentado a la mesa, dando buena cuenta del desayuno y leyendo el diario de la mañana. Lo dobló para resaltar una noticia que aparecía en la primera página y se lo pasó a su hermana sin hacer comentarios.

Ella la leyó, entrecerrando los ojos a medida que iba asimilándola. Luego, miró a su hermano con aire interrogador.

—¿Estás pensando en ir por ello?

—Lo encuentro muy tentador —contestó él—. Es como si me plantearan un desafío personal.

—¿Qué sabes de Telluride?

—Solo lo que he leído: que la ciudad se encuentra en un valle cerrado y cuenta con un importante barrio chino. Ah, y que Butch Cassidy y su banda robaron el banco de San Miguel Valley en 1889.

—¿Con éxito?

Cromwell asintió.

—Sí, consiguieron llevarse un botín de veinte mil dólares.

—Supongo que estarás pensando que, si él pudo hacerlo, tú también.

—Cassidy dio un golpe de aficionado y huyó a caballo —dijo Cromwell en tono de superioridad—. Mis métodos son más científicos.

—Si Telluride se encuentra en un valle cerrado, eso quiere decir que solo tiene una vía de acceso y una vía de escape.

Cualquier patrulla que saliera en tu persecución tendría tiempo de parar el tren y registrar los vagones.

—Sí, pero en cualquier caso no voy a poder utilizar mi vagón privado.

—¿Por qué no? No lo entiendo.

—La compañía de ferrocarril que cubre la línea hasta Telluride es la Río Grande Southern, que utiliza trenes de vía estrecha. Eso significa que el ancho de vía es demasiado estrecho para mi vagón de Southern Pacific. Voy a tener que utilizar otro método para salir de la ciudad sin que me capturen.

Margaret releyó la noticia una vez más.

—Esto no me da buena espina.

—No me interesan las intuiciones. Yo trabajo con hechos comprobados y no corro riesgos porque tengo en cuenta cualquier posible contingencia, por pequeña que sea.

Ella lo observó mientras Jacob se servía otra taza de café.

—Vas a necesitar que te ayuden con este trabajo.

Él la miró mientras se llevaba la taza a los labios.

—¿En qué estás pensando?

—En que iré contigo.

—¿Y tu viaje a Alaska?

—Lo pospondré.

Cromwell lo sopesó unos instantes.

—No puedo permitir que corras semejante riesgo.

—Nunca has tenido un tropiezo —le recordó Margaret—; pero, esta vez, es posible que me necesites.

Cromwell guardó silencio unos instantes. Luego, sonrió.

—Me parece que no te quedarías en casa aunque te lo ordenara.

Ella soltó una carcajada.

—¿Alguna vez me he doblegado a tus demandas?

—Nunca, ni siquiera cuando éramos niños —contestó él haciendo memoria—. Aunque soy dos años mayor que tú, nunca has dado tu brazo a torcer.

Margaret se secó los labios con la servilleta.

—Entonces, está decidido. Lo haremos entre los dos.

Cromwell suspiró.

—Tú ganas. Solo espero no tener que lamentar no haberte hecho subir al barco que zarpa rumbo a Alaska.

—Bueno, ¿qué quieres que haga?

Él clavó la mirada en el mantel mientras dibujaba círculos con el tenedor, como si estuviera contemplando una imagen abstracta.

—Coge el tren a Colorado mañana y haz la conexión hasta Telluride.

Margaret lo miró.

—¿Quieres que salga antes que tú?

Cromwell asintió.

—Esta vez me apartaré de mi rutina habitual. En lugar de perder el tiempo mezclándome con la población local y estudiando los movimientos del banco, lo harás tú. Como mujer, puedes husmear todo lo que quieras sin levantar sospechas.

—¿Estás hablando de una mujer en Telluride? ¡Pues voy a tener que disfrazarme de prostituta!

—Tengo una idea mejor: di que eres una esposa abandonada cuyo marido partió para hacerse rico con una mina y desapareció. De ese modo, nadie sospechará si vas haciendo preguntas por ahí.

—Pero para poder pagarme la comida y el alojamiento, antes tendré que buscar trabajo en alguno de los burdeles.

—Eso lo dejo de tu cuenta. Haz lo que prefieras —repuso Cromwell, resignándose a los caprichos de su hermana.

—¿Y tú?

—Yo llegaré unos días más tarde, cuando haya comprobado el envío y tenga esbozado un plan para el robo y la huida. —La miró con amor fraternal—. Me parece que tengo que estar loco para permitir que te impliques en una aventura tan peligrosa y arriesgada.

—Pues yo también estoy loca —dijo con una risita—. Loca de excitación y de nerviosismo ante semejante aventura. —Lo miró con la expresión de un gato que está a punto de zamparse un ratón—. Como es natural, la idea de disfrazarme de puta me resulta de lo más interesante.

—Ahórrame los detalles, ¿quieres?

Margaret se puso repentinamente seria.

—¿Y qué hay de Isaac Bell?

—¿Qué pasa con él? —preguntó Cromwell.

—Pues que parece estar en todas partes. Puede que incluso en Telluride.

—No creas que no lo he pensado. De todas maneras, si consigo confirmación del envío, eso lo descartará. Está demasiado ocupado persiguiendo fantasmas por todo San Francisco para aparecer por las buenas en Telluride.

—No me fío lo más mínimo de él.

Cromwell rió.

—Alegra esa cara, querida hermana. Esto será pan comido, como los otros atracos. Ya lo verás.

23

Era una tarde de primavera, fresca y clara, cuando Bell se apeó del tren en la estación. Caminó hasta la esquina de Aspen Street con Colorado Avenue, donde vio un edificio de madera de tres plantas en cuya fachada colgaba un cartel donde se leía CASA DE HUÉSPEDES DE MAMIE TUBBS. Cargaba con una vieja maleta y se había puesto un abrigo de lana gastado encima de un chaleco y una camisa de franela. El pantalón era de un grueso algodón parecido a la lona. Calzaba unas botas que parecían haber recorrido un millar de kilómetros y se cubría con un deslucido Stetson. La falsa imagen se completaba con una curvada pipa estilo Dublín que mordía entre los dientes. También caminaba con una acusada cojera como si tuviera la pierna izquierda paralizada.

Entró en el vestíbulo de la casa de huéspedes, donde Mamie Tubbs, una mujer rolliza como un tonel, le dio la bienvenida. Tenía el canoso cabello recogido en dos trenzas, y su cara parecía una tarta redonda donde hubieran incrustado una nariz.

—Buenos días, señor —lo saludó con voz ronca como la de un hombre—. ¿Está buscando un sitio donde alojarse?

—Sí, señora —respondió Bell educadamente—. Acabo de llegar a la ciudad.

—El precio de la habitación es de siete dólares a la semana, incluyendo las comidas. Eso suponiendo que esté en la mesa antes de que recoja.

Bell metió la mano en el bolsillo y sacó unos cuantos billetes arrugados de los que contó siete dólares.

—Aquí tiene su dinero por adelantado. No tengo mucho, pero me permitirá aguantar durante un tiempo.

Ella se había fijado en la cojera de Bell cuando este se acercó al mostrador.

—Tiene usted aspecto de trabajar en las minas.

Bell se dio una palmada en la pierna.

—Mis días como minero terminaron cuando resulté herido por culpa de un cartucho de dinamita mal puesto.

La mujer lo miró con aire suspicaz, preguntándose de dónde iba aquel hombre a sacar el dinero para seguir pagando la habitación.

—¿Y espera conseguir trabajo?

—Sí. Un amigo me ha conseguido un empleo en el New Sheridan Hotel.

Ella sonrió.

—¿Y no pudo conseguirle una cama en el sótano?

—Las camas del sótano están todas ocupadas por mineros —mintió Bell, que no tenía ni idea de si allí dormían mineros.

Sabía que su disfraz de minero tullido convencería a Mamie lo suficiente para que no fuera cuchicheando por ahí acerca de su nuevo huésped. La mujer lo acompañó hasta su habitación, donde Bell deshizo la maleta y desenvolvió de la toalla el revólver Colt 45 Browning Modelo 1905 con su culatera para el hombro que encajaba en la empuñadura y el cargador especial de veinte balas. Escondió el arma bajo la cama, pero se guardó la Derringer en el sombrero. Luego, volvió a ceñirse la venda de la pierna que le provocaba la cojera.

Bajó a cenar un plato de estofado en el comedor y allí conoció a los demás huéspedes. La mayoría eran mineros, pero había unos cuantos dependientes de comercio y un matrimonio que se disponía a abrir un restaurante. Después de cenar, Bell salió a dar un paseo por Pacific Avenue y estudió las características de la ciudad.

Telluride —nombre que decían que significaba «al infierno vas»—* había sido fundada cuando se descubrió oro en el río San Miguel. El precioso metal, junto con una importante veta de plata situada en lo alto de las Montañas San Juan, había atraído durante más de cincuenta años a un ejército de prospectores y mineros. En 1906, Telluride contaba con más millonarios por habitante que Nueva York.

Los mineros habían acabado excavando más de quinientos kilómetros de galerías que agujereaban las montañas circundantes, algunas de ellas a una altura de casi cuatro mil metros por encima del nivel del mar. La población no tardó en sobrepasar los cinco mil habitantes, y la ciudad se llenó de todo tipo de aventureros. Había más de treinta tabernas y doscientas prostitutas que se encargaban de que los mineros estuvieran de buen humor para soportar sus agotadoras jornadas de doce horas en las minas Silver Bell, Smuggler-Union y Liberty Bell, con un sueldo de tres dólares diarios.

Cuando el sol se ocultó tras las montañas y empezó a oscurecer, las farolas se encendieron, iluminando las calles. En 1892, el magnate de la minería L. L. Nunn había contratado al genio de la electricidad, Nikola Tesla, para que construyera la primera central de corriente alterna del mundo, que se encargaría de transportar mineral montaña abajo y mineros montaña arriba. Cuando la ciudad se conectó a la central eléctrica, Telluride se convirtió en la primera ciudad del mundo en disponer de alumbrado eléctrico.

Bell pasó ante los célebres locales donde las mujeres ejercían su oficio. Los lupanares más caros y lujosos eran el Senate y el Silver Belle. La música se oía a través de las ventanas mientras algún pianista interpretaba *Dill Pickles Rag* y otras melodías de ragtime. La calle se llamaba Popcorn Alley, y su nombre provenía del constante ruido de las puertas que se abrían y cerraban por la noche.

* El nombre de Telluride es una deformación de la frase *to hell you ride*, «al infierno vas». *(N. del T.)*

Caminó hacia la zona principal situada a lo largo de la Colorado Avenue y echó un vistazo al Telluride First National Bank. Al día siguiente se reuniría con el sheriff de la ciudad y el director del banco para preparar la bienvenida al Carnicero en caso de que este cayera en la trampa e intentara atracar la entidad. Siguió caminando y pasó ante el viejo San Miguel Valley Bank que Butch Cassidy había desvalijado diecisiete años antes.

El aire nocturno se había vuelto frío al ocultarse el sol tras las montañas, y Bell notó que la altitud del lugar lo obligaba a respirar con más fuerza. Hizo caso omiso de las tabernas de la calle y se encaminó hacia el New Sheridan Hotel.

Entró en el vestíbulo, fue hasta la recepción y pidió ver al director. Al cabo de un momento, un hombre bajo, calvo y de rostro rubicundo salió de un despacho con paso vivo. Su sonrisa fue cortés pero fría mientras evaluaba el humilde aspecto de Bell.

—Lo siento, pero todas las habitaciones están ocupadas —anunció—. El Sheridan está lleno.

—No quiero una habitación —repuso Bell—. ¿Es usted el señor Marshall Buckman?

La sonrisa se volvió tensa, y el hombre lo miró con suspicacia.

—Sí, soy Buckman.

—Me llamo Isaac Bell, de la Agencia de Detectives Van Dorn.

Buckman cambió de actitud e hizo una reverencia.

—Encantado de conocerlo, señor Bell. Recibí su telegrama. Tenga por seguro que todo el Sheridan colaborará con usted en lo que haga falta.

—Lo más importante es que usted confirme a cualquiera que le pregunte que yo trabajo aquí como conserje.

—Desde luego, desde luego —repuso Buckman en tono empalagoso—. Puede contar conmigo.

—Gracias, señor Buckman. Ahora, si no le molesta, creo que me gustaría probar el mejor whiskey que sirven en su bar.

—Solo servimos whiskey de las mejores destilerías. En el Sheridan no admitimos otra cosa.

Bell asintió, dio media vuelta y se dirigió al bar; pero antes se detuvo para leer la placa donde se enumeraban las normas del establecimiento.

No disparen contra el pianista, lo hace lo mejor que sabe.
No se permiten caballos en los pisos superiores.
No más de cinco personas por cama.
El local dispone de servicios funerarios.
Camas, 50 céntimos; con sábanas, 75 céntimos.

Se disponía a entrar, pero se hizo a un lado para dejar salir a una dama rubia que llevaba un sombrero de ala ancha. Lo único que llegó a apreciar de ella era que tenía bonita figura.

De igual modo, la mujer rubia no prestó atención al hombre cojo que pasó a su lado cuando se dirigía a sus aposentos por la alfombrada escalera.

Mucho después, Bell se maldijo por no haber reconocido a la rubia, del mismo modo que Margaret se echó la culpa por no haber identificado al hombre cojo hasta que fue demasiado tarde.

24

Bell explicó la situación al sheriff Henry Pardee y al director del banco, Murray Oxnard. Los tres estaban sentados a la mesa, disfrutando del desayuno servido por la mujer de Pardee. La casa del sheriff se encontraba adosada a la parte trasera de su oficina, que también hacía funciones de cárcel. El hombre se había levantado y había ido hasta la puerta para asegurarse de que estaba cerrada y, después, había corrido las cortinas para que nadie pudiera ver lo que ocurría dentro.

Bell estaba impresionado con el sheriff. Una de las paredes del salón estaba ocupada por una estantería llena de libros con obras de Shakespeare, Platón, Voltaire, Bacon y Emerson, además de varios libros en latín. Bell nunca había conocido a un representante de la ley de una pequeña ciudad tan leído.

Pardee se pasó la mano por su espesa mata de cabellos grises y se acarició el mostacho.

—Si lo he comprendido bien, señor Bell, lo que me está diciendo es que el Carnicero tiene planeado desvalijar el banco de nuestra ciudad.

—No puedo asegurarlo plenamente —reconoció Bell—, pero si repite lo hecho en otras ocasiones, se dejará tentar por la nómina que van a enviar al banco desde el First National Bank de Denver.

—Yo no sé nada del envío de una nómina —dijo Murray Oxnard.

Oxnard era un tipo alto y callado, de hombros anchos y caderas estrechas. Rara vez sonreía, y en su rostro se dibujaba una permanente expresión de amargura.

—Es que tal envío no existe —explicó Bell—. Se trata de una treta para desenmascarar al Carnicero.

Pardee tamborileó los dedos con nerviosismo encima de la mesa.

—Si es tan astuto como he leído que es, averiguará la verdad y descubrirá la trampa.

Bell meneó la cabeza.

—No, señor. Los directores del banco de Denver tienen instrucciones de seguir el juego.

—Dígame una cosa, si no le importa —quiso saber Pardee—: ¿Por qué eligió usted Telluride?

—Porque esta ciudad se halla encajada en el fondo de un valle cerrado del que solo se puede salir por un lugar. Esa situación la convierte en un lugar ideal para que podamos cortar la huida a ese asesino si no conseguimos atraparlo durante su intento de robo.

—Esto no me gusta —dijo Oxnard—. Ese Carnicero es famoso por asesinar sin pestañear. No puedo pedir a mis empleados que corran riesgos y tampoco estoy dispuesto a mancharme las manos con su sangre.

—No tengo intención de que usted o sus empleados se hallen en el banco en el momento del atraco. Yo mismo junto con otros agentes de Van Dorn nos ocuparemos de estar en el banco, y puesto que sabemos que el Carnicero suele huir en un vagón de tren, tendremos a otro agente vigilando los trenes que entren y salgan.

—¿Y qué pasa con mis clientes? —insistió Oxnard—. ¿Quién atenderá sus transacciones?

—Mi agente y yo estamos plenamente cualificados para llevar las operaciones cotidianas de un banco. Si el ladrón se presenta en caja, estaremos listos para recibirlo.

—¿Saben ustedes qué aspecto tiene? —preguntó Pardee.

—Salvo por el hecho de que le falta el dedo meñique de la

mano izquierda y que seguramente es pelirrojo, no tenemos una descripción detallada de él.

—Eso es porque asesina a todos los que pueden identificarlo. No tiene usted mucho a lo que agarrarse.

—Yo sigo sin estar de acuerdo con todo esto —dijo Oxnard—. Uno de mis clientes podría encontrarse en el lugar equivocado en el momento menos oportuno y recibir un disparo.

—Tomaremos todas las precauciones necesarias —repuso Bell sobriamente—. Es posible que exista algún riesgo, pero debemos pararle los pies al Carnicero. Ya ha asesinado a más de treinta personas. No sabemos cuántas más morirán antes de que consigamos echarle el guante y poner fin a sus fechorías.

—¿Qué puedo hacer para ayudarlos? —preguntó Pardee, mirando fríamente a Oxnard.

—No patrulle alrededor del banco con sus ayudantes porque puede espantar a nuestro hombre —contestó Bell—. Esté listo para intervenir, pero manténgase a distancia, fuera de la vista, si es posible. Ya acordaremos una señal para cuando el Carnicero dé el primer paso.

Aunque Oxnard seguía manifestando todo tipo de reservas respecto a la trampa, Pardee empezaba a imaginar la fama que lograría si el Carnicero era detenido con las manos en la masa en su jurisdicción. En lo que a él se refería, la discusión había terminado y solo le quedaba una pregunta más por formular.

—¿Cuándo se supone que va a llegar ese envío?

—Mañana —le dijo Bell.

Oxnard lo miró con aire intrigado.

—¿Y qué pasa con el envío que ya está en la caja fuerte del banco para pagar las nóminas de verdad?

—Déjelo en la caja fuerte. Le aseguro que el ladrón no lo tocará.

Pardee se retorció una de las puntas del bigote.

—¿Ha estado antes en una ciudad minera el día de paga, señor Bell?

—No he tenido el gusto, pero me han dicho que hay bastante agitación.

—Es cierto —dijo Oxnard con una leve sonrisa—. Los días de paga la ciudad se alborota de una punta a otra.

Pardee sonrió también.

—Sí, los prostíbulos estarán llenos hasta que los mineros se hayan gastado su sueldo en bebida, cartas y mujeres. —Hizo una pausa y miró a Bell—. ¿Dónde se aloja usted? Lo digo por si tengo que buscarlo.

—He cogido una habitación en casa de Mamie Tubbs.

—Es un buen sitio para pasar inadvertido —dijo Oxnard—. Además, Mamie es buena mujer y mejor cocinera.

—Su estofado ya me lo ha demostrado —repuso Bell de buen humor.

Finalizado el desayuno, concluyeron la reunión. Bell y Oxnard dieron las gracias a la mujer de Pardee por las molestias mientras el sheriff se dirigía a su oficina. Luego, los dos hombres salieron a la calle y se encaminaron al centro de la ciudad, y Bell acompañó a Oxnard para estudiar la distribución interior del banco.

El establecimiento era como tantos otros: el despacho del director se encontraba detrás de la ventanilla del cajero, que a su vez estaba cerrada por cristal salvo por la parte del público, que contaba con una abertura a través de los barrotes. La zona del mostrador estaba abierta. La cámara acorazada era una gran caja fuerte que se hallaba en un cuarto aparte, a un lado del vestíbulo. Bell se enteró de que estaba cerrada durante el horario comercial y que solo la abrían para retirar efectivo o, después del cierre, cuando había que guardar el dinero.

—O sea, que no tiene cámara acorazada propiamente dicha —comentó Bell.

—Es que no la necesitamos. Normalmente, el dinero de las nóminas sube a las minas bajo estrecha vigilancia dos días después de que haya llegado el envío.

—¿Y por qué el segundo día?

—Necesitamos ese margen para comprobar que las cantidades que llegan de Denver son las correctas.

—Eso quiere decir que el atracador tendrá un margen de actuación muy reducido.

Oxnard asintió.

—Si va a intentarlo, tendrá que ser mañana.

—¿Ha visto o tenido contacto con nuevos clientes o con gente que haya entrado en el banco solamente a curiosear?

—Un nuevo superintendente de la mina Liberty Bell abrió una cuenta el otro día, y también vino una mujer muy atractiva. Por desgracia, ella abrió una cuenta muy pequeña. Un caso muy triste.

—¿Triste? ¿Por qué lo dice?

—Su esposo la dejó en Iowa para hacerse rico buscando oro en Colorado. Ella no lo volvió a ver y lo último que supo fue a través de un amigo, un operario del ferrocarril, que le contó que su marido había comentado que iba a marcharse a Telluride para trabajar en las minas. Ella ha venido para intentar encontrarlo. Pobre mujer. Lo más probable es que el marido esté entre las víctimas de los muchos hombres que han muerto en las minas.

—Me gustaría que me diera el nombre de ese superintendente, para comprobarlo —dijo Bell.

—Ahora se lo doy. —Oxnard entró en su despacho y regresó enseguida—. Aquí tiene. Se llama Oscar Reynolds.

—Gracias.

El director contempló a Bell.

—¿No tiene intención de investigar a la mujer?

—El Carnicero nunca ha trabajado con una mujer, y tampoco con un hombre. Siempre comete sus fechorías solo.

—En fin —suspiró Oxnard—. Esa pobre mujer abrió una cuenta de solo dos dólares. Si no quiere morirse de hambre va a tener que buscar trabajo en alguno de los prostíbulos. Aquí no abundan los trabajos para las mujeres, y los pocos puestos que hay ya están ocupados por las esposas de los mineros.

—Bueno, aunque solo sea para no dejar nada al azar, deme el nombre de ella también.

—Se llama Rachel Jordan.

—Vaya, de ese sí que se acuerda —rió Bell.

Oxnard lo imitó.

—Es fácil recordar el nombre de una cara bonita.

—¿Le dijo dónde se alojaba?

—No, pero doy por hecho que estará en uno de los burdeles. —Miró a Bell de soslayo—. ¿Va a ir a buscarla?

—No —repuso Bell—. Dudo mucho que el Carnicero sea una mujer.

25

Margaret no llevaba la vida de una prostituta de Pacific Avenue, sino que vivía con toda elegancia en el New Sheridan Hotel. Después de abrir una pequeña cuenta en el banco local para poder estudiar sus características, el número de empleados, dónde estaban ubicados y el tipo de caja fuerte, se había dado una vuelta por las empresas mineras haciendo preguntas sobre un marido que nunca había existido. El esfuerzo dio credibilidad a su historia, y no tardó en convertirse en fuente de rumores en la ciudad.

Incluso se había atrevido a presentarse ante el sheriff Pardee con su falsa historia para comprobar cara a cara qué clase de hombre era. La esposa de Pardee, Alice, había entrado cuando Margaret solicitaba la colaboración del sheriff para localizar a su marido, y se había apiadado al instante de aquella pobre mujer ataviada con un humilde vestido de algodón que relataba una lacrimógena historia de esposa en busca del marido que la había abandonado. Dando por hecho que estaría medio muerta de hambre, la invitó a cenar aquella noche en su casa. Margaret aceptó y se presentó con el mismo vestido raído que había comprado en una tienda de ropa usada de San Francisco.

Esa noche, Margaret fingió ayudar a Alice Pardee en la cocina, pero la mujer del sheriff se dio cuenta enseguida de que la invitada no se sentía a sus anchas en la cocina. Alice sirvió una cena casera de chuletas de cordero acompañadas de patatas y verdura hervida y rematada con tarta de manzana de postre. Después de la cena, sirvió té y todos se sentaron en el salón mientras Alice tocaba algunas melodías en el piano de pared.

—Dígame, señorita Jordan —preguntó Alice mientras cambiaba la partitura—. ¿Dónde se aloja?

—Una mujer muy amable, la señora Billy Maguire me ha contratado como camarera en su casa de huéspedes para mujeres.

Pardee y su mujer cruzaron una mirada de desagrado. Alice suspiró.

—Big Billy es la dueña del burdel Silver Belle, ¿no lo sabía?

Margaret se hizo la ingenua.

—No tenía ni idea.

Alice se tragó el embuste, pero no su marido. Sabía que era imposible que una mujer no notara la diferencia entre un burdel y una casa de huéspedes. La semilla de la sospecha empezó a crecer en su interior. Sin embargo, su mujer se dejó llevar por la compasión.

—Pobrecita… —dijo rodeando a Margaret con el brazo—. No se quedará en el Silver Belle ni un minuto más. Se instalará aquí, con Henry y conmigo, hasta que haya encontrado a su marido.

—Pero puede que no esté en Telluride —dijo Margaret como si estuviera al borde de las lágrimas—. En ese caso, tendré que seguir buscando y no quiero ocasionarles molestias.

—¡Tonterías! —exclamó Alice—. Vaya ahora mismo a casa de Big Billy y traiga sus cosas. Le prepararé la cama de la habitación de invitados.

Margaret siguió con su comedia y derramó unas pocas lágrimas.

—No sé cómo darle las gracias.

—No le dé más vueltas. Henry y yo estamos encantados de ayudar a una pobre joven en apuros. Es lo que haría cualquier buen cristiano.

Mientras tomaba su café, Margaret desvió la conversación hacia el trabajo del sheriff Pardee.

—Debe de llevar usted una vida llena de emociones —le dijo—. Telluride parece una ciudad muy desinhibida. Seguro que está usted muy ocupado.

—A ratos, los mineros pueden ponerse un poco pendencieros —convino Pardee—. Pero los delitos graves, como un asesinato, solo ocurren muy de tanto en tanto. Hemos tenido tranquilidad desde la huelga de mineros de hace dos años, cuando el gobernador envió al ejército para sofocar los disturbios.

Margaret se mostró lenta y poco concreta en sus respuestas acerca de su desaparecido marido y se dedicó a hacer preguntas generales sobre la ciudad y las minas.

—Seguro que por el banco pasa mucho dinero destinado a las compañías mineras —dijo como quien no quiere la cosa.

Pardee asintió.

—Sí, las nóminas pueden llegar a sumar grandes cantidades.

—¿Y nunca han tenido miedo de los ladrones y los atracadores? —preguntó inocentemente.

—Los mineros son gente de fiar que no se da al crimen. Salvo por las ocasionales peleas en las tabernas y algún que otro homicidio cuando los enfrentamientos se desmandan, esta ciudad es bastante pacífica.

—Cuando estuve en el banco vi que la caja fuerte parecía muy resistente y segura.

—Desde luego que sí —repuso Pardee, encendiendo su pipa—. Ni con cinco cartuchos de dinamita podrían abrirla.

—¿Y el director del banco es el único que conoce la combinación?

A Pardee, la pregunta le pareció fuera de lugar tratándose de una mujer, pero contestó sin vacilar.

—La verdad es que los cierres están preparados para abrirse a las diez de la mañana. Todos los días, a las tres de la tarde, el director del banco la cierra y conecta el temporizador.

—Alguien del Silver Belle me contó que Butch Cassidy desvalijó el banco.

Pardee se echó a reír.

—Eso fue hace mucho. Desde entonces no hemos vuelto a sufrir un atraco.

Margaret era reacia a insistir demasiado, pero necesitaba conocer cierta información si su hermano quería dar el golpe con éxito.

—Y dígame, las nóminas, ¿las llevan directamente a las minas cuando llegan?

Pardee negó con la cabeza y contó lo que Bell le había dicho.

—Hoy ha llegado un envío y ha ido directamente al banco. Mañana contarán el dinero y pasado lo subirán a las minas.

—¿Y no hay guardias extra en el banco para vigilarlo?

—No es necesario —dijo Pardee—. Nadie que intentara robar el banco llegaría demasiado lejos. Con los cables del telégrafo corriendo junto a las vías del tren, sería fácil alertar a los agentes de la ley de todo el territorio y formar patrullas para que esperaran a los asaltantes cuando intentaran escapar.

—Entonces sería imposible desvalijar con éxito el banco.

—Supongo que sí —contestó un confiado Pardee—. No creo que los atracadores pudieran salirse con la suya.

Margaret salió de casa del sheriff y se dirigió hacia el Silver Belle; pero, en cuanto estuvo fuera de la vista, echó a correr hacia el New Sheridan Hotel para meter en la maleta sus escasos vestidos. Se sentía satisfecha consigo misma y apenas daba crédito a su buena suerte. Instalarse con el sheriff y su esposa le daría acceso a la mayor parte de la ciudad. Cuando su hermano llegara, tendría información suficiente que darle para que él planeara un golpe perfecto.

Su único problema era el paradero de Jacob. Por lo que sabía, todavía no había llegado, y solo dispondrían del día siguiente para robar el dinero de las nóminas antes de que lo subieran a las minas para distribuirlo entre los trabajadores. Empezó a sentirse terriblemente inquieta.

26

A la mañana siguiente, una mujer morena entró en Telluride conduciendo por la carretera una elegante calesa tirada por un caballo gris moteado. El camino llevaba a la comunidad ranchera de Montrose, un apeadero de Río Grande Southern Railroad. Acababa de llegar de Denver y había alquilado la calesa y el caballo en un establo local. Iba vestida con una falda de ante que le llegaba a la altura de las puntiagudas botas de vaquero, un jersey verde y un abrigo de piel de lobo. En la cabeza llevaba un sombrero de ala ancha y plana. Iba bien vestida para hallarse en el oeste, pero sin ostentación.

Entró en Colorado Avenue, pasó ante el edificio del juzgado y detuvo el carro ante las caballerizas principales de la ciudad. Se apeó y ató el caballo a un poste cercano. El encargado del establecimiento salió y se descubrió.

—Buenos días, señora, ¿en qué puedo ayudarla?

—Quisiera agua y comida para mi caballo. Esta tarde tengo que regresar a Montrose.

—Sí, señora —contestó el hombre, ligeramente desconcertado por el tono educado, pero un poco cortante de la mujer—. Me encargaré de ello y, de paso, le apretaré las ruedas delanteras del carro, que me parece que van un poco sueltas.

—Es usted muy amable, gracias. Ah, se me olvidaba, la persona que vendrá a recoger el carro y que le pagará es mi hermana.

—Sí, señora.

La mujer salió de las caballerizas y caminó hasta el New Sheridan Hotel. Fue hasta la recepción y preguntó:

—¿Está registrada la señorita Rachel Jordan en el hotel?

El recepcionista contempló a la que le pareció una atractiva mujer y negó con la cabeza.

—Ya no, señora. Se marchó ayer por la noche, pero espere un momento. —Se dio la vuelta y cogió un sobre del casillero de las llaves—. Dijo que si venía alguien preguntando por ella le entregáramos esto.

La mujer dio las gracias al recepcionista, salió a la calle, abrió el sobre y leyó la nota. Luego, se la guardó en el bolso y echó a caminar. Al cabo de un rato, llegó al cementerio de Lone Tree, situado en lo alto de una loma, al norte del río San Miguel. Cruzó la verja y caminó entre las lápidas; en ellas se podía leer que la mayoría de las defunciones fueron debido a accidentes mineros, avalanchas de nieve o enfermedad.

Una atractiva mujer rubia se encontraba sentada en un banco cercano, echada hacia atrás y tostándose al sol. Por el rabillo del ojo vio que la otra mujer se acercaba. Se incorporó y miró directamente a la recién llegada. Entonces, Margaret se echó a reír.

—¡Por Dios, Jacob! —exclamó al fin—. ¡Es el disfraz más ingenioso que se te ha ocurrido nunca!

Cromwell sonrió.

—Estaba seguro de que darías tu aprobación.

—Va bien que seas delgado y no muy alto.

—No sé por qué no se me había ocurrido antes. —Jacob se recogió torpemente la falda y se sentó al lado de su hermana—. Dime, querida mía, ¿qué has averiguado desde que llegaste?

Margaret le contó cómo se había hecho amiga del sheriff y su esposa. Luego, le entregó un dibujo de la distribución interior del banco junto con una breve descripción de los empleados. Su informe mencionaba también el envío de una importante nómina desde Denver y el hecho de que el banco iba a contar el dinero antes de enviarlo a las minas al día siguiente.

Cromwell miró el reloj.

—Tenemos todavía una hora antes de que el banco cierre. Es el mejor momento para llevarnos el dinero y salir de la ciudad.

—Vi a un hombre merodeando por la estación de ferrocarril. No estoy segura, pero creo que podría ser uno de los agentes de Van Dorn que estaba buscándote.

Cromwell se puso pensativo.

—Aunque Van Dorn envíe a sus agentes a vigilar la llegada y la salida de los trenes durante el envío de la nómina, solo estarán buscando un fantasma. No tienen forma de saber cuál va a ser mi siguiente movimiento.

—Si sospechan de tu vagón, hiciste bien en pintarlo —dijo Margaret, mirándolo con aire interrogador—; pero ¿puedes decirme cómo piensas escapar sin que te atrapen después de haber desvalijado el banco?

Cromwell sonrió maliciosamente.

—¿Quién va a sospechar de dos atractivas señoritas que salen tranquilamente de la ciudad en una calesa?

Ella le rodeó los hombros con el brazo.

—Hay que reconocer que eres brillante, hermano. El plan más sencillo es siempre el mejor. Nunca dejas de sorprenderme.

—Aprecio tu cumplido —repuso Cromwell, poniéndose en pie—. No disponemos de mucho tiempo. Esa nómina nos espera.

—¿Qué quieres que haga?

—Ve a las caballerizas y recoge el carro y el caballo. Le dije al mozo que mi hermana iría a buscarlos. Luego, espérame en la puerta trasera del banco.

Mientras Curtis vigilaba la estación del ferrocarril y las cocheras, Bell e Irvine estaban en el banco, fingiendo que eran empleados. Sentado en el despacho de Oxnard, Bell empezaba a pensar que había apostado al caballo equivocado. Solo faltaban diez minutos para el cierre y no había la menor señal del

Carnicero. Irvine, en su papel de cajero, estaba listo para cerrar la caja y solo esperaba a que apareciera el último cliente del día.

Bell contempló el Colt 45 automático que guardaba en el cajón abierto de la mesa y lamentó no tener la ocasión de utilizarlo contra el Carnicero. Volarle la cabeza a ese canalla sería incluso demasiado bueno para este si se tenía en cuenta toda la gente inocente que había asesinado. Al menos, su muerte ahorraría a los contribuyentes los gastos del juicio. Bell reconoció que había sido derrotado y que no le quedaba más remedio que volver a repasar las pocas pistas que él y sus agentes habían conseguido reunir.

Irvine se acercó al despacho y se apoyó en el marco de la puerta.

—No se puede negar que al menos lo intentamos —dijo en tono malhumorado.

—Sí. Parece que el Carnicero no ha mordido el anzuelo —repuso Bell lentamente—. Puede que no leyera la noticia en el periódico porque no vive en San Francisco.

—Sí. Es lo que estoy empezando a creer.

En ese momento, la puerta del banco se abrió y entró una mujer con una falda de ante y un sombrero tan inclinado que le ocultaba los ojos.

Bell miró más allá de Irvine, pero se relajó al ver que se trataba de una mujer bien vestida y le hizo un gesto a Irvine. El detective volvió a su ventanilla de cajero.

—¿En qué puedo atenderla, señora?

Cromwell levantó la cabeza ligeramente para poder ver a Irvine y una alarma se disparó en su interior cuando reconoció de inmediato al agente de Van Dorn que había ido a su banco de San Francisco con Bell. No respondió a la pregunta de Irvine por miedo a que su voz lo delatara. La tensión se apoderó de él cuando comprendió que se había metido en una trampa. Se hizo una pausa mientras bajaba la cabeza y repasaba mentalmente las alternativas. Su ventaja radicaba en que el agente que hacía de cajero no lo había reconocido, disfrazado de mujer, y era ajeno al hecho de que tenía al Carnicero a menos de dos metros de él.

Podía abatir al agente y llevarse el dinero que hubiera en la caja o simplemente dar media vuelta y salir del banco. Optó por la segunda alternativa y se disponía a iniciar una veloz retirada cuando Bell salió del despacho. Cromwell lo reconoció al instante. Por primera vez en su carrera criminal, sintió la punzada del miedo.

—¿En qué puedo ayudarla, señora? —repitió Irvine, preguntándose por qué la mujer no respondía.

Bell contempló a Cromwell con expresión intrigada, como si aquella mujer le resultara vagamente familiar. Era un maestro de la identificación y, cuando se trataba de caras, tenía memoria fotográfica. Sus ojos delataron el hecho de que estaba intentando recordar dónde la había visto. Entonces, Bell miró las manos de la mujer, que estaban cubiertas por guantes. De golpe, como si hubiera visto una aparición, Bell comprendió que estaba viendo al Carnicero. La realidad lo golpeó con la fuerza de un martillazo.

—¡Usted! —gritó.

Cromwell no perdió un segundo más. Metió la mano en el gran bolso y sacó el Colt del 38 que tenía el cañón envuelto en una toalla. Sin la menor vacilación, apuntó a Irvine y apretó el gatillo. Una apagada detonación resonó en el banco. A continuación, se volvió y disparó a Bell antes de que el cuerpo sin vida de Irvine tocara el suelo.

Si Bell no se hubiera dado la vuelta instintivamente y se hubiera arrojado detrás del escritorio, la bala lo habría alcanzado en pleno estómago. El violento movimiento le salvó la vida, pero, aun así, el proyectil le atravesó el muslo sin afectar al hueso. En un solo movimiento, sacó el Colt del cajón, se levantó y, sin tener tiempo de apuntar, disparó un tiro que pasó a escasos centímetros del cuello de Cromwell.

Entonces, a la velocidad del rayo, ambos hombres abrieron fuego nuevamente.

La segunda bala del Carnicero abrió una brecha en un lado

de la cabeza de Bell, cortándole la piel y rozándole el cráneo. Bell notó que la visión se le tornaba borrosa y que caía en la negrura de la inconsciencia. La sangre manó rápidamente de la herida y le corrió por la cara. No se trataba de una herida mortal; pero, a Cromwell, que seguía de pie, le pareció que le había volado la cabeza.

De todas maneras, el Carnicero no había salido indemne del encuentro. El disparo de Bell lo había alcanzado en la cintura y se la había atravesado sin afectar a ningún órgano vital. Se tambaleó y tuvo que agarrarse al mostrador para no desplomarse. Permaneció así unos momentos, luchando contra el dolor. Luego, se volvió, fue hasta la puerta de atrás y descorrió el pestillo haciéndose a un lado. Margaret entró como una tromba.

—He oído disparos desde fuera —gritó asustada—. ¿Qué ha pasado?

—Todo ha sido una trampa —masculló Cromwell mientras la furia reemplazaba al miedo. Mientras se apretaba la herida con una mano, señaló con el Colt hacia el despacho del banco—. He matado a Isaac Bell.

Margaret se acercó al mostrador y contempló el cuerpo ensangrentado del agente de Van Dorn. El espanto se le dibujó en el rostro cuando reconoció a Bell a pesar de la sangre que le cubría la cara.

—¡Oh, Dios mío! —exclamó mientras la acometía una náusea, pero el mareo pasó rápidamente cuando se volvió y comprobó que su hermano también estaba sangrando—. ¡Estás herido! —gimió.

—No es tan grave como parece —repuso él con los dientes apretados.

—Tenemos que salir de aquí. Los disparos habrán alertado al sheriff y despertado a media ciudad.

Margaret sacó a su hermano medio a rastras por la puerta trasera del banco. En el exterior los esperaba la calesa y el caballo. Tuvo que utilizar toda su fuerza para subir a Cromwell al asiento. Luego, desató el caballo y se subió al carro. Se disponía a utilizar el látigo para espolear al animal, pero Jacob le sujetó la muñeca.

—No, mejor ve despacio. Como si fuéramos dos mujeres que han salido a pasear. Si salimos de la ciudad a todo galope despertaremos sospechas.

—El sheriff es un hombre inteligente. Lo conozco, no lo burlaremos fácilmente.

—Ni siquiera alguien inteligente como él sospechará que dos mujeres hayan sido capaces de asaltar el banco y matar a dos personas —murmuró Cromwell.

Cuando llegó al final del callejón, Margaret metió el carro por una calle lateral y se dirigió hacia las afueras de la ciudad en dirección oeste. Cromwell cogió el abrigo de piel de cordero y se lo echó encima del regazo para ocultar la sangre que le empapaba el jersey. Se metió el arma en una de las botas y se recostó en el asiento, intentando mantener la cabeza clara haciendo caso omiso del dolor que le traspasaba el costado.

Bell había acordado con el sheriff Pardee que efectuaría un disparo para indicar que el Carnicero había aparecido. Sin embargo, cuando Pardee escuchó cinco detonaciones, algunas de ellas apagadas como las explosiones de dinamita que llegaban de las minas cercanas, supo que había problemas. Salió corriendo a la calle desde la tienda de ultramarinos donde estaba escondido, temiendo que la mujer que había visto entrar en el banco hubiera sido asesinada por el Carnicero.

Al verlo correr hacia el banco, cuatro de sus ayudantes saltaron de sus escondites y lo siguieron, mientras el quinto corría a la estación de ferrocarril para alertar a Curtis. Pardee irrumpió en el banco con su Smith & Wesson amartillado. Al principio, no vio a nadie. Irvine yacía junto a la ventanilla del cajero, fuera de la vista, mientras que Bell estaba detrás del escritorio. Entonces, dio la vuelta al mostrador y vio al agente de Van Dorn en el suelo, en medio de un charco de sangre. Antes de entrar en el despacho y hallar a Bell, se aseguró de que Irvine estaba muerto.

—¿Está muy mal? —preguntó uno de sus ayudantes, un tipo grande como un oso, cuyo pantalón y tirantes apenas podían contener la voluminosa barriga y que se mantenía en guardia con una escopeta de cañones recortados en las manos.

—La bala solo le ha rozado el cráneo —contestó Pardee—. Por suerte sigue con vida.

—¿Y qué hay de la mujer?

La mente de Pardee tardó en comprender, pero entonces cayó en la cuenta.

—¿Te refieres a la mujer que entró en el banco antes de que empezara el tiroteo?

—A esa, sí.

—Se la habrá llevado el Carnicero como rehén.

—Pero si no vimos entrar a nadie más en el banco después de ella.

Pardee se levantó presa de la confusión y la incredulidad. Tuvo que recurrir a toda su imaginación para creer que el Carnicero fuera una mujer.

—El Carnicero seguramente entró por la puerta de atrás.

—No lo creo, sheriff —dijo el ayudante, pensativo—. La puerta trasera seguro que estaba cerrada por dentro, como siempre.

Pardee corrió hasta la puerta y la encontró con el pestillo descorrido. La abrió violentamente y se asomó al callejón, pero no vio a nadie.

—¡Por todos los diablos! ¡Ella se ha escapado!

—No irá lejos, jefe.

—¡Reúne a los hombres! —ordenó Pardee antes de llamar a otro de sus ayudantes que se había quedado en la entrada del banco—. Ve a avisar al doctor Madison. Dile que tenemos a un agente de Van Dorn con una herida de bala en la cabeza y que venga corriendo. —Pardee se arrodilló nuevamente y volvió a examinar a Bell—. Dile también que parece que el agente tiene además un tiro en la pierna.

El ayudante apenas se había marchado cuando Pardee corría hacia su caballo, que estaba atado a un poste frente a su despacho. Le parecía imposible que las cosas hubieran salido tan mal. Solo entonces se le ocurrió que el Carnicero podía ser un hombre disfrazado de mujer y que la desconsolada viuda que había acogido en su casa podía ser su cómplice.

Tan pronto como salieron de los límites de Telluride y dejaron atrás la carretera que llevaba a las minas de Ophir en el sur, Margaret espoleó al caballo y lo hizo correr por el valle hacia Montrose. Cromwell había tenido tiempo de pensar durante los diez minutos transcurridos desde que habían salido del banco. Señaló un claro entre los árboles que conducía a un puente sobre el río San Miguel. Se trataba de un camino lleno de maleza que solía ser utilizado por el ferrocarril para los equipos de mantenimiento que reparaban las vías.

—Sal de la carretera —le dijo a Margaret—. Cruza el puente y sigue el camino del ferrocarril.

Ella se volvió para mirarlo.

—Creía que habías dicho que nadie sospecharía de dos mujeres en un carro.

—Eso fue antes de que cayera en la cuenta de que el sheriff y sus hombres seguramente estaban vigilando el banco.

—Eso es más que seguro, pero ¿qué tiene que ver con nuestra huida?

—¿No lo ves, querida hermana? Yo fui la última persona que entró en el banco y no salí. Si tienes razón y resulta que Pardee no es tonto, debe haber sumado dos y dos y ahora nos estará buscando a los dos. Sin embargo, nunca pensará que seguiremos la vía del tren, sino que creerá que iremos por la carretera.

—Y si no nos encuentra, ¿qué crees que hará?

—Volverá sobre sus pasos pensando que nos hemos ocultado en los árboles mientras él y la patrulla pasaban delante de nosotros. Para entonces ya estaremos en el tren que sale de Montrose vestidos como dos hombres.

Como de costumbre, Cromwell aventajaba sobradamente a sus perseguidores cuando se trataba de astucia. Aunque le irritaba que Bell hubiera sido más listo y le hubiera tendido una trampa, la satisfacción de creer que había matado al famoso agente de Van Dorn lo recompensaba sobradamente.

Tal como Cromwell había previsto, Pardee y su patrulla pasaron a todo galope por la carretera desde la cual no se divisaba la vía del tren que discurría entre los árboles y, al no ver rastro de su presa, volvieron sobre sus pasos hasta Telluride. El trayecto por las traviesas del tren fue incómodo, pero les compensó saber que Pardee había sido burlado y que regresaría con las manos vacías.

27

Llevaron a Bell al hospital de Telluride, donde lo atendió el doctor local. La primera bala del Colt de Cromwell le había atravesado el muslo causándole daños leves en los tejidos. El médico le dijo que en un mes la herida estaría curada; luego, le dio varios puntos en la de la cabeza, cosiendo la piel con el mismo cuidado con que un sastre arreglaría un bolsillo roto.

Haciendo caso omiso de los ruegos del doctor para que se quedara en el hospital unos cuantos días, Bell fue cojeando a la estación, donde se dispuso a tomar el primer tren a Denver. Cubriéndose con un sombrero para disimular los vendajes de la cabeza, contempló con rabia y pena junto a Curtis cómo los ayudantes del sheriff cargaban el féretro con el cuerpo de Irvine en el vagón de equipajes. A continuación, se volvió y tendió la mano a Pardee.

—No sé cómo darle las gracias por su cooperación —le dijo—. Le estoy sumamente agradecido.

Pardee se la estrechó.

—Lamento lo de su amigo —dijo sinceramente apenado—. ¿Tenía familia?

—Por suerte no tenía hijos ni esposa, pero vivía con una madre anciana.

—Pobre mujer, supongo que ahora solo le quedará el asilo estatal.

—Se ocuparán de ella en una residencia para ancianos.

—Ese tipo de residencias no son baratas. ¿Irvine tenía dinero?

—No. Pero yo sí.

Pardee se abstuvo de hacer más preguntas.

—Ojalá las cosas hubieran salido como usted pensaba.

—Es cierto. Nuestro plan, tan cuidadosamente preparado, ha terminado en fracaso —contestó Bell viendo cómo cerraban la puerta del vagón tras el féretro—. Ese asesino se ha burlado de mí como ha querido.

—No fue culpa de usted —le aseguró Pardee—. La verdad es que nos engañó a todos. Ahora estoy convencido de que la mujer que acogimos mi esposa y yo estaba compinchada con él. Debí haber sospechado de ella cuando empezó a sonsacarme información sobre el funcionamiento del banco.

—Sí, pero usted no le desveló la trampa que habíamos preparado. Cromwell nunca se habría acercado al banco de haber sospechado algo.

Pardee meneó la cabeza en señal de disgusto.

—La verdad es que ese canalla se tragó el cebo, el anzuelo y el sedal. Si llegamos a saber que iba a disfrazarse de mujer lo habríamos abatido como al perro que es.

—Según los informes de los atracos anteriores, nunca se había disfrazado de mujer.

—Puede. De todas maneras, aunque la trampa no funcionase, mi patrulla tendría que haberlo localizado. Estúpido de mí, pensé que seguiría la carretera. Hasta que fue demasiado tarde no pensé que utilizaría la vía del tren para escapar. Cuando me di cuenta de mi error, ya estaban lejos.

—¿Comprobaron las listas de pasajeros en Montrose?

—Yo envié un cable al jefe de estación —contestó Curtis—, pero el Carnicero y su cómplice ya habían cogido el tren hacia Grand Junction. El jefe de estación no recordaba haber visto a dos mujeres, pero sí a dos hombres. Según él, uno parecía enfermo.

—Encontramos sangre en los peldaños de la puerta trasera

del banco —comentó Pardee con una leve sonrisa—. Seguro que usted le acertó.

—No lo bastante para detenerlo —masculló Bell irritado.

—También telegrafiamos al agente federal del territorio. Envió a sus ayudantes a Grand Junction para que registraran todos los trenes que iban hacia el este o el oeste, pero no encontraron rastro de dos mujeres que viajaran juntas.

Bell se apoyó en el bastón que le había facilitado el sheriff.

—Estoy empezando a comprender cómo funciona la mente de ese Carnicero. Seguro que volvió a vestirse de hombre e hizo que la mujer lo imitara. Está claro que el sheriff, que buscaba a dos mujeres, nunca se fijó en ellos.

—Un tipo astuto ese Cromwell.

—Sí —reconoció Bell—. Lo es.

—¿Adónde irá usted ahora? —le preguntó Pardee.

—Regreso a Denver, a empezar de nuevo.

—Al menos ahora ya conoce el nombre y las costumbres de ese canalla.

—Sí, pero no puedo presentar una denuncia contra él. Ningún fiscal perdería el tiempo con un asunto del que prácticamente no tenemos pruebas.

—Lo atrapará —le dijo Pardee, confiado.

—Ahora tenemos una razón personal para verlo colgando de una cuerda, de modo que trabajaremos el doble —aseguró Bell.

Cuando Bell y Curtis llegaron a Denver a última hora de la tarde, un coche fúnebre los aguardaba para llevar los restos de Irvine a la funeraria local.

—Era mi mejor amigo —declaró Curtis—. Yo me encargaré de ir a ver a su madre y de disponer lo necesario para el funeral.

—Gracias —repuso Bell—. Yo correré con los gastos.

Bell cogió un coche que lo condujo al Brown Palace. Entró en su suite, se quitó la ropa y se relajó en una bañera de agua caliente cuidando de no mojar el vendaje de la pierna herida. Cerró los ojos y dejó que sus pensamientos repasaran los acontecimientos de los últimos días. En esos momentos sabía que la mujer con quien se había cruzado en el New Sheridan Hotel era Margaret Cromwell y que, cuando su hermano había entrado por la puerta principal del banco, ella lo estaba esperando en el callejón de la parte de atrás con la calesa. La imagen de Cromwell disfrazado de mujer lo ponía furioso. No obstante, no podía evitar sentir cierto respeto por la mente fría y calculadora del Carnicero. Eludir las patrullas de Pardee escapando por la vía del tren había sido un golpe maestro.

Bell creía que Cromwell no tentaría la suerte con otro atraco. Parecía sumamente improbable. Sin embargo, como había hecho otras veces con los delincuentes a los que había atrapado, se obligó a meterse en su pellejo y a pensar como lo harían ellos. Cuantas más vueltas le daba, más se convencía de que Cromwell se creía invencible e inmune a cualquier investigación, especialmente si provenía de los representantes de la Agencia de Detectives Van Dorn.

Tendría que calcular cuidadosamente su siguiente paso. Estaba pensando en distintas formas de acumular pruebas contra Cromwell cuando llamaron a la puerta. Apoyándose en la pierna buena y notando que la cabeza le daba vueltas por culpa de la herida, Bell salió como pudo de la bañera, se puso un albornoz y fue a abrir. Cuál fue su sorpresa cuando se encontró a Joseph Van Dorn al otro lado de la puerta.

Van Dorn contempló el vendaje que Bell llevaba en la cabeza y que había supurado un poco de sangre.

—Tiene usted un aspecto lamentable —le dijo sonriendo forzadamente.

—Pase, señor, y póngase cómodo.

Van Dorn estudió a su malherido agente y no le gustó lo que vio, pero hizo un esfuerzo por disimular.

—¿Le duele mucho?

—Nada que una aspirina no pueda curar.

Van Dorn entró y contempló la suite.

—Me encanta ver que mis hombres viajan con estilo, siempre que no sea a cargo de mi bolsillo.

—¿Quiere que llame al servicio de habitaciones por si le apetece tomar algo?

Van Dorn hizo un gesto displicente con la mano.

—No, gracias. He comido en el tren de Chicago poco antes de llegar a Denver. De todas maneras, una copa de oporto me vendría bien.

Bell descolgó el teléfono, llamó al servicio de habitaciones y pidió que se la subieran. Luego, se volvió hacia su jefe.

—No esperaba que el presidente de la compañía viajara mil kilómetros para verme.

—Una reunión entre nosotros no solo es apropiada, sino vital para la investigación. —Van Dorn se hundió en la confortable butaca—. Prefiero un informe detallado de viva voz que un resumen por telégrafo. Ahora cuénteme lo ocurrido en Telluride sin escatimar detalles.

—Casi todo lo que tengo que explicar salió mal —reconoció Bell con amargura.

—No se culpe —lo consoló Van Dorn—. Ojalá me hubieran dado un dólar por cada uno de los planes que concebí y que acabaron saliendo mal.

Un camarero apareció con la copa de oporto, y Bell pasó los siguientes cuarenta minutos relatando a su jefe los detalles del plan con el que había pretendido cazar al Carnicero y cómo Cromwell se había burlado de él y del sheriff Pardee. Le contó la muerte de Irvine y las heridas sufridas y acabó en el momento de salir del hospital.

—¿Y está usted seguro de que el Carnicero es Jacob Cromwell? —le preguntó Van Dorn cuando Bell hubo acabado.

—Su disfraz era una obra maestra, y nos pilló a Irvine y a mí desprevenidos; pero no me cabe duda de que Cromwell era la persona a la que reconocí como al hombre disfrazado de mujer que entró en el banco. Tanto Pardee como yo identificamos a su hermana, Margaret, que estaba en la ciudad para ayudarlo a atracar el banco.

Van Dorn sacó una cigarrera del bolsillo interior de la chaqueta, cogió un cigarro largo y fino y lo encendió con una cerilla de madera que prendió con la uña.

—No tiene sentido. Si Cromwell es rico, propietario de un banco valorado en millones de dólares y vive en Nob Hill, en San Francisco, ¿qué gana arriesgándose con una serie de atracos y asesinatos?

—Por lo que he podido deducir, el dinero robado le sirvió para fundar su banco.

—Pero ¿por qué ahora, cuando ya está a salvo económicamente hablando y su banco funciona, sigue robando y asesinando?

Bell contempló el cielo nocturno que se extendía a través de la ventana.

—Hay una respuesta muy simple, y es que ese hombre está loco. Me he hecho una idea de su perfil y estoy convencido de que roba y asesina porque disfruta con ello. Hace tiempo que el dinero ha dejado de ser el móvil. Lo mismo que un adicto al alcohol o al opio, siente la necesidad de sembrar el caos y la destrucción y se cree invencible e intocable ante los agentes de la ley. Se ve a sí mismo como el más listo y considera que sus actos son un desafío.

—Tiene usted que admitir que ha logrado que nosotros y todos los agentes de la ley al oeste del Mississippi quedemos como tontos —dijo Van Dorn, exhalando una bocanada de humo azulado.

—Cromwell no es infalible. Es humano, y los humanos cometen errores. Yo espero estar en el lugar adecuado cuando llegue ese momento.

—¿Y qué piensa hacer ahora?

Bell torció el gesto.

—Me gustaría que todo el mundo dejara de hacerme esa pregunta.

—¿Y bien?

La mirada de Bell era firme y tranquila cuando se volvió hacia Van Dorn.

—Voy a volver a San Francisco para preparar una denuncia contra Cromwell.

—A tenor de lo que me ha contado, no va a ser fácil. No tiene ninguna prueba tangible. Cualquier abogado defensor lo haría subir a declarar y lo crucificaría. Se reirían de su identificación de un hombre disfrazado de mujer alegando que no se podía notar la diferencia. Y sin más testigos ni huellas, yo diría que lucha usted por una causa perdida.

Bell miró a su jefe con dureza.

—¿Me está sugiriendo que abandone la investigación?

Van Dorn soltó un bufido.

—No le estoy sugiriendo nada parecido. Me limito a señalar los hechos. Usted sabe perfectamente bien que este caso tiene prioridad absoluta para la agencia. No descansaremos hasta que tengamos a Cromwell a la sombra.

Bell se palpó suavemente un lado de la cabeza como si quisiera asegurarse de que la herida todavía estaba allí.

—Tan pronto como deje resueltos unos pequeños detalles en Denver, saldré hacia San Francisco.

—Puedo ordenar que le ayuden nuestros agentes. Solo tiene que pedirlo.

Bell hizo un gesto negativo.

—No. Con Curtis como mi mano derecha y apoyado por Bronson y su gente de allí tendré suficiente. Creo que es mejor que trabajemos discretamente sin un montón de agentes que nos creen complicaciones.

—¿Qué hay del coronel Danzler y del Departamento de Investigación Criminal de Washington? ¿Puede serle el gobierno de alguna ayuda?

—Sí, pero solo en el momento oportuno. Cromwell tiene muchísima influencia entre la élite política de San Francisco. Es uno de los más destacados filántropos de la ciudad. Si conseguimos reunir las pruebas suficientes para acusarlo, sus amigos harán piña con él y nos combatirán desde el primer momento. Será entonces cuando necesitaremos toda la ayuda que el gobierno pueda prestarnos.

—¿Qué plan tiene?

—De momento, no tengo ninguno. Cromwell estará tan feliz y tranquilo, ajeno a que estamos estrechando el círculo alrededor de él con cada día que pasa.

—Pero en estos momentos no está usted más cerca de atraparlo de lo que lo estaba hace tres semanas.

—Es cierto, pero cuento con una ventaja.

Las cejas de Van Dorn se arquearon por la curiosidad y preguntó con escepticismo:

—¿Ah, sí? ¿Cuál?

—Cromwell no sabe que sigo con vida.

—Será todo un golpe para su ego cuando vea que mi mejor agente ha resucitado.

Bell sonrió levemente.

—Sí. Cuento con ello.

28

La herida de Cromwell provocada por la bala de Bell no había sido grave y el Carnicero pudo aguantar hasta que él y Margaret regresaron a San Francisco, donde le desinfectaron, le dieron unos puntos y le vendaron el orificio de entrada y salida. El médico, un viejo amigo, no hizo preguntas; pero, para no correr riesgos, Cromwell le contó una mentira diciéndole que se había disparado accidentalmente mientras limpiaba un arma. Dado que la esposa del médico recibía una generosa donación del banco de Cromwell para financiar su proyecto favorito, la compañía de ballet de San Francisco, el hombre no denunció el caso ante la policía y juró que nunca lo mencionaría.

Cromwell regresó a su despacho del banco y se sumergió rápidamente en la rutina de dirigir su imperio financiero. Su primera ocupación del día consistió en escribir el discurso para la inauguración de una residencia de ancianos que iba a abrir sus puertas gracias a su generosidad. La humildad no figuraba entre las cualidades de Cromwell, que había decidido bautizarla con el nombre de «Hogar Jacob Cromwell para la tercera edad». Cuando acabó, llamó a Marion para que pasara a limpio sus notas.

Ella entró y se sentó ante su jefe y lo observó.

—Si me permite que se lo pregunte, señor Cromwell, ¿se encuentra usted bien? Está un poco pálido.

Él forzó una sonrisa mientras se palpaba instintivamente la herida.

—No es nada, solo un resfriado que cogí mientras pescaba. Casi se me ha pasado del todo. —Le entregó las notas, hizo girar su butaca de cuero y se quedó contemplando por la ventana el paisaje de la ciudad—. Pase a limpio estas notas para mi discurso y tómese la libertad de añadir o quitar cualquier cosa que crea pertinente.

—Sí, señor.

Marion se levantó para salir del despacho de Cromwell pero se detuvo en la puerta.

—Discúlpeme, pero me estaba preguntando si por casualidad ha tenido usted más noticias del detective de la Agencia Van Dorn.

Cromwell se dio la vuelta en su butaca y la miró con curiosidad.

—¿Se refiere a Isaac Bell?

—Sí, creo que así se llamaba.

Cromwell no pudo evitar una sonrisa al decir:

—Ha muerto. He oído decir que lo mataron durante un robo a un banco en Colorado.

Marion notó que se le helaba el corazón. Apenas daba crédito a las palabras de Cromwell. Los labios le temblaron, y le dio la espalda para que él no viera la expresión de horror que se pintaba en su hermoso rostro. No dijo una palabra más y, manteniendo a duras penas la compostura, salió del despacho cerrando la puerta.

Marion fue a sentarse a su mesa como en trance. No alcanzaba a explicarse tanto sentimiento de pena por un hombre al que apenas conocía y con quien solo había compartido una velada. Sin embargo, podía ver su rostro ante ella como si lo tuviera delante. El breve lazo que había surgido entre ambos había sido cruelmente cortado. No acertaba a explicarse su tristeza y tampoco lo intentó. Se sentía como si hubiera perdido a un amigo muy querido.

Deslizó una hoja en la máquina de escribir con manos temblorosas y empezó a mecanografiar las notas del discurso de Cromwell.

A las cinco en punto de aquella tarde, Cromwell se hallaba de pie ante la entrada del edificio de tres plantas de ladrillo rojo situado en la esquina de las calles Geary y Fillmore, escuchando la larga y florida presentación del alcalde de la ciudad, Eugene Schmitz, un buen amigo suyo que se había beneficiado de cuantiosas donaciones transferidas secretamente a su cuenta personal en el Cromwell Bank. Unas quinientas personas asistían a la inauguración junto con los miembros de los departamentos de policía y de bomberos de la ciudad, peces gordos de la política local y medio centenar de ancianos que aguardaban pacientemente sentados en sus sillas de ruedas.

Las palabras que pronunció a continuación Cromwell fueron breves y oportunas. Se refirió a sí mismo humildemente como un «simple mensajero del Señor» que había decidido ayudar a los que no podían bastarse por sí mismos. Cuando acabó, los aplausos fueron discretos y educados, como correspondía a la situación. Cortó una cinta ante la entrada y recibió calurosas felicitaciones mientras estrechaba todas las manos que le tendían. Se preocupó especialmente por saludar a todos los pacientes que iban entrando en la residencia. El alcalde Schmitz le entregó una placa de bronce en reconocimiento a su labor filantrópica y anunció que, en adelante, el 12 de abril sería conocido como el Día de Jacob Cromwell.

Abriéndose paso entre una multitud de admiradores y seguidores, Cromwell llegó a la zona de aparcamiento donde se encontraba su Mercedes Simplex. Margaret se hallaba al volante, radiante con un vestido verde y una capa.

—Bien hecho, hermano. Otra buena obra en la lista de honor de los Cromwell.

—Nunca va mal tener amigos en las altas esferas y tampoco contar con la adoración de las pestilentes masas.

—¿Verdad que somos humanitarios? —dijo sarcásticamente Margaret.

—¿Y qué me dices de tus benévolos proyectos que siempre acaban apareciendo publicados en los diarios? —replicó él.

—*Touché.*

Cromwell fue hasta la parte delantera del coche y arrancó el motor con la manivela. Margaret retardó el encendido y accionó el mando del gas. El motor se puso en marcha con un rugido. Cromwell subió al asiento del pasajero mientras su hermana adelantaba el encendido, engranaba las marchas y aceleraba. El Mercedes salió velozmente a la calle entre un tranvía y un camión de cerveza.

Cromwell ya estaba acostumbrado a la alocada forma de conducir de su hermana y se sentaba relajadamente en su asiento; no obstante, se mantenía alerta y dispuesto a saltar del coche en caso de que surgiera algún peligro.

—Ve por Pacific Heights y párate en Lafayette Park.

—¿Por alguna razón en especial?

—Así podremos pasear mientras charlamos.

Ella no le hizo más preguntas mientras el Mercedes circulaba velozmente remontando las alturas de Pacific Heights. Giró en Fillmore y Sacramento Street hasta llegar al parque, donde se detuvo ante un camino que se adentraba entre los árboles. Un paseo de cinco minutos los llevó hasta la cima del parque, desde donde se disfrutaba de una maravillosa panorámica de la ciudad.

—¿De qué querías hablar? —preguntó Margaret.

—He decidido ejecutar otro atraco.

Ella se detuvo en seco y lo miró, consternada.

—Tienes que estar bromeando.

—Lo digo totalmente en serio.

—Pero ¿por qué? ¿Qué vas a ganar? ¡Estuviste a punto de que te atraparan en Telluride! ¿Por qué te empeñas en desafiar al destino?

—Porque me gustan los retos. Además, me gusta ser una leyenda de mi tiempo.

Margaret se dio la vuelta, perpleja.

—Eso es una estupidez.

—Tú no entiendes estas cosas —le dijo él rodeándole la cintura con el brazo.

—Entiendo que se trata de una locura, que algún día la suerte te dará la espalda y te colgarán.

—De ningún modo. Eso es imposible. Y aún lo es más con su mejor agente varios metros bajo tierra.

Margaret recordó los ojos increíbles y azules de Bell y su brazo estrechándola mientras bailaban en el Brown Palace. Su tono se hizo distante.

—Bell muerto… Resulta difícil de creer.

Él la miró con curiosidad.

—Se diría que ese hombre te gustaba.

Margaret se encogió de hombros e intentó parecer indiferente.

—Bueno, era atractivo a su manera. Supongo que algunas mujeres debían encontrarlo irresistible.

—Da igual. Bell es historia. —Cromwell dio media vuelta y condujo a su hermana de regreso al coche—. Tengo intención de dejar en ridículo a los detectives de la Agencia Van Dorn y a todos los agentes de la ley que quieren colgarme. Nunca sospecharán que voy a cometer otro atraco en tan poco tiempo y menos en un banco que nunca imaginarían. Una vez más, los pillaré con los pantalones bajados.

Una lágrima corrió por la mejilla de Margaret, y ella se la secó con el pañuelo sin saber si el torbellino de emociones que la asaltaba se debía a la muerte de Bell o a la locura de su hermano.

—¿Y dónde será esta vez?

—En ninguna ciudad minera y tampoco se tratará de una nómina —dijo con una malévola sonrisa—. Los cogeré desprevenidos atracando una ciudad donde no me esperan y, nuevamente, los dejaré con un palmo de narices.

—¿Qué ciudad?

—San Diego, en California.

—Pero si está aquí mismo.

—Tanto mejor —argumentó Cromwell—. Así, será más fácil huir.

—¿Y qué tiene de especial San Diego?

—Porque la sucursal de Wells Fargo de allí está a reventar con los depósitos de los comerciantes y de los barcos que llegan con mercaderías de importación. Y también porque no me importaría hacerle un buen agujero a mi mayor competidor.

—¡Estás loco!

—¡No me llames «loco»! —le espetó agriamente.

—¿Y cómo quieres que te llame? ¡Todo aquello por lo que hemos trabajado se irá al garete si te atrapan!

—Eso no ocurrirá mientras tengan como adversario a una mente como la mía —declaró Cromwell pomposamente.

—¿Y cuándo piensas dejarlo?

—Cuando el Cromwell Bank sea tan importante como el Wells Fargo y yo sea coronado rey de San Francisco —aseguró con un destello de locura en los ojos.

Margaret sabía que era inútil discutir con su hermano. Sin que él lo supiera, a lo largo de los años había ido transfiriendo en secreto fondos al Wells Fargo Bank, donde a él no se le ocurriría nunca buscar. Las lujosas joyas que había comprado se hallaban a salvo en una caja de seguridad. Si algún día llegaba a producirse lo peor, y su hermano era detenido y ahorcado, ella se marcharía de San Francisco y partiría hacia Europa, donde llevaría una vida de lujo antes de casarse con alguien con dinero y títulos.

Llegaron al automóvil, y Jacob ayudó a su hermana a ponerse al volante. La confianza que sentía en sí mismo en esos momentos resultaba arrolladora. Igual que un barco que se adentrara en la tormenta con todo el velamen desplegado, el peligro se había vuelto un desafío que rozaba la adicción. Con solo pensar en burlar a los agentes de la ley una vez más, se le iluminó el rostro como el de un fanático religioso contemplando un milagro.

Ninguno de los dos prestó atención al hombre que se hallaba sentado en un banco, cerca del coche, vestido como un obrero y que tenía una caja de herramientas en el regazo mientras fumaba tranquilamente su pipa.

29

El tren dejó a Bell en San Francisco a las ocho de la mañana. A las nueve, se reunía con Curtis, Bronson y cinco de los agentes de este. Se hallaban todos sentados a una mesa de reuniones que era el doble de grande que la de la oficina de Denver. Bell se sentía mortalmente cansado, y sus recientes heridas todavía lo hacían sufrir; pero, igual que había hecho en anteriores ocasiones, hizo caso omiso del dolor y siguió adelante.

—Caballeros —empezó diciendo—, ahora que nuestro sospechoso número uno en el caso del Carnicero es Jacob Cromwell, vamos a someterlo a él y a su hermana Margaret a una vigilancia constante las veinticuatro horas.

—Eso significa vigilar cualquiera de los movimientos que hagan fuera de su mansión de Nob Hill —añadió Bronson.

Uno de los agentes levantó la mano.

—Señor, necesitaremos alguna foto para identificarlos, ya que la mayoría de nosotros no sabemos qué aspecto tienen.

Bronson cogió una abultada carpeta de la mesa.

—Tenemos fotos de ellos que han sido tomadas mientras paseaban por la ciudad.

—¿Quién se las hizo? —preguntó Bell.

Bronson sonrió y señaló con la cabeza a uno de los agentes sentados al otro lado de la mesa.

—Dick Crawford, aquí presente, es un consumado fotógrafo.

—¿Y los Cromwell no sospecharon al ver tras ellos a un fotógrafo que les iba tomando instantáneas? —preguntó Curtis.

Bronson hizo un gesto a Crawford.

—Por favor, Dick, explica a todos cómo conseguiste hacer esas fotos sin que ellos sospecharan.

Crawford tenía un rostro alargado, de mandíbula pequeña e hirsutas cejas en una cabeza calva. Era un hombre serio que no mostraba el menor ánimo humorístico.

—Iba vestido con un mono de trabajo y llevaba una caja de herramientas con un pequeño orificio en uno de los laterales de donde asoma el objetivo de la cámara. Lo único que tuve que hacer fue meter la mano y ajustar el foco antes de disparar. Ellos ni se fijaron en mí. —Entonces colocó una pequeña cámara encima de la mesa y explicó su funcionamiento—: Lo que tienen aquí es una Kodak Quick Focus que toma fotografías del tamaño de una postal.

Mientras Crawford se explicaba, Bronson fue pasando las fotografías de mano en mano.

—Se fijarán en que las fotos son notablemente nítidas y detalladas —continuó Crawford—. La característica exclusiva de esta cámara consiste en que, a diferencia de otras cámaras de foco fijo, aquí se puede graduar la distancia con esta ruedecilla que ven en el lado. Entonces, todo lo que tuve que hacer fue apretar el botón de delante del objetivo y la lente se situó a la distancia correcta para la exposición.

Todos estudiaron las fotos. En ellas aparecían los Cromwell, juntos o por separado, caminando por las calles, saliendo de las tiendas y restaurantes. Había varias que mostraban a Jacob llegando o marchándose del banco. En dos aparecía charlando durante la inauguración de la residencia para ancianos. Crawford incluso había seguido a los hermanos hasta Lafayette Park y los había fotografiado mientras caminaban por los senderos. Bell se mostró especialmente interesado en las fotos donde salía Margaret al volante de un sofisticado automóvil.

—¡Un Mercedes Simplex! —exclamó en tono admirativo—. Los Cromwell tienen buen gusto para los coches.

Bronson examinó las fotos del coche.

—Parece un coche muy caro. ¿Cuánto corre?

—Unos ciento veinte kilómetros por hora —contestó Bell.

—Dudo que en toda la ciudad haya otro coche capaz de poder darle alcance durante una persecución —dijo uno de los agentes que se sentaba al otro extremo de la mesa.

—Ahora sí lo hay —declaró Bell con una amplia sonrisa—. Fue descargado de un tren esta mañana. —Miró a Curtis—. ¿No es así, Arthur?

Curtis asintió.

—Tu coche se encuentra en los almacenes de Southern Pacific. Contraté a un chico que trabaja en las cocheras para que te lo tuviera limpio y a punto.

—¿Has hecho que te manden un coche? ¿Desde dónde?

—Desde Chicago.

—Tengo curiosidad —dijo Bronson—. ¿Qué coche puede ser tan especial para que uno se lo haga enviar desde Chicago?

—Un coche veloz puede sernos de utilidad. Además, es rival más que suficiente para el Mercedes de los Cromwell en caso de que tengamos que lanzarnos en su persecución.

—¿De qué marca es? —quiso saber Crawford.

—Es un Locomobile —repuso Bell—. Lo condujo Joe Tracy y consiguió el tercer puesto en la Copa Vanderbilt de 1905, la carrera que se celebró en Long Island.

—¿Cuánto corre? —preguntó Bronson.

—Puede alcanzar ciento cincuenta kilómetros en una recta llana.

Todos, entre incrédulos y asombrados, guardaron respetuoso silencio. Nunca habían oído hablar de nada que pudiera ir tan deprisa. Las carreras de automóviles profesionales en las que competían coches respaldados por sus respectivas fábricas todavía no habían llegado a la costa oriental.

—Increíble —dijo Bronson, impresionado—. No puedo imaginar a nadie viajando a ciento cincuenta kilómetros por hora.

—¿Y podrás conducirlo por la calle? —preguntó Curtis.

Bell asintió.

—He hecho que le instalaran parachoques y luces y que le modificaran la transmisión para adaptarla al tráfico.

—Tienes que darme una vuelta en él —declaró Bronson.

Bell se echó a reír.

—Creo que podremos arreglarlo.

Bronson volvió su atención a las fotos de los Cromwell.

—¿Alguna idea de cuál puede ser el próximo movimiento del Carnicero?

—Después de lo de Telluride —dijo Curtis—, apostaría a que sus días de atracador y asesino se han acabado.

—Eso sería lo lógico si sabe que vamos tras él —convino Bronson.

—No creo que podamos estar tan seguros —advirtió Bell—. Es posible que crea que todos los testigos de su tropiezo en Telluride están muertos. Incluyéndome a mí. Es un loco que siente la necesidad de robar y matar. No creo que lo deje sin más. Cromwell está convencido de que sus crímenes quedarán siempre impunes. Sencillamente, no encaja en el mismo molde que los Dalton, Jesse James o Butch Cassidy. Comparados con Cromwell, todos ellos no eran sino aficionados toscos y brutales.

Uno de los agentes contempló a Bell con creciente admiración.

—O sea, que opinas que volverá a las andadas.

—Sí, lo creo.

—Es posible que lo engañaras con tu historia del envío de dinero a Telluride —comentó Bronson—, pero si es tan inteligente como dices, no volverá a cometer el mismo error y a meterse de cabeza en una trampa.

Bell meneó la cabeza.

—Me temo que no debemos tener muchas esperanzas de que repita la misma equivocación. Por el momento, lo único que podemos hacer es adelantarnos a su manera de pensar y, si fallamos en eso, seguir recogiendo pruebas hasta que podamos llevarlo ante la justicia.

—Al menos, ahora sabemos que no es infalible.

—Sí, pero es lo menos falible que he visto —gruñó Bronson.

Bell se sirvió un café de una cafetera que había encima de la mesa.

—Nuestra ventaja es que no sabe que estamos observando todos sus movimientos. Todos vosotros tendréis que tener mucho cuidado de no alertarlo a él o a su hermana. Si podemos seguirlo la próxima vez que salga de la ciudad para cometer un atraco tendremos la oportunidad de poner fin a sus fechorías.

Bronson contempló a sus agentes.

—Bueno, parece que todos tenemos trabajo que hacer. Dejaré que seáis vosotros los que os organicéis los turnos de vigilancia. He recibido un telegrama del señor Van Dorn. En él nos dice que vayamos a por todas. Quiere al Carnicero detenido como sea y cueste lo que cueste.

—Me pregunto si me podrías hacer un favor —le dijo Bell.

—Solo tienes que pedirlo.

—Llama al despacho de Cromwell y pregunta por Marion Morgan. Dile que la llamas con el máximo secreto y que no debe decir una palabra a nadie, incluyendo a su jefe. Pídele que se reúna contigo en la esquina de Montgomery y Sutter, que está a una manzana del banco, a la hora de comer.

—¿Y si me pregunta para qué?

Bell sonrió maliciosamente.

—No seas concreto, pero dile que es algo urgente.

Bronson rió.

—Haré todo lo que pueda para parecer solemne.

Después de la reunión, Bell y Curtis fueron en coche hasta los almacenes de Southern Pacific. Se presentaron ante el encargado, revisaron el coche en busca de desperfectos y, al no encontrar ninguno, firmaron los papeles de conformidad.

—Es precioso —dijo Curtis, admirando el automóvil rojo y su reluciente radiador de latón coronado por un águila con las alas extendidas que tenía un termómetro incrustado en el pecho. Tras el radiador se prolongaba un alargado capó a dos aguas. Un gran depósito cilíndrico de gasolina iba amarrado tras los asientos. Unas llantas de radios de madera montaban los estrechos neumáticos que habían corrido a toda velocidad por las serpenteantes carreteras de Long Island durante la Copa Vanderbilt.

Bell se sentó ante el gran volante con su largo eje de dirección, conectó el encendido en el salpicadero de madera, accionó el mando del acelerador situado en el volante y retardó el encendido de la chispa. A continuación, cebó una bomba manual que presurizó el tanque de gasolina, forzando al combustible a llegar al carburador. Solo entonces fue hasta la parte delantera del bólido, agarró la palanca de arranque con ambas manos y la hizo girar vigorosamente. El motor cobró vida al segundo intento mientras el tubo de escape soltaba un rugido.

Entonces, Bell, seguido por Curtis, se instaló en el asiento de piel y avanzó el encendido mientras ponía el mando del gas en ralentí. Soltó el freno de mano, apretó el embrague y engranó la primera marcha después de haber atraído a todos los trabajadores del almacén, que aplaudieron con entusiasmo cuando el elegante vehículo se puso en marcha.

Cuando el Locomobile rodaba por la carretera que corría junto a las vías, Curtis preguntó a gritos para hacerse oír:

—¿Volvemos a la oficina?

Bell negó con la cabeza.

—No. Muéstrame el lugar donde aparcaron el vagón de O'Brian Furniture.

—Gira a la izquierda después del siguiente cruce de vías —lo dirigió Curtis.

Minutos más tarde, Bell detenía el Locomobile detrás de un almacén vacío y apagaba el enorme motor. Con Curtis dirigiendo el camino, subieron por una rampa a un muelle de carga. Un solitario vagón de carga descansaba en los raíles del apartadero.

—¿Es aquí donde encontraste el vagón falso? —preguntó Bell.

—Eso decía el plan de movimiento de mercancías de Southern Pacific —contestó Curtis—. Por mi parte, comprobé el movimiento de vagones. El número 16173 no figura en las listas de la compañía ferroviaria. Nadie sabe qué ha sido de él. Es como si se hubiera desvanecido.

Bell estudió los laterales del vagón aparcado junto al muelle de carga.

—Podrían haberlo repintado con un nuevo número de serie.

—Eso es perfectamente posible. —Curtis observó el número y asintió—. Este es el 16455. Lo comprobaré.

—Este vagón ha sido pintado hace poco —dijo Bell, lentamente—. No tiene ni una rozadura.

—Es cierto —murmuró Curtis, pensativo—. Está tan impecable como el día en que salió de fábrica.

Bell se acercó a las puertas correderas de carga y pasó los dedos por el candado de bronce que las cerraba e impedía toda entrada.

—¿Por qué cerrar un vagón dejado en un apartadero?

—Quizá esté cargado de mercancías y a la espera de que lo enganchen a algún tren.

—Me gustaría saber lo que contiene —murmuró Bell.

—¿Por qué no forzamos el candado y lo comprobamos? —preguntó Curtis con creciente expectación.

Bell negó con la cabeza.

—Será mejor que lo dejemos en paz por el momento. Hasta que comprobemos el número de serie no sabremos cuál es su historial. Además, si fuera el de Cromwell, no tardaría en darse cuenta de que hemos manipulado la cerradura.

—Si descubrimos que este es el vagón que él utilizó para escapar después de los atracos podríamos detenerlo.

—No es tan sencillo. Puede que se trate simplemente de un vagón vacío que ha sido dejado aquí temporalmente. Cromwell no es ningún idiota. No dejaría pruebas tiradas por ahí para que cualquiera pudiera descubrirlas. Lo más probable es que no haya nada en su interior que pueda servirnos para acusarlo y menos para ponerlo en manos del verdugo.

Curtis se encogió de hombros

—Lo tendremos vigilado, pero dudo que vuelva a utilizarlo teniendo en cuenta lo poco que le faltó para que lo pilláramos en Telluride.

—Y tarde o temprano —dijo Bell sonriendo ampliamente—, se enterará de que sigo vivo y que lo he identificado. Será entonces cuando las cosas se pondrán de verdad interesantes.

Marion dejó el teléfono y miró hacia la puerta que conducía al despacho de Cromwell. Como de costumbre, estaba cerrada. Cromwell trabajaba en privado y dirigía el día a día del banco a través del teléfono o del sistema intercomunicador que había hecho instalar por todo el edificio.

Contempló el gran reloj de pared Seth Thomas Regulator, con su péndulo que oscilaba de un lado a otro. Las manecillas señalaban los números árabes que indicaban las doce menos tres minutos. Cuando había colgado el teléfono después de escuchar las palabras de Bronson se había sentido dividida entre la lealtad hacia su jefe y la excitación de hacer algo secreto, por no hablar de la necesidad o no de dar cuenta de la llamada a Cromwell. Dado que en los últimos tiempos se había distanciado de su jefe, especialmente después de la desagradable velada pasada con él y su hermana en Barbary Coast, se sentía cada vez menos vinculada a él por razones de fidelidad. No era el mismo hombre en quien había confiado inicialmente, y la mayor parte del tiempo se mostraba distante, altivo y grosero con ella.

Cuando las manecillas señalaron las doce, recogió el bolso, se puso el sombrero y salió de la oficina sin quitar ojo a la puerta cerrada del despacho de su jefe. Pasó frente al ascensor y bajó por la escalera hasta el vestíbulo. Salió por la entrada principal y corrió a toda prisa por Sutter Street hasta Montgomery.

Las aceras estaban llenas de gente que salía a almorzar, y tardó casi diez minutos en llegar sorteando a los transeúntes. Cuando alcanzó la esquina, se detuvo y miró alrededor, pero no vio a nadie que la observara ni que fuera hacia ella. Nunca había visto a Bronson y no tenía idea de qué aspecto tenía.

Al cabo de un minuto, un gran coche rojo que se movía rápidamente entre el tráfico atrajo su atención y la de la mayoría de la gente que caminaba por la calle. Tenía tanta fuerza que parecía como un rayo por el pavimento, y eso que no iba a más de treinta kilómetros por hora. Su reluciente pintura roja brillaba intensamente, y todo en él denotaba una poderosa elegancia.

Con su atención puesta en el automóvil, no se fijó en el hombre sentado tras el volante hasta que llegó a su altura y le dijo:

—Sube, Marion, por favor.

Ella palideció y se llevó una mano a la garganta mientras sus ojos se cruzaban con los de Isaac Bell, increíblemente azules, que parecían leer en su interior.

—¿Isaac...? —murmuró, presa de la confusión—. ¡Pero si Jacob me dijo que habías muerto!

Bell alargó el brazo, la sujetó por la muñeca y tiró de ella para subirla al asiento del pasajero con una fuerza que la sorprendió.

—Eso es para que aprendas que no se puede dar crédito a todo lo que se oye.

Indiferente a la multitud que se agolpaba alrededor del vehículo, Bell rodeó la cintura de Marion con el brazo y la besó.

—¡Isaac! —protestó ella, más de sorpresa que de disgusto, cuando él la soltó—. No delante de todo el mundo.

Los curiosos que se habían reunido alrededor del coche vieron que el espectáculo seguía con el conductor y la pasajera y aplaudieron.

—Nunca he sabido resistirme a los encantos de una mujer guapa —le dijo Bell con su mejor sonrisa.

Marion se había dejado arrebatar por la pasión del momento, pero enseguida recobró la compostura.

—Por favor, ¿puedes sacarnos de aquí?

Bell se echó a reír, saludó a los curiosos tocándose el ala del sombrero y arrancó. El Locomobile se unió lentamente al tráfico. Bell condujo hacia el norte por Montgomery antes de virar y meterse en Chinatown. Giró en un callejón y aparcó detrás de un restaurante mandarín con un techo en forma de pagoda y pintado en rojo, negro y dorado. El portero los saludó con una reverencia.

—Yo me ocuparé de su coche, señor.

Bell le dio una propina que hizo que el hombre abriera los ojos como platos y le dijo:

—Y espero que lo haga como Dios manda.

Luego, se apeó y ayudó a Marion a bajar.

—¡La Emperatriz de Shangai! —exclamó Marion—. Siempre he deseado comer aquí.

—Me lo han recomendado mucho.

—Me preguntaba cómo sabías lo del aparcamiento en la parte de atrás.

Los recibió una joven china de negros y largos cabellos, ataviada con un vestido de seda elegante y ceñido con cortes en los lados que le llegaban a la altura de los muslos, que los acompañó a un comedor privado. Mientras estudiaban la carta, un camarero les sirvió té.

—Te he visto cojear —dijo Marion.

—Sí. Un pequeño recuerdo de Telluride, en Colorado.

Cuando Bell se quitó el sombrero, Marion se fijó por primera vez en el apósito que llevaba en la cabeza.

—¿Y esto qué es? ¿Otro recuerdo? —dijo ella frunciendo las cejas.

Bell sonrió y asintió. Marion lo miró a los ojos y notó que los de ella se le humedecían.

—No sabes lo feliz que me hace el saber que no te han matado.

—Pues no será porque tu jefe no lo intentara de verdad.

—¡El señor Cromwell! —exclamó ella pasando de la compasión al pasmo—. No te entiendo.

—Él fue quien me disparó y quien mató al agente de Van Dorn que era mi amigo.

—No puedes hablar en serio.

—Te guste o no, Jacob Cromwell es el Carnicero; el mismo que ha desvalijado más de veinte bancos en los últimos doce años y que de paso ha asesinado a cuarenta inocentes.

—¡Eso no tiene sentido! —protestó ella, mordiéndose el labio con aire de sentirse perdida y sin dónde refugiarse—. Es imposible que haya hecho lo que me estás diciendo.

—Lo que te acabo de contar es la pura verdad —contestó Bell con repentina suavidad—. Tenemos pruebas, puede que no lo bastante definitivas para llevarlo ante la justicia, pero sí inequívocas.

—Estás hablando de un hombre que no para de ayudar a los necesitados —protestó ella.

—Eso es una fachada —repuso Bell en tono glacial—. Cromwell ha construido una muralla alrededor de su imperio, una muralla vigilada por los buenos ciudadanos que creen que él y Margaret son personas generosas que ayudan a los pobres porque les sale del corazón. Es pura comedia. A Cromwell no pueden interesarle menos los necesitados de este mundo. Se limita a utilizarlos para sus fines. A los ojos de los políticos corruptos de esta ciudad será siempre un hombre intachable mientras no deje de llenarles los bolsillos con sus donaciones secretas.

Marion tomó un sorbo de té con mano temblorosa, visiblemente confundida.

—Sencillamente me niego a creerte —repuso en voz baja.

Bell le cogió ambas manos por encima de la mesa.

—Créeme, Marion. Es la verdad. Lo miré a los ojos cuando me disparó en el banco de Telluride y lo reconocí.

Ella retiró las manos y se las estrujó con fuerza.

—Isaac, todo esto es demasiado fantástico. ¿Para qué iba Cromwell a robar bancos si ya es propietario del segundo más importante de San Francisco? ¡Es demasiado absurdo para que pueda ser verdad!

—No tengo respuesta para eso, Marion. Al principio, Cromwell utilizó el dinero para levantar su propio banco; pero, cuando se hizo rico, robar y asesinar se convirtieron en una obsesión. He visto muchos casos como el de Cromwell. Para él, los atracos y los asesinatos son como un narcótico. No puede pasar sin ellos y seguirá cometiéndolos hasta que yo lo detenga.

Marion contempló los expresivos y sensibles ojos de Bell. Se habían vuelto duros e implacables.

—¿Tú, Isaac? ¿Tienes que ser tú?

—No puedo permitir que siga asesinando inocentes —afirmó Bell, en tono inexpresivo, como si estuviera haciendo una declaración ante un tribunal—. No pienso permitir que se burle de la justicia y siga campando a sus anchas, dándose la vida de un millonario. Y lo que te digo también vale para su hermana, Margaret, que está metida en esto hasta el cuello.

Marion agachó la cabeza, ocultando los ojos bajo el ala del sombrero y presa de la más completa confusión.

—Hace años que conozco a Jacob y a su hermana, pero ahora es como si no supiera quiénes son.

—Es duro —reconoció Bell—. Pero tienes que aceptarlo.

Marion alzó la vista dejando que Bell contemplara sus ojos de un verde coralino.

—¿Qué puedo hacer? —preguntó con un hilo de voz.

—Para empezar, tienes que seguir como si no supieras nada. Debes continuar con tu trabajo de secretaria leal y eficiente. Nuestros agentes tienen a los dos hermanos bajo constante vigilancia. Lo único que debes hacer es informar de cualquier actividad sospechosa relacionada con Jacob.

—¿Te refieres a que debo informarte a ti?

Bell asintió.

—Sí.

De repente, Marion tuvo la sensación de que estaba siendo utilizada, de que el interés de Bell hacia ella era solo por su condición de informadora. Le dio la espalda para que no pudiera ver las lágrimas que le inundaban los ojos.

Bell comprendió al instante lo que pasaba por la mente de la joven y se acercó lo suficiente para poder rodearle los hombros con el brazo.

—Sé lo que estás pensando, Marion, y no es cierto. Sé muy bien que te estoy pidiendo que cometas un acto poco correcto pero hay vidas en juego. De todas maneras, hay mucho más que eso. Se trata de algo que va mucho más allá de una simple petición de ayuda. —Calló un instante mientras hacía acopio de valor—. Estoy enamorado de ti, Marion. No puedo explicar por qué ha ocurrido tan de repente, pero así ha sido. Tienes que creerme.

Marion lo miró a los ojos y solo vio cariño y ternura. Sus temores se desvanecieron en el momento en que se inclinó hacia él y lo besó con fuerza en los labios. Cuando se apartó, sonrió pícaramente.

—Debes de pensar que soy una descarada.

Bell se echó a reír al ver que ella se ruborizaba.

—En absoluto. Me ha encantado.

Ella lo miró con ternura.

—Debo reconocer que sentí algo muy especial cuando te vi por primera vez en la oficina.

Esta vez fue él quien la besó.

Al cabo de un largo rato, Bell se apartó con una sonrisa.

—Creo que deberíamos pedir la comida antes de que nos echen por alteración del orden público.

30

Marion volvió de su almuerzo con Bell y, cuando se disponía a mecanografiar una carta, Cromwell la llamó a su despacho. Intentó disimular su nerviosismo sentándose y fijando la vista en su libreta de notas mientras él le hablaba.

—He pensado asistir a la Conferencia Nacional de la Banca que se celebrará del 28 al 30 de marzo en Los Ángeles. Le agradecería que hiciera las reservas oportunas para el viaje y me cogiera una habitación en el Fremont Hotel, en el centro de la ciudad.

—Para que pueda estar en Los Ángeles el 28 tendrá que marcharse mañana mismo —dijo Marion—. Eso no deja mucho margen.

—Lo sé —contestó Cromwell con gesto displicente—. No pensaba asistir, pero he cambiado de opinión.

—¿Quiere que le alquile un vagón privado?

—No. Deje eso para los presidentes del Crocker Bank y del Wells Fargo. Cuando salgo de viaje de negocios me gusta hacerlo como un pasajero más. De ese modo, mis depositantes saben que cuido de sus intereses y que no me gasto su dinero a manos llenas.

Marion se levantó con un frufrú de la falda.

—Me ocuparé de todo.

Tan pronto como volvió a su mesa, descolgó el teléfono y con el más leve de los susurros pidió a la operadora que la pusiera en contacto con la Agencia Van Dorn. Cuando Marion dio su nombre a la secretaria, la pusieron inmediatamente con Bell.

—Isaac...

—Marion, iba justo a llamarte para llevarte a cenar y al teatro.

Ella se sintió complacida al comprobar que él se alegraba de oír su voz.

—Escucha, tengo información para ti —le dijo en tono muy serio—. Jacob va a marcharse de la ciudad.

—¿Sabes adónde piensa ir?

—A Los Ángeles —contestó—. Va a asistir a la Conferencia Nacional de la Banca. Se trata de un foro de banqueros que se reúnen para intercambiar las últimas técnicas en operaciones financieras.

—¿Cuándo se celebra?

—Del 28 al 30 de este mes.

Bell meditó unos instantes.

—Si quiere estar en Los Ángeles el 28, tendrá que coger el tren mañana.

—Así es. Tan pronto como cuelgue contigo, tengo que hacer la reserva de billetes. Viajará como un pasajero más.

—Nadie como tu jefe para ahorrar unos cuantos dólares.

—Según él, eso causará buena impresión ante los depositantes del banco, que sabrán que su presidente no es un manirroto.

—¿Tú qué crees, Marion? ¿Ese viaje es de verdad o una tapadera?

Ella no vaciló en contestar.

—Me consta que existe una Conferencia Nacional de la Banca y que tendrá lugar en esas fechas en Los Ángeles.

—Me ocuparé de que uno de nuestros agentes no lo pierda de vista.

—Me siento mal traicionándolo —dijo Marion, llena de remordimiento.

—No lo lamentes, cariño —le dijo dulcemente Bell—. Cromwell es un canalla.

—¿A qué hora pasarás a buscarme? —preguntó Marion, contenta por poder cambiar de tema.

—Te recogeré a las seis, de ese modo podremos cenar algo temprano antes de la función.

—¿Iremos en tu bólido rojo?

—¿Te importa?

—En absoluto. Me encanta la emoción de la velocidad.

Bell rió.

—Ya sabía yo que había algo de ti que me gustaba.

Marion colgó el teléfono, sorprendida al notar que el corazón le latía aceleradamente.

Por instinto y sabiendo que Bell y su colega Irvine habían estado husmeando antes de que los matara, Cromwell planeó borrar sus huellas aún más concienzudamente. Estaba convencido de que, habiendo perdido a dos de sus agentes, Van Dorn daría todo el impulso posible a la investigación haciendo que siguieran hasta la pista más insignificante. No le extrañaría que aparecieran por el banco más agentes preguntando por el dinero robado que había circulado entre los comerciantes y los demás bancos de la ciudad.

Solo para precaverse, Cromwell llamó al supervisor de mercancías de Southern Pacific y le informó de que le mandaría una petición por escrito para que trasladara su vagón camuflado número 16455, que se hallaba en el apartadero de un almacén abandonado, a otro sitio de la bahía de Oakland. Al cabo de unos minutos, la orden llegó al jefe de cocheras, que envió una máquina para que enganchara el vagón y lo cargara en el primer ferry.

Cromwell también encargó un tren especial, un vagón de la clase Pullman tirado por una locomotora con su ténder. Su destino: San Diego. La orden se tramitó en nombre de la O'Brian Furniture Company, de Denver, que era un antiguo y respetado cliente de la Southern Pacific Railroad Company.

Cuando hubo terminado, se recostó en su butaca, encendió

un puro y se relajó, totalmente seguro de que iba muy por delante de cualquier iniciativa de la Agencia Van Dorn o de los demás representantes de la ley.

Y aún se habría sentido más satisfecho si hubiera sabido que antes de que Bronson pudiera enviar a un agente para que vigilara a todos los que se acercaran al vagón de carga, este había sido ya embarcado en el ferry y dejado en un apartadero de las cocheras que Southern Pacific tenía en Oakland.

31

A la mañana siguiente, temprano, Cromwell se despidió de su hermana y subió a su Rolls-Royce. Abner condujo suavemente el vehículo entre el tráfico de las calles hasta la estación de pasajeros de Southern Pacific, cuyos trenes salían directamente hacia el sur sin necesidad de cruzar la bahía. Se detuvo ante la entrada, se apeó, abrió la puerta del coche y entregó una maleta a Cromwell.

Mientras el Rolls se alejaba, Cromwell entró tranquilamente, mostró el billete al guardia de la puerta y se sumó a los demás pasajeros que deambulaban por el andén antes de subir al tercer vagón.

Un agente de Van Dorn lo observó embarcar y se entretuvo en el andén para asegurarse de que el sospechoso no se bajaba en el último momento. El convoy se puso en marcha, y solo entonces subió de un salto al último vagón y empezó a avanzar por el interior de los vagones de pasajeros hasta que llegó al que Cromwell había subido. Para su sorpresa, no lo vio por ninguna parte. Preocupado, el agente revisó rápidamente el resto de vagones hasta que llegó a la puerta cerrada del de equipajes. Ni rastro de Cromwell. Luego, volvió sobre sus pasos, por si no hubiera mirado bien para localizar al banquero; pero sin resultado.

Sin que nadie lo viera, Cromwell había bajado del vagón de pasajeros por el lado contrario y cruzado las vías hasta otro andén, donde le esperaba el tren especial que había contratado. Subió a bordo de su vagón privado y se relajó en la comodidad y el lujo de lo que era realmente un palacio sobre ruedas. Se quitó la chaqueta, se instaló en una mullida butaca y abrió el diario de la mañana. Un camarero le sirvió un desayuno que había sido preparado por el cocinero particular del vagón. Cromwell estaba leyendo tranquilamente el *San Francisco Chronicle* cuando el tren salió lentamente de la estación y se metió en la vía que conducía a Los Ángeles con una diferencia de quince minutos con el tren ordinario de pasajeros para el que Marion le había reservado billete.

—No he tenido noticias de mi agente —dijo Bronson—, de modo que supongo que Cromwell va camino de Los Ángeles.

Bell levantó la vista de un mapa donde aparecía la ciudad de San Francisco y sus alrededores hacia el sur.

—Ese tren tiene previsto llegar a Los Ángeles a las cuatro y media de la tarde. Tengo entendido que piensa alojarse en el Fremont Hotel.

—He tenido suerte. He conseguido enviar un cable a Bob Harrington, que dirige la oficina de Van Dorn del sur de California, antes de que las inundaciones que han asolado el sur cortaran las comunicaciones. Mandará a uno de sus agentes disfrazado de chófer para que recoja a Cromwell y lo lleve a su hotel. Mi agente del tren le dirá quién es. A partir de ese momento, los agentes de Harrington podrán vigilarlo de cerca.

—Este viaje parece de lo más inocente —comentó Bell lentamente—, pero no me fío de él. Está tramando algo. Lo intuyo.

—Si intenta algo no llegará muy lejos —dijo Bronson confiado—. Al menor movimiento sospechoso se le echará encima una docena de agentes.

Bell se metió en uno de los despachos vacíos y llamó por teléfono a Marion al banco.

—¿Qué tal has logrado sobrevivir a lo de anoche? —le preguntó cariñosamente.

—Lo pasé estupendamente, gracias. La comida fue exquisita; y la obra, muy divertida.

—Ahora que el gato se ha ido, ¿qué te parece si el ratón te pasa a buscar para comer?

—Estupendo.

—Te recogeré en la puerta del banco.

—No. Mejor nos encontramos donde el otro día —dijo ella con decisión—. No quiero que todo el mundo se entere de lo nuestro. Si alguno de los empleados me ve subiendo a tu flamante coche rojo, puede irse de la lengua y, tarde o temprano, Jacob se enteraría.

—De acuerdo. Mismo sitio, misma hora —repuso Bell antes de colgar.

Al cabo de un rato, un mensajero de Western Union entró a toda prisa en la oficina.

—Tengo un mensaje urgente para el señor Horace Bronson —dijo a la recepcionista mientras recobraba el aliento tras la veloz carrera.

Bronson, que en ese instante salía del lavabo que había al fondo del pasillo, le hizo un gesto.

—Yo soy Bronson, démelo. —Dio una moneda al mensajero y rasgó el sobre. Mientras leía el mensaje frunció los labios y las arrugas de preocupación le surcaron la frente. Corrió en busca de Bell.

—Tenemos problemas —anunció.

Bell lo miró con aire interrogador.

—¿Problemas? ¿Qué problemas?

—Mi agente ha perdido a Cromwell.

Bell contuvo el aliento, pillado por sorpresa.

—¿Cómo ha podido perderlo en un tren?

—Seguramente Cromwell subió por un lado del vagón y bajó por el otro sin que nadie lo viera.

—Tu agente tendría que habernos avisado antes —espetó Bell furioso.

—El tren había salido de la estación y no ha podido bajar hasta que ha parado en San José —explicó Bronson—. Nos ha enviado un telegrama desde allí.

—Podría haber ganado media hora utilizando el teléfono.

Bronson hizo un gesto de impotencia.

—Las líneas telefónicas no son fiables y están reparándolas constantemente.

Bell se dejó caer en una silla, perplejo y furioso por haberse dejado sorprender de aquel modo.

—Ese canalla se dispone a robar y a asesinar de nuevo —dijo con la impotencia pintada en el rostro—. Y encima, el muy canalla nos lo restriega por las narices.

—Ojalá supiéramos dónde planea dar el golpe —comentó Bronson con aire abatido.

Bell fue hasta la ventana, meditabundo, y contempló los tejados de la ciudad, pero sin verlos. Al cabo de un momento se volvió.

—Cromwell se está burlando de nosotros —dijo lentamente—, y espera que corramos de un lado a otro como gallinas asustadas, preguntándonos adónde ha ido.

—Está claro que se dirige en la dirección contraria a la que le dijo a su secretaria. —Bronson lo miró con dureza—. Eso suponiendo que ella no haya mentido.

Bell no le devolvió la mirada. También él había pensado en aquella posibilidad.

—No —aseguró meneando la cabeza—. Estoy seguro de que Marion me dijo la verdad.

Bronson se acercó a un mapa de Estados Unidos que colgaba de la pared y lo examinó perplejo.

—No creo que se haya dirigido a Washington o a Oregón, en el norte. Seguramente cogió el ferry, cruzó la bahía y cogió un tren hacia el este.

Una sonrisa empezó a asomar en los labios de Bell.

—Te apuesto mi Locomobile a que Cromwell sigue viajando hacia el sur.

Bronson lo miró.

—¿Y por qué iba a seguir viajando hacia el sur después de habernos despistado?

—Sé cómo piensa ese hombre —repuso Bell en un tono que no admitía réplica—. Aunque ignora que en estos momentos lo están siguiendo, no corre riesgos y piensa en todas las posibilidades.

Bronson consultó su reloj de bolsillo.

—El siguiente tren no sale hasta las doce.

—Es demasiado tarde —lo rebatió Bell—. Nos lleva demasiada ventaja.

—¿Cómo puedes saberlo, si estamos diciendo que se bajó de ese tren?

—Le contó a Marion una mentira sobre viajar en un tren normal para que sus clientes piensen que es un hombre como los demás. Te apuesto doble contra sencillo que ha fletado un tren particular.

Los temores de Bronson parecieron disiparse un tanto.

—Entonces, Harrington todavía puede hacer que sus agentes lo sigan cuando llegue a Los Ángeles.

Bell negó con la cabeza.

—Sus agentes no podrán identificarlo porque no habrá nadie que les indique quién es. Tu hombre se bajó del tren en San José para avisarnos de que Cromwell no iba en él. Lo más probable es que haya decidido volver a San Francisco.

—Sí, es un problema —convino Bronson—, pero todavía pueden echarle el guante cuando se presente en el Fremont Hotel.

—Eso suponiendo que Cromwell lo haga. Si se ha bajado del tren, dudo que el resto de la historia que le contó a la señorita Morgan sea cierta.

—Entonces, si no se dirige a Los Ángeles, ¿adónde va?

—Cromwell podría detener su tren en cualquier lugar entre San Francisco y Los Ángeles, pero me da en la nariz que pretende ir más allá de Los Ángeles.

—¿Más allá? ¿Adónde?

—Al último sitio donde nosotros esperaríamos, el menos probable que desvalijara.

—¿Y cuál es?

—San Diego.

Bronson calló durante unos instantes.

—Eso me parece que es mucho suponer —dijo al fin.

—Puede ser, pero es lo mejor que tenemos —contestó Bell—. Nos ha demostrado que no siempre roba en ciudades mineras. ¿Por qué no hacerlo en una ciudad cuyos bancos están a reventar con el dinero del comercio y de la importación, por no hablar de los grandes propietarios de los ranchos circundantes?

—Sea mucho suponer o no, no podemos pasar por alto esa posibilidad. Ojalá tuviera algún modo de alertar a Harrington para que envíe a sus agentes a la estación de trenes de San Diego y estén alerta por si llega un tren privado. Por desgracia, las líneas de teléfono y telégrafo entre San José y Los Ángeles siguen sin funcionar por culpa de las inundaciones.

Bell negó con la cabeza.

—Cromwell es demasiado listo para entrar directamente en la ciudad con su tren. Seguramente se detendrá en algún remoto apartadero y utilizará otro medio de transporte para llegar al centro. Lo más probable es que lo haga con la misma moto que usó en los anteriores atracos.

—Si Harrington tuviera su descripción…

—Aunque la tuviera, tampoco creo que lograra identificarlo. Lo más seguro es que vaya disfrazado.

El optimismo de Bronson se desvaneció por completo.

—Entonces, ¿qué alternativas nos quedan?

Bell sonrió.

Tendré que ir personalmente a San Diego y enfrentarme con él.

—Eso es imposible —repuso Bronson—. Cuando hayamos conseguido fletar un tren especial y llegar hasta allí, él ya habrá cometido su fechoría y estará de vuelta en San Francisco.

—Cierto —admitió Bell—. Pero, con un poco de suerte,

todavía puedo llegar a Los Ángeles antes que el tren y esperarlo allí.

—¿Y cómo piensas conseguirlo? ¿Volando? —preguntó Bronson con sarcasmo.

—No necesito volar. —Bell le lanzó una mirada cargada de segundas intenciones y añadió—: Tengo algo igual de rápido. —Entonces sonrió tristemente—. Pero primero debo cancelar una cita.

32

El Locomobile grande y rojo cruzó San Francisco igual que un toro corriendo por las calles de Pamplona durante las fiestas de San Fermín. Bell iba sentado en el asiento rojo de piel del conductor, sujetando el gran volante con ambas manos y haciendo girar el duro mecanismo con la fuerza de sus bíceps mientras tomaba las curvas y doblaba las esquinas de las calles.

Faltaban quince minutos para las diez de la mañana.

Sentado junto a él, en el asiento del pasajero, iba Bronson, cuya tarea consistía en bombear constantemente para mantener la presión en el tanque de gasolina. Cada pocos minutos accionaba la palanca del mecanismo que asomaba en el salpicadero, enviando gasolina al carburador. Además, también desempeñaba tareas de navegante, ya que Bell no conocía las carreteras de esa zona de California. Mientras Bell conducía, Bronson se sujetaba haciendo fuerza con los pies en el suelo y clavando la espalda contra el respaldo del asiento para no salir despedido. Se sentía como el hombre-bala al salir disparado por la boca de un cañón.

Bell, que no quería apartar las manos del volante, también le había encargado a Bronson que se ocupara de hacer sonar la bocina. Bronson parecía disfrutar apretando la pera de goma y lanzando bocinazos a diestro y siniestro para avisar a los peatones en los cruces. La mano no tardó en dolerle.

Bronson llevaba botas altas y un abrigo largo de cuero. Se

había puesto un casco de piel y unas enormes gafas que le daban el aspecto de un búho esperando cazar algún roedor. Sin embargo, las gafas constituían una necesidad puesto que el Locomobile carecía de parabrisas.

Apenas habían recorrido un kilómetro y Bronson ya empezaba a arrepentirse de haberse metido en aquella situación por haber insistido en acompañar a Bell en su loca carrera hacia San Diego en un coche totalmente abierto y por carreteras que, en su mayor parte, no eran más que caminos de carros.

—¿Qué tal son los frenos de esta maravilla mecánica? —preguntó haciéndose oír por encima del estruendo del tubo de escape.

—No son gran cosa —contestó Bell—. Los únicos frenos van montados en el eje de transmisión de las cadenas que llevan la potencia a las ruedas traseras.

—¿Tienes que ir tan deprisa por la ciudad? —protestó Bronson.

—El tren privado de Cromwell nos lleva una ventaja de casi una hora. Necesitamos recuperar tanto tiempo como podamos.

Los peatones que escuchaban el rugido del motor subiendo por la calle acompañado de los extraños aullidos de la bocina contemplaban, incrédulos, el vehículo que se abalanzaba hacia ellos y se hacían rápidamente a un lado hasta que pasaba. El escape doble que sobresalía del lateral del capó atronaba como un cañón.

Dos operarios que llevaban a cuestas una gran luna de vidrio se quedaron atónitos al ver que las explosivas ondas sonoras del escape hacían añicos el cristal. Ni Bell ni Bronson se dieron la vuelta para mirar porque estaban totalmente concentrados en el intenso tráfico que los precedía y que obligaba a Bell a serpentear con el coche como si estuviera en una pista de obstáculos. La satisfacción que lo embargaba se debía al hecho de que, cada vez que hacía girar el coche en la dirección deseada, el automóvil reaccionaba como si le hubiera leído el pensamiento.

Bell manejaba el acelerador y los frenos mientras corría por las calles y giraba en los cruces de las principales avenidas que salían de la ciudad, deseando ser un mago con poderes para hacer desaparecer todo aquel tráfico. Evitó por los pelos chocar contra el camión de una lavandería y giró frenéticamente el volante cuando las cuatro ruedas derraparon. Zigzagueó a toda velocidad entre los vehículos que abarrotaban las calles. Los otros conductores contemplaban, pasmados de asombro, la velocidad de aquel bólido rojo que los adelantaba como una flecha y se perdía en la distancia haciendo que los caballos de los carros se encabritaran, espantados por lo que a sus propietarios les parecía una algarabía infernal.

Cuando llegaron a las afueras de la ciudad, el tráfico empezó a disminuir. Bell redujo un poco la marcha y metió el Locomobile por la carretera principal que se dirigía hacia el sur bordeando las vías del tren. Respiró con alivio al ver que el número de vehículos motorizados escaseaba y que disponía de espacio suficiente para adelantar a los que le cerraban el paso. El enorme automóvil respondía con gran agilidad. Apretó el acelerador casi hasta el fondo, y el coche se lanzó como un cohete por una larga carretera prácticamente sin curvas. Cuanto más rápido iba el Locomobile, más estable lo notaba y más agudo y metálico se hacía el silbido de las cadenas de transmisión.

El paisaje de la carretera no tardó en hacerse rural. Pequeñas comunidades agrícolas aparecían en el horizonte y quedaban rápidamente atrás, envueltas en una nube de polvo: San Carlos, Menlo Park y San José, unidos por el Camino Real, la vieja ruta utilizada a finales del siglo XVIII por los monjes franciscanos que construyeron las misiones a una distancia de un día de viaje la una de la otra.

Al ver la carretera despejada y recta que se abría ante él, Bell apretó el acelerador a fondo para que el Locomobile diera de sí todo lo que llevaba dentro. El coche se halló entonces en su elemento, corriendo como lo había hecho en la Copa Vanderbilt, cuando había sido el primer automóvil norteamericano que había participado en un acontecimiento internacional. Al igual que un caballo de carreras que hubiera sido retirado de la competición y hubiera vuelto a las pistas, el Locomobile rugía por la carretera como un elefante enloquecido mientras los enormes pistones de su motor hacían girar sin esfuerzo el cigüeñal.

A Bell le entusiasmaba aquella gran máquina y comprendía sus peculiaridades y su idiosincrasia. Disfrutaba con su fuerza y su simplicidad, le embriagaba la velocidad que el gran motor podía alcanzar y lo conducía como poseído por el demonio, entusiasmado por la nube de polvo que el Locomobile dejaba a su paso.

Bronson miró a Bell, que vestía una cazadora de piel, pantalones de montar y botas de caña alta. También llevaba gafas, pero había preferido no ponerse el casco de cuero para escuchar mejor el ruido del motor. Todo él desprendía un aire de intensa concentración, como si estuviera absolutamente decidido a batir a Cromwell en su propio terreno. Bronson nunca había visto a nadie con tan firme e inquebrantable determinación. Volvió la cabeza y estudió el mapa. Luego, dio un golpecito en el hombro de Bell.

—Se acerca un desvío. Toma el de la izquierda. La carretera es mejor tierra adentro que a lo largo de la costa. A este ritmo llegaremos a Salinas dentro de una hora. Después de eso viene Soledad.

—¿Cómo vamos de tiempo? —preguntó Bell sin apartar las manos del volante.

—Son las once y diez —contestó Bronson haciéndose oír por encima del rugido del tubo de escape—. Sin saber a qué velocidad vamos, no tengo forma de calcular cuánto tiempo hemos recuperado con respecto al tren de Cromwell.

Bell asintió en señal de haber comprendido.

—Este coche no tiene velocímetro ni tacómetro, pero yo calculo que vamos a más de ciento treinta kilómetros por hora.

Bronson había ido acostumbrándose al golpe del viento en la cara y a los postes del telégrafo que pasaban como relámpagos. Pero, entonces, aquel tramo de la carretera se volvió duro y bacheado y Bronson comprendió lo que significaría estar dentro del cascabel de una víbora enloquecida. Se aferró a su asiento con una mano mientras con la otra seguía bombeando gasolina.

Corrieron a toda velocidad por la estrecha y ondulada carretera rural y atravesaron el condado de Monterrey antes de llegar a la comunidad agrícola de Salinas. El paisaje rural que discurría a ambos lados de la carretera era de gran belleza y el sol acentuaba el verdor primaveral. Por suerte, la carretera principal que cruzaba Salinas estaba tranquila, y los pocos coches y carros de caballos que había estaban aparcados junto a las aceras. Los lugareños escucharon el tronido del Locomobile al pasar y se volvieron, asombrados, para ver el bólido rojo atravesar el pueblo. Todavía no se habían recuperado de la sorpresa, cuando el coche de carreras ya había desaparecido hacia el sur.

—¿Cuál es el siguiente pueblo? —preguntó Bell.

—Soledad —contestó Bronson tras consultar el mapa.

—¿A qué distancia?

—A unos cuarenta kilómetros. Será mejor que llenemos el depósito allí porque, después, nos espera un trecho de casi trescientos kilómetros sin gasolineras hasta el siguiente pueblo importante. —Se volvió y miró el gran depósito cilíndrico de latón montado tras los asientos—. ¿Qué capacidad tiene?

—Ciento setenta litros.

—En Soledad tiene que haber un garaje donde reparen automóviles y maquinaria agrícola.

Apenas había pronunciado Bronson aquellas palabras cuando el neumático trasero izquierdo pinchó al pasar sobre una piedra afilada. El Locomobile dio unos cuantos bandazos antes de que Bell pudiera controlarlo y detenerlo.

—Era solo cuestión de tiempo —dijo en tono resignado—. Es uno de los problemas de correr con el coche.

No habían pasado ni tres minutos cuando Bell estaba ya levantando el coche con el gato mientras Bronson sacaba una de las dos ruedas de recambio que iban en la parte trasera. Bell desmontó la rueda pinchada y la cambió en menos de diez minutos. Desde que tenía el Locomobile lo había hecho en incontables ocasiones. Luego, desmontó el neumático de la llanta, sacó la cámara y se la pasó a Bronson.

—Tienes un equipo de reparación de pinchazos bajo el asiento. Pon un parche en el agujero mientras seguimos adelante. Volveré a montarlo cuando lleguemos a Soledad.

Volvían a estar en marcha y circulando por un tramo relativamente sin baches cuando se toparon con un carro de heno tirado por caballos. El conductor, creyendo que era el único en la carretera, conducía justo por el centro, dejando muy poco espacio entre él y las vallas de madera que separaban la cuneta de los campos de lechugas, alcachofas y champiñones.

Bell aminoró la marcha, pero no le quedó otro remedio que sacar el coche de la carretera para adelantar al carro. Sin embargo, el espacio era muy justo, y acabó llevándose por delante unos cuantos metros de la frágil valla de madera, por suerte sin dañar el automóvil. Solo el guardabarros delantero acabó doblándose y rozando el neumático al pasar por un bache. Bell no se dio la vuelta para ver al granjero alzando el puño en gesto amenazador y maldiciéndolos mientras los caballos se encabritaban y estaban a punto de volcar el carro.

—Me parece que no hemos hecho un nuevo amigo —comentó Bronson, volviéndose para mirar detrás de él.

—Seguramente la valla que acabamos de destrozar era suya —respondió Bell sonriendo maliciosamente.

Al cabo de quince kilómetros divisaron Soledad. Bautizado con el nombre de la misión de Nuestra Señora de la Soledad que había sido fundada en aquel lugar un siglo antes, el pueblo era una parada importante de trenes que transportaban los productos de la zona.

Bell aminoró rápidamente al entrar y no tardó en localizar un garaje donde podía repostar gasolina. Mientras Bronson y el propietario del taller vertían bidones de combustible en el tanque del Locomobile, Bell arregló lo mejor que pudo el doblado parachoques para que dejara de rozar contra la rueda. Luego, cogió la cámara que Bronson había parcheado, la metió dentro del neumático y volvió a montarlo todo en la llanta antes de ponerla en su sitio, en la parte de atrás.

—¿Qué, amigos, sois los primeros de una carrera? —preguntó el propietario del garaje, que iba vestido con un grasiento mono de trabajo.

Bell se echó a reír.

—No. Vamos solos.

El hombre contempló el polvoriento y baqueteado vehículo y soltó un silbido.

—Vaya, pues seguro que tienen prisa.

—Digamos que un poco. Aquí tiene —dijo Bell poniéndole en la mano un montón de billetes que cubrían sobradamente el precio de la gasolina.

El hombre se quedó de pie, perplejo, mientras el Locomobile se alejaba a toda velocidad y se convertía en un diminuto punto rojo antes de perderse en el paisaje.

—Estos tipos tienen que estar locos —masculló—. Espero que sepan que el puente de Solvang Creek se ha derrumbado.

Quince minutos después y a treinta kilómetros de Soledad, cogieron una curva muy cerrada y con pendiente. Al borde del camino había un cartel de aviso.

—¿Qué ponía? —preguntó Bell.

—Algo de un puente. No he podido leer más.

Una barricada de traviesas de ferrocarril bloqueaba el centro de la carretera. Detrás, Bell pudo ver la parte superior de un puente que parecía haberse derrumbado en su tramo central. Un grupo de hombres trabajaba en la reparación de la parte derruida, mientras que otro se ocupaba de volver a levantar los postes de teléfono que habían sido barridos por la inundación y de tender nuevamente las líneas de telégrafo.

Bell levantó de inmediato el pie del acelerador y giró bruscamente el volante mientras clavaba los frenos. El vehículo derrapó de atrás y acabó patinando con las cuatro ruedas al tiempo que aminoraba la marcha. Luego, sin un segundo que perder, Bell lo enderezó, salió de la carretera y saltó por el borde de la pendiente que terminaba en lo que había sido el lecho seco de un torrente. Aterrizaron entre una nube de polvo a menos de cinco metros de una ancha corriente de agua de sesenta centímetros de profundidad que fluía rápidamente hacia el mar.

Llevados por el impulso, el pesado chasis de hierro y el enorme motor impactaron con el torrente levantando una gran erupción de agua y lodo que se abatió sobre el Locomobile igual que una ola gigante. La violencia del choque sacudió a Bell y a Bronson hasta la médula de los huesos. El sucio líquido se derramó por el radiador y el capó del coche antes de empapar a los dos hombres con un diluvio de barro. La impresión que tuvieron fue la de estar conduciendo a través de una ola de marea.

Entonces, el recio automóvil alcanzó la otra orilla como un gigantesco animal que se sacudiera el agua de encima. Bell apretó rápidamente el acelerador, confiando contra toda probabilidad que el poderoso motor no se hubiera ahogado. Por algún milagro, las bujías, el magneto y el carburador habían sobrevivido para poder seguir haciendo su trabajo y manteniendo en funcionamiento las cámaras de combustión de los cuatro cilindros. Igual que un fiel percherón, el Locomobile subió por la otra pendiente hasta que llegó a terreno llano y Bell lo devolvió a la carretera.

Con gran alivio tras haber rozado el desastre, Bell y Bronson se quitaron las gafas y las limpiaron del barro que les manchaba los cristales.

—Habría estado bien que el tipo del garaje nos hubiera advertido —dijo Bronson, empapado de pies a cabeza.

—Puede que los de esta zona sean poco habladores —bromeó Bell.

—Aquí es donde la inundación se llevó por delante las líneas de teléfono.

—Nos pondremos en contacto con tu colega de Los Ángeles cuando volvamos a parar para repostar.

Durante los ciento cincuenta kilómetros que siguieron, la carretera se hizo más llana y presentó mejores condiciones.

Bell, con el oído puesto en la marcha de los recios pistones del motor, dejó que el Locomobile corriera tanto como pudiera sobre la superficie de tierra y gravilla. Se sintió aliviado al ver que no había grandes curvas y que los neumáticos parecían aguantar.

Al final, su suerte se acabó cuando se metieron en un tramo lleno de piedras. Bell no tuvo más remedio que aminorar para conservar los neumáticos todo lo posible, pero una de las ruedas saltó sobre una piedra especialmente afilada, y el neumático pinchó sin remedio. Bell montó rápidamente uno de los de repuesto y siguió adelante mientras Bronson parcheaba de nuevo la cámara perforada.

Dejaron atrás San Luis Obispo y Santa María. A partir de ahí, la carretera empezó a descender a medida que corría nuevamente junto al mar. El Pacífico resplandecía de un intenso azul moteado de blanco allí donde las olas rompían en las arenosas playas salpicadas de rocas.

En las afueras de Santa Bárbara saltaron por los aires al pasar sobre un gran bache y aterrizaron con una tremenda sacudida que dejó sin respiración a Bronson, que todavía no podía creer que el coche aguantara sin hacerse añicos.

Entraron en Santa Bárbara, donde repostaron, llenaron de agua el radiador y montaron el neumático de repuesto. Luego, se detuvieron un momento en la estación de tren, donde Bronson envió un cable a su colega Bob Harrington pidiéndole que se reuniera con ellos en la terminal de ferrocarril de Los Ángeles.

A continuación, en lugar de coger la traicionera y serpenteante carretera del paso Tejón que descendía hacia Los Ángeles, Bronson le dijo a Bell que siguiera por el camino que bordeaba las vías del tren y que era mucho más recto. Los baches pusieron a prueba el chasis del automóvil mientras remontaba los 1.380 metros del paso; sin embargo, el auto aguantó, y empezaron a bajar la pendiente que llevaba al valle de San Fernando.

Por fin, lo peor había quedado atrás, y, kilómetro a kilómetro, el Locomobile volvía a ganar terreno al tren de Cromwell.

Según los cálculos de Bronson, solo les llevaba un cuarto de hora de ventaja. Con un poco de suerte, podrían llegar a la terminal ferroviaria de Los Ángeles un poco antes que el Carnicero.

Se les alegró el ánimo cuando divisaron en el horizonte el perfil de la ciudad. El tráfico se fue haciendo más intenso a medida que se aproximaban. Bronson estaba maravillado por la resistencia física de Bell. Sus ojos azules, firmes y decididos, no se habían apartado de la carretera. A Bronson le parecía que aquel hombre había nacido para estar tras un volante veloz. Miró el reloj. Las manecillas marcaban las cuatro y doce minutos. Habían hecho un promedio de noventa kilómetros por hora a lo largo de los seiscientos que tenía el recorrido.

El tráfico empeoró cerca del centro, y Bell reanudó su costumbre de adelantar y zigzaguear entre los vehículos más lentos. Se alegró al ver que las calles de adoquines sustituían a la carretera sin asfaltar. Pasó a los grandes tranvías rojos que circulaban por el centro de la calle. Se sorprendió del número de automóviles que circulaban veloces, obviando el hecho de que había más de dos mil que se desplazaban por las calles de una ciudad de ciento veinticinco mil almas que no dejaba de crecer.

Las calles y avenidas de Los Ángeles eran mucho más amplias que las de San Francisco, y Bell lo aprovechó para moverse velozmente entre el tráfico. Cuando llegaron al centro, las cabezas se volvieron con espanto al ver la velocidad del bólido rojo. Un policía intentó detenerlos a golpe de silbato y se enfureció cuando Bell hizo caso omiso de sus indicaciones de que se detuvieran. El policía saltó sobre su bicicleta para perseguirlos, pero claudicó tan pronto como perdió el coche de vista.

La gran estación de ferrocarril apareció ante los ojos de los dos hombres cuando Bell dobló una esquina haciendo chirriar los neumáticos. En la acera, ante la entrada, un hombre con un traje marrón y un sombrero de ala ancha les hizo frenéticos gestos con los brazos. Bell lo vio y se detuvo ante Bob Harrington, el agente de Van Dorn responsable de las operaciones en el sur de California. Al principio, Harrington no reconoció a Bronson. El hombre que llevaba el sucio abrigo de piel y el casco le pareció un desconocido hasta que se quitó las gafas manchadas de barro seco.

—¡Por Dios, Horace, no te había reconocido! —dijo el hombre de rectas y bronceadas facciones. Con su metro noventa de estatura, Harrington sobrepasaba ampliamente a Bronson y a Bell.

Bronson se apeó trabajosamente del coche y estiró sus doloridos miembros.

—No creo ni que mi madre me reconociera —dijo antes de volverse y señalar a Bell, que permanecía sentado y exhausto al volante—. Bob, te presento a Isaac Bell. Isaac, Bob Harrington.

Bell se quitó uno de los guantes y estrechó la mano del hombre.

—Encantado de conocerte, Bob.

—He oído hablar de tus hazañas, Isaac. Es un placer tenerte aquí.

Bell no perdió más tiempo con cortesías.

—¿Qué sabemos del tren de Cromwell? ¿A qué hora se supone que ha de llegar?

Harrington meneó la cabeza.

—Lamento tener que decírtelo, pero el tren de pasajeros que hace el trayecto normal se apartó en Ventura y lo dejó pasar. Cuando llegó a Los Ángeles, pasó de largo la estación y cogió la vía exprés hacia San Diego. Con eso, ha ganado casi media hora.

—¿Y cuánto hace de esto? —preguntó Bell, que veía esfumarse sus esperanzas.

—Hará unos veinte minutos.

—Si no llega a hacer eso, le habríamos ganado por diez minutos —dijo Bronson con aire abatido.

Bell contempló el baqueteado Locomobile y se preguntó si resistiría una última carrera. Por su parte, no le hacía falta mirarse en un espejo para saber que estaba mucho más agotado que el automóvil.

Harrington estudió a los exhaustos hombres.

—Puedo hacer que mis hombres en San Diego detengan a Cromwell cuando su tren especial llegue la estación.

—Es demasiado listo para bajarse del tren en la estación —dijo Bell—. Hará parar el tren en las afueras y entrará en la ciudad con uno de sus muchos disfraces.

—¿Y adónde crees que se dirigirá?

—A uno de los bancos locales.

—¿A cuál? —quiso saber Harrington—. Al menos hay diez.

—Al que cuente con mayor número de depósitos.

—¿De verdad crees que el Carnicero va a intentar robar el Wells Fargo de San Diego? —preguntó Harrington incrédulo—. Es el banco más seguro del sur de California.

—Razón de más para que lo intente —repuso Bell—. A Cromwell le encantan los desafíos.

—Telefonearé y haré que mis agentes se sitúen en la entrada.

Bell negó con la cabeza.

—Los descubrirá y se retirará. A menos que podamos pillarle con las manos en la masa, seguiremos sin tener pruebas suficientes para llevarlo ante la justicia. Además, tus hombres no saben qué aspecto tiene; y, aunque lo supieran, no lo localizarían porque irá disfrazado. Como ves, es todo un profesional.

—¡Pero no podemos quedarnos de brazos cruzados y permitir que desvalije el banco sin más! —protestó Bronson—. ¡Asesinará a todos los clientes que encuentre!

Bell se volvió hacia Harrington.

—Ordena a tus hombres que cierren el banco hasta que Horace y yo lleguemos.

—¡No pensaréis continuar hasta San Diego! —exclamó Harrington, que no daba crédito a lo que oía.

—Pues sí —declaró Bell con firmeza saltando de nuevo al coche—. ¿Cuál es el camino más rápido para salir de la ciudad hacia el sur?

—No tienes más que seguir la carretera que va paralela a las vías del tren. Os llevará directamente a San Diego.

—¿Cómo está?

—Muy bien toda ella —contestó Harrington, que contempló el automóvil con aire escéptico—. Si el coche aguanta, podréis hacer el trayecto rápidamente.

—Nos ha traído hasta aquí —dijo Bell con una sonrisa de orgullo—. Aguantará.

—Avisa a tus hombres de que vamos para allá —pidió Bronson con aire fatigado. Tenía todo el aspecto de alguien que se dispone a regresar a su mazmorra.

Harrington se quedó un momento donde estaba, mientras veía desaparecer el Locomobile por la calle. Luego, meneó la cabeza lentamente y se encaminó en busca del teléfono más próximo.

Diez minutos más tarde, Bell llegó a los límites de la ciudad y apuntó el águila que adornaba el radiador hacia la carretera que llevaba a San Diego. A pesar de la fatiga, Bronson seguía maravillándose ante la destreza de Bell a la hora de escoger el momento oportuno para embragar y manejar la palanca de latón que engranaba el cambio de marchas sin sincronizar.

La mente fatigada de Bell estaba fija en la conducción que le aguardaba y en la imagen de Cromwell desvalijando el banco y asesinando a todos sus clientes. A medida que se acercaban a su destino, sus nervios se tensaron aún más y la adrenalina le corrió por las venas mientras el fiel motor seguía latiendo incansablemente bajo el capó.

33

El tiempo pasó volando mientras el Locomobile devoraba rápidamente los ciento ochenta kilómetros en menos de dos horas. Las últimas luces del día brillaban en el mar, hacia el oeste, cuando bajaron por el monte Soledad hacia el corazón de la ciudad que se extendía ante ellos como un mosaico de edificios bañado por los rayos del sol poniente. A pesar de que el Locomobile tenía dos grandes faros de acetileno, Bell no quería perder tiempo deteniéndose para encenderlos.

—¿Cómo vamos de gasolina? —preguntó con voz ronca y con la boca cubierta de polvo.

Bronson se dio la vuelta en su asiento, destapó el tanque de gasolina y metió una varilla hasta el fondo. Luego, la retiró y contempló la marca de carburante que apenas manchaba la punta.

—Digamos que llegaremos de milagro.

Bell asintió por toda respuesta.

El cansancio empezaba a hacer mella en él. Los brazos se le empezaban a entumecer después de haber pasado horas girando el pesado volante en mil direcciones. Los tobillos y las rodillas también le dolían por accionar constantemente los pedales del embrague y del freno, y en las manos le habían salido ampollas a pesar de los guantes. Pero Bell seguía conduciendo a toda velocidad, obligando al Locomobile a lanzarse en pos de su destino final igual que un león persiguiendo una gacela.

También el Locomobile había sufrido lo suyo. La huella de los neumáticos Michelin había desaparecido casi por completo, las llantas oscilaban en los ejes por culpa de tanto maltrato, el fiel motor empezaba a dejar oír extraños ruidos y por la tapa del radiador escapaba una constante nube de vapor. A pesar de todo, la formidable máquina seguía funcionando.

—Me pregunto qué tendrá planeado Cromwell —comentó Bell—. Hoy ya es demasiado tarde para robar nada. El banco estará cerrado hasta mañana por la mañana.

—Hoy es viernes —contestó Bronson—. En San Diego, los viernes, los bancos no cierran hasta las nueve de la noche.

Corrían por India Street, que discurría paralelamente a las vías del tren, con la estación a solo dos kilómetros de distancia, cuando Bell apartó un instante los ojos de la carretera y se fijó en un tren de un solo vagón que se detenía.

La locomotora que tiraba del ténder y del solitario Pullman se detuvo en un apartadero a cuatro vías de distancia de la calle. El humo se alzó perezosamente de la chimenea mientras el maquinista soltaba vapor por los escapes. El fogonero se había encaramado a lo alto del ténder para coger la manga de agua del depósito. Con la creciente oscuridad, se encendieron las luces del interior del Pullman, que en esos momentos se encontraba aparcado a poco más de un kilómetro de la estación de ferrocarril.

Bell supo sin asomo de duda que aquel tenía que ser el tren privado de Cromwell. No lo pensó dos veces: giró el volante bruscamente a la izquierda, haciendo que el Locomobile saltara alocadamente por encima de las vías. Pasó por encima de tres raíles, pinchando los cuatro castigados neumáticos y siguió avanzando sobre las llantas, arrancando chispas que caían sobre los raíles como meteoritos.

Bronson no decía nada. Se había quedado medio paralizado por la sorpresa hasta que vio el tren y comprendió las intenciones de Bell. La excitación dio paso al entusiasmo cuando comprobó que, tras su loca carrera a lo largo de setecientos kilómetros, habían dado alcance a su objetivo.

Bell clavó los frenos y detuvo el Locomobile ante la locomotora. Vencido su impulso, el baqueteado vehículo quedó por fin inmóvil, con su recalentado motor emitiendo siniestros crujidos, escupiendo vapor por el radiador y entre el hedor de goma quemada de sus deshechos neumáticos. Su loca y peligrosa persecución había llegado a un oportuno clímax final ante la presa a la que había perseguido a través de carreteras infernales.

—Oye, puede que nos estemos precipitando —dijo Bronson—. Cromwell todavía no ha robado ningún banco. No podemos detenerlo sin que haya un delito previo.

—Puede, pero durante el camino he tenido tiempo de pensar. Será mejor que atrapemos a Cromwell ahora, antes de que haya tenido tiempo de actuar. Si vuelve a descubrir nuestra trampa, estamos listos. Ya me preocuparé después de si tenemos suficientes pruebas para llevarlo ante la justicia. Además, no está en su terreno y no puede llamar a sus caros abogados para que hagan que lo suelten bajo fianza.

Bell sabía que nadie había tenido tiempo de bajar del tren en los breves instantes que habían transcurrido desde que se había detenido. Se apeó del coche y caminó con cuidado hacia el Pullman mientras los dolores y el cansancio remitían poco a poco. Se detuvo bruscamente y se deslizó entre el vagón y el ténder cuando dos ayudantes bajaron del vagón una motocicleta que dejaron junto a la vía.

Bell aguardó pacientemente varios minutos hasta que un hombre vestido con el uniforme de los maquinistas salió del Pullman y pasó una pierna por encima de la moto, que Bell reconoció como una Harley-Davidson. Bell caminó con sigilo hasta que estuvo a menos de dos metros del hombre que le daba la espalda y se agachaba para abrir el grifo de la gasolina para poner en marcha el motor.

—La Harley es una buena máquina —dijo con calma—, pero yo prefiero una Indian.

El hombre de la moto quedó petrificado al oír aquella voz familiar. Se dio la vuelta lentamente y contempló lo que se le antojó una aparición. La iluminación del vagón arrojaba una extraña claridad sobre las vías. La figura llevaba una cazadora de piel, pantalón de montar, botas de caña alta y parecía recién salida de un pantano. Se había subido sobre la frente un par de gafas, sucias de barro, bajo las cuales asomaban unos mechones rubios salpicados de barro seco. Aun así, no había confusión posible sobre aquellos ojos azules y el rubio mostacho.

—¡Usted!

—Vaya, no es muy original —dijo Bell cáusticamente—, pero teniendo en cuenta que yo utilicé la misma expresión en el banco de Telluride, no se lo tendré en cuenta.

Entre los dos hombres se hizo un silencio que pareció eternizarse pero solo duró los pocos segundos que Cromwell tardó en comprender que tenía delante realmente a Isaac Bell. Lo miró con incredulidad mientras palidecía.

—¡Pero usted está muerto! —exclamó—. ¡Yo le disparé!

—Sí, dos veces, a decir verdad —añadió Bell, en tono cortante, al tiempo que en su mano derecha aparecía un Colt del 45 automático con el que apuntó a Cromwell entre las cejas. Su mano era firme como una barra de hierro hundida en cemento.

Por primera vez en su vida, Jacob Cromwell sentía que lo habían pillado desprevenido. Su ágil cerebro, rebosante de confianza en sí mismo, nunca había pensado en cómo reaccionaría el día que lo capturaran. Nunca perdía el tiempo pensando en cosas absurdas porque siempre se había considerado invencible. Pero, en esos instantes, se hallaba cara a cara ante su archienemigo, que tendría que haber estado muerto. Se sentía igual que el capitán de un navío insumergible que de repente se hubiera estrellado contra los arrecifes.

Tenía su Colt del 38 en el bolsillo, pero sabía que Bell le volaría la cabeza antes de que pudiera cogerlo. Lentamente, levantó las manos en señal de abyecta derrota.

—¿Y ahora, qué? —preguntó.

—Voy a tomar prestado su tren especial para llevarlo de regreso a San Francisco. Allí lo entregaré a la policía, con quien se quedará hasta que sea juzgado y colgado de la horca.

—Lo tiene todo planeado.

—Este día tenía que llegar, Cromwell. Debería haberlo dejado cuando todavía no lo habían descubierto.

—No puede detenerme. No he cometido ningún delito.

—Entonces, ¿por qué va vestido de ferroviario?

—¿Por qué no me pega un tiro y acabamos con todo esto? —preguntó Cromwell, recuperando su habitual arrogancia.

—Porque sería muy poco castigo para todos sus crímenes —respondió Bell tajante—. Prefiero que tenga tiempo para pensar en todo lo que ha hecho cuando el verdugo le ponga la soga al cuello.

Bronson apareció desde detrás del vagón, apuntando con su Smith & Wesson del 44 al pecho del banquero.

—Bien hecho, Isaac. Has conseguido detener a nuestro amigo antes de que pudiera cometer otro crimen.

Bell le entregó un par de esposas de acero, y Bronson no perdió tiempo y le maniató las muñecas. A continuación, lo registró a conciencia y le encontró un Colt automático del 38.

—Es el arma con la que ha asesinado a docenas de inocentes —dijo Bronson fríamente.

—¿De dónde han salido ustedes dos? —preguntó Cromwell al ver al agente de Van Dorn y sabiendo con toda certeza que ninguno de ellos vacilaría en dispararle si creían que se disponía a escapar.

—Hemos venido en coche desde San Francisco, con Isaac al volante —contestó Bronson como si aquello fuera lo más normal del mundo.

—¡Eso es imposible! —bufó Cromwell.

—Eso pensaba yo también —convino Bronson obligando al banquero a subir al vagón. Allí sacó otro par de esposas, se las colocó en los tobillos y lo empujó al sofá.

Cromwell caminó hasta la parte delantera del tren y contempló tristemente el abollado Locomobile.

En ese momento, un tipo corpulento, vestido con un mono de ferroviario, que llevaba un engrasador de aceite en la mano, apareció a su espalda y contempló el automóvil con expresión de asombro.

—¿Qué hace este pedazo de chatarra delante de mi locomotora y en medio de la vía? —preguntó.

—Es una historia muy larga —repuso Bell, fatigado.

—¿Y qué piensa hacer con él?

Bell habló en voz baja y en tono casi reverencial:

—Lo voy a enviar de vuelta a su fábrica de Bridgeport, en
Connecticut, donde lo reconstruirán pieza a pieza hasta que
quede como nuevo.

—¿Reconstruir este trasto? —preguntó el maquinista, meneando la cabeza—. ¿Por qué?

Bell contempló el bólido rojo con ojos amorosos.

—Porque se lo merece —repuso.

34

—¡Es usted un pobre loco si cree que puede secuestrarme y salirse con la suya! —declaró Cromwell con tono despectivo—. No tiene usted autoridad para detenerme sin una orden judicial. Tan pronto como lleguemos a San Francisco, mis abogados exigirán que sea puesto en libertad y la policía no tendrá más remedio que acceder. Entonces yo quedaré en libertad; y ustedes, en ridículo. Luego, me dedicaré a presentar contra la Agencia Van Dorn tantas demandas como sean necesarias para hundirla y ahogarla en un mar de escándalos.

Cromwell iba esposado a un gran sofá en el centro del salón del vagón. Sus muñecas, sus tobillos e incluso el cuello estaban encadenados a anillas de hierro empotradas en el suelo. Nadie había querido correr riesgos, y cuatro agentes de la oficina de Los Ángeles montaban guardia, sentados en un rincón, con sus escopetas de cañones recortados sobre las piernas.

—Ya tendrá ocasión de demostrar su arrogancia ante sus amigos en el tribunal —dijo Bell—. Pero no le quepa duda: si sale libre lo hará solamente como los cerdos, para ir camino del matadero.

—Soy inocente —insistió Cromwell—. Puedo demostrar que no estaba en los lugares donde se produjeron los delitos de los que me acusa. Además, ¿qué pruebas tiene? ¿Dónde están sus testigos?

—Yo soy el testigo —contestó Bell—. Yo lo reconocí en Telluride, bajo su disfraz de mujer, antes de que me disparara.

—¿Usted, señor Bell? ¿Qué jurado de San Francisco va a creer su testimonio? Un juicio así sería una farsa. No tiene usted nada para acusarme y aún menos para condenarme.

Bell le lanzó una mirada astuta.

—Yo no soy el único testigo. Hay otras personas en las ciudades donde cometió sus crímenes que pueden identificarlo.

—¿En serio? —Cromwell se recostó en el sofá como si no tuviera la menor preocupación en el mundo—. Por lo que he leído en la prensa, el Carnicero siempre utiliza disfraces en sus atracos. ¿Cómo van a identificarlo?

—Tendrá que esperar para comprobarlo.

—Tengo mucha influencia en San Francisco —dijo Cromwell con total convencimiento—. He contribuido y participado en la elección de todos los jueces del tribunal federal. Me deben favores, y lo mismo ocurre con la mayoría de los ciudadanos destacados de la ciudad. Aunque sea usted capaz de sentarme en el banquillo de los acusados, no habrá jurado compuesto por mis conciudadanos que sea capaz de condenarme, especialmente si pensamos en la cantidad de dinero que les he metido en los bolsillos.

—Está usted apostando antes de haber visto sus cartas —dijo Bell—. Van a enviar a un juez federal desde Washington para que se ocupe de su caso, y la vista se celebrará donde no sea usted el niño mimado de la ciudad.

—Puedo permitirme pagar los mejores abogados del país —prosiguió Cromwell en tono altanero—. Independientemente de quién sea el juez, no habrá jurado que me condene con tan pocas pruebas, y aún menos a un hombre como yo, con mi reputación de mecenas y benefactor de los pobres de mi ciudad.

Bronson tenía el rostro ensombrecido de rabia y tenía que hacer constantes esfuerzos para no estrellar su puño en la cara del banquero.

—Eso cuénteselo a las familias de las víctimas a las que asesinó a sangre fría. Explíqueles cómo el dinero que les robaba le servía para darse una vida de millonario y construirse una casa en Nob Hill.

Cromwell sonrió con descaro y no dijo más.

El tren aminoró la marcha. Bronson se levantó y se acercó a una ventana.

—Estamos llegando a Santa Bárbara. El maquinista seguramente querrá llenar el depósito de agua.

Tan pronto como el tren se hubo detenido, Bell saltó al andén y desapareció rápidamente en la estación. Diez minutos después, justo cuando el maquinista hacía sonar el silbato que anunciaba que el tren se disponía a partir, Bell llegó corriendo y subió de un salto al Pullman.

—¿Adónde has ido? —quiso saber Bronson.

Cromwell intuyó al instante que algo no iba bien para él y se inclinó para escuchar.

—Han reparado las líneas telefónicas que cayeron con la inundación —explicó Bell a Bronson. Luego, miró a Cromwell con una sonrisa maliciosa y añadió—: He aprovechado y llamado a nuestra oficina dando instrucciones a nuestros agentes para que detengan a su hermana como cómplice.

—¡Está usted loco! —exclamó el banquero.

—Creo que puedo demostrar que está implicada en los asesinatos del Carnicero.

Cromwell intentó levantarse del sofá y lanzarse contra Bell con el rostro contraído por el odio, pero las cadenas se lo impidieron.

—¡Cerdo repugnante! —bufó—. ¡Margaret no tiene nada que ver en esto! ¡No sabe nada de mis…! —Calló antes de acusarse y volvió a sentarse mientras recobraba la compostura—. Pagará caro el haber implicado a una mujer inocente en sus ridículas acusaciones. En menos de una hora Margaret volverá a estar tranquilamente en casa después de haber sido falsamente acusada de delitos de los que no sabe nada.

Bell miró al banquero a los ojos con la determinación del león que se apresta a dar un bocado a su presa.

—Margaret hablará —dijo convencido—. Nos dirá todo lo que queramos saber en un esfuerzo por salvar a su hermano. Naturalmente, nos mentirá; pero se delatará en un montón de pequeños detalles a los que no podrá contestar. Margaret será la testigo que, sin saberlo, lo llevará al cadalso.

—Aun suponiendo que yo fuera culpable, Margaret nunca dirá una palabra que pueda perjudicarme —declaró Cromwell, muy seguro de sí mismo.

—Lo hará si sabe que pasará el resto de sus días en la cárcel. Bastará con eso y con la posibilidad de perder su tren de vida. Aportar pruebas para la acusación será cosa fácil si el precio por no hacerlo resulta demasiado elevado.

—Subestima usted a Margaret.

—Lo dudo mucho —aseguró Bell.

Cromwell sonrió forzadamente.

—Nunca conseguirá relacionar a Margaret con los atracos, como tampoco conseguirá convencer a un jurado de que soy culpable.

Bell miró fijamente al banquero.

—¿Es usted culpable?

Cromwell soltó una risotada y miró a los hombres que iban en el tren.

—¿Qué pretende, que reconozca delante de todo el mundo que soy el Carnicero? ¡Por favor, Bell! —Esa vez no hubo ningún «señor»—. Está usted pisando terreno inestable y lo sabe.

Entonces, Bell se acercó y quitó el guante de la mano izquierda de Cromwell, revelando que a este le faltaba la falange del dedo meñique y descubriendo el pequeño tubo de metal que rellenaba el guante.

—Ya veremos —aseguró en voz alta—. Ya veremos.

Bell estaba decidido a no correr riesgos. Cuando llegaron a San Francisco, ordenó al maquinista que se desviara de la estación principal y se metiera en un apartadero de las cocheras. Bronson tenía preparado un pequeño ejército de agentes para que escoltaran a Jacob Cromwell hasta una ambulancia, donde fue esposado a una camilla antes de iniciar el trayecto por la ciudad.

—No podemos correr el riesgo que supone encerrar a Cromwell en la cárcel del condado —dijo Bell—. Tiene razón cuando dice que sus amigos lo sacarían de allí en menos de una hora. Es mejor llevarlo al otro lado de la bahía, a San Quintín. Lo mantendremos aislado allí hasta que estemos listos para presentar cargos formalmente contra él.

—Todos los reporteros de los diarios de la ciudad estarán allí para informar del suceso —comentó Bronson.

—Sí, y harán circular la historia por todo el país a través del telégrafo —dijo Bell con una sonrisa maliciosa—. La publicarán en todos los periódicos de aquí a Bangor, en Maine. Ahora todo lo que debemos hacer es evitar que Cromwell se nos escape entre los dedos. Estoy seguro de que intentará sobornar a cualquier guardia que se le acerque.

—Conozco al alcaide de San Quintín —dijo Bronson—. Es uno de los hombres más rectos que hay. Cromwell perderá el tiempo si intenta sobornarlo para que lo deje escapar.

—Puede, pero no creas que dejará de intentarlo. —Bell observó a Cromwell mientras lo subían sin miramientos a la ambulancia—. Que le pongan un pasamontañas para que no lo reconozcan. Haz que el alcaide te jure guardar el secreto y que lo encierre en régimen de aislamiento, lejos de los demás reclusos. Dile que por la mañana le daremos todos los papeles que necesite.

—¿Y qué hay de Margaret? No creo que ningún juez que reciba dinero de Cromwell esté dispuesto a firmar los papeles de su detención.

—Tú sigue el cauce previsto —le ordenó Bell—. Presiona a Margaret. Cuando sepa que su hermano está encerrado y que puede acabar haciéndole compañía apuesto a que cogerá el dinero que tenga e intentará darse a la fuga. Entonces caerá directamente en nuestras manos.

Antes de dirigirse a la oficina de Bronson, Bell se detuvo en la de telégrafos y envió un largo mensaje a Van Dorn informándole de la captura del Carnicero. También solicitó toda la ayuda que el coronel Danzler pudiera conseguir del gobierno federal.

Cromwell tenía razón en una cosa: Margaret salió del departamento de policía menos de media hora después de haber entrado escoltada por dos agentes de Van Dorn. Los abogados de Cromwell ya estaban allí, listos para negociar la fianza cuando ella llegó. Incluso la esperaba el chófer que había aparcado el Rolls-Royce en una zona donde no se permitían vehículos. Un juez apareció como por arte de magia para firmar los papeles necesarios para que la pusieran en libertad. A un reportero que se encontraba allí cubriendo la noticia de un robo, le pareció que la detención y casi inmediata puesta en libertad de Margaret había sido una simple formalidad.

Entretanto, Bronson y sus hombres habían conducido la ambulancia donde llevaban a Cromwell hasta el ferry y cruzado la bahía en Marin County. Después de desembarcar, se dirigieron a la prisión de San Quintín. Tal como Bronson había dicho, el alcaide se mostró muy colaborador y orgulloso de tener con él al famoso Carnicero hasta que Bell y Bronson pudieran preparar la acusación.

Cuando salió de la oficina de telégrafos, Bell caminó hasta el banco de Cromwell, donde cogió el ascensor y subió al despacho de Marion.

—Coge tu sombrero —le dijo sin más preámbulos y en un tono que no admitía réplica—. Vas a tomarte el resto del día libre.

Ella vaciló, sorprendida por su repentina aparición después de tres días sin saber de él. Comprendió que no podía discutir, pero aun así protestó:

—No puedo marcharme así como así. Podría perder mi empleo.

—Ya te has quedado sin él. Tu jefe se encuentra en la cárcel

—dijo Bell rodeando el escritorio y retirándole la silla para ayudarla a levantarse.

Marion se puso en pie y lo miró, perpleja.

—¿Qué has dicho?

—Que se acabó la comedia. Voy a mantener a Cromwell encerrado hasta que consigamos la orden de detención y los documentos para acusarlo formalmente.

Marion cogió su sombrero y el bolso del armario y se quedó donde estaba, con la sensación de estar flotando en medio de la niebla y sin saber qué hacer. Miró a su alrededor, dubitativa. Nunca había creído que Jacob Cromwell, al margen de cuáles hubieran sido sus crímenes, fuera vulnerable.

Bell había visto a Marion ruborizándose otras veces, y siempre lo conmovía. Le cogió el sombrero de las manos y se lo colocó atrevidamente ladeado.

—Así está bien —dijo riendo.

—Yo no lo creo —contestó con femenina contrariedad mientras se colocaba el sombrero correctamente en su linda cabeza—. ¿Adónde me llevas?

—A la playa, donde podremos caminar por la arena y tener una larga charla sobre los recientes acontecimientos.

—¿Vamos a ir con tu llamativo coche? —preguntó Marion, que al instante se sorprendió al ver la expresión de tristeza que aparecía en el rostro de Bell.

—No. Me temo que tardaremos bastante tiempo en poder hacerlo.

35

La construcción de la prisión de San Quintín empezó un 14 de julio, fecha conmemorativa de la toma de la Bastilla, de 1852. La razón de que fuera bautizada con el nombre de un conocido recluso llamado Miguel Quintín y que cumplía condena por asesinato es algo que sigue siendo un misterio. Aunque el tan Quintín estaba lejos de ser un santo, el nombre quedó, y la cárcel acabó siendo conocida por todos como San Quintín.

Era la prisión más antigua de California, y había ejecutado a su primer recluso en 1893 al ahorcar a José Gabriel por asesinar a la pareja de ancianos para los que trabajaba. Las mujeres también iban a parar a San Quintín, pero a un módulo independiente. En 1906, había muerto más de un centenar de reclusos tras sus muros por causas que iban desde el asesinato, pasando por el suicidio hasta el fallecimiento por causas naturales. Todos ellos estaban enterrados en el cementerio que había más allá.

Richard Weber, el alcaide, era un hombre corpulento, ágil como un gimnasta y enérgico, un obseso del trabajo que se entregaba en cuerpo y alma a su labor. En su rostro de recias facciones había una sonrisa permanente que le curvaba ligeramente las comisuras de los labios. Como partidario de aplicar la disciplina tanto como las reformas, ponía a los reclusos a trabajar en la fabricación de productos diversos o en tareas de jardinería y los animaba a unirse a programas de estudio. El sistema que había puesto en marcha, y que permitía la reducción de las condenas, le había dado merecida fama de ser un alcaide duro pero justo.

Bronson casi había acertado al decir que Weber no era persona que se dejara sobornar. Se trataba de un católico devoto que tenía ocho hijos y que siempre había parecido incorruptible. Su sueldo como máximo responsable de la mayor cárcel del estado era generoso, pero no le dejaba mucho margen para frivolidades. Su sueño de jubilarse algún día en un rancho de San Joaquín era solo eso: un sueño.

Aunque se decía que todo el mundo tenía un precio, los que conocían a Weber creían que la frase no iba con él. Sin embargo, bajo su apariencia de integridad, era tan humano como cualquiera.

Poco después de que Cromwell fuera encerrado en régimen de aislamiento, Weber fue a visitar al banquero asesino a su celda situada dos niveles por debajo del suelo de la cárcel. Tras ordenar a un vigilante que abriera la puerta, entró y se sentó en la pequeña silla plegable que había llevado con él.

—Bienvenido a San Quintín, señor Cromwell —dijo educadamente.

Cromwell se levantó del camastro y asintió.

—Es posible que tuviera que darle las gracias por su hospitalidad, pero le mentiría.

—Tengo entendido que solo estará con nosotros por poco tiempo.

—Hasta que comparezca ante un tribunal federal —contestó Cromwell—. ¿No es eso lo que le ha dicho Bronson, el hombre de la Agencia Van Dorn?

Weber asintió.

—En efecto. Me dijo que estaba esperando instrucciones del Departamento de Investigación Criminal de Washington.

—¿Sabe usted por qué me han detenido?

—Me dijeron que usted es el famoso asesino conocido como el Carnicero.

—¿Y está usted al tanto de cuál es mi posición en sociedad? —preguntó Cromwell.

—Lo estoy. Es usted propietario de un banco y un conocido filántropo.

—¿Y cree usted que un hombre así sería capaz de dedicarse a desvalijar bancos y asesinar inocentes?

Weber se agitó en su asiento.

—Debo reconocer que la idea me parece un poco extravagante.

Cromwell se dispuso a asestar el golpe definitivo.

—Si yo le diera mi palabra de honor de que no he cometido ninguno de los delitos que se me imputan y que son solo cargos falsos del gobierno, que pretende quedarse con mi banco, ¿me soltaría usted?

Weber lo pensó unos instantes y negó con la cabeza.

—Lo siento, señor Cromwell. No estoy autorizado para dejarlo en libertad.

—¿Aunque no se hayan presentado cargos formales?

—Estoy seguro de que los cargos están siendo presentados mientras hablamos.

—Y si yo le garantizo que no tengo intención de escapar, sino de ir a ver a mis abogados en la ciudad para que obtengan una orden judicial que me ponga en libertad, ¿me dejaría salir entonces?

—Lo haría si pudiera —contestó Weber—. Pero, como alcaide, no puedo permitir que salga de aquí sin contar con la correspondiente autorización. Además, los hombres de Van Dorn patrullan por el exterior para evitar que usted se escape.

Cromwell contempló las paredes de su celda, desprovista de ventanas.

—¿Se ha escapado alguna vez alguien estando en régimen de aislamiento?

—No en la historia de San Quintín.

Cromwell calló unos instantes mientras preparaba su trampa.

—Suponga, solo suponga, que me lleva usted personalmente a San Francisco.

Weber lo miró con curiosidad.

—¿Qué tiene en mente?

—Póngame usted en manos de la oficina del fiscal del condado de Horvath y una hora después un mensajero se presentará ante la puerta de su casa, aquí en la prisión, para entregarle cincuenta mil dólares en metálico.

Weber sopesó la oferta de Cromwell durante unos instantes. Sabía que no se trataba de un falso ofrecimiento. El banquero tenía millones de dólares; además, se trataba de una oferta en metálico que no dejaría rastro si a algún inspector se le ocurría meter las narices y que le permitiría esconder el dinero hasta que decidiera jubilarse. Cincuenta mil dólares constituían una suma enorme. No le hizo falta hacer grandes cálculos para saber que con ellos se podría comprar el mejor rancho del estado. Sin duda era una oferta que ni siquiera un hombre de su integridad podía rechazar.

Al fin, Weber se acercó a la puerta de barrotes y los golpeó tres veces. La puerta se abrió, y entró un carcelero de uniforme.

—Cubra la cabeza de este recluso con un pasamontañas y llévelo al despacho que hay detrás de mi casa. Yo lo estaré esperando allí —ordenó Weber antes de salir de la celda.

Diez minutos más tarde, el carcelero hizo entrar a Cromwell en el despacho del alcaide.

—Quítele el pasamontañas y las esposas —ordenó Weber.

Tan pronto como las muñecas y los tobillos de Cromwell quedaron libres de los grilletes y le hubo retirado el pasamontañas, el guardia se marchó.

—Supongo que puedo confiar en su palabra de caballero cuando dice que mi recompensa llegará una hora después de que lo haya dejado sano y salvo.

Cromwell asintió solemnemente.

—Puede estar tranquilo. Tendrá el dinero esta misma tarde.

—Está bien. —Weber se levantó, abrió un armario y sacó un vestido de mujer, un sombrero, un bolso y un chal—. Póngase esto. Es usted bajo y tiene más o menos la talla de mi mujer. Irá vestido como ella cuando crucemos las puertas interiores y salgamos por la principal. Mantenga la cabeza agachada, y los guardias no notarán nada. Mi mujer y yo solemos salir a pasear a menudo por los alrededores.

—¿Y qué hay de los agentes de Van Dorn que patrullan fuera?

Weber sonrió.

—Soy la última persona de la que sospecharían, ¿no le parece?

Cromwell contempló las ropas y soltó una breve carcajada.

—¿Qué le hace gracia? —preguntó Weber.

—Nada —repuso el banquero—. Es solo que ya he pasado por esto antes.

Cuando Cromwell se hubo vestido, se bajó el sombrero y se echó el chal alrededor de los hombros y el cuello para ocultar la incipiente barba.

—Estoy listo —anunció.

Weber lo condujo fuera de la oficina a través de un patio hasta el garaje donde guardaba su Ford T. Cromwell puso el motor en marcha sin esfuerzo y subió al asiento del pasajero. El coche arrancó lentamente y avanzó por el camino de gravilla hacia las puertas interiores, que se abrieron cuando Weber hizo una seña con la mano. La situación cambió ante la puerta principal. Allí, dos guardias se acercaron al alcaide para solicitarle personalmente que autorizara la apertura de las puertas.

—Abran, por favor. Shari y yo vamos a la ciudad para comprar un regalo a mi cuñada —dijo Weber tranquilamente.

El vigilante del lado izquierdo del vehículo saludó al alcaide e hizo un gesto de conformidad, pero el de la derecha observó a Cromwell, que fingía buscar algo en el bolso. El guardia se agachó para mirar bajo el sombrero, pero Weber se le adelantó.

—¡Venga, hombre! ¡Déjese de tonterías y abra ya!

El hombre se puso firme e hizo una señal a los hombres de la torre encargados de accionar el mecanismo que abría las pesadas puertas de hierro.

Tan pronto como se hubieron abierto lo suficiente para dejar pasar al Ford T, Weber tiró de la palanca del acelerador y levantó el pie del embrague. El automóvil dio un salto adelante y no tardó en traquetear cuesta abajo por la carretera que llevaba a la estación del ferry que cruzaba la bahía hasta San Francisco.

36

—¿Que él qué? —bramó Bell por el teléfono.

—¿Qué ocurre? —preguntó Bronson, entrando en el despacho justo cuando el otro colgaba.

Bell lo miró con el rostro contraído por la furia.

—Tu amigo, el incorruptible alcaide de San Quintín, acaba de soltar a Cromwell.

—No… No me lo puedo creer —balbuceó Bronson, incrédulo.

—Pues será mejor que lo creas —le espetó Bell—. La que acaba de llamar es Marion Morgan, la secretaria personal de Cromwell. Me ha dicho que nuestro hombre ha entrado en el despacho hace cinco minutos.

—Tiene que estar equivocada.

—No lo está —intervino Curtis desde la puerta, mirando a Bronson—. Uno de tus hombres, que estaba siguiendo a Margaret, lo ha visto salir y meterse en el coche de su hermana.

—¡El alcaide Weber aceptando un soborno! —exclamó Bronson—. ¡Vivir para ver!

—Seguro que Cromwell le ofreció una fortuna —dijo Bell.

—Mis agentes en la cárcel me informaron de que Weber salió en su coche con su mujer para ir de compras a la ciudad.

—No sería la primera vez que Cromwell se disfraza de mujer —murmuró Bell, enfadado—. No hay duda de que se cambió de ropa después de salir de San Quintín y antes de llegar al ferry.

—¿Y ahora qué hacemos? —preguntó Curtis.

—He telegrafiado al coronel Danzler, el jefe del Departamento de Investigación Criminal del gobierno. Lo está organizando todo para que un juez federal firme una orden de detención contra Cromwell que no pueda ser obviada por los peces gordos de la ciudad y a la que las autoridades judiciales del estado deban someterse. Tan pronto como esté en nuestras manos, podremos apartar a Cromwell de la circulación de una vez por todas.

—¿Y qué pasa si, entretanto, Cromwell intenta huir del país? —quiso saber Bronson—. No tenemos forma de detenerlo.

—Tampoco teníamos forma legal de hacerlo en San Diego —replicó Bell—. Volveremos a cogerlo y esta vez lo mantendremos en un lugar secreto hasta que llegue esa orden.

Bronson no parecía muy convencido.

—Antes de que podamos echarle el guante de nuevo, sus amigos, como el alcalde, el jefe de policía y el sheriff del condado, lo protegerán con un ejército armado hasta los dientes. Mis siete agentes se enfrentarán a un montón de hombres si intentan detenerlo.

—¿Tanta influencia tiene ese hombre? —preguntó Curtis.

—El nivel de corrupción que reina en esta ciudad hace que, a su lado, el ayuntamiento de Nueva York parezca un convento —aseguró Bronson—. Cromwell ha hecho todo lo que ha podido, y no es poco, para engordar y enriquecer a los funcionarios públicos.

—Pero nosotros tenemos nuestro propio ejército —dijo Bell con una astuta sonrisa—. Si lo solicitamos, el coronel Danzler pondrá a nuestras órdenes al regimiento que el ejército tiene en Presidio.

—Puede que lo necesitemos antes de lo que imaginas —comentó Bronson—. Si Cromwell decide llevarse su dinero del banco y fletar un nuevo tren privado para cruzar la frontera de México, estará libre como un pájaro antes de que hayamos podido mover un dedo.

—Tiene razón —reconoció Curtis—. Tal como están las cosas en este momento, no podemos hacer nada. No podemos tocarlo. Para cuando Danzler se haya puesto en contacto con el comandante de Presidio y las tropas marchen sobre la ciudad, ya será demasiado tarde, y Cromwell y sus amigos estarán lejos.

Bell se recostó en su silla y miró al techo.

—No tiene por qué ser así —dijo lentamente.

—¿En qué está pensando ese perverso cerebro tuyo? —preguntó Curtis.

—Supongamos que el presidente de Estados Unidos solicita personalmente al presidente de Southern Pacific que no flete el tren que Cromwell le pide.

Bronson miró a Bell.

—¿Eso es posible?

Bell asintió.

—El coronel Danzler tiene mucha influencia en Washington. Van Dorn me contó que el presidente Roosevelt y él son muy amigos. Lucharon codo con codo en la colina de San Juan, durante la guerra contra España. Creo que no nos equivocamos al decir que podría convencerlo para que nos ayude.

—¿Y si Cromwell decide huir en barco? —apuntó Bronson.

—Entonces, un acorazado de Estados Unidos se hará a la mar, interceptará el barco, detendrá a Cromwell y lo devolverá a San Francisco. Para entonces ya tendremos la orden de detención para poder juzgarlo.

—Suena como si lo tuvieras todo previsto —dijo Bronson en tono de admiración.

—Cromwell es un tipo escurridizo —repuso Bell—. Si hay forma de que pueda escabullirse de nuestras redes, no te quepa duda de que la encontrará. —Miró el reloj de pared—. Bueno, son más de las cuatro y media y tengo una cita para cenar a las seis.

—¿Con Marion Morgan? —preguntó Curtis con una malévola sonrisa—. Me da la impresión de que, aparte de ser tu confidente con Cromwell, es algo más.

Bell asintió.

—Es una dama exquisita. —Se levantó y se puso el abrigo—. Esta noche se ocupa ella de preparar la cena en su casa.

Bronson lanzó un guiño a Curtis.

—Nuestro amigo es un hombre con suerte.

—He perdido la cuenta del tiempo —dijo Bell—. ¿Qué día es hoy?

—Hoy es martes, 17 de abril —contestó Curtis, que añadió burlonamente—: de 1906.

—Sí, el año ya lo sé —dijo Bell mientras salía—. Nos veremos mañana por la mañana.

Por desgracia, uno de los tres hombres que estaban en la habitación no vería amanecer.

Margaret detuvo el Mercedes bajo la marquesina que cobijaba a los coches ante la puerta principal de la mansión antes de que pasaran al patio que había detrás. Después de recoger a su hermano en el ayuntamiento, lo había llevado al banco, donde Jacob había pasado dos horas encerrado en su despacho; luego, habían vuelto los dos a Nob Hill sin decir palabra. El chófer llegó de la parte de atrás y condujo el coche al garaje. Nada más entrar en la casa, Margaret se quitó el sombrero, lo arrojó furiosamente al suelo y fulminó a su hermano con la mirada.

—¡Supongo que estarás contento ahora que ya has conseguido arruinar nuestras vidas!

Cromwell fue al salón caminando como un anciano y se desplomó en uno de los sillones.

—He cometido el error de subestimar a Bell. Me detuvo antes de que pudiera dar el golpe en San Diego.

El suelo se estremeció bajo los pies de Margaret tanto como cambió su humor.

—¿Isaac está vivo? ¿Lo viste?

Él la miró fijamente.

—Me parece que te tomas un excesivo interés en ese individuo —dijo en tono sarcástico—. ¿Te alegra que nuestro peor enemigo siga en este mundo?

—Tú dijiste que lo habías matado en Telluride.

—Creí haberlo hecho —repuso en tono aburrido—, pero parece que sobrevivió. Ha sido el único error que he cometido en veinte años.

—Entonces fue él quien te trajo de San Diego y te encarceló.

Cromwell asintió.

—No tenía derecho, actuó al margen de la ley. En estos momentos, Bell debe de estar moviendo cielo y tierra para proclamar que soy el Carnicero y enviarme a prisión.

—Escapar de la ciudad no será fácil. Los hombres de Van Dorn vigilan todos nuestros movimientos.

—No tengo intención de huir igual que un vulgar ladrón en plena noche. Es hora de que aquellos que se han beneficiado de nuestro dinero e influencia nos devuelvan el favor manteniendo alejados a los sabuesos de Van Dorn hasta que estemos listos para marcharnos en busca de pastos más verdes.

Ella lo miró con expresión decidida.

—Contrataremos a los mejores abogados de Nueva York. Será imposible que te condenen. Haremos que Bell y la Agencia Van Dorn sean el hazmerreír nacional.

—No me cabe duda de que ganaremos ante los tribunales —repuso Cromwell, mirando a su hermana con expresión grave—, pero yo estaré acabado como personaje admirado de San Francisco. Será la ruina del banco porque nuestros clientes, temerosos del escándalo, se marcharán con la competencia. El banco Cromwell tendrá que cerrar sus puertas… —Hizo una pausa para dar énfasis a sus palabras—. A menos que…

—¿A menos que qué? —preguntó ella, mirándolo a los ojos.

—A menos que transfiramos secretamente nuestros activos a una ciudad de otro país donde podamos levantar un nuevo imperio financiero con otro nombre.

Margaret empezó a tranquilizarse al comprender que no

estaba todo perdido y que su tren de vida no corría un peligro inmediato.

—¿En qué ciudad y en qué país has pensado? ¿México? ¿Brasil, quizá?

Cromwell sonrió malévolamente.

—Querida hermana, solo deseo que el señor Bell razone como tú.

Se sentía satisfecho consigo mismo y creía que lo único que necesitaba era unas cuantas horas a la mañana siguiente para organizar el traslado de sus reservas de dinero desde el banco. Sus otros activos ya habían salido del país vía telégrafo cuando había dado la orden aquella tarde desde su despacho. Lo único que a él y a Margaret les quedaba por hacer era las maletas y cerrar la mansión, para que el representante inmobiliario la vendiera. A partir de ahí, y una vez hubieran cruzado la frontera dejando atrás Estados Unidos, tendrían por delante un nuevo horizonte.

Bell estaba sentado con aire pensativo, contemplando el fuego de la chimenea del apartamento de Marion mientras ella se afanaba en la cocina. Había llevado una botella de cabernet sauvignon California Beringer de 1900 y se había bebido medio vaso cuando Marion entró en la sala y empezó a poner la mesa. La contempló y sintió un irresistible deseo de estrecharla entre sus brazos.

Estaba hermosísima. Llevaba un corpiño de satén rosa que realzaba su largo cuello y sus femeninas curvas. La falda era del mismo color, larga y con mucho vuelo, como una lila invertida. Incluso con el delantal de cocina puesto se la veía elegante.

Sus cabellos rubios, que llevaba delicadamente recogidos, resplandecían a la luz de las velas de la mesa. Bell reprimió el deseo de estrecharla en sus brazos y se limitó a gozar de su contemplación.

—Espero que te guste lo que he preparado —dijo Marion sentándose en el brazo del sofá—. Es carne asada.

—Me apasiona la carne asada —contestó Bell, olvidando toda contención y haciéndola caer en su regazo, donde la besó larga y ardientemente. Ella se puso tensa, abrió mucho los ojos y se estremeció. Cuando se separaron, en ellos había una chispa picante y atrevida. Respiró agitadamente mientras disfrutaba de aquella sensación de intensa sensualidad, una sensación que no había experimentado con ningún otro hombre. Se levantó lenta y deliberadamente y se apartó un mechón de la sien.

—Bueno, será mejor que lo dejemos si no quieres carne quemada en lugar de carne asada.

—¿Cuánto tiempo voy a tener que estar con el estómago vacío?

Marion rió.

—Diez minutos más, el tiempo de que se acaben de hacer las patatas.

Bell la observó regresar a la cocina con el armonioso andar de una gacela.

Mientras ella llevaba la cena a la mesa, él llenó los vasos. Se sentaron y comieron en silencio unos minutos.

—Está delicioso —dijo Bell—. Algún día serás una maravillosa esposa para un hombre afortunado.

Aquellas palabras hicieron que Marion se ruborizara. En su interior deseaba que los sentimientos de Bell fueran precisamente aquellos, pero también temía que su interés por ella pudiera enfriarse, y que cualquier noche oscura se marchara para no volver.

Bell captó la confusión de Marion, pero no se atrevió a abordar el asunto y optó por cambiar de conversación.

—Bueno, dime, ¿cuánto rato ha estado Cromwell en el banco hoy?

Ella se irritó, pero sobre todo consigo misma por responder a lo que él le preguntaba en lugar de plantearle tranquilamente sus sentimientos.

—Pasó la mayor parte del tiempo en su despacho. Parecía como si lo hiciera todo en secreto. También bajó dos o tres veces a la cámara acorazada.

—¿Tienes idea de qué estaba tramando?

Ella negó con la cabeza.

—Me pareció todo muy misterioso. —Y añadió con una sonrisa—: Pero cuando estaba en la cámara acorazada me colé en su despacho y eché un vistazo a los papeles que tenía esparcidos en la mesa.

Bell aguardó pacientemente mientras ella lo dejaba intrigado, como si quisiera vengarse por la indiferencia de Bell hacia sus sentimientos.

—Estaba rellenando órdenes de pago y transferencias.

—Eso encaja. En la agencia creemos que él y Margaret tienen intención de largarse del país habiendo transferido previamente su fortuna a su lugar de destino en el extranjero. Es imposible que Cromwell se quede en la ciudad y decida luchar contra nosotros ante un tribunal federal.

—Puede que tengas razón —repuso Marion, deseando que aquellos momentos que pasaban juntos fueran más íntimos y personales.

—¿Viste adónde enviaba los fondos del banco?

Ella meneó la cabeza.

—No. Lo único que tenía rellenado eran las cantidades, no los bancos que iban a recibirlas.

—¿Y qué crees que hacía en la bóveda acorazada?

—Es solo una suposición, pero diría que metiendo en cajas las reservas de efectivo del banco para enviarlas a donde sea que piensa ir.

—Eres una chica muy astuta —dijo Bell sonriendo—. Y si tú estuvieras en el lugar de Margaret y Jacob, ¿adónde irías?

—No estarían a salvo en Europa —contestó Marion sin vacilar—. Los bancos europeos colaboran estrechamente con nuestras autoridades a la hora de bloquear fondos ilegales. De todas maneras, hay muchos otros países donde podrían ocultar su dinero y volver a levantar su imperio financiero.

—¿Qué te parece México? —preguntó Bell, impresionado por la intuición de Marion.

Ella negó con la cabeza.

—Margaret no podría vivir en México. Es un país demasiado primitivo para sus gustos. Buenos Aires, en Argentina, sería una posibilidad. La ciudad es muy cosmopolita; sin embargo, ninguno de los dos habla una palabra de español.

—Singapur, Hong Kong, Shangai, ¿crees que alguno de estos sitios tiene posibilidades?

—Puede que Australia o Nueva Zelanda —comentó ella, pensativa—. De todas maneras, después de los años que llevo trabajando con él, si algo he averiguado es que Cromwell no piensa como los demás.

—Yo he llegado a la misma conclusión.

Marion calló un momento, mientras le pasaba la bandeja del asado.

—¿Por qué no dejas de dar vueltas a ese asunto y disfrutas del resultado de mi trabajo? —le dijo al fin, sonriendo.

—Discúlpame —repuso Bell—. Soy muy aburrido como invitado.

—Espero que te guste mi tarta de merengue y limón.

Bell rió.

—¡Me encanta la tarta de merengue y limón!

—Mejor será, porque me ha salido cantidad suficiente para un regimiento.

Cuando acabaron el asado, Bell se levantó para ayudarla a recoger los platos; pero ella se lo impidió.

—¿Adónde crees que vas?

Él la miró como un muchacho reprendido por su madre.

—Solo quería ayudar.

—Siéntate y acaba tu vino —replicó Marion firme pero dulcemente—. En mi casa, los invitados no trabajan, especialmente los masculinos.

Él la miró de soslayo.

—¿Y si no fuera un invitado?

Marion le dio la espalda para disimular sus emociones.

—Entonces te haría reparar un grifo que gotea, una puerta que no cierra y la pata de una silla que está floja.

—Pues te lo arreglaría todo. Soy un manitas.

Ella lo miró con incredulidad.

—El hijo de un banquero, ¿un manitas?

Bell fingió sentirse ofendido.

—No siempre he trabajado en el banco de mi padre. Cuando tenía catorce años me largué de casa y me uní al circo Barnum & Bailey. Durante un tiempo los ayudé levantando la carpa, dando de comer a los animales y haciendo toda clase de reparaciones. —Una expresión de tristeza cruzó por su rostro—. Al cabo de ocho meses, mi padre me localizó, y me hizo volver a casa y a los estudios.

—O sea, que también eres universitario.

—Pues sí. Harvard. Licenciado en economía.

—¡Caramba, qué listo! —exclamó Marion, debidamente impresionada.

—¿Y tú? —preguntó él—. ¿A qué universidad fuiste?

—A Stanford. Me gradué en derecho, pero no tardé en darme cuenta de que los bufetes no estaban por la labor de contratar mujeres, de manera que al final empecé a trabajar en banca.

—Ahora soy yo quien está impresionado —comentó Bell—. Se diría que he encontrado a una digna rival.

De repente, Marion calló, y una extraña expresión cruzó por su rostro. Bell pensó que se encontraba mal y se acercó para rodearla con el brazo.

—¿Te ocurre algo?

Ella lo miró con sus grandes y verdes ojos.

—Montreal —dijo en su susurro.

—¿Cómo dices? —preguntó Bell, inclinándose para oírla mejor.

—Montreal. Jacob y Margaret piensan largarse a Canadá, a Montreal, y allí abrirán un nuevo banco.

—¿Cómo lo sabes? —quiso saber Bell, sorprendido por la extraña actitud de la joven.

—Acabo de recordar que vi el nombre de la ciudad anotado en un trozo de papel, en la mesa, junto al teléfono —explicó ella—. No me pareció que pudiera ser importante y me olvidé; pero ahora tiene sentido. El último sitio donde las autoridades buscarían a los Cromwell sería en Canadá. Allí podrían adquirir fácilmente una nueva identidad y sobornar a la gente adecuada para convertirse en ciudadanos destacados que fundan una institución financiera solvente.

—Sí, las piezas encajan —repuso Bell, comprendiendo—. Canadá sería seguramente el último sitio donde buscaríamos. La ruta de escape tradicional de los delincuentes ha sido siempre hacia México, y, desde allí, más al sur.

Entonces, lentamente, sus pensamientos sobre Cromwell fueron desapareciendo y estrechó a Marion con ternura.

—Ya sabía yo que había una razón para que me enamorara de ti —dijo en un tono que era más una caricia—. Eres más inteligente que yo.

Marion se estremeció toda ella cuando le echó los brazos al cuello.

—¡Oh, Isaac, yo también te quiero!

Él la besó suavemente en los labios mientras la llevaba al dormitorio, pero Marion se detuvo y lo miró con picardía.

—¿Y qué pasa con el pastel de limón?

Bell observó su hermoso rostro y rió.

—Siempre podemos tomarlo para desayunar.

Bell no podía saber, y aún menos haber predicho, que, en cuestión de horas, la tarta no sería más que un lejano recuerdo.

37

Llamada «la joya del oeste», la ciudad de San Francisco era un mundo de contradicciones. Cierto escritor la describió como «la Babilonia de la opulencia, el París del romance y el Hong Kong de la aventura». Otro incluso la definió como «la antesala del paraíso».

Puede que fuera dinámica y excitante, pero la verdad resultaba muy distinta: San Francisco era una ciudad sucia, hedionda, corrupta y vulgar con menos encanto incluso que el Londres del siglo XVII. En ella se entremezclaba la más sórdida pobreza con la riqueza más ostentosa. El humo de carbón de las chimeneas de los barcos, las fábricas, las locomotoras y los braseros de las casas envolvía una ciudad cubierta por los excrementos de miles de caballos, una ciudad que carecía de un sistema de tratamiento para las aguas residuales y que hedía bajo los cielos sucios de hollín.

La mayoría de las casas eran de madera. Desde los bonitos hogares de Telegraph Hill pasando por las mansiones de Nob Hill hasta las chabolas de los suburbios, toda la ciudad era una gran caja de cerillas esperando para incendiarse.

La imagen y el mito estaban a punto de cambiar para siempre.

A las 5.12 horas de la mañana del 18 de abril, el sol empezaba a iluminar el cielo por el este. Las farolas de gas de las calles habían sido apagadas, y los tranvías empezaban a salir de las cocheras para iniciar sus viajes arriba y abajo por las numerosas colinas de la ciudad. Los trabajadores más madrugadores se dirigían a sus puestos mientras regresaban a sus casas los que habían hecho el turno de noche. Los policías que hacían la ronda de madrugada seguían patrullando a la espera de un día tranquilo mientras una leve brisa sin la niebla habitual soplaba desde la bahía.

Sin embargo, a las 5.12 horas el tranquilo mundo de San Francisco y sus alrededores fue sacudido por un ominoso temblor que surgió desde más allá del Golden Gate, en las profundidades del lecho marino.

El infierno llegaba a la ciudad.

La primera onda sacudió la campiña circundante y se notó en toda la zona de la bahía. Veinticinco segundos más tarde, una serie de aterradoras y formidables ondas de choque originadas por el terremoto barrieron la ciudad como la mano de un gigante que derriba castillos de naipes.

Las rocas de la falla de San Andrés, que llevaban millones de años frotándose una contra otra, se rompieron de repente cuando la placa norteamericana y la placa del Pacífico se deslizaron en sentido contrario, una hacia el norte y la otra hacia el sur.

Fuerzas inimaginables se lanzaron contra la ciudad a diez mil kilómetros por hora desencadenando un cataclismo que dejaría un rastro de muerte y destrucción.

La onda de choque golpeó con salvaje rapidez. El pavimento de las calles que discurrían en dirección este-oeste empezó a levantarse y a encresparse antes de derrumbarse a pedazos mientras el terremoto avanzaba implacablemente zarandeando edificio tras edificio como árboles en un huracán. Ni la madera ni los ladrillos ni el cemento habían sido calculados para soportar tamaño ataque. Una a una, las construcciones empezaron a derrumbarse entre nubes de polvo y cascotes. Todas las ventanas de los comercios situados a ras de la calle estallaron, derramando una lluvia de fragmentos de cristal por las aceras.

Los grandes edificios de cinco y diez pisos del centro financiero se desmoronaron con un estruendo que sonó igual que una lluvia de artillería. En las calles se abrieron grandes grietas y abismos. Las vías del tranvía quedaron retorcidas y se partieron como simples trozos de espagueti. Los temblores más violentos se prolongaron durante algo más de un minuto antes de empezar a disminuir de intensidad, aunque las sacudidas secundarias se dejaron notar hasta pasados varios días.

Cuando la luz del día iluminó plenamente el desastre, todo lo que quedaba de una ciudad de altas construcciones en la que había un gran número de comercios, oficinas, bancos, teatros, hoteles, restaurantes, tabernas, burdeles, casas y apartamentos era un erial de ciento cincuenta kilómetros cuadrados de cascotes y ruinas. A pesar de su aspecto robusto, la mayoría de los edificios no habían sido construidos pensando en semejante eventualidad y se habían hecho añicos en menos de un minuto.

El ayuntamiento, la construcción más impresionante al oeste de Chicago, yacía destruido y aplastado, con sus columnas de hierro forjado rotas por el suelo. El palacio de justicia no era más que un retorcido esqueleto de vigas de metal. La central de correos seguía en pie, pero en ruinas. El teatro Majestic no volvería a celebrar más representaciones. Solo el formidable edificio de seis plantas de Wells Fargo se negaba a desplomarse, a pesar de que su interior había quedado destrozado.

Las miles de chimeneas habían sido las primeras en caer. Ninguna se había construido pensando en un terremoto. Alzándose a través de los tejados e incapaces de oscilar sin más refuerzos, se fracturaron y cayeron sobre las casas y las calles abarrotadas ya de cascotes. Posteriormente, se calcularía que más de un centenar de personas murieron en sus camas al ser aplastadas por sus chimeneas.

Por todas partes se veían casas de madera de una o dos plantas que se inclinaban con sus cimientos retorcidos en todas direcciones, en ángulos inverosímiles. Curiosamente, muchas se sostenían en pie a pesar de haber sido desplazadas varios metros en medio de las calles. Aunque por fuera parecían enteras, por dentro estaban destrozadas, sus suelos levantados, las vigas partidas y sus moradores aplastados y enterrados bajo las ruinas. De las chabolas de los barrios más pobres no quedaban más que montones de tablones de madera astillada.

Los que habían sobrevivido al terremoto quedaron sumidos en un estupor fruto de la conmoción, incapaces de hablar o haciéndolo solo en susurros. Mientras las grandes nubes de polvo se iban asentando, los gritos de los heridos o de aquellos que habían quedado atrapados bajo las estructuras derruidas empezaron a oírse en apagados gemidos. Aunque el choque principal del temblor había pasado, la tierra seguía estremeciéndose con réplicas que seguían tirando al suelo lo poco que quedaba en pie.

Pocas ciudades en la historia de la civilización habían sufrido una destrucción tan devastadora como la que había asolado San Francisco. Y, sin embargo, no había sido más que la antesala de una ola de desintegración mucho peor que todavía estaba por llegar.

El temblor sacudió la cama del dormitorio donde se encontraban Marion e Isaac. El edificio de apartamentos se estremeció en una serie de sacudidas. Se produjo un estruendo ensordecedor cuando los platos se estrellaron contra el suelo, la librería se partió, los libros cayeron por todas partes, y el piano salió despedido a la calle a través del boquete que había dejado la pared al derrumbarse en una cascada de piedra.

Bell agarró a Marion del brazo y medio la empujó, medio la arrastró a través de una lluvia de fragmentos de yeso hasta la puerta, donde permanecieron unos segundos mientras el atronador rugido se hacía aún más ensordecedor. El suelo se movía bajo sus pies como un mar embravecido. Apenas se habían cobijado tras la puerta cuando la gran chimenea del edificio se desplomó y cayó atravesando los apartamentos a escasos metros de donde se encontraban.

Bell se dio cuenta de que aquello era un terremoto. Había sufrido uno casi tan fuerte como el que en esos momentos devastaba la ciudad cuando era niño y viajaba con sus padres a través de China. Contempló a Marion, que estaba muy pálida. Ella le devolvió la mirada, casi paralizada por el miedo. Bell sonrió, intentando infundirle ánimos mientras las ondas de choque arrancaban el suelo del salón de sus vigas y lo arrojaban al piso de abajo. Se preguntó si los ocupantes estarían muertos o habrían conseguido sobrevivir.

Durante casi un minuto lograron mantenerse en pie aferrándose al marco de la puerta mientras el mundo que los rodeaba se convertía en un infierno de pesadilla que iba más allá de cualquier imaginación.

Luego, los temblores fueron disminuyendo lentamente y un silencio de ultratumba cayó sobre el apartamento en ruinas. El polvo de yeso les llenaba las fosas nasales y les dificultaba la respiración. Solo entonces comprendió Bell que todavía estaban de pie, aferrados al marco de la puerta y que Marion solo llevaba un tenue camisón. Vio que ella tenía los cabellos rubios cubiertos del polvo de yeso que seguía flotando en el ambiente.

Bell contempló el dormitorio. Parecía como si un camión de basura hubiera arrojado en él su contenido. Rodeó la cintura de Marion con el brazo y la llevó hasta el ropero, donde aún conservaba la ropa a salvo del polvo.

—Vístete deprisa —le dijo con firmeza—. El edificio no es estable y puede venirse abajo en cualquier momento.

—¿Qué ha ocurrido? —preguntó ella, totalmente confusa—. ¿Ha sido una explosión?

—No. Creo que se ha tratado de un terremoto.

Marion contempló el desastre en que se había convertido su dormitorio y vio los edificios destrozados al otro lado de la calle.

—¡Santo Dios! —exclamó—. ¡La pared ha desaparecido! —Entonces vio que el piano no estaba—. ¡Oh, no, el piano de mi abuela! ¿Qué ha sido de él?

—Creo que lo que queda de él está en la calle —contestó Bell lo más amablemente que pudo—. ¡Ahora vístete lo más rápido que puedas! Tenemos que salir de aquí.

Marion recobró la compostura y corrió al ropero mientras Bell comprendía que era más dura que los ladrillos que habían caído por todas partes. Mientras él se ponía la ropa que había llevado la noche anterior, ella se vistió con una blusa de algodón, una falda y una chaqueta de lana para protegerse de la fría brisa que llegaba del mar. No solo era bella, pensó Bell, sino también práctica e inteligente.

—¿Qué hay de mis joyas, de mis fotos familiares y de mis objetos de valor? ¿No debería llevármelos?

—Volveremos por ellos más tarde, cuando veamos si el edificio sigue en pie.

Se vistieron en menos de dos minutos, y él la condujo a través del enorme boquete que la chimenea había abierto en el suelo al desplomarse y a través de los muebles destrozados hasta la puerta del apartamento. Marion tenía la sensación de hallarse en otro mundo mientras contemplaba el vacío antes ocupado por el muro de la fachada y veía a sus vecinos que empezaban a vagar por la calle en medio del caos.

La puerta estaba atrancada. El terremoto había desplazado el edificio, aplastándola contra el marco. Bell sabía que había métodos mejores para abrirla que cargar contra ella con el hombro, de modo que se apoyó en una pierna y lanzó una patada con la otra. La puerta no dio señales de ceder. Miró a su alrededor por la habitación y sorprendió a Marion con su fuerza cuando cogió un pesado sofá y, manejándolo como si fuera un ariete, lo lanzó contra la puerta. Al tercer embate, esta cedió de golpe.

Por suerte, la escalera no se había derrumbado y llevaba hasta la entrada del edificio. Marion y Bell bajaron a toda prisa y salieron a la calle, donde se encontraron con la montaña de escombros que eran los restos de la fachada del edificio. Parecía como si toda ella hubiera sido cortada por un cuchillo gigante.

Marion se detuvo con lágrimas en los ojos al ver su piano destrozado asomando entre los cascotes. En ese momento, Bell divisó a dos hombres que se alejaban calle abajo en un carro tirado por un par de caballos. Dejó a Marion sola unos instantes, se acercó a ellos y conversó un momento como si negociara algo. Los dos hombres dieron la vuelta y regresaron.

—¿Qué pasa? —preguntó Marion.

—Les he ofrecido quinientos dólares si aceptaban recoger el piano de tu abuela y llevarlo al almacén que Cromwell tiene en las cocheras del tren. Cuando la situación se haya normalizado, me ocuparé de que lo reconstruyan.

—Gracias, Isaac. —Marion se puso de puntillas para besar a Bell en la mejilla, sin acabar de creer que alguien pudiera ser tan atento y detallista en medio de una situación como aquella.

La masa de gente que se estaba reuniendo en medio de la calle se mostraba extrañamente callada. No se oían gritos ni gemidos, nada de histeria. Todos hablaban en susurros, contentos de estar vivos, pero sin saber qué hacer a continuación o si el terremoto iba a golpear de nuevo. Muchos iban vestidos todavía con su ropa de dormir. Las madres acunaban a sus bebés o abrazaban a sus hijos mientras los hombres hablaban entre ellos evaluando los daños sufridos en sus casas.

Una extraña quietud se apoderó de la ciudad. Todos pensaban que lo peor había pasado ya. Sin embargo, la tragedia más terrible estaba aún por llegar.

Bell y Marion caminaron hasta el cruce de las calles Hyde y Lombard y contemplaron los raíles del tranvía que serpenteaban como hilos de plata caracoleantes por las calles de Russian Hill. Una nube de polvo flotaba persistentemente sobre el devastado paisaje, aunque poco a poco empezaba a ser arrastrada por la brisa que llegaba de la bahía. Desde los muelles que se hundían en el agua alrededor de la terminal del ferry, al oeste de Fillmore Street, y desde el norte de la bahía hasta el sur, lo que había sido una gran ciudad no era más que un mar de devastación.

Los hoteles y las casas de huéspedes se habían derrumbado cuando el terremoto golpeó, enterrando con ellos a sus moradores mientras dormían. Los gritos y los gemidos de los que habían quedado atrapados bajo los escombros y de los heridos subían por la colina, arrastrados por el viento.

Cientos de postes eléctricos habían caído, y sus cables de alta tensión, rotos, serpenteaban igual que furiosas víboras de cascabel mientras lanzaban chispas en todas direcciones. Al mismo tiempo, las conducciones que llevaban el gas por toda la ciudad se habían roto o agrietado, y esparcían su letal contenido. Los depósitos situados en los sótanos de las fábricas y que almacenaban el queroseno y el gasoil explotaron en grandes columnas de llamas anaranjadas. En las casas destruidas, los braseros y los rescoldos de las chimeneas prendieron en los muebles y el destrozado maderamen.

El viento no tardó en reunir aquellos aislados focos de fuego en una inmensa hoguera. En cuestión de minutos, la ciudad se llenó del humo de los incendios que acabarían cobrándose cientos de vidas y necesitarían tres días de esfuerzos antes de poder ser contenidos. Muchos de los heridos que se hallaban atrapados entre las ruinas y que no pudieron ser rescatados a tiempo perecieron carbonizados por el intenso calor.

—Esto va a ponerse peor, mucho peor —dijo Bell lentamente. Luego, se volvió hacia Marion—. Quiero que te vayas al parque Golden Gate. Allí estarás a salvo. Iré a buscarte más tarde.

—¿A dónde vas? —preguntó, estremeciéndose ante la idea de quedarse sola.

—A las oficinas de Van Dorn. La ciudad va a necesitar a todos los agentes de la ley que pueda conseguir para controlar el caos.

—¿Por qué no puedo quedarme aquí, cerca de mi apartamento?

Bell echó otra mirada a los incendios que se extendían.

—Solo es cuestión de horas que el fuego alcance Russian Hill. No puedes quedarte aquí. ¿Crees que puedes llegar al parque caminando?

—Lo conseguiré —repuso, asintiendo valientemente y

echándole los brazos al cuello—. Te quiero, Isaac Bell. Te quiero tanto que casi me desmayo.

Él le rodeó la cintura y la besó.

—Yo también te quiero, Marion Morgan. —Vaciló antes de apartarse de ella—. Ahora sé buena chica y ponte en marcha.

—Te esperaré en el puente del estanque.

Bell le sostuvo la mano un segundo antes de dar media vuelta y perderse entre la masa de gente que abarrotaba el centro de la calle y se mantenía lo más alejada posible de los edificios mientras todavía se percibían los efectos de algunos temblores residuales.

Bell descendió por una de las largas escaleras que bajaban de Russian Hill. Estaba agrietada y partida en muchos sitios, pero pudo pasar hasta Union Street. Desde allí tomó un atajo por Stockton y, después, por Market Street. El paisaje de destrucción iba mucho más allá de lo que su mente era capaz de imaginar.

No se veía ningún tranvía, y todos los coches —muchos de los cuales eran modelos nuevos sacados de los escaparates de los concesionarios— estaban haciendo labores de ambulancia, llevando a los heridos a los improvisados hospitales que habían sido organizados en distintas plazas de la ciudad. Los cuerpos de los muertos se llevaban a los almacenes, que servían como depósito provisional.

Los muros que se habían desplomado no solo habían aplastado a los desdichados peatones que pasaban por allí, sino también a los caballos que tiraban de la enorme flota de carros que se ocupaba del transporte por la ciudad. Por todas partes se veían animales muertos. Bell apartó la vista cuando se tropezó con un caballo y el conductor de un carro de leche que un poste derribado había hecho picadillo.

Nada más desembocar en Market Street corrió a refugiarse en los restos de lo que había sido la entrada del Hearst Examiner Newspaper Building. Un rebaño de reses que había escapado de su cercado en los muelles corría despavorido por las calles. Presas del pánico, pasaron ante Bell y desaparecieron casi de inmediato, devoradas por una de las muchas simas que se habían abierto con el terremoto.

Bell no daba crédito a lo que había llegado a cambiar el magnífico paisaje urbano desde la noche anterior. No había ni rastro de vehículos, ni de las masas de gente que iban felizmente de un lado a otro de compras o al trabajo en el corazón del barrio financiero de la ciudad. En esos momentos, aquella zona era apenas reconocible. Los edificios altos se habían derrumbado, las columnas, cornisas y ornamentos de las fachadas habían sido arrancados de sus estructuras y arrojados a las calles hechos añicos. Los grandes ventanales de las tiendas y los comercios no eran más que amasijos de cristales rotos, y los carteles que habían anunciado el nombre de los negocios yacían tirados y rotos entre los escombros.

Mientras caminaba entre toda aquella destrucción, Bell vio que los barrios del sur se estaban convirtiendo en un mar de llamas. Sabía que era solo cuestión de tiempo antes de que los grandes hoteles, los edificios gubernamentales, los altos bloques de oficinas, los grandes almacenes y los teatros ardieran hasta los cimientos. No había suficientes bomberos y el terremoto había destruido casi todas las cañerías. Las cientos de bocas de incendios se habían quedado sin agua. Los bomberos, incapaces de luchar contra los incendios que se propagaban como la pólvora, tuvieron que dedicarse a reparar heroicamente las conducciones de agua.

Tras sortear varios automóviles que transportaban heridos y abrirse paso entre las montañas de cascotes, Bell alcanzó a ver el edificio Call. Desde lejos, el rascacielos de veinte plantas le pareció en bastante buen estado; pero, cuando se acercó, vio que el terremoto también lo había desplazado. Una vez en el interior, comprobó que los ascensores no funcionaban porque los fosos habían quedado torcidos. Subió a pie los cinco pisos que lo separaban de las oficinas de Van Dorn y pasó por encima de los montones de yeso que habían caído del techo. Las huellas en el polvo blanco le dijeron que otros habían llegado antes que él. Alguien había vuelto a poner los muebles en su sitio.

Bell entró en la sala de reuniones y encontró a cuatro agentes de Van Dorn y a Bronson, que corrió a estrecharle la mano.

—No sabes cuánto me alegro de verte. Temía que hubieras quedado sepultado bajo una tonelada de escombros.

Bell se las arregló para sonreír.

—La casa de Marion se ha quedado sin fachada, y su apartamento está hecho una ruina, pero estamos vivos. —Hizo una pausa, miró alrededor y, al no ver a Curtis, preguntó—: ¿Habéis tenido noticias de Art?

La expresión de sus compañeros le dijo todo lo que necesitaba saber.

—Art ha desaparecido. Suponemos que ha muerto, aplastado bajo toneladas de escombros cuando venía del Palace Hotel —contestó Bronson, con aire solemne—. Por la información que he conseguido reunir, hay dos de mis hombres que están heridos o muertos. Todavía no estamos seguros. Los que ves aquí somos los que hemos salido sanos y salvos.

Bell sintió que se le encogía el corazón. Había visto la muerte y estado cerca de ella, pero perder a un íntimo amigo resultaba especialmente doloroso.

—Curtis, muerto… —murmuró—. Era un buen hombre y un buen amigo, además de uno de los mejores detectives con los que he trabajado.

—Yo también he perdido hombres buenos —añadió Bronson—, pero ahora debemos hacer algo para aliviar tanto sufrimiento.

Bell lo miró.

—¿Qué plan tienes?

—He ido a ver al jefe de policía y le he ofrecido los servicios de la Agencia Van Dorn. A pesar de las diferencias que hemos tenido en el pasado, estaba más que satisfecho de poder contar con nosotros. Vamos a hacer todo lo que podamos para evitar el saqueo y el vandalismo y para encerrar a los que desvalijan a los muertos y sus hogares. Gracias a Dios, la cárcel es una fortaleza y sigue en pie.

—Me gustaría poder unirme a vosotros, Horace, pero en estos momentos tengo otra tarea entre manos.

—Sí, lo entiendo —dijo Bronson en voz baja—. Jacob Cromwell.

Bell asintió.

—El terremoto y el caos que este ha sembrado a su paso le han dado una oportunidad de oro para escapar del país. Tengo que impedírselo.

Bronson le tendió la mano.

—Te deseo buena suerte, Isaac. —Hizo un gesto con la otra mano, indicando la sala—. Este edificio no es seguro, y si no se desploma él solo seguramente acabará consumido por el incendio que se extiende por todas partes. Vamos a tener que recoger los archivos y abandonarlo.

—¿Dónde podré encontrarte?

—Estamos montando un centro de operaciones en el edificio de aduanas. Solo ha sufrido daños leves. Las unidades del ejército que están llegando para mantener el orden y ayudar a combatir el fuego también están montando allí su cuartel general.

—Alguien tiene que informar a Van Dorn de lo sucedido.

Bronson meneó la cabeza.

—Eso es imposible. Todos los postes del telégrafo han caído.

Bell estrechó la mano de Bronson.

—Buena suerte, Horace. Me pondré en contacto contigo tan pronto como sepa del paradero de Cromwell y su hermana.

Bronson sonrió.

—Apuesto a que estas cosas no ocurren donde vives, en Chicago.

Bell rió.

—No te olvides del incendio de 1871. Al menos lo de aquí ha sido un acto de Dios. Lo de Chicago fue una vaca que pisoteó un candil.

Tras despedirse, Bell volvió sobre sus pasos hasta Market Street y rápidamente rodeó los escombros y a la multitud que se estaba reuniendo para contemplar el incendio que devoraba

Chinatown y avanzaba imparable hacia el barrio financiero de la ciudad.

Llegó al Palace Hotel y vio que había resistido mucho mejor que el edificio Call. De pie, justo en la entrada, vio a un hombre al que reconoció al instante: Enrico Caruso, que había cantado el papel de don José en *Carmen* la noche anterior en la Grand Opera House, estaba esperando mientras su mayordomo le dejaba las maletas en la acera. Llevaba un gran abrigo de piel encima del pijama y fumaba un cigarro. Al pasar junto a él, Bell lo oyó murmurar: «Qué horror de sitio. No pienso volver».

Los ascensores no funcionaban por falta de corriente eléctrica, pero la escalera estaba relativamente libre de escombros. Entró en su cuarto, pero no se molestó en hacer las maletas con toda su ropa, sino que metió lo más esencial en una bolsa de mano. Como no había previsto peligro alguno durante su estancia en la ciudad, había dejado el Colt del 45 y la Derringer en la habitación. El Colt fue a parar a la bolsa, y la Derringer a su funda en el interior del sombrero.

Mientras caminaba por Powell Street hacia la mansión de Cromwell en Nob Hill vio a un grupo de hombres que se esforzaban frenéticamente en levantar una pesada viga de un montón de ruinas de lo que había sido un hotel. Uno de ellos le hizo un gesto y le gritó:

—¡Por favor, venga a ayudarnos!

Los hombres intentaban desesperadamente rescatar a una mujer atrapada entre los escombros del edificio que ardía con furia. Todavía llevaba puesto el camisón, y Bell vio que tenía el cabello largo y de color castaño. Le cogió la mano y le dijo en tono tranquilizador:

—No se preocupe, enseguida la sacaremos de aquí.

—¿Y mi marido y mi hija? —preguntó ella, angustiada—. ¿Están bien?

Bell contempló la sombría expresión de los rescatadores. Uno de ellos negó silenciosamente con la cabeza.

—Los verá pronto —dijo Bell notando el intenso calor de las llamas que se acercaban.

Bell unió sus fuerzas a la de los demás en un vano intento de levantar la viga que oprimía las piernas de la mujer. No sirvió de nada. La viga pesaba toneladas, y seis hombres no podían moverla. La mujer se mostró muy valiente y observó en silencio los esfuerzos de los hombres hasta que las llamas empezaron a lamerle el camisón.

—¡Por favor! —suplicó—. ¡No dejen que me queme!

Uno de los hombres, un bombero, le preguntó su nombre y lo anotó en un papel que se guardó en el bolsillo. El resto, se apartó del fuego y de las amenazadoras llamas, horrorizados al ver que habían perdido su batalla para rescatar a la mujer.

El camisón de la infeliz empezó a arder; y ella, a gritar. Sin vacilar, Bell cogió la Derringer y le disparó justo entre los ojos. Luego, sin volver la vista atrás, él y el bombero corrieron calle arriba.

—Ha hecho bien —le dijo el hombre, poniéndole la mano en el brazo—. Morir abrasado es la peor de las muertes. Gracias a usted no ha sufrido.

—No, no ha sufrido —contestó Bell con los ojos llenos de lágrimas—, pero es un recuerdo espantoso que me acompañará a la tumba.

38

Cromwell se despertó en su cama y vio que la araña del dormitorio oscilaba como un péndulo enloquecido, haciendo tintinear sus perlas de cristal. El mobiliario se agitaba y saltaba como poseído por una fuerza demoníaca. Un gran cuadro que ilustraba una escena de la caza del zorro cayó de la pared y golpeó con estrépito el suelo de teca pulida. Toda la casa crujía mientras las piedras rechinaban unas contra otras.

Margaret entró a trompicones en el dormitorio de Jacob, esforzándose por mantener el equilibrio mientras el terremoto continuaba. Demasiado espantada para haberse puesto una bata, no llevaba más que el camisón. Estaba blanca como el papel, le temblaban los labios y en sus grandes ojos castaños brillaba un destello de terror.

—¿Qué está pasando? —gritó.

Jacob saltó de la cama y la abrazó.

—No pasa nada, hermanita. Es solo un terremoto. Acabará enseguida. Lo peor ha pasado ya.

Su voz era tranquila y pausada, pero Margaret detectó tensión en su mirada.

—¿No se desplomará la casa encima de nosotros? —preguntó, temerosa.

—Esta casa no —le aseguró él—. Es más resistente que el peñón de Gibraltar.

Apenas había acabado de pronunciar aquellas palabras

cuando las grandes chimeneas empezaron a oscilar y acabaron derrumbándose. Por suerte estaban adosadas a los muros exteriores y cayeron hacia fuera en lugar de estrellarse contra el tejado. La mayor parte de los daños los sufrió el muro exterior que rodeaba la casa y que se cuarteó y derrumbó en muchos sitios con gran estruendo. Poco a poco, los temblores fueron remitiendo.

La mansión había soportado lo más duro del terremoto sin que su estructura se viera afectada, y tenía el mismo aspecto de siempre salvo por el muro exterior dañado y las chimeneas caídas. Y dado que las paredes interiores eran de piedra revestida de madera barnizada o decorada con papel pintado, lo mismo que los techos, no había por ninguna parte polvo de yeso.

—¡Oh, Dios mío! —exclamó Margaret—. ¿Qué vamos a hacer?

—Tú, ocúpate de la casa. Reúne a los sirvientes y comprueba que no haya nadie herido. Luego, ponlos a trabajar y que limpien todo este desastre. Tienes que comportarte como si la casa fuera tu primera prioridad, pero discretamente empieza a recoger todas tus cosas de valor y la ropa que consideres imprescindible para huir del país.

—Te estás olvidando de los hombres de Van Dorn —dijo ella, lanzándole una rápida mirada.

—Este terremoto nos va a venir de perlas. La ciudad estará hecha un caos, y creo que Bell y sus hombres tendrán cosas más importantes que hacer que ocuparse de nosotros.

—¿Y qué vas a hacer tú? —preguntó Margaret, ciñéndose el camisón.

—Me voy al banco para acabar de vaciar de efectivo la cámara acorazada. Ayer guardé la mayor parte de los billetes en arcones. Cuando lo tenga todo, Abner y yo lo llevaremos al almacén de las cocheras del ferrocarril y lo meteremos en el vagón para nuestro viaje a través de la frontera de Canadá.

—Haces que suene fácil —dijo ella secamente.

—Cuanto más sencillo, mejor —repuso él dirigiéndose al cuarto de baño—. Mañana a esta hora, habremos bajado el telón en San Francisco y estaremos listos para levantar un nuevo imperio financiero en Montreal.

—¿De cuánto calculas que dispondremos?

—Ya he transferido quince millones por orden telegráfica a cuatro bancos distintos de cuatro provincias canadienses. Además, nos llevaremos con nosotros otros cuatro millones en efectivo.

Margaret sonrió ampliamente, olvidándose del terremoto.

—Eso es más de lo que teníamos cuando llegamos a San Francisco hace doce años.

—Mucho más —dijo Cromwell con aire satisfecho—. En realidad, diecinueve millones más.

Cuando Bell llegó a la mansión de Cushman Street, hacía veinte minutos que Cromwell se había marchado. Contempló la gran casa y se sorprendió al ver que solo había sufrido daños superficiales en comparación con la completa devastación que había asolado los edificios del centro.

Pasó por encima de los ladrillos de lo que había sido un muro exterior de más de dos metros de alto y fue por el camino de entrada hasta la puerta principal.

Llamó al timbre, dio un paso atrás y esperó. Al cabo de un largo minuto, la puerta se entreabrió y una sirvienta se asomó y lo miró con aire suspicaz.

—¿Qué quiere? —preguntó con evidente brusquedad, fruto del susto producido por el terremoto.

—Vengo de parte de la Agencia Van Dorn y quiero ver al señor Cromwell.

—El señor Cromwell no está en casa. Se ha marchado temprano, después del terremoto.

A través de la puerta entreabierta, Bell vio que una figura se acercaba a la entrada.

—¿Y no sabe usted cuándo volverá?

La sirvienta se apartó cuando la señora de la casa apareció en el umbral. Margaret contempló al hombre que se encontraba de pie, en la entrada. Tenía el rostro ennegrecido por el hollín y la ceniza, y unos ojos que habían contemplado demasiado dolor y miseria. Apenas lo reconoció.

—¿Isaac...? ¿Es usted?

—Un poco baqueteado, pero sí, soy yo. —Se quitó el sombrero—. Me alegro de verla, Margaret, y de que haya sobrevivido al terremoto sin daño alguno.

Los ojos castaños de la joven brillaron con un destello de calidez, como si lo vieran por primera vez. Se hizo a un lado para dejarlo pasar.

Bell entró y vio que Margaret había estado ayudando a limpiar los restos esparcidos por el suelo de la mansión, especialmente fragmentos de figuras de porcelana, lámparas de Tiffany y otros objetos delicados. La joven llevaba una cómoda falda roja de algodón y un suéter de lana bajo un delantal. Se había recogido en pelo en la nuca, y unos pocos mechones le caían por las sienes. A pesar de su aspecto sencillo, llenaba el aire que la rodeaba con una dulce fragancia. Al margen de que vistiera con elegancia o sencillez, Margaret era una mujer de gran belleza.

Lo condujo al salón y le ofreció asiento junto al hogar, cuyas cenizas se habían desparramado por el suelo cuando la chimenea se había desplomado.

—¿Le apetece una taza de té?

—Vendería mi alma por una de café.

Margaret se volvió hacia la sirvienta, que asintió y corrió a la cocina. Le resultaba difícil mirar a Bell directamente a los ojos, y en su interior empezó a crecer el mismo deseo que había experimentado cuando lo conoció.

—¿Qué quiere de Jacob? —preguntó sin más preámbulos.

—Creo que ya sabe la respuesta a esa pregunta —contestó Bell en tono cortante.

—No podrá secuestrarlo nuevamente. No en San Francisco. Eso es algo que ya tiene que haber comprendido.

—Usted y su hermano han comprado a demasiados políticos y funcionarios corruptos de esta ciudad para evitar que los detengan a los dos por sus crímenes —reconoció Bell con amargura. Contempló a los sirvientes que a su alrededor se afanaban en limpiar el desorden y en volver a poner en su sitio los muebles—. Se diría que usted y su hermano pretenden seguir en la ciudad.

—¿Y por qué no? —repuso Margaret, fingiendo sentirse ofendida por la pregunta—. San Francisco es nuestro hogar. Aquí tenemos no solo un próspero negocio, sino también amigos. Además, nuestro corazón está con los pobres de la ciudad. No veo por qué deberíamos marcharnos.

Por un momento, Bell estuvo tentado de creer en las palabras de Margaret; pero, recordando la noche en que se habían conocido y bailado en el Brown Palace, se dijo que era una buena, pero que muy buena actriz.

—¿Jacob ha ido al banco?

—Se ha marchado para comprobar los daños.

—He visto lo que queda de Market Street. La mayoría de los edificios están en ruinas, aunque algunos todavía aguantan. El banco Cromwell está en medio del camino del incendio que está arrasando la ciudad.

Margaret daba la impresión de que nada de aquello la afectaba.

—Jacob construyó el banco para que durara más de mil años, lo mismo que esta casa que, como podrá ver, ha soportado perfectamente el terremoto cuando las demás mansiones de Nob Hill se han desplomado o han resultado gravemente dañadas.

—Lo que usted diga, Margaret —repuso Bell, muy serio—. Pero le advierto a usted y a su hermano que no intenten marcharse de la ciudad.

La furia estalló en los ojos de la joven, que se puso en pie de un salto.

—¡No se le ocurra amenazarme y no piense ni por un momento en hacer lo mismo con Jacob! Lo suyo, Isaac, no es más que un farol. En esta ciudad no tiene autoridad ni influencia. Mi hermano y yo seguiremos aquí mucho después de que usted se haya ido.

Bell se levantó.

—Reconozco mi derrota en ese punto. Es cierto que carezco de influencia en la ciudad y entre la maquinaria política; pero, tan pronto como pongan el pie fuera de sus límites, caerán en mis manos. Pueden estar seguros.

—¡Salga de esta casa! —bramó Margaret—. ¡Salga de aquí inmediatamente!

Durante un momento se miraron con ojos cargados de furia. Luego, Bell se puso el sombrero y se encaminó a la puerta.

—¡No volverá a ponerle la mano encima a mi hermano! —gritó—. ¡Ni en mil años! ¡Antes tendrá que pasar por encima de mi cadáver!

Bell se detuvo en la puerta y se volvió antes de salir.

—Preferiría que no hubiera dicho eso.

Abner serpenteó hábilmente con el Rolls-Royce en su trayecto hasta el Cromwell National Bank, esquivando los montones de escombros y la gente que llenaba las calles. Cuando llegó a una esquina, un policía detuvo el coche y le ordenó que se dirigiera al Mechanic's Pavilion, el gran centro de acontecimientos feriales y deportivos. Las autoridades de la ciudad, en su desesperada búsqueda de un lugar donde atender los casos de urgencia, habían convertido el lugar en un improvisado hospital y depósito de cadáveres. El policía insistió en que Cromwell cediera el Rolls para que sirviera de ambulancia para los heridos.

—Tengo otros usos que dar a mi automóvil —contestó Cromwell en tono altanero antes de coger el tubo intercomunicador y ordenar a Abner—: Siga hacia el banco, Abner.

El policía desenfundó el arma y apuntó a Abner.

—¡Confisco este coche y le ordeno que se dirija de inmediato a donde le he dicho si no quiere que le vuele los sesos y se lo entregue a otra persona que no sea tan canalla!

Cromwell no se dejó impresionar.

—Bonito discurso, agente; pero el coche se queda conmigo.

El rostro del policía enrojeció.

—¡No pienso decírselo dos veces!

El hombre trastabilló hacia atrás con los ojos saliéndole de las órbitas cuando el proyectil del Colt 38 de Cromwell le perforó el pecho. Permaneció de pie unos segundos, perplejo, hasta que el corazón se le detuvo y se desplomó sin vida.

Cromwell lo contempló sin sentir el más mínimo remordimiento mientras Abner se apeaba rápidamente, recogía el cadáver como si fuera un pelele y lo sentaba en la banqueta delantera. A continuación, el irlandés volvió a ponerse al volante, puso primera y se alejó del lugar.

Había tal tumulto en las calles —gente gritando, edificios desplomándose y el fragor de los incendios— que nadie se fijó en el asesinato del policía. Los pocos que lo vieron caer pensaron que estaba herido y que alguien se lo llevaba en coche.

—Hay que deshacerse del cuerpo —dijo Cromwell como si se refiriera a una vulgar cucaracha.

—Yo me ocuparé, señor —contestó Abner a través del intercomunicador.

—Cuando haya acabado, vaya con el coche a la entrada de suministros de la parte trasera del banco. Tiene usted llave, de modo que entre. Lo necesito para que ayude a cargar unas cajas en el coche.

—Sí, señor.

A medida que el Rolls se acercaba a la esquina de las calles Sutter y Market, Cromwell vio el incendio que avanzaba y la magnitud de la destrucción que sembraba a su paso. Empezó a sentir por primera vez aprensión ante lo que podía encontrar cuando llegara al banco. Sus temores se disiparon rápidamente al ver el edificio.

El Cromwell National Bank había salido prácticamente intacto del terremoto. La recia estructura de piedra había justificado las pretensiones de su dueño cuando este presumía de que duraría mil años. Ni las paredes ni las grandes columnas habían sido dañadas. Los únicos desperfectos apreciables a simple vista eran las vidrieras rotas, cuyos fragmentos llenaban la acera formando un calidoscopio multicolor.

Abner detuvo el Rolls, se apeó y abrió la puerta de la cabina de pasajeros. Unos cuantos empleados del banco, que habían acudido al trabajo por la fuerza de la costumbre, deambulaban ante la puerta sin saber qué hacer con aquella trágica interrupción de su forma de vida. Cromwell salió, y todos ellos lo rodearon de inmediato, hablando a la vez y bombardeándolo con preguntas. Él levantó las manos para tranquilizarlos.

—¡Por favor, por favor! Es mejor que se vayan a sus casas y se queden con sus familias. Aquí no pueden hacer nada. Yo les garantizo que seguirán cobrando sus sueldos mientras se soluciona esta trágica calamidad y volvemos a nuestra actividad normal.

Era una promesa vacía: no solo no tenía Cromwell la menor intención de pagarles el sueldo, sino que había visto las llamas acercándose desde el distrito financiero, a solo unas horas de distancia del banco. Aunque los muros de piedra eran recios, las vigas de madera del techo arderían fácilmente, lo cual no tardaría en convertir el edificio en una cáscara vacía.

Tan pronto como vio que sus empleados se alejaban del banco, sacó un manojo de llaves enormes de latón y abrió la gran puerta principal. No se molestó en cerrar a su espalda porque sabía que el fuego no tardaría en devorar cualquier documento que hubiera en el interior. Se dirigió directamente a la cámara acorazada. Los cierres estaban programados para abrirse a las ocho en punto. Solo faltaba un cuarto de hora. Entró en el despacho del jefe de préstamos y avales, quitó el polvo a uno de los sofás y se instaló cómodamente mientras sacaba un puro de su cigarrera.

Sintiéndose por completo dueño de la situación, encendió el cigarro y exhaló una nube de humo hacia lo alto, pensando que el terremoto no podía haber sido más oportuno. Quizá perdiera unos cuantos millones, pero el seguro cubriría cualquier daño sufrido por el edificio del banco. Sus competidores vinculaban sus activos a los créditos; en cambio, él los mantenía en efectivo y los convertía en papel. Cuando se supiera que había huido de la ciudad, los interventores federales caerían sobre el banco como buitres. Con suerte, sus depositantes recuperarían diez centavos por dólar depositado.

Exactamente a las ocho, el mecanismo de apertura tintineó cuando los cierres se abrieron uno tras otro. Cromwell volvió a la cámara acorazada e hizo girar la gran rueda de apertura que parecía la de un timón de barco y desbloqueó los grandes pernos. Luego, tiró de la pesada puerta, que giró sobre sus bien engrasadas bisagras, y entró.

Tardó dos horas en acabar de cargar cuatro millones de dólares en certificados de oro en cinco grandes cajas revestidas de cuero. Abner llegó, tras haber ocultado el cadáver del policía asesinado en el sótano de un comercio devastado, y cargó las cajas en el Rolls. La fuerza bruta del irlandés nunca dejaba de sorprender a Cromwell. Él apenas podía levantar uno de los extremos de aquellas cajas, pero Abner se las echó al hombro de una en una sin apenas esfuerzo.

El Rolls se encontraba estacionado en la entrada subterránea que utilizaban los vehículos de transporte blindados para cargar y descargar efectivo desde la fábrica de moneda de San Francisco. Cromwell observó cómo el chófer depositaba las cajas en el suelo de la espaciosa cabina. Luego, les puso encima unos cojines y las tapó con unas mantas que había traído de la mansión, de manera que parecieran unos cadáveres piadosamente cubiertos.

Volvió al interior del banco y se aseguró de dejar abierta la puerta de la cámara acorazada para que el fuego destruyera todo su contenido. Acto seguido, salió y se sentó en la parte descubierta del Rolls, junto a Abner.

—Muy bien —le dijo—. Ahora vamos al almacén del ferrocarril.

—Tendremos que dar un rodeo por los muelles para evitar el incendio —dijo el chófer poniendo el coche en marcha.

Aprovechando las calles que habían quedado más o menos intactas, Abner bordeó el gran incendio que consumía

Chinatown y se dirigió hacia Black Point, al norte, mientras los edificios de madera se convertían en montones de ascuas de las que sobresalían como muñones los restos de las chimeneas.

Algunas calles estaban lo suficientemente transitables, pero Aber tuvo que evitar otras enterradas bajo los muros caídos. La policía los detuvo en un par de ocasiones para requisar el automóvil y utilizarlo como ambulancia, pero Cromwell se limitó a señalar los falsos cuerpos cubiertos por las mantas y a declarar que se dirigían a la morgue. En ambas ocasiones, la policía se apartó educadamente y los dejó pasar.

Abner tuvo que sortear algunos grupos de refugiados que huían de las áreas incendiadas llevando con ellos sus escasas pertenencias. No se veían escenas de pánico, sino gente caminando lentamente como si se tratara de un paseo de domingo. Casi nadie hablaba, y solo unos pocos volvían la vista atrás para contemplar los que habían sido sus hogares antes de la catástrofe.

Cromwell se sorprendió por la rapidez y ferocidad con que las llamas devoraron un edificio cercano. Unas chipas cayeron sobre el tejado y, en un par de minutos, todo él se convirtió en una antorcha llameante que se derrumbó en cuestión de segundos.

Las tropas del ejército de las bases militares cercanas empezaron a llegar para mantener el orden y ayudar a los bomberos en su lucha contra los fuegos. Diez compañías de artillería, infantería, caballería y un hospital de campaña —mil setecientos hombres en total— entraron en la ciudad con sus armas dispuestas para vigilar las ruinas y proteger del pillaje a los bancos, los comercios y los edificios oficiales. Tenían órdenes de disparar a todo aquel descubrieran robando.

Cromwell dejó atrás una caravana de vehículos militares cargados de dinamita procedente de la fábrica California Powder Works. En cuestión de minutos, las explosiones empezaron a sacudir la ya devastada ciudad a medida que las casas derruidas eran detonadas para atenuar la violencia de los incendios.

Al ver que la idea no funcionaba, el ejército no tardó en volar manzanas enteras en un último y desesperado intento de detener las llamas.

Una claridad enfermiza se abrió paso a través de la densa nube de humo y, salvo en las afueras de la ciudad, no se vio al sol asomar sobre las ruinas. Las tropas militares, los bomberos y la policía acabaron retirándose de las llamas mientras escoltaban a los fugitivos lejos del ardiente cataclismo.

Abner giró con el coche varias veces para evitar los cascotes que invadían las calles y los grupos de gente que luchaban por llegar a la terminal del ferry en un intento de cruzar la bahía hasta Oakland. Al final, encontró las vías del tren y las siguió hasta que llegó a las cocheras de Southern Pacific y al almacén de Cromwell. Subió por la rampa y aparcó junto a un vagón que estaba arrimado a la plataforma de carga. El número que había pintado en su costado era el 16455.

Cromwell no sabía que Bell estaba al corriente de que aquel vagón no era lo que parecía, y, como el hombre de Van Dorn encargado de vigilarlo había sido reclamado por Bronson para otras tareas, todo le pareció seguro. Cromwell examinó el candado de la gran puerta corredera del vagón para asegurarse de que nadie había intentado forzarlo. Satisfecho, introdujo la llave, lo abrió y retiró el pasador, que cumplía un papel más aparente que real. A continuación, se metió debajo del vagón y trepó por la trampilla disimulada en el suelo. Una vez dentro, descorrió los pesados pestillos que cerraban la puerta por dentro y la abrió.

Sin que nadie le dijera nada, Abner empezó a sacar las pesadas cajas del Rolls y a depositarlas en el interior del vagón, donde Cromwell las arrastró hasta dejarlas en un rincón. Cuando el coche quedó vacío del último cargamento de los cuatro millones de dólares, el banquero se volvió hacia el chófer.

—Ahora vaya a casa, recoja a mi hermana con su equipaje y vuelva aquí.

—¿Se queda usted, señor Cromwell?

Cromwell asintió.

—Tengo algunos asuntos que tratar en el despacho del supervisor de tráfico.

Abner sabía que dar el rodeo desde el almacén para llegar a Nob Hill sería una tarea casi imposible; no obstante, saludó a su jefe con la mayor naturalidad y dijo:

—Muy bien. Haré todo lo que esté en mi mano para volver con su hermana sana y salva.

—Si alguien puede conseguirlo, ese es usted, Abner —repuso Cromwell—. Tengo plena confianza en sus habilidades.

A continuación, cerró la puerta del vagón por dentro y se dejó caer por la trampilla. Cuando Abner bajaba por la rampa al volante del Rolls, vio a su jefe que caminaba apresuradamente entre las vías hacia el cobertizo del supervisor.

39

Bell bajó caminando por Nob Hill y se detuvo para ayudar a un grupo de hombres que retiraban los escombros de un pequeño hotel, del que no quedaba más que un montón de ladrillos y de vigas rotas y astilladas. Bajo las ruinas, se oían los débiles sollozos de un niño. Bell y los demás se pusieron a trabajar frenéticamente, apartando los escombros y abriendo un agujero hacia los gemidos de desolación.

Al cabo de casi una hora, llegaron por fin a la pequeña bolsa de aire que había evitado que el niño se asfixiara. Veinte minutos más tarde, lo habían desenterrado y llevado a un coche que aguardaba para trasladarlo al hospital más cercano. Salvo por los tobillos, que tenía fracturados, solo sufría algunos moratones y magulladuras.

Bell calculó que no tendría más de cinco años. El chico lloraba llamando a sus padres, pero los hombres que lo habían rescatado cruzaron una mirada sombría, sabedores de que el padre, la madre y seguramente los hermanos yacían aplastados bajo el edificio derrumbado. Sin decir palabra, se fueron cada uno por su lado, tristes pero en el fondo contentos por haber podido salvarlo.

Un par de manzanas más abajo, Bell pasó junto a un soldado que vigilaba a un grupo de personas que habían sido obligadas a retirar escombros de las calles y a apilarlos en la acera. Una de ellas, un tipo apuesto, le pareció familiar. Picado por la curiosidad, se detuvo y preguntó a un hombre mayor que contemplaba la escena si podía decirle quién era aquel joven.

—Es mi sobrino —contestó el anciano riendo—. Se llama John Barrymore. Es actor e interpreta una obra titulada *El dictador*. Aunque mejor debería decir que «interpretaba», porque del teatro no ha quedado nada.

—Ya me parecía haberlo reconocido —comentó Bell—. Lo vi haciendo *Macbeth* en Chicago.

El hombre meneó la cabeza y sonrió maliciosamente.

—Ha hecho falta un acto de Dios para sacar a John de la cama, y el ejército de Estados Unidos para ponerlo a trabajar.

El soldado también intentó obligar a Bell a que participara en las tareas de desescombro, pero lo dejó marchar después de que este le mostrara su identificación como agente de Van Dorn. En esos momentos, las multitudes se habían desperdigado, y las calles se encontraban prácticamente vacías salvo por algunos soldados a caballo y unos pocos curiosos que se habían quedado a observar los incendios.

En el tiempo que tardó Bell en caminar las ocho manzanas que lo separaban del Cromwell National Bank, el corazón de la ciudad, a ambos lados de Market Street, ardía furiosamente. El frente de llamas se hallaba solo a media docena de manzanas de distancia del banco cuando Bell llegó ante la puerta de bronce. Un joven soldado, que no tendría más de dieciocho años, le cerró el paso, apuntándolo con su bayoneta.

—Si se le ocurre entrar a robar, es usted hombre muerto —dijo en un tono que no admitía dudas.

Bell se identificó como agente de Van Dorn.

—Estoy aquí para verificar si todavía queda algo que pueda salvarse —mintió.

El soldado bajó su fusil.

—Está bien, señor. Puede pasar.

—¿Por qué no me acompaña? Puede que necesite un par de brazos fuertes en caso de que encontremos algo de valor.

—Lo siento, señor —repuso el soldado—. Tengo órdenes de patrullar por la calle para evitar cualquier intento de pillaje.

Le recomiendo que no se entretenga demasiado ahí dentro. Antes de una hora, el fuego habrá llegado a esta zona.

—Tendré cuidado —le aseguró Bell. Luego, subió los peldaños de entrada y empujó la puerta que Cromwell había dejado abierta. Dentro, parecía que el banco estuviera cerrado como si fuera un domingo normal. Los mostradores de caja, los escritorios y el mobiliario en general tenían todos el aspecto de estar esperando que llegara el lunes para reanudar su actividad normal. Los únicos daños visibles eran las vidrieras rotas.

A Bell le sorprendió encontrar abierta la cámara acorazada. Entró y no tardó en comprobar que todo el efectivo había sido retirado. Solo quedaban algunas monedas de plata y oro junto con billetes de cuantía no superior a cinco dólares. Jacob Cromwell había llegado y se había marchado. Bell comprendió que el tiempo que había perdido rescatando al niño también le había impedido atrapar a Cromwell con las manos en la masa cuando se llevaba el dinero del banco.

No le cupo duda entonces de que Cromwell se disponía a aprovechar el desastre que había asolado la ciudad para huir de San Francisco y cruzar la frontera. Maldijo para sus adentros no poder disponer de su Locomobile. Atravesar las calles a pie le estaba costando un tiempo precioso y consumiendo sus energías. Salió del banco y se dirigió al edificio de aduanas, que también se hallaba en el camino del incendio.

Marion no siguió exactamente las instrucciones de Bell. En contra de lo que él le había dicho, dio media vuelta y subió a su apartamento por la endeble escalera. Preparó una maleta con fotos familiares, papeles personales, joyas y sus mejores vestidos. Mientras doblaba dos conjuntos de seda sonrió para sus adentros. Solo una mujer era capaz de salvar las cosas bonitas. A un hombre le daría igual salvar o no sus mejores trajes.

Marion cargó con la maleta escalera abajo y se unió a la demás gente que se había quedado sin hogar y que caminaban arrastrando las pocas pertenencias que habían conseguido recuperar. Nadie miraba atrás, a los restos en ruinas y a lo que quedaba de los hogares en donde habían vivido felices hasta entonces.

A lo largo de horas que parecían eternas, decenas de miles de personas huyeron de los incontrolables incendios. Curiosamente, no se produjeron escenas de pánico ni desórdenes. Las mujeres no lloraron, y los hombres no se enfurecieron ni desesperaron. Detrás de ellos, piquetes de soldados retrocedieron ante las llamas, apremiando a los fugitivos para que siguieran caminando y empujando de vez en cuando a los que se detenían para descansar.

Arrastrar aquellos pesados bultos, caminando colina arriba y colina abajo, manzana tras manzana, kilómetro tras kilómetro, se convirtió al fin en una carga demasiado pesada. Cientos de miles de maletas y baúles acabaron siendo abandonados. Algunos, los menos fatigados, encontraron la forma de enterrar sus posesiones con la esperanza de poder regresar para recuperarlas cuando los incendios se hubieran apagado.

El ánimo y la entereza de Marion se elevaron a cotas que ella misma desconocía que existieran. Cargó o arrastró su maleta como si estuviera sumida en un estado de estupor y se esforzó hora tras hora sin que nadie la ayudara. Los hombres y sus familias estaban demasiado ocupados en el heroico intento de salvar sus propias posesiones. Por fin, cuando Marion ya no pudo seguir, un muchacho le preguntó si podía ayudarla, y ella le dio las gracias con lágrimas en los ojos.

Hasta las cinco de la tarde no llegaron al parque Golden Gate, donde un soldado les indicó la zona en la que estaban instaladas las tiendas para los refugiados. Entró en una, le dio las gracias de nuevo al chico, que no quiso aceptar nada a cambio de su ayuda, y se desplomó en una de las camas plegables. Diez segundos más tarde, dormía profundamente.

Cuando Bell llegó al edificio de aduanas era como caminar a través de un muro de fuego. Toda la ciudad, a pesar de haber oscurecido, estaba iluminada por una extraña y ondulante claridad anaranjada. La multitud huía de las llamas intentando apresuradamente poner a salvo sus pertenencias en los carros. El fuego se estaba acercando y rodeaba el edificio por tres de sus costados, amenazando toda la manzana. Los soldados que se hallaban en las azoteas de las casas vecinas mantenían una lucha constante para extinguir los incendios y salvar las aduanas, cuyos pisos superiores habían resultados dañados por el terremoto. No obstante, las plantas inferiores estaban intactas y eran utilizadas como centro de operaciones por el ejército y por el destacamento de marines y el personal de la armada que se ocupaba de las mangueras antiincendios.

Bell pasó ante los guardias que vigilaban el perímetro del edificio y entró. En una habitación contigua al vestíbulo principal encontró a Bronson que despachaba con dos policías y un oficial del ejército sobre un gran mapa extendido sobre la mesa.

Bronson vio que entraba un hombre cubierto de ceniza, con el rostro ennegrecido por el hollín, y tardó unos segundos en reconocerlo. Luego, una sonrisa se dibujó en su cara y se acercó para abrazar a Bell.

—No sabes cómo me alegro de verte, Isaac.

—¿Te importa si me siento, Horace? —repuso un agotado Bell—. He caminado muchísimo.

—Claro que no. —Bronson lo llevó hasta una silla junto a un escritorio de persiana—. Deja que te ofrezca una taza de café. Aunque parezca mentira por el infierno que nos rodea, se ha quedado frío y no tenemos forma de calentarlo. De todas maneras, a nadie parece importarle.

—Da lo mismo, gracias.

Bronson le sirvió una taza de una cafetera de esmalte y se la dejó encima de la mesa. Entonces se acercó a Bronson un hombre alto, de ojos oscuros y con el cabello castaño revuelto, que vestía una impoluta camisa blanca y una corbata.

—Parece que ha conocido usted mejores momentos —comentó mirando a Bell.

—Sin duda. Muchos y mejores —repuso Bell.

Bronson se adelantó.

—Isaac, te presento a Jack London, el escritor. Está recogiendo información para un relato.

Bell asintió y le estrechó la mano sin levantarse.

—Me parece que aquí tiene material para, al menos, diez libros.

—Me basta con uno —repuso London—. ¿Le importaría contarme lo que ha visto?

Bell le hizo un breve resumen de sus peripecias por la ciudad, omitiendo el desagradable episodio de la mujer a la que había tenido que matar. Cuando hubo acabado, London le dio las gracias y se volvió a su mesa para poner en orden sus notas.

—¿Qué has averiguado de Cromwell? —le preguntó Bronson—. ¿Sabes si él y su hermana han sobrevivido?

—Están vivos y coleando y, en estos momentos, preparándose para largarse y cruzar la frontera.

—¿Estás seguro?

—Llegué al banco de Cromwell demasiado tarde. La cámara acorazada estaba vacía de todo menos de los billetes pequeños. Calculo que se habrá largado con unos tres o cuatro millones de dólares.

—Pues no podrá salir de la ciudad, no llevando tal cantidad de dinero. Los muelles están abarrotados con miles de refugiados que intentan cruzar la bahía para llegar a Oakland. No hay manera de que pueda sacar todo ese dinero de tapadillo en un par de maletas.

—Te aseguro que, tratándose de Cromwell, encontrará la manera —contestó Bell, disfrutando del café frío y sintiéndose un poco mejor.

—¿Y qué hay de Margaret? ¿Se ha ido con él?

Bell negó con la cabeza.

—No lo sé. Fui a su casa antes del mediodía y Margaret se comportó como si ella y su hermano pretendieran permanecer en la ciudad y luchar contra nosotros en los tribunales. Cuando descubrí que Cromwell se había largado con el dinero ya no podía regresar a Nob Hill por culpa del fuego. Un poco más y tampoco consigo llegar hasta aquí.

—¿Y Marion? —preguntó Bronson, prudentemente.

—Le dije que fuera al parque Golden Gate. Allí debería estar a salvo.

Bronson se disponía a contestar cuando un muchacho de unos diez años entró corriendo en la habitación. Llevaba una gorra ancha, un grueso jersey y pantalones cortos. Saltaba a la vista que hacía un buen rato que estaba corriendo porque le faltaba el aliento y apenas podía hablar.

—Estoy... buscando al... señor Bronson —dijo entre jadeos.

Bronson se volvió.

—Yo soy Bronson. ¿Qué quieres de mí?

—El señor Lasch...

Bronson miró a Bell.

—Lasch es uno de mis hombres. Lo viste un momento en nuestra reunión después del terremoto. Está vigilando un almacén del gobierno en las cocheras del ferrocarril. —Se volvió hacia el chico—. Adelante, hijo.

—El señor Lasch me dijo que usted me pagaría cinco dólares si venía aquí y le contaba lo que él me pidió que le dijera.

—¿Cinco dólares? —comentó Bronson—. Eso es mucho dinero para alguien de tu edad.

Bell sonrió, sacó un billete de diez y se lo dio al chico.

—¿Cómo te llamas, muchacho?

—Stuart, Stuart Leuthner.

—Bueno, Stuart, si vienes de las cocheras quiere decir que has recorrido un largo camino a través del incendio. Coge estos diez dólares y cuéntanos lo que Lasch te dijo.

—El señor Lasch me dijo que le dijera al señor Bronson que el vagón aparcado enfrente del almacén del señor Cromwell ya no está.

Bell se acercó al chico con expresión repentinamente ceñuda.

—Repite eso.

El muchacho lo miró, asustado.

—Pues que el vagón no está.

Bell se volvió hacia Bronson.

—¡Maldición! —masculló—. Eso significa que ya se ha largado de la ciudad. —Entonces dio al chico otro billete de diez—. ¿Dónde están tus padres?

—Están ayudando a repartir víveres en Jefferson Square.

—Será mejor que vuelvas con ellos. Seguro que estarán preocupados por ti. Ah, y mantente alejado de los incendios.

Los ojos de Stuart casi se le salieron de las órbitas al ver el segundo billete.

—¡Veinte pavos! Gracias, señor —exclamó antes de dar media vuelta y salir corriendo del edificio.

Bell se recostó en su silla.

—Un tren… —murmuró—. ¿De dónde habrá sacado la locomotora?

—Todo lo que sé es que los ferrys están abarrotados de gente que intenta llegar a Oakland. Allí, los ferrocarriles de Southern Pacific reúnen a todos los trenes de pasajeros para sacar a la gente de la zona. Es imposible que Cromwell haya podido conseguir una locomotora con su ténder y su tripulación.

—Ese vagón no ha salido rodando por sus propios medios.

—Créeme —insistió Bronson—. No están saliendo trenes de mercancías hacia Oakland. Solo de pasajeros. Los únicos trenes de mercancías que circulan son los que llegan con provisiones desde el este.

Bell se puso en pie, mirando fijamente a Bronson.

—Horace, necesito un automóvil. No puedo perder horas atravesando la parte de la ciudad que no está en llamas.

—¿Adónde vas?

—Primero, tengo que encontrar a Marion y asegurarme de que está bien —contestó Bell—. Luego iré al ferrocarril, a ver al supervisor de transportes. Si Cromwell ha contratado o robado un tren para salir de la ciudad, el supervisor ha de tener constancia de ello.

Bronson sonrió como un zorro.

—¿Te parece bien un Ford modelo K?

Bell lo miró sorprendido.

—El nuevo modelo K tiene un motor de seis cilindros que da casi cuarenta caballos. ¿De dónde lo has sacado?

—Se lo hemos tomado prestado a un comerciante rico de la ciudad. Es tuyo si me prometes devolverlo antes de las doce de mañana.

—Te debo una, Horace.

Bronson le puso una mano en el hombro.

—Puedes pagarme cazando a Cromwell y a su hermana.

40

Marion durmió seis horas seguidas. Cuando despertó, en la tienda había otras seis mujeres. Una estaba sentada en su cama plegable, sollozando. Dos parecían aturdidas y ausentes mientras que las demás mostraban su fortaleza con su disposición a ayudar a los refugiados en las cocinas de campaña que se estaban montando en el parque. Marion se levantó de la cama, se arregló un poco la ropa y se dirigió con sus nuevas amigas a las numerosas tiendas de campaña que el ejército había instalado como hospital de urgencia.

Enseguida le ordenaron que se ocupara de limpiar y vendar las heridas que no requirieran la intervención de los médicos, que estaban muy ocupados en los improvisados quirófanos salvando la vida de los heridos más graves. Marion no tardó en perder la noción del tiempo y se olvidó del cansancio y del sueño poniéndose manos a la obra con los niños. Algunos de ellos eran tan valientes que la emocionaban, y no pudo evitar echarse a llorar después de curar los cortes y magulladuras de una niña de tres años que había perdido a su familia y que le dio las gracias con su vocecita asustada.

Pasó a la siguiente camilla, un niño que acababa de llegar del quirófano, donde le habían operado de una pierna rota. Mientras lo arropaba con la manta, notó una presencia a su espalda.

—Perdone, enfermera, pero se me ha caído el brazo. ¿Le importaría arreglármelo?

Marion se dio la vuelta y se echó en los brazos de Isaac Bell.

—¡Oh, Isaac! Gracias a Dios que estás bien. Tenía tanto miedo por ti…

Bell sonrió con su rostro manchado de hollín.

—Estoy hecho polvo pero todavía en pie.

—¿Cómo me has encontrado?

—Soy detective, ¿recuerdas? El hospital de urgencia ha sido el primer sitio donde he mirado. Sabía que seguirías los pasos de Florence Nightingale. Tienes demasiado buen corazón para no ayudar a los que lo necesitan, especialmente si son niños. —La estrechó entre sus brazos y le susurró al oído—: Estoy orgulloso de ti, señora Bell.

Ella se apartó y lo miró a los ojos, confundida.

—¿Has dicho «señora Bell»?

La sonrisa de Bell no se alteró.

—Ya sé que no es precisamente el lugar más romántico para pedir tu mano, pero ¿quieres casarte conmigo?

—¡Isaac Bell! ¿Cómo te atreves a hacerme esto? —gritó fingiendo indignación. Luego, le rodeó el cuello con los brazos, lo besó y añadió—: Claro que me casaré contigo. Ha sido la mejor oferta que me han hecho hoy.

Bell se puso serio y su voz adquirió un tono de gravedad.

—Escucha, Marion, solo puedo quedarme un momento. Cromwell y su hermana han huido de San Francisco. Mientras que me quede algo de aliento no pienso permitir que ese canalla asesino quede en libertad.

Su determinación asustó a Marion, que lo abrazó con fuerza.

—No sucede todos los días que a una chica la pidan en matrimonio y el novio se largue acto seguido. —Lo besó nuevamente—. Está bien, pero no se te ocurra no volver. ¿Me oyes?

—Tan pronto como pueda.

—Te estaré esperando aquí. Este lugar está empezando a gustarme.

Bell le cogió ambas manos y se las besó. Luego, dio media vuelta y salió de la tienda a grandes pasos.

No se le ocurrió volver a la mansión de Nob Hill para comprobar si Margaret se había marchado. No le cabía la menor duda de que había huido con su hermano.

Los palacios y las mansiones de los millonarios no eran sino grandes hogueras llameantes. Por todas partes se oía el rugido de los incendios y el estruendo de los edificios que se derrumbaban entre explosiones de dinamita.

El Ford modelo K era ligero y veloz. Y también resistente. Saltaba por los montones de escombros igual que una cabra de peña en peña. Sin saberlo, Bell tomó prácticamente el mismo camino que Abner y Cromwell, bordeando la bahía por el norte, lejos de los incendios. Había pasado apenas una hora desde que se había despedido de Marion cuando detuvo el coche ante la rampa del almacén de Cromwell y verificó con sus propios ojos que el vagón había desaparecido.

Vio las locomotoras que enganchaban vagones de pasajeros en los convoyes destinados a la evacuación de los refugiados hacia la zona sur del estado, donde las vías seguían abiertas, y los trenes de mercancías que llegaban con suministros y medicinas desde Los Ángeles.

Siguió conduciendo a lo largo de las vías hasta que vio una caseta de madera donde colgaba un cartel que ponía: SUPERVISOR DE TRÁFICO. Detuvo el coche, saltó al suelo y entró.

Había varios hombres muy atareados, despachando los trenes, y ninguno levantó la vista cuando Bell apareció.

—¿Dónde está el supervisor? —preguntó.

—Ahí dentro —respondió uno de los hombres, señalando una puerta.

Bell encontró al supervisor escribiendo números en una gran pizarra que mostraba los convoyes que entraban y salían. En el rótulo de su escritorio se leía el nombre MORTON GOULD. Era de estatura baja, tenía poco mentón y un pico aguileño a modo de nariz. La pizarra mostraba más de treinta trenes distribuidos en las vías que se abrían como una tela de araña. Bell no pudo evitar preguntarse cuál de ellos llevaría el vagón de Cromwell.

—Señor Gould...

Gould se volvió y se encontró frente a un hombre que parecía haber cruzado el infierno de punta a punta.

—¿No ve que estoy ocupado? Si lo que quiere es coger un tren para salir de la ciudad tendrá que ir a la estación de Southern Pacific o a lo que queda de ella.

—No es eso. Me llamo Isaac Bell y trabajo para la Agencia Van Dorn. Estoy buscando un vagón que lleva el número de serie 16455.

Gould señaló la pizarra.

—Southern Pacific está removiendo cielo y tierra para sacar de la ciudad a miles de refugiados y llevarlos en el ferry y en los remolcadores hasta Oakland, donde los trenes esperan para sacarlos de la bahía. Hay en camino mil cuatrocientos vagones que llegan de todo el país para ayudar. Los trescientos que hay en este lado de la bahía están siendo dirigidos al sur del estado. ¿Cómo quiere que pueda seguir el rastro de uno en concreto?

Bell miró a Gould a los ojos.

—Ese vagón pertenece a Jacob Cromwell.

La vio, apenas fue visible, pero la chispa de reconocimiento estaba allí.

—No conozco a ningún Jacob Cromwell. —Gould miró aprensivamente a Bell—. ¿Qué significa todo esto?

—Que usted ha fletado una locomotora para que se llevara ese vagón.

—¿Está usted loco? ¡Nunca se me ocurriría fletar un tren particular en medio de una emergencia como esta!

—¿Cuánto le ha pagado?

Gould hizo un gesto displicente con la mano.

—¿Cómo va a pagarme alguien a quien no conozco? ¡Todo esto es ridículo!

Bell hizo caso omiso de las mentiras de Gould.

—¿Cuál era el destino de ese tren?

—¡Escuche usted! —exclamó Gould con el miedo reflejado en los ojos—. ¡Me da igual que sea usted policía o agente de quien sea! ¡Lárguese de aquí!

Bell se quitó el sombrero e hizo como si lo limpiara por dentro. Al instante siguiente, el supervisor contemplaba los dos cañones de una Derringer. Bell se los clavó en un lado del ojo izquierdo.

—A menos que me diga la verdad en medio minuto, dispararé, y la bala no solo lo desfigurará para siempre, sino que le volará los dos ojos. ¿Quiere pasar el resto de sus días ciego y mutilado?

El pánico se apoderó de Gould.

—¡Está loco!

—Tiene treinta segundos para contestar antes de quedarse ciego.

—¡No puede hacerlo!

—Puedo y lo haré a menos que me diga la verdad.

La fría expresión de los ojos y el tono de Bell convencieron al supervisor de que no se trataba de un farol. Miró alrededor frenéticamente, buscando un modo de escapar.

—Diez segundos —anunció Bell amartillando la Derringer.

Gould se derrumbó.

—¡No, por favor!

—¡Hable!

—¡Está bien! Cromwell ha estado aquí. Me pagó diez mil dólares en metálico si enganchaba su vagón a una locomotora rápida y metía el tren en una vía hacia el sur.

—¿Hacia el sur? —preguntó Bell entrecerrando los ojos.

—Es la única manera posible de salir de la ciudad —repuso Gould—. Todos los ferrys están siendo utilizados para llevar a la gente a Oakland. No había otra dirección.

—¿Y adónde lo envió?

—A San José. Luego, al norte, rodeando la bahía, hasta que gire hacia el este en la línea principal que cruza las montañas hacia Nevada y Salt Lake City.

—¿Cuánto hace que salió?

—Hará unas cuatro horas.

Bell mantuvo la presión de la Derringer.

—¿Cuándo tiene previsto llegar a Salt Lake City?

Gould meneó la cabeza en rápidos espasmos.

—No lo sé. Su maquinista tendrá que detenerse muchas veces en vía muerta para dejar pasar a los trenes que vienen en auxilio. Con un poco de suerte, llegará a Salt Lake City mañana por la tarde.

—¿Qué tipo de máquina le dio?

Gould cogió un fajo de papeles y buscó una hoja.

—Le di la número 3025. Una Pacific 4-6-2, construida por Baldwin.

—¿Rápida?

Gould asintió.

—Tenemos pocas que lo sean más.

—¿Cuándo dispondrá de una?

—¿Por qué lo pregunta?

—Quiero la locomotora más veloz que tenga —ordenó Bell, amenazando a Gould con la Derringer—. Se trata de una emergencia de vital importancia. Tengo que atrapar el tren de Cromwell.

Gould se concentró en la gran pizarra.

—Tengo la número 3455. Una Baldwin Atlantic 4-4-2. Es más rápida que la Pacific, pero está en Oakland, reparándose.

—¿Cuándo estará lista para salir?

—El taller debería tenerla preparada dentro de unas tres horas.

—Me la llevaré —dijo Bell sin vacilar. Cargue a nombre de Van Dorn.

Por un momento, pareció que Gould iba a protestar y discutir con Bell, pero la Derringer lo convenció de lo contrario.

—Si me denuncia, yo podría perder mi trabajo y acabar en la cárcel.

—Si me da la locomotora que le pido y me pone en ruta hacia Salt Lake City pasando por San José, no diré nada.

Gould dejó escapar un suspiro y empezó a rellenar los impresos correspondientes para fletar una locomotora a nombre de la Agencia de Detectives Van Dorn. Cuando hubo acabado, Bell le quitó los papeles de las manos y los examinó un momento. Satisfecho, salió del despacho sin decir palabra, subió al Ford y se dirigió a la terminal del ferry.

41

Al acercarse al edificio del ferry, Bell tuvo que cubrirse con una manta para protegerse de las cenizas. Vio entonces que todo Chinatown había desaparecido dejando poco más que cientos de ruinas calcinadas. La terminal del ferry había logrado sobrevivir con solo unos pocos daños en la torre del reloj. Bell se fijó en que las manecillas se habían detenido en las 5.12, cuando se produjo el terremoto.

Las calles circundantes y los alrededores de la terminal ofrecían un aspecto dantesco. Miles de personas huían, convencidas de que toda la ciudad iba a quedar destruida. El desorden y la confusión eran indescriptibles entre la multitud. Algunos, envueltos en mantas, cargaban con todas las posesiones que eran capaces de llevar al ferry. Otros empujaban carritos de niño o cualquier elemento que rodara y donde pudieran amontonar sus pertenencias. Sin embargo, a pesar de la pesadilla, todos se mostraban educados y corteses unos con otros.

Bell se detuvo junto a un joven que parecía limitarse a contemplar los incendios de las calles desde los muelles. Sacó un billete de veinte dólares y se lo mostró, diciendo:

—Es para ti si sabes conducir un automóvil y llevas este al edificio de aduanas y se lo entregas a un tal Bronson, de la Agencia de Detectives Van Dorn.

El joven abrió mucho los ojos no tanto por el dinero, sino por la oportunidad de poder conducir semejante automóvil.

—Sí, señor, sé conducir. He aprendido con el Maxwell de mi tío.

Bell observó, divertido, cómo el muchacho ponía las marchas y enfilaba por la abarrotada calle. Luego, se dio la vuelta y se unió a la masa de gente que escapaba de la destrucción de la ciudad.

En los tres días que siguieron al terremoto, más de doscientas veinticinco mil personas abandonaron la península donde se levanta San Francisco y fueron transportadas sin cargo alguno por Southern Pacific a cualquier lugar donde desearan ir. A las veinticuatro horas del terremoto, los abarrotados ferrys salían rumbo a Oakland a un ritmo de uno cada hora.

Bell mostró sus credenciales de Van Dorn y subió a bordo de un ferry llamado *Buena vista*. Encontró un buen lugar donde acomodarse por encima de las ruedas de palas y se volvió para contemplar las llamas que ascendían cientos de metros en el cielo lanzando humo mucho más arriba. Parecía como si toda la ciudad se hubiera convertido en una gigantesca hoguera.

Cuando desembarcó en los muelles de Oakland, un empleado del ferrocarril le indicó el camino hacia los talleres, donde lo esperaba su locomotora. Visto de cerca, el monstruo de acero pintado de negro de punta a punta resultaba una visión impresionante. Calculó que el techo de la cabina estaría a tres metros del suelo y que las ruedas tractoras tendrían más de un metro y medio de diámetro. En esa época, una locomotora tipo Atlantic era una obra maestra de potencia mecánica.

A pesar de todo, a Bell se le antojó fea y peligrosa. El número 3455 aparecía pintado en los costados de la cabina, mientras que el logotipo de Southern Pacific adornaba los lados del ténder, encargado de alimentar las calderas con agua y carbón. Bell fue hacia el hombre que vestía el tradicional mono de trabajo a rayas de los ferroviarios y que se tocaba con una gorra igual. El individuo manejaba un engrasador y parecía estar echando aceite en los cojinetes de las bielas que conectaban los pistones con las ruedas.

—Una gran locomotora —dijo en tono apreciativo.

El maquinista alzó la mirada. Era más bajo que Bell. De la gorra le asomaban mechones de cabello entrecano. Tenía el rostro curtido y atezado por años pasados a la intemperie en la cabina abierta. Las cejas que se alzaban sobre sus ojos azules eran curvadas e hirsutas. Bell calculó que tenía menos años de los que aparentaba.

—Ninguna mejor que mi *Adeline*.

—¿*Adeline*?

—Un nombre es más fácil de recordar que el número de serie. A la mayoría de las locomotoras les ponen nombre de mujer.

—Pues *Adeline* parece muy potente.

—Y lo es. Fue construida para el transporte pesado de pasajeros. Hace solo cinco meses que salió de los talleres Baldwin.

—¿Qué velocidad alcanza? —preguntó Bell.

—Eso depende de cuántos vagones tenga que tirar.

—Digamos que no tiene que tirar de ninguno.

El maquinista meditó un momento.

—En un tramo recto y despejado, puede llegar a los ciento cincuenta por hora.

—Me llamo Bell —le dijo entregándole los impresos de flete—. Acabo de contratar su locomotora para un trabajo especial.

El maquinista estudió los papeles.

—Conque un trabajo para la Agencia de Detectives Van Dorn, ¿eh? ¿Cuál es ese trabajo tan especial?

—¿Ha oído hablar del Carnicero?

—Claro, quién no. Según lo que he leído en los periódicos, es un verdadero asesino.

Bell no perdió el tiempo con explicaciones detalladas.

—Vamos a ir por él. Ha fletado una locomotora tipo Pacific para su vagón particular y se dirige a Salt Lake City antes de girar hacia el norte para cruzar la frontera canadiense. Calculo que nos lleva unas cuatro horas de ventaja.

—Me temo que, para cuando hayamos cargado carbón y tengamos vapor suficiente, serán seis.

—Me han dicho que estaban reparando la máquina. ¿Está todo terminado?

El maquinista asintió.

—Sí. En el taller le cambiaron un cojinete averiado en una de las ruedas tractoras.

—Cuanto antes nos pongamos en marcha, mejor. —Bell le tendió la mano—. Mi nombre es Isaac Bell.

El maquinista se la estrechó con fuerza.

—Yo soy Nils Lofgren. Mi fogonero se llama Marvin Long.

Bell sacó su reloj de bolsillo y miró la hora.

—Nos vemos dentro de cuarenta y cinco minutos.

—De acuerdo. Estaremos en la plataforma carbonera que hay al final de la vía.

Bell se apresuró hacia la terminal de Oakland hasta que llegó a un edificio de madera que albergaba las oficinas de Western Union. El jefe de telégrafos le informó de que solo funcionaba una línea hasta Salt Lake City y que llevaba más de una hora de retraso en el envío de mensajes. Bell le explicó su misión, y el hombre se mostró dispuesto a colaborar.

—¿Cuál es el mensaje que quiere enviar? Me ocuparé personalmente de transmitirlo sin demora a nuestra oficina de Salt Lake City.

Bell cogió lápiz y papel y escribió:

> Al director de la oficina Van Dorn de Salt Lake City. Imperativo que detenga locomotora que lleva vagón 16455. Carnicero a bordo. Sea precavido. Es muy peligroso. Reténgalo hasta que yo llegue.
>
> ISAAC BELL. Agente especial

Esperó hasta que el telegrafista hubo enviado el mensaje. Luego, salió y caminó hasta donde Lofgren y Long cargaban agua y carbón. Subió a la cabina y el maquinista le presentó a Long, un hombre corpulento cuyos músculos abultaban bajo su camisa tejana. No usaba gorra, y lo pelirrojo de sus cabellos casi igualaba en intensidad el color de las llamas que ardían en la caldera. Se quitó los guantes de cuero y estrechó la mano de Bell con la suya, dura y encallecida por las horas pasadas arrojando paletadas de carbón.

—Estamos listos cuando quiera —anunció Lofgren.

—Pues vamos allá —contestó Bell.

Mientras Long avivaba el fuego, Lofgren ocupó su asiento en el lado derecho de la cabina, situó la barra inversora Johnson en posición, abrió las espitas de los cilindros y tiró dos veces de la cuerda del techo haciendo sonar el silbato que anunciaba que se ponían en marcha. Luego, tiró de la larga palanca de aceleración, y *Adeline* empezó a moverse lentamente por las vías de la estación.

Diez minutos más tarde, Lofgren recibió señales para que entrara en la vía principal que llevaba hacia el sur. Tiró nuevamente de la palanca del gas, y la gran locomotora Atlantic poco a poco cobró velocidad. Long empezó a alimentar la caldera. Había desarrollado una técnica para mantener el fuego en el punto adecuado, ni demasiado vivo ni demasiado apagado. Lofgren tiró a fondo de la palanca del gas, y las ruedas tractoras giraron a más velocidad mientras la chimenea escupía una nube de humo.

Bell se instaló en el asiento del lado izquierdo. Se sentía satisfecho y aliviado porque estaba convencido de que aquella sería la última vez que perseguiría a Cromwell para entregarlo, vivo o muerto, a las autoridades de Chicago.

Las vibraciones de la locomotora sobre los raíles empezaron a resultarle tan tranquilizadoras como un paseo en barca por un lago de montaña; y el calor de la caldera junto con el rítmico empuje del vapor, lo más adecuado y relajante para un hombre con una misión como la suya. Antes de que llegaran a Sacramento y se desviaran hacia el este para cruzar las montañas de Sierra Nevada, Bell ya se había recostado en su asiento y cerrado los ojos. Al cabo de un minuto, dormía profundamente en medio del estruendo de la locomotora lanzada a toda velocidad hacia Sierra Nevada y el paso Donner.

42

El sudor corría copiosamente por el enorme pecho y los fornidos brazos de Abner Weed mientras arrojaba incesantes paletadas de carbón a la caldera. Había una técnica para conseguir un fuego lo más eficiente posible, pero él no la conocía y se limitaba a echar paletada tras paletada haciendo caso omiso de las protestas del maquinista, que le gritaba que demasiado carbón bajaría la temperatura de la caldera.

Abner había cogido la pala para turnarse con el fogonero, Ralph Wilbanks, un hombre alto y corpulento que se había agotado tras varias horas manteniendo la temperatura necesaria para que el vapor impulsara la gran locomotora Pacific por las pendientes de las montañas de Sierra Nevada. Se turnaban cada hora, mientras uno descansaba.

Abner se mantenía alerta mientras trabajaba, con el Smith & Wesson metido en el cinturón. No le quitaba ojo al maquinista, que estaba constantemente ocupado manteniendo una elevada pero segura velocidad mientras observaba las vías por si surgía algún obstáculo inesperado, como un tren fuera de programa en dirección contraria. Al fin, coronaron la cima e iniciaron el descenso que los llevó a las llanuras del desierto.

—Estamos acercándonos a Reno —gritó Wes Hall, el maquinista, haciéndose oír por encima del rugido de la caldera. Era un hombre nervioso, con aspecto de vaquero, y había querido detener el tren cuando sus pasajeros le exigieron que batiera el récord de velocidad a través de las montañas; pero cedió cuando Abner le puso el cañón en la sien y lo amenazó con matarlo allí mismo, a él y al fogonero, si no obedecía. Una propina de mil dólares en metálico de Jacob Cromwell contribuyó a persuadirlos y, en esos momentos, hacían correr la locomotora tanto como podían.

—Tenemos una señal roja delante —avisó Wilbanks.

Hall se asomó y también la vio.

—Vamos a tener que parar y meternos en un ramal.

Abner apuntó al maquinista con su arma.

—Ni hablar. Haga sonar el silbato y pase.

—No podemos hacer eso —contestó el maquinista mirándolo a los ojos—. Seguro que se trata de un tren expreso que lleva provisiones a San Francisco. Prefiero que me pegue un tiro antes que provocar un choque con otro tren que también nos matará y que, además, interrumpirá el tráfico durante varios días.

Abner se guardó el arma lentamente en el cinturón.

—De acuerdo, pero devuélvanos a la vía tan pronto como el expreso haya pasado.

Hall empezó a cerrar el mando de gases.

—Podemos aprovechar esta parada para cargar agua y carbón.

—De acuerdo, pero cuidado con hacer gestos extraños o les volaré la cabeza a los dos.

—Ralph y yo no podemos seguir así mucho más. Estamos agotados.

—Si quieren ganarse la propina y vivir para disfrutarla, sigan trabajando —contestó Abner en tono amenazador.

Se asomó por el lado izquierdo de la máquina y divisó la estación de la pequeña ciudad de Reno, en Nevada, que se dibujaba en la distancia. Al acercarse, vio una figura que agitaba una bandera roja junto a un cambio de vías. Hall hizo sonar el silbato para anunciar su llegada y avisar al guardagujas que había comprendido la señal de aminorar para ser desviado a un ramal secundario.

Hall detuvo el ténder exactamente debajo del depósito de agua situado a un lado de la vía y junto al de carbón, al otro lado. Wilbanks saltó al ténder, agarró la cuerda que colgaba de la manga de agua y tiró de ella para colocarla sobre la boca del depósito y que el agua cayera por la gravedad. A continuación saltó al suelo con un engrasador en la mano y fue revisando los cojinetes y los ejes de la locomotora. Dado que Cromwell no había querido esperar a que llegara el engrasador, el maquinista tuvo que comprobar también los ejes del ténder y del vagón.

Sin dejar de vigilar a Hall y Wilbanks, Abner fue hasta el vagón y llamó a la puerta dando dos golpes con la culata de su arma. Esperó unos segundos y volvió a llamar. La puerta se abrió desde dentro y fue descorrida. Jacob y Margaret aparecieron de pie, mirando a Abner.

—¿A qué se debe el retraso? —preguntó Cromwell.

Abner señaló la locomotora con un gesto de cabeza.

—Nos hemos metido en una vía muerta para dejar pasar un tren expreso. Mientras esperamos, el fogonero está cargando agua y carbón.

—¿Dónde estamos? —quiso saber Margaret, que iba vestida con un pantalón de hombre con las perneras metidas dentro de las botas, un suéter azul y un pañuelo en la cabeza.

—En la ciudad de Reno —contestó Abner—. Hemos salido de las montañas y entrado en el desierto. A partir de ahora, el trayecto es llano.

—¿Y qué pasa con lo que nos queda por delante? —preguntó Cromwell—. ¿Vamos a cruzarnos con muchos más trenes que nos obligarán a parar?

—Lo comprobaré con el guardagujas, pero creo que tendremos que irnos apartando a medida que vayan pasando.

Cromwell saltó a tierra y extendió un mapa en el suelo. Las líneas que tenía dibujadas representaban las vías de ferrocarril al oeste del Mississippi. Señaló el punto que correspondía a Reno.

—De acuerdo, estamos aquí. El siguiente desvío hacia el norte es el de Ogden, en Utah.

—¿No era el de Salt Lake City? —preguntó Margaret.

Cromwell negó con la cabeza.

—La vía principal de Southern Pacific empalma con la de Union Pacific al norte de Salt Lake. Nosotros giraremos hacia el norte en el cruce de Ogden y nos dirigiremos hacia Missoula, en Montana. Desde allí tomaremos la ruta hasta Canadá de Northern Pacific.

Abner no dejaba de vigilar a la tripulación del tren. Vio al fogonero cargar trabajosamente carbón en el compartimiento del ténder y al maquinista ir de un lado para otro como en trance.

—La tripulación está que se cae de cansancio —comentó—. Tendremos suerte si es capaz de seguir haciendo funcionar la locomotora cuatro horas más.

Cromwell consultó el mapa.

—Hay una estación en Winnemucca, en Nevada, a menos de trescientos kilómetros de aquí. Allí cogeremos otra tripulación.

—¿Y qué haremos con esos dos? —preguntó Abner—. No podemos dejar que vayan corriendo al telégrafo más próximo para que alerten a las autoridades del rumbo que llevamos.

Cromwell lo pensó unos instantes.

—Los llevaremos con nosotros y los haremos saltar del tren en algún lugar desolado del desierto. No podemos correr el riesgo de que los agentes de Van Dorn se enteren de que hemos salido de San Francisco y avisen a las estaciones que vamos a cruzar para que detengan el tren. Así pues, iremos cortando las líneas del telégrafo a medida que avancemos.

Margaret echó un vistazo a las montañas que habían dejado atrás.

—¿Crees que Isaac nos está persiguiendo?

—La pregunta es durante cuánto tiempo, querida hermana —dijo Cromwell con su habitual tono de seguridad en sí mismo—. Cuando se dé cuenta de que hemos salido de la ciudad en un tren y encuentre una locomotora con la que darnos caza, nosotros estaremos a medio camino de Canadá y no habrá forma de que pueda detenernos.

43

Adeline era la niña de los ojos y el orgullo de Lofgren, y este le hablaba como si fuera una mujer de carne y hueso y no un monstruo de hierro y fuego que serpenteara furiosamente a través del paso Donner. Sin tener que arrastrar doscientas toneladas de vagones cargados con sus respectivos pasajeros y equipajes, ascendía por las montañas sin esfuerzo.

La brisa de primavera era fresca y limpia, y algunas zonas del terreno seguían cubiertas de una nieve tardía. El Donner era un famoso paso entre las montañas donde había ocurrido uno de los hechos más estremecedores de la historia del oeste: un vagón de tren lleno de familias, que entraría en los anales de la historia como «el convoy Donner», quedó atrapado en 1846 por una tormenta de nieve, y sus ocupantes sufrieron grandes penurias hasta que consiguieron ser rescatados. Muchos sobrevivieron comiéndose a los muertos. De los ochenta y siete miembros del convoy —entre hombres, mujeres y niños— solo cuarenta y cinco sobrevivieron y lograron llegar a California.

Bell se había despertado después de cruzar Sacramento y disfrutaba del paisaje que lo rodeaba: los altos picos, los bosques de abetos y los túneles excavados por trabajadores chinos en 1867 en las laderas de granito, todo le parecía espectacular. *Adeline* se metió en uno de ellos con el estruendo de la máquina resonando en las paredes como cientos de timbales. Al cabo de un instante, un círculo de luz apareció en la distancia y se fue agrandando a toda velocidad hasta que la locomotora volvió a salir a la luz del sol con un ensordecedor tronido. Unos kilómetros más allá, apareció a la vista el lago Donner, al iniciar el tren el largo y zigzagueante descenso hacia el desierto.

Cuando la locomotora tomó una curva muy cerrada, Bell contempló con aprensión el profundo precipicio que se abría a menos de un metro del borde de la cabina. No creyó necesario apremiar a Lofgren para que fuera más deprisa. El maquinista llevaba la máquina por las curvas a casi cincuenta kilómetros por hora, más de quince kilómetros por encima de lo que se consideraba seguro.

—Estamos cruzando la cima —anunció Lofgren—. Los próximos ciento treinta kilómetros serán cuesta abajo.

Bell se levantó y cedió a Long el asiento del fogonero situado en el lado izquierdo. Long se sentó con alivio y se tomó un descanso mientras Lofgren cerraba el vapor y dejaba que *Adeline* bajara por el paso entre las montañas. Long llevaba ocupándose de la caldera sin parar desde que se habían incorporado a la vía principal en Sacramento y durante toda la subida a la Sierra.

—¿Puedo echarle una mano? —preguntó Bell.

—Todas las que quiera —contestó Long, encendiendo su pipa—. Le diré cómo hay que echar las paletadas de carbón. Aunque vayamos al mínimo, no podemos dejar morir el fuego de la caldera.

—¿No se limita a echar paletadas y ya está?

Long sonrió maliciosamente.

—No es tan sencillo. Además, eso tampoco es una pala, sino un «recogedor de fogonero» del número cuatro.

Durante las siguientes dos horas, Bell trabajó ante el laberinto de tuberías y conducciones mientras iba aprendiendo los secretos de cómo alimentar la caldera de una locomotora. El ténder se balanceaba de un lado a otro en las curvas, entorpeciéndole los movimientos. De todas maneras, con *Adeline* descendiendo por la pendiente, la tarea resultaba mucho más fácil y solo echaba las paletadas necesarias para mantener vivo el vapor. Enseguida aprendió a abrir la puerta de la caldera con un golpe seco de la pala y a arrojar dentro el contenido repartiéndolo de manera uniforme, formando una alfombra que brillaba con fulgor anaranjado, en lugar de hacer un montón con el carbón.

Las curvas del trayecto fueron volviéndose menos cerradas a medida que continuaba el descenso. Una hora después de que Bell devolviera la pala a Long, este gritó:

—¡Solo nos queda agua y carbón para otros setenta kilómetros!

Lofgren asintió sin apartar los ojos de las vías.

—Justo lo suficiente para llegar a Reno. Allí podremos cargar ambas cosas y tomar una tripulación que nos releve.

Bell se dio cuenta de que la carrera a través de las montañas había pasado factura al maquinista y al fogonero. Era evidente que la tensión, tanto física como mental, había hecho mella en el duro maquinista y que el esfuerzo físico de mantener la presión de la caldera había agotado al infatigable fogonero. Para Bell resultaba obvio pensar que la tripulación del tren de Cromwell debía hallarse en un estado muy similar. Miró la hora en su reloj y se preguntó si estaría logrando reducir la ventaja que le llevaba el Carnicero.

—¿Cuándo tiempo costará reunir una nueva tripulación? —preguntó Bell.

—Tanto como cargar agua y carbón en el ténder —contestó Lofgren, que sonrió y añadió a modo de disculpa—: Eso suponiendo que tengamos suerte y haya una disponible.

—Les estoy muy agradecido a los dos —dijo Bell de corazón—. Han hecho un trabajo formidable cruzando las montañas. Seguro que han batido algún récord.

Lofgren sacó su reloj Waltham de ferroviario, con el dibujo de una locomotora grabado en la caja, y comprobó la hora.

—Pues sí —contestó alegremente—. Hemos reducido en ocho minutos el viejo récord que *Adeline*, Marvin y yo mismo establecimos hace seis meses.

—Le encanta esta locomotora, ¿verdad? —preguntó Bell.

Lofgren soltó una risotada.

—Coja usted todas las Atlantic que se han construido y tendrá las mejores máquinas de tren del mundo, todas iguales, fabricadas y montadas con las mismas piezas. Y, sin embargo, son todas diferentes. Son como las personas, todas tienen su propia personalidad. Unas pueden correr más que otras con la misma presión de vapor, unas son delicadas mientras que otras son recias. Pero *Adeline* es un encanto. Nunca da problemas ni se pone en plan temperamental. Basta tratarla como a una dama, y ella se comportará como una yegua de carreras.

—Hace usted que parezca casi humana.

—Puede que *Adeline* no sea más que una tonelada de hierro, pero le aseguro que tiene verdadero corazón.

Se acercaban a Reno, y Lofgren hizo sonar el silbato para anunciar su intención de entrar en vía muerta para cargar agua y carbón. Tiró de la palanca de gas para aminorar la marcha de la locomotora, y el guardagujas cambió las vías para desviar al tren, igual que había hecho horas antes con Cromwell; luego agitó una bandera verde para avisar al maquinista de que el cambio estaba hecho.

Antes de que *Adeline* se detuviera, Bell ya había saltado a tierra y corría por las vías hasta la estación, que tenía el mismo aspecto que cualquier otra de las miles que había por todo el país. Estaba hecha de tablones de madera, con un techo a dos aguas y un porche. El andén estaba vacío, y Bell se llevó la impresión de que por allí no pasaban demasiados trenes.

Entró, dejó atrás la taquilla y se acercó al cuarto del telegrafista. Dos hombres estaban enfrascados en una conversación, y le llamó la atención lo serio y grave de sus semblantes.

—Disculpen —dijo Bell—. Estoy buscando al jefe de estación.

El más alto de los dos hombres lo observó un momento, antes de asentir.

—Yo soy el jefe de estación —declaró—. Me llamo Burke Pulver. ¿Qué puedo hacer por usted?

—¿Sabe si ha pasado por aquí, durante las últimas diez horas, algún tren en dirección este que solo arrastrara un vagón de carga?

Pulver asintió.

—Sí. Estuvo detenido durante un par de horas en vía muerta mientras pasaban dos expresos con provisiones y medicamentos para San Francisco.

—¿Me está diciendo que tuvo que aguantar dos horas de retraso? —preguntó Bell, sintiéndose repentinamente optimista—. ¿Cuánto hace que se marchó?

Pulver echó un rápido vistazo al reloj Seth Thomas de pared.

—Hará unas cuatro horas y media. ¿Por qué lo pregunta?

Bell se identificó y explicó en pocas palabras la naturaleza de su misión.

—¿Me está diciendo que en ese vagón viajaba el Carnicero? —preguntó Pulver, mirándolo fijamente.

—Sí. Iba en ese tren.

—Si lo hubiera sabido, habría avisado al sheriff.

La distancia que lo separaba de Cromwell era menor de lo que Bell había imaginado.

—¿Hay aquí alguna tripulación que pueda hacer un relevo? —preguntó—. La que llevo está agotada después de atravesar las montañas.

—¿Quiénes van con usted?

—Lofgren y Long.

Pulver se echó a reír.

—Tendría que haber imaginado que esos dos querrían batir su propio récord. —Se volvió y contempló la pizarra que había a su espalda—. Sí, tengo una tripulación de refresco. —Calló un momento y prosiguió—: Ese tren me llamó la atención. Reno es una parada obligada para casi todos los trenes que van en dirección este-oeste. No cambiar de tripulación es de lo más raro. Su Carnicero no irá demasiado lejos si su maquinista y el fogonero no se tienen en pie.

Bell miró al telegrafista, un hombre calvo que llevaba una visera en la frente y manguitos.

—Me gustaría poder alertar a las ciudades que tenemos por delante para que detengan el tren y arresten a ese forajido. Se llama Jacob Cromwell.

El hombre respondió con gesto abatido:

—No va a poder ser. La línea está averiada y no hay forma de telegrafiar nada hacia el este.

—Apuesto a que ha sido Cromwell quien ha cortado las líneas.

Pulver contempló otra pizarra donde aparecían los trenes que tenían previsto cruzar Reno.

—Tendré una tripulación para usted en veinte minutos. Debería poder viajar sin incidencias hasta Elko. Después, espero que encuentre el telégrafo ya arreglado porque, de lo contrario, correrá el riesgo de chocar de frente con otro tren que vaya hacia el oeste.

—En ese caso —repuso Bell sarcástico—, tendré la satisfacción de saber que Cromwell ha chocado con él antes.

44

Adeline rodaba a toda marcha por el terreno llano y despejado. Rozaba los ciento treinta kilómetros por hora y pasaba rugiendo en puentes sobre secos arroyos, cruzando pueblos y dejando atrás señales que le indicaban que el camino por delante estaba despejado. Un humo gris salpicado de chispas y cenizas ardientes salía a toda presión por la chimenea, formando un penacho horizontal sobre la cabina, empujado por el viento.

Russ Jongewaard, un indolente y rubio descendiente de los vikingos, iba sentado en el taburete del maquinista con una mano en el mando del gas, mientras Bill Shea, un irlandés alto y jovial, echaba paletadas de carbón en la caldera. Cuando los dos se habían enterado de que Bell estaba metido hasta el cuello en la persecución a vida o muerte del Carnicero, no vacilaron en hacerse cargo de la locomotora para darle caza.

Lofgren y Long también se habían quedado a bordo.

—Long y yo nos presentamos voluntarios para seguir hasta donde haga falta —dijo Lofgren—. Con nosotros cuatro turnándonos, no tendremos que parar para cambiar de tripulación.

Bell se unió a la tarea de alimentar el fuego de la caldera. La herida de bala que Cromwell le había infringido en Telluride no había cicatrizado del todo, pero no le dolía demasiado siempre que no cargara excesivo peso en la pierna. En su pala cabía la mitad del carbón que en las de sus compañeros, pero lo compensó doblando el ritmo de paletadas.

Los dos fogoneros de Southern Pacific se turnaron para vigilar el indicador del agua y del vapor, asegurándose de que ambos indicaran que el fuego ardía bien y que el motor trabajaba justo por debajo de los cien kilos de presión, casi rozando la zona roja. También vigilaban el humo que salía por la chimenea. Cada vez que empezaba a clarear, añadían más carbón. Cuando se hacía demasiado negro significaba que era demasiado espeso, y bajaban el ritmo.

Entre Lofgren y Jongewaard se estableció una competición silenciosa, pero que no pasó inadvertida. Puede que *Adeline* mostrara la inmensa potencia de su mecánica y la sensacional velocidad que era capaz de aplicar a sus enormes ruedas, pero era la fuerza y la resistencia de los hombres que la conducían hasta el límite las que marcaron los récords que ese día se batieron en Nevada. Los dos maquinistas apretaron los dientes y trabajaron duramente para atrapar el tren del atracador que había asesinado a tanta gente inocente.

Al ver que el semáforo señalaba que la vía estaba despejada más allá de Elko, Lofgren mantuvo el mando de gas al máximo mientras cruzaba la estación del pueblo a ciento treinta por hora. La gente que esperaba en el andén el siguiente tren de pasajeros tuvo la impresión de que ante ellos pasaba una bala de cañón.

Por suerte, los desvíos eran escasos y estaban alejados unos de otros, de manera que pudieron mantener la velocidad sin aminorar. Luego, a la altura de Wells y de Promontory empezaron a sufrir lentas y agónicas paradas para dejar pasar a los trenes de auxilio que corrían hacia San Francisco. Utilizaron las detenciones para cargar agua y carbón, pero perdieron un total de ochenta minutos.

En todas las paradas, Bell preguntaba a los jefes de estación por el tren de Cromwell. En Wells, le dijeron que el maquinista y el fogonero que lo habían conducido desde Oakland habían sido encontrados por un equipo de mantenimiento que los había llevado a la ciudad, casi incapaces de tenerse en pie por culpa del agotamiento y la deshidratación. También habían confirmado lo que Bell temía: que Cromwell había ordenado detener el tren en numerosas ocasiones para que su pistolero cortara las líneas del telégrafo.

—¿Qué tal vamos? —preguntó Lofgren cuando Bell regresó a la cabina.

—El jefe de estación dice que pasaron hace tres horas.

—Entonces, quiere decir que desde Reno les hemos acortado hora y media —dijo Long con una gran sonrisa al comprender que sus esfuerzos estaban dando resultado.

—Desde aquí hasta Ogden usted va a tener que abrir bien los ojos. Cromwell ha cortado el telégrafo, por lo tanto vamos a ir a ciegas con respecto a los trenes que vayan hacia el oeste.

—No serán una gran amenaza —intervino Jongewaard—. La compañía no se arriesgará a enviar más trenes por esta vía si no pueden ponerse en contacto con los jefes de estación para programar las horas de paso. De todas maneras, tendremos que estar vigilantes, especialmente en las curvas, donde no se ve a más de un kilómetro.

—¿Cuánto falta para Ogden? —preguntó Bell.

—Unos setenta kilómetros —repuso Jongewaard—. Deberíamos llegar a la estación en menos de una hora.

Con Lofgren a los mandos, *Adeline* se detuvo en la Union Station de Ogden cuarenta y dos minutos más tarde. Llevó la locomotora a un apartadero para repostar agua y carbón y allí la detuvo. En esos momentos, los miembros de la tripulación ya habían establecido su rutina de trabajo: mientras Long y Shea cargaban, los dos maquinistas repasaban el motor y engrasaban los ejes y los cojinetes, y Bell corría para ir a hablar con el jefe de estación.

El de Ogden era un hombre regordete y estaba sentado a su mesa, mirando por la ventana el tren de pasajeros que acababa de llegar y, en especial, a las mujeres jóvenes que enseñaban los tobillos al bajar de los vagones. Bell leyó su nombre en un pequeño rótulo del escritorio.

—¿El señor Johnston…?

Este lo miró y sonrió amablemente.

—Sí, soy Johnston. ¿En qué puedo ayudarlo?

Bell repitió por enésima vez desde que había salido de San Francisco la historia de su persecución de Cromwell.

—¿Podría decirme cuánto hace que ha pasado ese tren?

—Ese tren no ha pasado por aquí —contestó Johnston.

—¿Está diciendo que no ha cruzado esta estación? —repitió Bell, arqueando las cejas.

—Exacto —repuso el jefe de estación, recostándose en su silla y apoyando los pies en un cajón abierto del escritorio—. Fue desviado por la línea que se dirige hacia el norte.

—¿Cómo es posible? No era un tren programado.

—Según parece, una mujer muy rica mostró los papeles al empleado del cruce que hay antes de llegar y le dijo que había fletado el tren con un derecho de paso hacia Missoula, en Montana.

—¡Esa es la hermana del Carnicero! —exclamó Bell—. Están intentando llegar a la frontera con Canadá.

Johnston asintió en señal de comprender.

—El empleado del cruce comprobó conmigo los trenes que viajan en dirección sur. No había previsto ninguno hasta mañana por la mañana, de modo que le dije que dejara que el tren de esa mujer siguiera hacia el norte.

—Y todo esto, ¿cuándo ocurrió?

—Hará menos de dos horas.

—¡Tengo que alcanzar ese tren! —dijo Bell con toda firmeza—. Le agradecía que me diera vía libre hasta Missoula.

—¿Por qué no telegrafía usted al sheriff de Butte para que detenga el tren y arreste al Carnicero y a su hermana hasta que usted llegue?

—Llevo intentándolo desde Reno, pero Cromwell ha cortado el telégrafo desde allí hasta aquí. Ahora ya no hay nada que lo detenga.

—¡Dios santo, podría haber provocado un choque frontal!

—Hasta que él y su hermana lleguen a la frontera canadiense no tienen nada que perder, aunque eso signifique matar a los que se crucen en su camino.

Por fin, Johnston comprendió el alcance de la situación.

—¡Tiene que coger a ese cobarde! —dijo en un tono que dejaba traslucir su desesperación—. ¡Le daré vía libre hasta Missoula!

—Le agradeceré cualquier ayuda que pueda prestarme —repuso Bell sinceramente.

—¿Cuál es el número de su tren?

—No llevo un tren, solo una locomotora número 3455 con su ténder.

—¿Qué clase de locomotora?

—Una Baldwin Atlantic 4-4-2 —respondió Bell.

—Es de las rápidas. ¿Qué me dice de la tripulación?

—Cuento con dos tripulaciones que insisten en seguir hasta que cacemos a ese canalla.

—En ese caso, lo único que puedo hacer es desearle buena suerte —dijo Johnston levantándose y estrechando la mano de Bell.

—Gracias.

—Dos horas es mucha ventaja —añadió el jefe de estación.

—Hemos recuperado dos y media desde que salimos de Oakland.

Johnston hizo unos cálculos mentales.

—Tiene usted una buena caza por delante. Le irá de muy poco.

—Lo detendré —aseguró Bell con decisión—. Tengo que detenerle o, de lo contrario, volverá a asesinar.

45

Había esperanza en los corazones de los hombres que sudaban y se esforzaban por mantener a *Adeline* a toda velocidad sobre los raíles. Todos superaban sus propios límites para lograr lo imposible. Los hombres y mujeres que trabajaban en los campos y en los ranchos que bordeaban las vías detuvieron sus labores y contemplaron con asombro cómo la veloz y solitaria locomotora se acercaba haciendo sonar el silbato y pasaba ante ellos, igual que un rugiente tornado, antes de desaparecer en la lejanía dejando una estela de humo.

Lofgren se puso a los mandos y llevó la locomotora al máximo de sus posibilidades hasta que cruzaron la frontera entre Utah e Idaho a casi ciento cincuenta kilómetros por hora. Dejaron atrás Pocatello, Blackfoot e Idaho Falls. Los jefes de estación se quedaban mudos de asombro sin comprender cómo una solitaria locomotora y su ténder surgían sin previo aviso y cruzaban sus estaciones a velocidades nunca igualadas hasta entonces.

Antes de salir a toda prisa de Ogden, Bell se había procurado unas cuantas mantas, de modo que las dos tripulaciones pudieran dar una cabezada entre relevo y relevo. Al principio, les resultó imposible conciliar el sueño por culpa del estruendo de las ruedas en los raíles, el siseo del vapor y el rugido de la caldera; pero, a medida que el agotamiento fue haciendo mella en ellos, les resultó fácil caer en el sueño hasta que les tocara hacerse cargo nuevamente de la locomotora.

Salvo por las breves paradas para cargar agua y carbón, *Adeline* no aminoró nunca la marcha. Cuando se detuvieron en Spencer, Idaho, Bell averiguó que solo estaban a cincuenta minutos del tren de Cromwell. El hecho de saber que reducían constantemente la distancia dio ánimos a todos para que trabajaran aún con más ahínco.

Lo que intrigaba a Bell era el informe que le había dado el jefe de estación de Spencer. Según parecía, la vía principal de Southern Pacific se detenía en Missoula, de donde salía un ramal secundario que cubría una distancia de ciento veinte kilómetros hasta Woods Bay, a orillas del lago Flathead, en Montana.

—¿Qué opina usted? —le preguntó Lofgren cuando Jongewaard lo relevó.

—Cromwell debe de haber encontrado otra tripulación después de dejar medio muertos al maquinista y al fogonero de Winnemucca —repuso Bell.

Lofgren asintió.

—Sin telégrafo que pueda informarnos, debemos suponer que ha conseguido obligar a una nueva tripulación a que haga el último trayecto para cruzar la frontera.

—Sí, pero eso tendrá que hacerlo por carretera en automóvil.

Lofgren lo miró con sorpresa.

—¿Por qué dice eso?

—Porque el jefe de estación de Spencer me dijo que las vías de Southern Pacific terminan en el lago Flathead. Así pues, la única manera que Cromwell tiene para llegar a Canadá es por carretera.

—No lo creo. Me parece que intentará meter su tren en el ferry que cruza el lago.

Bell miró al maquinista, intrigado.

—¿Un ferry?

—Sí —asintió Lofgren—. Los cargamentos de troncos que salen de Canadá se depositan en vagones descubiertos y se llevan al otro lado de la frontera, hasta un pueblo llamado Rollins que hay en la otra orilla del lago. Desde allí, son cargados en un ferry que los transporta a través del lago. Cuando llegan a Woods Bay, los enganchan a los trenes que los elevan a las serrerías que hay repartidas por el suroeste.

—¿Y por qué Southern Pacific no prolonga sus vías hacia el norte hasta llegar a Canadá?

—Porque el gobierno concedió al Great Northern Railroad los derechos de paso para cruzar el norte de los estados. Pusieron las vías que van desde una parada en la orilla oeste del lago Flathead hasta la frontera en el norte, donde sus locomotoras son enganchadas a los vagones descubiertos que cargan troncos y que llegan hasta allí con el Canadian Pacific Railroad. Los directivos del Great Northern y del Southern Pacific se negaron a colaborar y nunca tendieron las vías alrededor del lago para unir sus recorridos.

—¿Y cómo sabe usted todo eso?

—Mi tío vive en Kalispell, justo encima del lago. Ahora está jubilado, pero era maquinista del Great Northern Railroad. Hacía la ruta entre Spokane y Helena.

La curiosidad en el tono de Bell dio paso a la expectación.

—Entonces, me está diciendo que Cromwell puede meter su tren en el ferry, llevarlo hasta el otro lado del lago y coger las vías de Great Northern para cruzar la frontera y entrar en Canadá, ¿no?

—Más o menos.

—Si consigue cruzar en el ferry antes de que podamos detenerlo… —Sus palabras quedaron suspendidas en el aire.

Lofgren vio el temor reflejado en los ojos de Bell.

—No se preocupe, Isaac —dijo en tono tranquilizador—. Cromwell no puede llevarnos más de quince kilómetros de ventaja. Lo atraparemos.

Bell no dijo nada durante un rato. Luego, se metió la mano en el bolsillo y sacó una hoja de papel. La desdobló y se la entregó a Lofgren.

El maquinista la leyó y habló sin levantar la mirada.

—Parece una lista de nombres.

—Lo es.

—¿Los nombres de quiénes?

—Son los nombres de los hombres, mujeres y niños que Cromwell ha asesinado —repuso Bell bajando la voz—. La llevo conmigo desde que me encargaron que lo atrapara.

Lofgren alzó la vista.

—Los demás tienen que ver esto.

Bell asintió.

—Sí, me parece que ha llegado el momento.

Tres horas más tarde, con Lofgren de nuevo a los mandos, *Adeline* aminoró la marcha al acercarse a Missoula. El maquinista detuvo la locomotora a diez metros del cambio de agujas. Shea saltó a tierra y cambió las vías para tomar las del ramal que conducía al lago Flathead, haciendo caso omiso del guardagujas que llegaba corriendo.

—¡Eh! ¿Qué está haciendo? —gritó el guardagujas, abrigándose contra el frío viento.

—No tengo tiempo de explicárselo —contestó Shea, haciendo señales a Lofgren para que llevara la máquina por el ramal. Mientras *Adeline* avanzaba despacio, se volvió hacia el hombre y le preguntó—: ¿Ha pasado otro tren en esta dirección en la última hora?

El guardagujas asintió.

—Sí, y también cambiaron de vías sin permiso.

—¿Cuánto tiempo hace de eso?

—Unos veinte minutos.

Shea no se molestó en contestar, salió corriendo y subió ágilmente a la cabina.

—Según el guardagujas, Cromwell ha pasado por aquí hace veinte minutos —informó a los demás.

—Tenemos ciento veinte kilómetros para recuperar veinte minutos —comentó Jongewaard pensativo—. Va ser muy justo.

Empujó a fondo la palanca del gas y, en cinco minutos, tenía a *Adeline* corriendo a ciento treinta kilómetros por hora.

El lago Flathead apareció ante ellos a medida que se aproximaban a su orilla oriental. Con sus cuarenta y dos kilómetros de ancho por veinticuatro de largo, era el lago más grande del oeste de Estados Unidos y abarcaba una superficie de cuatrocientos sesenta kilómetros cuadrados. Su profundidad media alcanzaba los cincuenta y cinco metros.

Se acercaban al tramo final de una larga e implacable persecución. Lofgren iba sentado en el puesto del fogonero y ayudaba a Jongewaard a vigilar las vías. Bell, Shea y Long formaron una brigada para alimentar la caldera. Dado que carecía de los guantes de los fogoneros, Bell se envolvió las manos con los trapos que se utilizaban para limpiar el aceite. Aquella improvisada protección le fue de ayuda, pero no evitó que las palmas se le llenaran de ampollas de tanto dar paletadas de carbón.

Enseguida alcanzaron una velocidad superior a la que aquellas vías tenían previsto soportar, y no la disminuyeron al pasar puentes o vados. Tomaron las curvas al límite y una de ellas hizo que la locomotora y el ténder se estremecieran peligrosamente. Por suerte, el camino se hizo más recto y Jongewaard pudo mantener la máxima velocidad durante los siguientes sesenta kilómetros.

—¡Eureka! —gritó Lofgren de repente, señalando hacia delante.

Todos se asomaron fuera de la cabina, y el viento gélido les llenó los ojos de lágrimas; pero allí estaba, puede que a unos cinco o seis kilómetros de distancia, un débil penacho de humo.

46

Margaret se tumbó en un diván, vestida con una bata de seda bordada, y alzó su copa mientras contemplaba las burbujas del champán.

—Me pregunto si será cierto —comentó.

Cromwell la miró.

—Si será cierto ¿qué?

—Que esta copa fue moldeada según la forma del pecho de María Antonieta.

Cromwell rió.

—Sí, creo que algo de verdad hay en esa leyenda.

Entonces, Margaret miró por la ventana que Cromwell había abierto en la pared posterior del vagón. Estaba situada por la parte de dentro y, cerrada, resultaba invisible desde el exterior.

Las vías que dejaban atrás parecían extenderse hasta el infinito. Margaret vio que estaban viajando por un valle rodeado de montañas boscosas.

—¿Dónde estamos?

—En Flathead Valley. En el corazón de las Montañas Rocosas.

—¿Cuánto falta para la frontera?

—Unos treinta minutos hasta la parada del ferry en el lago —contestó Cromwell, descorchando la segunda botella de champán del día—. Luego, otra media hora para cruzar hasta las vías del Great Northern y estaremos en Canadá a la puesta del sol.

Margaret propuso un brindis.

—A tu salud, hermano, y por tu brillante escapada de San Francisco. Que nuestra nueva empresa tenga éxito y sea la última.

—Sí. Brindaré por eso —repuso Cromwell, sonriendo, satisfecho consigo mismo.

Un poco más adelante, en la cabina de la locomotora, Abner seguía apremiando a la tripulación que había secuestrado a punta de pistola en un pequeño café de Brigham City, en Utah: al maquinista pelirrojo Leigh Hunt y su fogonero, Bob Carr, un tipo hosco que había sido guardafrenos antes de convertirse en fogonero, paso que esperaba que lo haría ascender a la categoría de maquinista. Acababan de llegar de un trayecto y se estaban tomando un café cuando Abner los encañonó y los obligó a subir a la locomotora que tiraba del lujoso vagón de su jefe.

Un poco antes, la tripulación anterior, Wilbanks y Hall, fueron arrojados desde la máquina a ninguna parte, al mismo tiempo que Abner cortaba las líneas del telégrafo.

El irlandés iba sentado en lo alto del ténder, desde donde podía controlar que Hunt y Carr mantuvieran el tren a toda marcha rumbo al lago Flathead. Los densos nubarrones que se amontonaban hacia el este, en lo alto de las Montañas Rocosas, llamaron su atención.

—Parece que se está preparando una tormenta —gritó a Carr.

—Yo diría que parece un *chinook* —dijo el fogonero, mirando por encima del hombro y sin dejar de trabajar.

—¿Y qué es un *chinook*? —preguntó Abner.

—Es como una tormenta de viento que baja de lo alto de las Rocosas. Cuando se desencadena, las temperaturas pueden caer hasta veinte grados de golpe, y el viento alcanzar velocidades de más de ciento veinte kilómetros por hora, lo suficiente para hacer descarrilar un tren.

—¿Cuánto falta para que llegue?

—Puede que una hora —contestó Carr—. Más o menos para cuando lleguemos al ferry de Woods Bay. Entonces tendremos que esperar a que pase. El ferry no navega si sopla un *chinook*.

—¿Y por qué no? —quiso saber Abner.

—Porque con vientos de ciento veinte por hora, la superficie del lago se convierte en un mar embravecido con olas que pueden superar los cinco metros. No habrá tripulación que los lleve a la otra orilla en esas condiciones.

—Hemos telegrafiado por adelantado para que el ferry esté esperando nuestra llegada —contestó Abner—. Con viento o sin él, cruzaremos al otro lado.

Margaret había caído en un ligero sopor a causa del champán, mientras que su hermano estaba sentado y leyendo tranquilamente el periódico que Abner le había conseguido en Brigham City, cuando había secuestrado a la tripulación. La mayor parte de las noticias hablaban del terremoto de San Francisco. Leyó que casi todos los incendios habían sido controlados y se preguntó si su mansión de Nob Hill y el banco seguirían en pie.

Oyó algo que no era el traqueteo del vagón en las vías y alzó la vista. Sonaba lejos. Se irguió muy tieso al reconocer el sonido de un silbato. Quedó perplejo al comprender que los estaban persiguiendo.

—¡Bell! —exclamó preso de furia.

Sorprendida por la exclamación de su hermano, Margaret se despertó de golpe.

—¿Qué ocurre? ¿Por qué gritas?

—¡Es Bell! ¡Nos ha seguido desde San Francisco!

—¡Pero qué estás diciendo!

—¡Escucha! —le ordenó—. ¡Escucha!

Entonces lo oyó. El inconfundible sonido del silbato de un tren. Sonaba muy lejos, pero resultaba inconfundible.

Margaret se precipitó a la ventana, oteó el horizonte y divisó una débil columna de humo que se alzaba entre los bosques. Fue como si le hubieran atizado un puñetazo en el estómago.

—¡Tienes que avisar a Abner! —gritó.

Cromwell se le había adelantado y ya trepaba por la escalera que daba a la escotilla de ventilación del techo. La abrió, se asomó y disparó al aire con su arma para llamar la atención del forzudo irlandés por encima del estruendo de la locomotora. Abner lo oyó y fue hacia el final del ténder, hasta quedar a pocos metros de su jefe.

—¡Nos sigue un tren! —gritó Cromwell.

Abner se sujetó con los pies para no caer por culpa de las oscilaciones de la máquina y miró por encima del techo del vagón. El tren había salido de una curva y era perfectamente visible en la distancia. Parecía tratarse de una locomotora con su ténder, pero sin vagones. Se acercaba, y lo hacía deprisa a juzgar por el penacho de humo que su chimenea escupía y que el viento dejaba atrás.

En esos momentos, los dos trenes se veían y oían mutuamente. El embarcadero del ferry de Woods Bay se hallaba a solo treinta kilómetros de distancia.

47

Era como si *Adeline* fuera un galgo de carreras que llegando desde atrás hubiera pasado al resto de la manada, lanzándose a la cabeza. Sus bielas no eran más que un borrón en su movimiento de vaivén mientras hacían girar las enormes ruedas tractoras sobre los raíles. Ninguna locomotora había trabajado tan duramente. Desde las cocheras de Oakland hasta los paisajes de Montana, había cubierto más distancia y lo había hecho más deprisa que cualquier otra locomotora de la historia. Nadie había cronometrado su velocidad, pero tampoco nadie de los que iban a bordo o de los que la habían visto pasar dudaba de que hubiera superado los ciento cuarenta en las zonas llanas del recorrido.

Jongewaard mantenía el gas a fondo y lograba que *Adeline* se mantuviera sobre unos raíles que nunca habían sido concebidos para soportar semejante velocidad. Los dos maquinistas estaban sentados en sus taburetes con los ojos fijos en las vías. Bell y Long echaban carbón mientras Shea no dejaba de distribuirlo uniformemente para que desprendiera el mayor calor de combustión posible.

Los resoplidos de los pistones se habían convertido en un continuo siseo, y las nubes de humo que salían por la chimenea eran cada vez mayores. De vez en cuando, Bell dejaba de arrojar paletadas para mirar fijamente al tren que llevaban por delante y al que se iban acercando minuto a minuto. Ahora ya no había motivos para intentar sorprender a Cromwell, de modo que tiró de la cuerda del silbato, y un potente pitido viajó por el aire que empezaba a arremolinarse sobre el lago. Los labios de Bell se curvaron en una sonrisa de satisfacción al pensar que Cromwell se estaba dando cuenta de quién iba tras él igual que un zorro tras un conejo.

Se volvió, contempló el cielo y vio que había pasado de un azul intenso a una masa de nubes grises agitadas por el intenso viento que descendía de los picos de las Rocosas y lanzaba remolinos de tierra, hojas y escombros alrededor de la locomotora. En menos de veinte minutos, las tranquilas aguas del lago Flathead se habían convertido en una masa turbulenta.

De repente, tanto Lofgren como Jongewaard gritaron:

—¡Carro en la vía!

Todos los ojos se volvieron para mirar al frente.

Un granjero conduciendo un carro cargado de heno tirado por caballos cruzaba las vías por un camino. Bell pensó que seguramente había oído el silbato, pero no había calculado bien la distancia, creyendo que tenía tiempo sobrado para cruzar. Jongewaard tiró de la barra inversora, que detuvo las ruedas tractoras hasta hacerlas girar en sentido contrario, intentando frenar la locomotora.

Cuando el granjero se dio cuenta de que el monstruo de hierro se hallaba a menos de cien metros, espoleó a sus caballos en un frenético intento de apartarlos de la muerte que se les echaba encima. Pero era demasiado tarde.

Adeline cargó contra el carro provocando una formidable explosión de heno, planchas de madera y astillas. Los hombres de la cabina se agacharon instintivamente mientras los restos rebotaban en la máquina y salían volando por encima del techo de la cabina y el ténder.

Milagrosamente, los caballos habían saltado hacia delante y logrado salir ilesos. Ni Bell ni los demás habían presenciado lo ocurrido al granjero. Cuando Jongewaard logró detener a *Adeline*, un centenar de metros más allá, todos saltaron a tierra y corrieron al cruce.

Su alivio fue grande cuando encontraron al hombre a unos metros de las vías, entero y de una pieza. Se había sentado en el suelo y miraba a su alrededor, estupefacto, los restos de su carro destrozado.

—¿Está usted herido? —preguntó Bell.

El hombre se miró brazos y piernas y se palpó un chichón en la cabeza.

—Yo diría que tengo un montón de magulladuras pero que, gracias al cielo, estoy entero.

—Sus caballos también han salido ilesos.

Shea y Long lo ayudaron a ponerse en pie y lo acompañaron junto a los caballos, que pacían tranquilamente, ajenos a la muerte que acababa de rozarlos. El hombre se alegró de ver que sus animales se encontraban bien, pero se enfureció al comprobar que de su carro no quedaba más que un montón de astillas esparcidas a los cuatro vientos.

Bell le leyó los pensamientos y le entregó una tarjeta de la Agencia Van Dorn.

—Póngase en contacto con ellos —le dijo—. Le compensarán por la pérdida de su carro.

—¿Y el ferrocarril no? —preguntó el granjero, confundido.

—No ha sido culpa del ferrocarril. Es una historia muy larga que podrá leer en los periódicos.

Bell se volvió y contempló con impotencia la distante columna de humo en que se había convertido el tren de Cromwell. No estaba dispuesto a creer que hubiera fallado estando tan cerca de la meta. Pero no estaba todo perdido: Jongewaard había retrocedido con la locomotora hasta donde ellos se encontraban para recogerlos.

Al ver que el granjero podía arreglárselas solo, el maquinista gritó:

—¡Vamos, suban a bordo! ¡Tenemos que recuperar el tiempo perdido!

Apenas Bell, Lofgren y los fogoneros habían subido a la cabina, Jongewaard lanzaba nuevamente a *Adeline* a toda velocidad en pos de Cromwell.

El *chinook* cayó sobre ellos poco después, levantando polvo y hojas muertas como si fueran las crestas de las olas rompiendo en la playa. La visibilidad se redujo a un centenar de metros.

Jongewaard ya no pudo asomarse fuera de la cabina para vigilar las vías y tuvo que conformarse con mirar a través de la ventanilla delantera y reducir la velocidad de la locomotora de ciento quince a setenta kilómetros por hora.

Vio un semáforo junto a las vías, con la bandera en posición horizontal, lo que indicaba que la locomotora debía detenerse. Al cabo de un momento apareció una señal que marcaba el límite exterior de Woods Bay. Incapaz de determinar la distancia exacta hasta el embarcadero del ferry, aminoró aún más la marcha hasta reducirla a unos simples cuarenta kilómetros por hora.

—Lo siento —dijo volviéndose hacia Bell—, pero no puedo ver si la plataforma del ferry está a quinientos metros o a cinco mil. Tengo que frenar por si nos encontramos con el tren del Carnicero o con vagones cargados de troncos en plena vía.

—¿Cuánto tiempo calcula que hemos perdido? —preguntó Bell.

—Según mi reloj, unos doce minutos.

—Los cogeremos —aseguró Bell, con calculada confianza—. No es probable que la tripulación del ferry se arriesgue a cruzar el lago con este tiempo.

Bell estaba en lo cierto, pero se equivocaba al subestimar a Cromwell. El Carnicero y su hermana no habían llegado hasta allí para rendirse sin oponer resistencia.

Nada los detendría. De hecho, su tren estaba embarcando a bordo del ferry.

48

El ferry para trenes estaba esperando en el muelle cuando llegó el tren de Cromwell. Hunt guió la locomotora por las vías que conducían a la zona de embarque y la subió a bordo. Sin embargo, el tren no avanzó ni un metro más. Los tres hombres que componían la tripulación habían decidido que no era seguro cruzar el lago hasta que el *chinook* hubiera pasado y el oleaje hubiera disminuido. Se encontraban en la pequeña cocina del ferry, tomando café y leyendo el periódico, y no se molestaron en alzar la vista cuando el tren del Carnicero subió a bordo.

Cromwell se apeó de su lujoso vagón y fue hasta la locomotora, inclinándose a causa del fuerte viento. Se detuvo un momento y contempló el oleaje que iba en aumento y agitaba la superficie del lago. Le recordó a un mar tempestuoso. Luego, examinó el ferry de vapor. En un desconchado rótulo, junto a la timonera, se podía leer el nombre de *Kalispell*. La embarcación era vieja. La pintura estaba llena de desconchados y saltaba por todas partes. Las tablas de la cubierta estaban gastadas y casi podridas. Había conocido muchos años de trabajo, demasiados; pero a Cromwell le pareció lo bastante recia para afrontar el fuerte viento y las crestas de las olas, cada vez mayores. Estaba seguro de que podría llegar sin problemas a la otra orilla del lago, y se irritó al no ver a la tripulación por ninguna parte.

Al menos, le complacía no haber vuelto a ver el tren que lo perseguía. Se preguntó qué le habría ocurrido, pero no tenía tiempo que perder. Se acercó a Abner.

—Ocúpese de que el maquinista mantenga la caldera encendida para que tengamos presión de vapor suficiente nada más llegar al otro lado.

—Considérelo hecho, señor —contestó el irlandés, apuntando a Carr, que había oído la conversación—. Ya lo ha oído, siga echando carbón.

—¿Ha visto a la tripulación?

—No he visto a nadie —dijo Abner encogiéndose de hombros.

—Será mejor que vaya a buscarla. Debemos zarpar enseguida. El tren que nos perseguía puede llegar en cualquier momento.

—¿Y qué hacemos con el maquinista y el fogonero? —preguntó Abner—. Si los dejamos solos puede que intenten escapar.

—Suelte las amarras —le ordenó Cromwell—. No podrán ir a ninguna parte si nos alejamos del muelle. Entretanto, yo mismo iré a buscar a la tripulación.

Abner saltó a la cubierta y corrió hasta el muelle, donde encontró las amarras que sujetaban la embarcación. El fuerte oleaje zarandeaba el ferry contra las defensas que colgaban de la caja de la rueda de palas de estribor. Abner esperó a que el barco se alejara del muelle y las amarras se tensaran. Cuando las olas volvieron a empujarlo y los cabos se aflojaron, los desató de los norays y los lanzó por encima de la barandilla. Luego, con la agilidad de un felino, saltó a bordo y regresó a la cabina de la locomotora.

Cromwell subió por una escalerilla hasta la timonera y entró, refugiándose del fuerte viento. No había nadie, de modo que bajó a la cocina y halló a la tripulación sentada y leyendo tranquilamente. Los hombres alzaron la vista al verlo llegar, pero no mostraron mayor interés.

—¿Es usted el señor Cromwell? —preguntó un hombre

corpulento, de rostro barbudo y rubicundo que se abrigaba con una gruesa chaqueta de lana a cuadros.

—Sí, soy Cromwell.

—Hemos oído que su tren embarcaba. Soy el capitán Jack Boss, a su servicio.

La despreocupada actitud de Boss, que seguía sentado junto a sus dos hombres con la mayor indiferencia, irritó enormemente a Cromwell.

—Es muy importante que salgamos de inmediato —dijo.

Boss meneó la cabeza.

—Eso no va a poder ser. El lago se está poniendo muy peligroso. Es mejor que esperemos hasta que haya pasado la tormenta.

Con la misma tranquilidad como si estuviera encendiendo un cigarro, Cromwell desenfundó su Colt del 38 y disparó en la frente a uno de los tripulantes. La sorpresa fue tan completa que el hombre se desplomó con los ojos muy abiertos, como si siguiera leyendo las noticias.

—¡Por Dios! —exclamó Boss dando un respingo.

Cromwell encañonó al otro tripulante, que empezó a temblar incontrolablemente.

—Si no pone en marcha este trasto, ya puede despedirse de él también.

—¡Está loco!

—Mi ayudante acaba de soltar las amarras. Le aconsejo que no pierda más tiempo protestando inútilmente.

Boss contempló al tripulante muerto y se puso en pie lentamente, mirando a Cromwell con una mezcla de asco y furia.

—Lo mismo podría matarnos a todos ahora mismo —dijo—. Ninguno de nosotros llegará vivo a la otra orilla.

—Ese es un riesgo que debemos correr —contestó Cromwell en tono implacable.

Boss se volvió hacia el marinero superviviente, Mark Ragan.

—Mark, tendrás que ocuparte tú solo del motor.

Ragan, un joven que todavía no había cumplido diecisiete años, asintió con la cara muy pálida.

—Puedo hacerlo, no hay problema.

—Entonces, da presión a la caldera para que podamos tener arrancada.

El joven salió de la cocina y bajó rápidamente a la sala de máquinas. Boss, seguido de cerca por Cromwell, subió a la timonera.

El Carnicero lo miró fríamente.

—Capitán, no se le ocurra desobedecer mis instrucciones si no quiere ver morir al chaval de la sala de máquinas. Y tampoco vacilaré en matarlo a usted si no me lleva al andén de la otra orilla.

—Es usted un canalla —contestó Boss con el rostro contraído por la ira.

Cromwell soltó una carcajada y le lanzó una mirada fría como la muerte. Luego, dio media vuelta y salió de la timonera.

Mientras caminaba de regreso a su confortable vagón, oyó el agudo pitido de un silbato de tren. Sonaba como si estuviera a unos pocos cientos de metros de distancia. Luego, el sonido de una locomotora que frenaba llegó a sus oídos y, a través del polvo y la suciedad arrastrada por el viento, vio que una gran locomotora surgía de la oscuridad.

Demasiado tarde, pensó con satisfacción. El *Kalispell* ya se había alejado un par de metros del muelle. Nada ni nadie podría detenerlo ya. Sonriendo, fue hasta su vagón y subió tranquilamente.

Jongewaard detuvo la locomotora entre chirridos metálicos a menos de diez metros del final de las vías del muelle. Antes incluso de que las grandes ruedas de la máquina hubieran dejado de girar, Bell saltó de la cabina y corrió hacia el final de la plataforma. El ferry se alejaba de los últimos pilones y empezaba a adentrarse en el lago cuando las grandes ruedas de palas empezaron a girar. La distancia hasta el muelle era de unos dos metros y medio cuando Bell llegó al final.

No vaciló. No meditó ni analizó sus acciones. No se detuvo para coger carrerilla. Parecía que estaba demasiado lejos, pero saltó desde el muelle sin pensarlo dos veces. Sabía que la distancia era excesiva para que pudiera aterrizar de pie en cubierta, de modo que buscó la barandilla de la embarcación y consiguió alcanzarla con las manos, pero su cuerpo osciló como un péndulo y chocó contra el costado de la embarcación. La fuerza del impacto le cortó la respiración, y estuvo a punto de soltar su presa y caer al agua; pero aguantó como si la vida le fuera en ello hasta que recobró el aliento. Sin embargo, el dolor que sentía en el pecho no remitió. Lenta y penosamente pasó por encima de la barandilla y se dejó caer en la cubierta del ferry, cerca del vagón de Cromwell.

Se palpó con cuidado el pecho y comprendió que se había roto una o dos costillas. Apretando los dientes por el dolor, se puso en pie y se agarró a una de las escalerillas que conducían al techo del vagón para no perder el equilibrio con el vaivén del barco, al que el feroz viento zarandeaba violentamente. A medida que el *Kalispell* se adentraba en el lago, las olas empujadas por el viento empezaron a romper en la cubierta, y el agua a correr entre las vías y las ruedas del tren. El fortísimo viento hizo caer brutalmente la temperatura.

Bell dejó a un lado cualquier precaución. Corrió de golpe la puerta del vagón y entró, rodando por el suelo. El dolor le atravesó el pecho, pero no por ello soltó el Colt del 45 que sujetaba en la mano derecha. La sorpresa jugó en su favor. Cromwell no se sobresaltó porque creyó que se trataba de Abner. Cuando vio que se trataba de su peor enemigo, ya era demasiado tarde.

—Hola, Jacob —dijo Bell con una sonrisa sarcástica—. ¿Me ha echado de menos?

Se produjo un momento de incrédulo silencio.

Bell se incorporó y se puso en pie sin dejar de apuntar al pecho del Carnicero. Luego, cerró la puerta para aislar el vagón de las rachas de viento que castigaban al viejo ferry y recorrió rápidamente el lujoso interior con la mirada.

—Vaya, vaya —dijo, interesado ante semejante despliegue de lujo—. Así que este era su modo de escapar con elegancia, ¿no?

—Me alegro de que le guste —contestó Cromwell como si conversara con un viejo amigo.

Bell sonrió sin bajar la guardia y se fijó en las cajas que había apiladas en un rincón.

—Ese debe de ser el dinero que ha sacado del banco. Una buena cantidad, sin duda.

—La suficiente para levantar un nuevo imperio.

—¿Nos ha seguido usted? —preguntó Margaret, perpleja, haciendo que sus palabras sonaran más como una declaración que como una pregunta.

—Yo no diría que los he seguido —repuso Bell cortésmente—, sino que los he perseguido.

—¿Cómo ha llegado hasta aquí tan deprisa? —quiso saber Cromwell.

—Por suerte tenía una locomotora más rápida y unos tripulantes excelentes.

—¿Y cómo supo que Margaret y yo nos habíamos marchado de San Francisco?

—Hace tiempo que seguimos el rastro de este vagón. Nos imaginamos que lo había hecho pintar con un nuevo número de serie. Mis agentes lo tenían vigilado esperando el momento en que volvería a usarlo; por desgracia, el terremoto los obligó a atender tareas más urgentes.

—Entonces, descubrió que el vagón había desaparecido —supuso Cromwell.

Bell asintió.

—Sí, y además mis sospechas se vieron confirmadas cuando fui al banco y vi que se había llevado todos los billetes de valor.

—Pero ¿cómo descubrió que nos dirigíamos a Canadá?

—Por el supervisor de la oficina de Southern Pacific de Oakland —dijo Bell, evitando mencionar a Marion por seguridad—. Le puse un arma en la sien y logré convencerlo para que me dijera adónde iba usted. El resto fue solo cuestión de conjeturas.

—Muy ingenioso, señor Bell —repuso Cromwell mirándolo admirativamente con una copa de champán en la mano—. Se diría que tengo tendencia a subestimarlo.

—Yo también lo he subestimado en un par de ocasiones.

—¿Y ahora qué piensa hacer? —preguntó Margaret con un hilo de voz que reflejaba más desesperación que sorpresa.

—Entregar a su hermano al sheriff más próximo cuando lleguemos a tierra. Después, reunir los papeles necesarios para llevarlos a los dos a Chicago, donde él tendrá un juicio rápido, que esta vez no contará con un jurado compuesto por sus amigos, antes de acabar colgando de una soga. —El tono de Bell se hizo más grave y ominoso cuando añadió—: Y usted, querida Margaret, seguramente pasará el resto de sus días en una prisión federal.

Bell captó el cruce de miradas cómplices entre Cromwell y su hermana. Solo podía hacer conjeturas sobre cuáles eran sus pensamientos, pero en cualquier caso no anunciaban nada bueno. Observó al banquero, que se recostaba en el lujoso sofá.

—Con este tiempo, puede que el viaje sea más largo de lo previsto —dijo Cromwell. En ese momento, y como si quisiera confirmar sus palabras, un bandazo del ferry tiró la botella de champán al suelo, y derramó su contenido—. Lástima, pensaba ofrecerle una copa.

Bell intentó deducir dónde escondía Cromwell su Colt del 38.

—Gracias, pero nunca bebo cuando trabajo —dijo Bell en tono guasón.

El vagón recibió otro zarandeo cuando el ferry se escoró violentamente y todo su casco vibró con fuerza al girar una de las palas fuera del agua. Margaret dio un respingo de miedo y observó el charco de agua que se formaba bajo la puerta del vagón.

Fuera, el viento aullaba, y el *Kalispell* crujía y protestaba bajo los embates de las enormes olas que barrían la superficie del lago. La vieja y fatigada embarcación metía la proa en las crestas antes de caer vertiginosamente en los valles de las olas. Una ola se estrelló contra la timonera, rompiéndole los cristales e inundándola de agua helada.

El capitán Boss se alzó el cuello de la chaqueta y aferró desesperadamente el timón mientras la tormenta le azotaba el rostro con ráfagas punzantes como agujas.

Un pitido sonó en el tubo intercomunicador que conectaba con la sala de máquinas. Boss lo cogió.

—Timonera —respondió.

La voz de Ragan sonó distorsionada.

—Capitán, aquí abajo está entrando bastante agua.

—¿Las bombas pueden con ello?

—Por el momento, sí. De todas maneras, el casco cruje terriblemente. Temo que los mamparos cedan.

—De acuerdo, prepárate para evacuar si la cosa se pone fea. Sube y prepara el bote salvavidas.

—Sí, señor —contestó Ragan—. Pero ¿qué va a hacer usted, capitán?

—Llámame cuando abandones la sala de máquinas. Si puedo, te seguiré.

—¿Y la gente del tren? ¡No podemos abandonarlos!

Boss era un hombre de moral recta, un hombre temeroso de Dios y de la vieja escuela para quien la palabra dada tenía el valor de un juramento. Todos los que vivían en el lago lo respetaban. Contempló la lejana orilla a través de la destrozada timonera, las olas enloquecidas que se abatían sobre la proa y no le cupo duda de que el *Kalispell* no lo conseguiría.

—Son responsabilidad mía —contestó—. Sálvate tú.

—Que Dios lo bendiga, capitán.

El intercomunicador quedó en silencio.

49

Los vientos huracanados del *chinook* fueron los más destructivos que se recuerdan. Aplastaron graneros, arrancaron tejados y árboles de raíz y tumbaron postes telefónicos y telegráficos. La fuerza del viento barrió la superficie del lago, transformándola en un furioso oleaje que golpeó sin piedad al desdichado *Kalispell* mientras se sumergía en sus valles y remontaba en sus crestas. El bote salvavidas que el capitán confiaba poder utilizar fue arrancado de sus anclajes y hecho pedazos.

Boss luchó con el timón en un desesperado intento de mantener el ferry en el rumbo correcto hacia la orilla oeste, que en esos momentos se hallaba a solo tres kilómetros de distancia. Abrigaba la remota esperanza de poder alcanzar la seguridad del pequeño puerto de Rollins; pero, en su interior, sabía que las circunstancias estaban en su contra. El peligro de que el ferry volcara era constante. El peso de la locomotora, el ténder y el vagón constituían la gota que iba a colmar el vaso.

Sin su carga, el *Kalispell* no habría navegado tan hundido en el agua y no habría sufrido tanto los embates de las olas que en esos momentos barrían las vías de la cubierta. Boss contempló la proa y vio lo dañada que se encontraba: la fuerza del agua empezaba a arrancar las tablas.

Boss estaba empapado hasta los huesos. Soltó una mano del timón, se llevó el tubo intercomunicador a los labios y silbó.

Pasaron más de treinta segundos antes de que Ragan respondiera.

—¿Sí, capitán?

—¿Cómo va por ahí abajo?

—Sigo teniendo vapor, pero el agua sigue subiendo. —El miedo se dejaba oír en la voz del muchacho—. En estos momentos me llega a los tobillos.

—Cuando te llegue a las rodillas, sal de ahí —le ordenó Boss.

—¿Todavía quiere que desate el bote salvavidas? —preguntó Ragan ansioso.

—Ya no hará falta. Una ola acaba de llevárselo.

—¿Y qué haremos si tenemos que abandonar el barco? —preguntó Ragan, cada vez más asustado.

—Reza para que en el agua floten los restos suficientes y puedas agarrarte a uno hasta que pase la tormenta —repuso Boss con amargura.

Boss soltó el tubo e hizo girar violentamente el timón para mantener el ferry aproado al viento justo cuando una gran ola lo cogía de costado y lo escoraba peligrosamente. Eso era lo que Boss más temía, que una ola lo hiciera volcar. Con la carga que llevaba, el viejo ferry se hundiría como una piedra.

Mientras luchaba contra los elementos, echó un rápido vistazo al tren y quedó anonadado al ver que se movía violentamente adelante y atrás mientras el barco cabeceaba entre las olas, y las crestas rompían sobre las ruedas de palas.

En el interior del vagón, Bell comprendió que si el *Kalispell* se hundía en las profundidades del lago, se llevaría con él a los ocupantes del tren; pero no le sirvió de consuelo.

En la locomotora, Hunt y Carr se agarraban a cualquier cosa que estuviera a su alcance para evitar ser lanzados contra la caldera o los costados de la cabina. Abner seguía sentado en el lugar del fogonero, haciendo fuerza con los pies contra el panel frontal de la ventana. No creía que fuera necesario que siguiera encañonando a los dos tripulantes, no cuando todos luchaban para no caer y lesionarse. La amenaza ya no era él, sino la tormenta.

Lo último que le pasó por la cabeza fue que Hunt y Carr pudieran conspirar contra él. No había oído los callados comentarios ni las señas que habían intercambiado. Abner no tenía otra cosa que hacer que contemplar los embates furiosos de la tormenta. De repente, el maquinista se bajó de su asiento dando tumbos por la cabina y se estrelló contra el irlandés. El impacto dejó atontado al chófer por un momento, pero se quitó a Hunt de encima y lo empujó a su lado de la cabina.

Abner no se había fijado en Carr mientras el fogonero se esforzaba por mantener el fuego de la caldera y el equilibrio a la vez. Con los bandazos del ferry, Hunt volvió a caer sobre Abner. Irritado, el forzudo irlandés intentó devolver al maquinista a su sitio, pero Hunt se le había echado encima, inmovilizándole los brazos. Entonces, Hunt cayó hacia atrás, arrastrando al suelo a Abner con él.

Carr entró rápidamente en acción. Levantó en alto la pala y descargó un golpe con todas sus fuerzas contra la nuca de Abner justo cuando el ferry cabeceaba. La pala no llegó a darle en la cabeza. De haberlo logrado, sin duda le habría abierto el cráneo. Carr tuvo la impresión de haber golpeado un tronco caído.

El golpe fue tremendo, suficiente para dejar inconsciente a un hombre cualquiera, pero no a Abner. El irlandés soltó un quejido, rodó a un lado apartándose de Hunt y se incorporó de rodillas mientras desenfundaba su arma y apuntaba a Carr. Su rostro carecía de toda expresión, y sus ojos no parpadearon cuando disparó. Carr tenía la pala lista para golpear de nuevo, pero quedó petrificado cuando la bala le atravesó el pecho. El impacto lo lanzó contra el laberinto de conducciones y válvulas antes de que se desplomara en el suelo de la cabina.

Sin la menor vacilación, Abner giró el cañón del arma hacia Hunt y disparó al maquinista en el estómago. El hombre se dobló por la mitad mirando fijamente a su asesino con una mezcla de dolor y sorpresa. Trastabilló hacia atrás con una mano extendida y la otra aferrándose el estómago. Abner comprendió demasiado tarde la intención del maquinista. Antes de que el irlandés pudiera reaccionar, Hunt desbloqueó la palanca de los frenos y, en un postrer esfuerzo, empujó la del gas antes de caer muerto.

Las ruedas de la locomotora giraron, empujándola hacia delante. Abner, debilitado por el golpe recibido en la espalda, fue demasiado lento en reaccionar. Los rociones de la tempestad enturbiaban su visión, y tardó unos segundos en comprender que la locomotora avanzaba a través de la cubierta del ferry. Cualquier intento por detener lo inevitable llegaría demasiado tarde. Para cuando Abner volvió a tirar del mando del gas, la locomotora de ciento treinta y cuatro toneladas ya había empezado a saltar por la proa del *Kalispell* en su viaje a las frías profundidades del lago Flathead.

50

Por culpa de los zarandeos de la tormenta, al principio, ninguno de los ocupantes del vagón se dio cuenta de que el tren se desplazaba por la cubierta del ferry. Bell notó enseguida un movimiento distinto y que las ruedas del vagón empezaban a girar. Descorrió la puerta del vagón y una ráfaga de viento huracanado lo hizo tambalear. Agachó la cabeza y vio dos escenas de pesadilla: una, la cubierta parecía estar desplazándose a causa del movimiento del tren; y dos, las ruedas delanteras de la locomotora empezaban a sumergirse ya en las agitadas aguas.

Se dio la vuelta y gritó por encima del rugido de la tormenta:

—¡El tren se está cayendo del ferry! ¡Rápido, salten mientras todavía puedan!

Cromwell pensó que aún tenía una oportunidad para abatir a su enemigo y no consideró la catástrofe que se avecinaba. Sin decir palabra, saltó del sofá al tiempo que sacaba el arma. Entonces cometió un error estúpido: en lugar de disparar inmediatamente y matar a Bell, lo apuntó y dijo:

—Adiós, señor Bell.

De repente, la mano que sostenía el arma recibió un golpe, y la bala se estrelló junto a la puerta, a escasos centímetros de la cabeza de Bell.

Margaret estaba de pie ante su hermano, con los ojos llameantes y un gesto decidido en su hermoso rostro. No había miedo ni temor en su mirada.

—Ya basta, Jacob —ordenó.

Pero no tuvo tiempo de decir más porque Bell la cogió por el brazo.

—¡Salte! —la apremió—. ¡Rápido!

Solo Bell parecía comprender lo inevitable. Volvió a asomarse por la puerta y vio que la locomotora había desaparecido casi por completo bajo las olas y que el ténder y el vagón iban cada vez más deprisa, arrastrados por el formidable peso de la máquina. La cubierta estaba inclinada en un peligroso ángulo, y el *Kalispell* corría el riesgo de irse al fondo con el tren. Solo faltaban unos pocos segundos antes de que el vagón cayera por la proa.

Con el rostro desencajado por el odio, Cromwell volvió a encañonar a Bell, pero Margaret se interpuso entre ambos hombres. Cromwell por fin se dio cuenta del peligro, y sus ojos se llenaron de desesperación al ver que la derrota y la muerte lo aguardaban. Intentó empujar a Margaret a un lado para saltar, pero ella lo rodeó con los brazos y lo empujó al interior del vagón. Cromwell la golpeó con la culata del arma, y la sangre corrió por la mejilla de la joven, pero ella no aflojó una presa mortal de la que él no podía librarse.

Las ruedas delanteras del vagón siguieron irremisiblemente el mismo camino que el ténder. Bell intentó tirar de Margaret hacia la puerta, pero ella sujetaba a su hermano con demasiada fuerza. La manga de la blusa se rompió, y Bell perdió la presa de su brazo.

Margaret se volvió hacia él con la tristeza reflejada en el semblante.

—Lo siento, Isaac.

Bell intentó agarrarla, pero era demasiado tarde y cayó al exterior.

Se estrelló contra la cubierta y amortiguó el golpe con el hombro del lado opuesto a las costillas rotas. A pesar de todo, el impacto fue lo bastante fuerte para hacer que gritara de dolor. Durante unos instantes permaneció tumbado en la cubierta, contemplando con espanto cómo el vagón de Cromwell desaparecía bajo la superficie de las aguas. Todavía abrigaba la esperanza de que Margaret pudiera saltar al agua y ser rescatada, pero no fue así. Una ola enorme se tragó el vagón, entrando a raudales por la puerta abierta con una violencia que hacía imposible que nadie pudiera salir. Contra toda esperanza, Bell se quedó mirando las burbujas que ascendían de las profundidades hasta que la proa del ferry se enderezó por fin, y el casco, libre de la pesada carga del tren, ascendió casi medio metro en las agitadas aguas. Inmediatamente, y para alivio del capitán Boss, el *Kalispell* recobró su estabilidad y empezó a surcar tranquilamente las olas mientras las palas lo empujaban hacia la orilla oeste del lago.

Bell tardó casi diez minutos en conseguir cruzar la cubierta y llegar hasta la puerta de la escalera que subía hasta la timonera. Cuando entró, con el aspecto de un náufrago recién rescatado, Boss lo miró estupefacto.

—¡Caramba! ¿De dónde sale usted? —preguntó.

—Salté a bordo justo cuando usted se alejaba del muelle de Woods Bay. Me llamo Bell. Soy agente de Van Dorn.

—Ha tenido usted suerte de no hundirse con los demás.

—Sí —repuso en voz baja—. He tenido suerte.

—¿Quiénes eran esos?

—Dos eran miembros inocentes de la tripulación del tren que fueron secuestrados. Los otros tres estaban en busca y captura, acusados de atraco y asesinato. Yo me disponía a detenerlos y a entregarlos a las autoridades.

—Pobres infelices. Ahogarse no es una buena manera de morir.

Bell se sentía presa de la tristeza y la culpa. Se volvió hacia el lago con rostro inexpresivo. Las olas ya no parecían tan amenazadoras puesto que el viento había disminuido. El *chinook* se desplazaba hacia el este, y de los vientos huracanados solo quedaba una fuerte brisa.

—No —murmuró—. No es una buena manera de morir.

DEL FONDO DE LAS PROFUNDIDADES

16 de abril de 1950. Lago Flathead, Montana

Después de izar el ténder y depositarlo detrás de la locomotora, los buzos se concentraron en pasar los cables de acero por debajo del chasis del vagón de carga y en sujetarlos a un armazón para que pudieran sacarlo del fondo. A pesar del fango y del légamo, el nombre SOUTHERN PACIFIC todavía se podía leer en los costados.

Por la tarde, el director de los trabajos de rescate, Bob Kaufman, caminaba impacientemente por la cubierta mientras los buzos eran subidos del fondo en una plataforma que fue depositada en la cubierta. Alzó los ojos y observó las nubes, que eran grises pero no especialmente amenazadoras, y encendió un puro mientras esperaba a que desatornillaran el casco de latón del jefe del equipo de inmersión.

Tan pronto como se lo quitaron de la cabeza, Kaufman le preguntó:

—¿Qué aspecto tiene?

El buzo, un hombre calvo de unos cuarenta años, asintió.

—Los cables están en su sitio. Ya puede decir al operador de la grúa que empiece a subirlo.

Kaufman hizo una señal al hombre que manejaba la gran grúa que se alzaba hacia el cielo en su plataforma de la barcaza de salvamento.

—¡Todos los cables firmes! —gritó—. ¡Arriba!

Luego, Kaufman se volvió hacia el hombre de cabellos plateados que se hallaba de pie, junto a él.

—Ya lo suben, señor Bell.

Isaac Bell se limitó a asentir. Su expresión parecía tranquila, pero la impaciencia se adivinaba en sus ojos.

—Muy bien, señor Kaufman. Ahora veremos qué aspecto tiene después de haber pasado todos estos años en el fondo del lago.

El operador de la grúa puso en marcha el motor y los cables se tensaron mientras los tambores giraban con un gemido de protesta por el peso que debían izar. La operación no era ni de lejos tan complicada como recuperar las ciento treinta y cuatro toneladas de la locomotora. Una vez que el vagón quedó libre del lodo del fondo, la tarea de izarlo transcurrió sin problemas.

Bell contempló con una fascinación casi morbosa cómo surgía del agua y era elevado lentamente antes de ser depositado con cuidado en la cubierta, detrás de la máquina y del ténder.

Al ver de nuevo todo el tren, a Bell le resultó difícil rememorar el aspecto que había tenido cuarenta años antes. Se acercó al vagón de carga y limpió el lodo bajo el cual el número de serie resultaba todavía visible. El 16455 apareció nítidamente destacado.

Bell vio que la puerta del vagón seguía abierta, igual como había estado en el momento de hundirse. El interior se veía en sombras porque las nubes no dejaban pasar la luz del sol. Los recuerdos lo asaltaron mientras rememoraba el fatídico día en que el tren se había precipitado al fondo del lago. Temía lo que pudiera encontrar dentro.

Kaufman se acercó con la escalera que habían utilizado para subir a la cabina de la locomotora y la apoyó contra la puerta abierta del vagón.

—Usted primero, señor Bell.

Bell asintió en silencio y subió lentamente hasta que estuvo de pie en el umbral del vagón. Sus ojos recorrieron la oscuridad mientras oía el agua que goteaba. Reprimió un estremecimiento. La humedad y el olor del légamo parecían formar una hedionda combinación de muerte y descomposición.

Lo que había sido una lujosa decoración interior parecía en esos momentos algo salido de una pesadilla. La antigua moqueta que cubría el suelo no era más que una masa negra y mohosa salpicada de vegetación lacustre. La barra del bar, los sofás de piel, las lámparas Tiffany, incluso los cuadros de las paredes tenían un aspecto grotesco bajo el moho y el fango. Unos pocos peces, que no habían conseguido salir del vagón cuando lo habían sacado del agua, se agitaban y boqueaban en el lodo.

Como si quisiera retrasar lo inevitable, Bell caminó despacio entre el barro y fue hacia las cajas que recordaba haber visto apiladas en 1906. Sacó una navaja de bolsillo y forzó la oxidada cerradura de una de ellas. Levantó la tapa y vio que el interior estaba relativamente libre de lodo. Con cuidado, cogió uno de los fajos. El papel moneda estaba empapado, pero mantenía su forma y consistencia. Los sellos de los certificados de oro seguían viéndose claros y nítidos.

Kaufman había subido detrás de Bell y contemplaba, fascinado, los montones de billetes cuidadosamente apilados.

—¿Cuánto calcula usted que hay? —preguntó.

Bell cerró la tapa y señaló el resto de las cajas.

—Entre todas, calculo que unos cuatro o cinco millones.

—¿Y qué va a pasar con todo este dinero?

—Volverá al banco y a los clientes a quienes les fue robado.

—Será mejor que mi tripulación no se entere —dijo Kaufman, muy serio—. Quiero que piensen que esto es una operación de salvamento como las demás.

Bell sonrió.

—Estoy seguro de que los responsables del banco en San Francisco serán muy generosos con ustedes a la hora de recompensarlos.

Kaufman, satisfecho, contempló el interior del vagón.

—Antes de hundirse esto tenía que ser un palacio sobre

ruedas. Nunca había visto un vagón de carga montado con el lujo de un Pullman.

—Sí —repuso Bell viendo botellas de champán y coñac medio hundidas en el moho—. Su propietario no solía reparar en gastos.

La expresión de Kaufman se tornó sombría al señalar los dos desdichados bultos que sobresalían del suelo.

—¿Son esos los que estaba buscando?

Bell asintió con solemnidad.

—Sí. Jacob Cromwell, el famoso Carnicero, y su hermana Margaret.

—¿El Carnicero? —repitió Kaufman, impresionado—. Siempre he creído que había desaparecido.

—Esa es una leyenda que se ha perpetuado con los años porque el dinero nunca se recuperó.

El tejido adiposo que en su día había sido la grasa del cuerpo de Cromwell se había descompuesto y, al igual que los cadáveres de la locomotora, el proceso de saponificación lo había convertido en algo parecido a la cera. El temido asesino ya no se parecía a nada que tuviera relación con un ser viviente. Daba la impresión de haberse fundido en una masa de gelatina informe. Su cuerpo aparecía contorsionado, como si se hubiera retorcido de terror al ver las toneladas de agua que entraban por la puerta mientras seguía a la locomotora hasta el fondo del lago. Pero Bell sabía que era por otra razón. Cromwell había luchado para sobrevivir, pero nunca se había dejado poseer por el pánico. Ya no era una figura amenazadora. Su reinado de sangre y atracos había acabado hacía cuarenta y cuatro años, bajo las frías aguas del lago Flathead.

Bell se acercó a los restos de Margaret. Su lustroso cabello se mezclaba con los sedimentos y se trenzaba con las malas hierbas. La que una vez fue una cara hermosa parecía la escultura que un artista hubiera dejado sin acabar. Y Bell no pudo evitar recordar la belleza y la vivacidad de la mujer con la que había bailado en los salones del Brown Palace.

Kaufman interrumpió los pensamientos de Bell.

—¿La hermana?

Bell asintió. Sentía una inmensa pena y remordimiento. Las últimas palabras de Margaret acudieron a su memoria. Nunca podría conciliar sus contradictorios sentimientos hacia ella, pero su complicidad en los delitos de su hermano la hacían merecedora del final que había tenido.

—Ahora no hay forma de saberlo, pero puede que fuera una mujer hermosa —dijo Kaufman.

—Lo era. Sin duda lo era —contestó Bell en voz baja—. Una mujer hermosa pero malvada.

Se dio la vuelta, entristecido, pero sin lágrimas en los ojos.

Poco después de medianoche, la barcaza de salvamento amarró en los muelles de Rollins. Bell dispuso con Kaufman lo necesario para que retiraran los cuerpos y los llevaran a la funeraria más próxima, y también para que avisaran a los familiares de Hunt y Carr. Entonces reconoció a Joseph Van Dorn, de pie en el muelle, rodeado de varios de sus hombres, y se sorprendió.

Van Dorn tenía más de ochenta años, pero se mantenía erguido y conservaba el cabello y la chispa en la mirada. Aunque sus dos hijos se encargaban de dirigir la agencia desde Washington, él seguía acudiendo a su oficina de Chicago para repasar los casos que habían quedado sin resolver.

Bell se acercó y le estrechó la mano.

—Me alegro de verte, Joseph. Ha pasado mucho tiempo.

Van Dorn sonrió.

—Y yo a ti. Mi trabajo es mucho menos interesante desde que te retiraste.

—Nada habría podido impedir que volviera a este caso.

Van Dorn contempló el vagón de carga. Bajo la débil claridad de las luces del muelle parecía un terrible monstruo de las profundidades.

—¿Estaba ahí? —preguntó.

—¿Te refieres al dinero?

Bell asintió.

—¿Y Cromwell?

—También él y su hermana.

Van Dorn suspiró.

—Entonces todo ha acabado. Podemos poner punto final a la historia del Carnicero.

—No quedarán con vida muchos de los depositantes originales del dinero para devolverlo.

—No, pero sus herederos recibirán una buena noticia.

—He prometido a Kaufman que él y sus hombres recibirían una buena recompensa por el hallazgo.

—Yo me aseguraré de que la reciban —prometió Van Dorn—. Buen trabajo, Isaac —añadió apoyándole una mano en el hombro—. Es una pena que no pudiéramos encontrar el tren hace cincuenta años.

—El lago tiene más de ochenta metros de profundidad donde se hundió la locomotora —explicó Bell—. La compañía de salvamentos que fue contratada en 1907 por la comisión bancaria de San Francisco dragó el lago pero no pudo encontrarlo.

—¿Cómo es posible?

—Se hallaba en una depresión. La draga debió pasarle por encima.

Van Dorn se volvió y señaló un coche que estaba aparcado en el muelle.

—Supongo que vuelves a casa.

Bell asintió.

—Mi mujer me espera. Regresaremos conduciendo a California.

—¿A San Francisco?

—Sí. Me enamoré de la ciudad durante la investigación del caso. Después del terremoto, decidí instalarme allí. Vivimos en la vieja mansión de Cromwell, en Nob Hill.

Bell se despidió de Van Dorn y caminó hasta el coche estacionado en el muelle. La pintura azul metalizada del Packard Custom Super 8 de 1950 brillaba a la luz de las farolas. Aunque la noche era fría, la capota estaba bajada.

Al volante iba sentada una mujer que llevaba un elegante sombrero sobre sus cabellos teñidos de su rubio original y que observó a Bell acercarse con los mismos ojos de un verde coralino con los que lo había visto por primera vez. Las arrugas de las comisuras de los ojos eran las de alguien que reía a menudo, y todo su rostro reflejaba una belleza que había superado el paso de los años.

Bell abrió la puerta del pasajero y se sentó. Ella se acercó, le dio un beso en los labios y sonrió.

—Ya era hora de que volvieras.

—Ha sido un día duro —contestó Bell, con un suspiro.

Marion puso el coche en marcha.

—¿Has encontrado lo que estabas buscando?

—Sí. Jacob, Margaret y el dinero. Todo estaba allí.

Marion contempló las aguas oscuras del lago.

—Me gustaría poder decir que lo siento por ellos; pero conociendo sus crímenes, soy incapaz de sentir pena.

Bell no quería seguir dando vueltas al tema de Cromwell y cambió de conversación.

—¿Has hablado con los chicos?

Marion apretó el acelerador y sacó el coche del muelle, enfilando hacia la carretera principal.

—Sí, esta tarde. Con los cuatro. Nos han montado una fiesta de aniversario para cuando volvamos a casa.

Bell le dio una palmada en la pierna.

—¿Te ves con ánimos de conducir toda la noche?

Ella sonrió y le besó la mano.

—Cuanto antes volvamos a casa, mejor.

Estuvieron callados un buen rato, perdidos en sus pensamientos sobre acontecimientos ocurridos tiempo atrás. La cortina había caído definitivamente. Ninguno de los dos miró hacia atrás, al tren.